Karl Valentin
Ich freue mich, wenn es regnet

Karl Valentin

Ich freue mich, wenn es regnet, denn wenn ich mich nicht freue, regnet es auch

Gerade Gedanken eines Schrägdenkers

Herausgegeben von Josef K. Pöllath

S. Marix Verlag

Inhalt

»Jedes Ding hat drei Seiten.
Eine positive, eine negative
und eine komische.«

Karl Valentin

Karl Valentin – Komiker, Schauspieler und Philosoph

Einleitung von Josef K. Pöllath

Brief an den
Feuilletonredakteur Dr. Walter Behrend

München, den 28. 1926

Sehr geehrter Herr Doktor Behrendt!
Bin bis morgen noch nicht im Besitz des Honorars für den verregneten Artikel »Der Regen«.
Ich habe seit drei Tagen kein Stück Brot mehr zuhause, dasselbe liegt noch ungekauft beim Bäcker. Ich, meine Kinder, die Großmutter und der Papagei schreien nach Brot.
Alles ist schon verkauft und versetzt, verfressen, versoffen und verraucht. Und die braunen Tausender behalten immer noch ihren ungültigen Wert.
Es ist zum Kotzen.
Geben Sie sofort, ohne sich zu besinnen, eine Expressflugpostanweisung auf, über 60,-- Mark. – Sollte binnen der Betrag in meinem Besitze nicht sein, bin ich leider gezwungen, länger zu warten, so leid mir das tut.
Ihrem Wunsche sofort nachkommend
zeichnet
Niederverachtungsleer
Karl Valentin

Bitte dieses nicht zu veröffentlichen, sonst schreib ich nichts mehr für die M.N.N.

Dr. Walter Behrend, der Adressat des Briefes, ist Feuilletonredakteur bei den Münchner Neuesten Nachrichten, der Tageszeitung, die 1945 von der Süddeutschen Zeitung abgelöst wurde. Wegen des unvollständigen Datums kann der Brief nicht exakt datiert werden. Wir wissen nur, dass er an einem 28. des Jahres 1926 geschrieben wurde. Der Brief könnte als Lehrstück für Problemfälle dienen, zeigt er doch, wie sich ein ernstes Anliegen mit einem Schuss Komik und vor allem mit Selbstironie formulieren lässt, sodass besagtes Problem beim Adressaten ankommt und verstanden wird, ohne zu verletzen und Fronten zu verhärten. Valentin setzt in dem Brief eine unbestimmte Frist. Der Leser erwartet nun, zu erfahren, mit welchen Konsequenzen der Adressat rechnen muss, sollte er der Forderung nicht nachkommen. In der Regel ist es eine Sanktion, eine Strafe, die Androhung eines Verfahrens oder dergleichen. In diesem Brief jedoch sieht sich der Absender leider gezwungen, länger zu warten. Und das entspricht letztendlich der Realität, obgleich die logische Konsequenz außer Kraft gesetzt ist. Man kann sich vorstellen, wie der Adressat beim Lesen des Briefes laut lachen musste und der Bitte Valentins unverzüglich stattgegeben hat. Ein Ultimatum, das keinen Druck ausübt und dennoch Wirkung hat. Dies ist ein typisch valentineskes Stilmittel, das sein Denken und seine Art der Komik beispielhaft zeigt und wodurch Karl Valentin letztendlich berühmt wurde, und das nicht nur in Deutschland.

Wer war Karl Valentin?

Wer heute beispielsweise bei YouTube das Stichwort Karl Valentin (im Folgenden KV) eingibt, erhält gut 80 bis 90 Einträge, Filme von und mit KV, Szenen und Dokumentationen von ihm und über ihn und sein Werk, aber auch Filme jüngerer Schauspieler, die KVs Szenen und Dialoge nachspielen, neu interpretieren oder sich in ihren Rolleninterpretation an ihn anlehnen. KV – der Schrägdenker, Komiker, Linksdenker, Philosoph und Schauspieler, dessen Texte und Szenen eine unvergleichlich absurde Dialektik aufweisen – war ein begnadeter (Sprach-)Künstler, man darf sagen von internationaler Bedeutung. In der Rezeption – auch nach seinem Tod – wurde er häufig in eine Reihe mit Charlie Chaplin, Buster Keaton, Luis Buñuel und Samuel Beckett gestellt. In seine Vorstellungen kamen Intellektuelle wie Bert Brecht, Thomas Mann oder Kurt Tucholsky, die ihn sehr verehrten und schätzten. Tucholsky bezeichnete ihn als Linksdenker, der Theaterkritiker und Journalist Alfred Kerr als »bayerischen Nestroy«. Brechts frühe Jahre waren erwiesenermaßen sehr stark von KV beeinflusst. Unter der Regie von Erich Engel (1891–1966) und Brecht spielte KV in dem Film »Mysterien eines Frisiersalons« die Hauptrolle. Brechts sogenannter Verfremdungseffekt ist eine konsequente Weiterentwicklung valentinesken Denkens. Lion Feuchtwanger hat mit der Figur des Balthasar Hierl in seinem Roman »Erfolg« ein wunderbares Porträt von KV gezeichnet. In dieser Figur zeigt Feuchtwanger seine ganze Verehrung für diesen von vielen Menschen, vor allem kurz nach dem Zweiten Weltkrieg, oft missverstandenen schrägen Komiker, damals auf eine Stufe gestellt mit Volkssängern wie Weiß Ferdl, Georg Blädel, Roider Jackl, Emil Vierlinger oder Bally Prell (die Schönheitskönigin von Schneizelreuth), die er, wie wir heute wissen, um Weiten überragte, und das in vielerlei Hinsicht.

KV ist immer noch aktuell, das belegen nicht nur die Publikationen über ihn, die wissenschaftlichen Arbeiten und diversen Dissertationen, sondern das zeigen auch die beiden Preise, die nach ihm benannt sind: Da ist der »Karl-Valentin-Orden«, eine Auszeichnung, die seit 1973 immer im Januar für humorvolle bzw. hintergründige Bemerkungen im Sinne KVs von der Münchner Faschingsgesellschaft Narhalla verliehen wird. Preisträger des Jahres 2018 ist zum Beispiel der Weltmeister und Ehrenspielführer der deutschen Fußball-Nationalmannschaft Philipp Lahm für seinen Kommentar nach einem Länderspiel gegen die Vereinigten Arabischen Emirate: »Die meiste Luft hatte der Ball.« Frühere Preisträger waren unter anderen Loriot, Joseph Ratzinger, Edmund Stoiber, Christian Ude, Sir Peter Jonas, Roman Herzog und Hape Kerkeling, um nur einige zu nennen.

Darüber hinaus wird seit 2007 in unregelmäßigen Abständen auf Initiative von Alfons Schweiggert der »Große Karl-Valentin-Preis« für herausragende künstlerische Leistungen an Menschen verliehen, die sich um die geniale Persönlichkeit KVs und dessen Werk in besonderer Weise verdient gemacht haben oder die in der Tradition KVs herausragende künstlerische Leistungen vorweisen können. Die bisherigen Preisträger sind Gerhard Polt und die Biermösl Blosn, der niederbayerische Musiker und Sänger Fredl Fesl, Helge Schneider und der Kabarettist Sigi Zimmerschied. Laudatorin bei der Preisverleihung an Zimmerschied war die bayerische Sängerin und Kabarettistin Luise Kinseher. Wer aber war dieser Karl Valentin?

Die Biografie

Karl Valentin wird am 4. Juni 1882 als Valentin Ludwig Fey in München, im Stadtteil Au (damals Vorstadt genannt) geboren. Nach der Schulzeit macht er eine dreijährige Schreinerlehre und nimmt Zitherunterricht bei Ignaz Hallhuber. Als er 1896 im Varieté Colosseum den Komiker Karl Maxstadt sieht, beschließt er, Komiker zu werden und besucht eine Varietéschule. Bereits 1898 verfasst er Couplets und tritt 1899 erstmals damit auf. Seinen Lebensunterhalt verdient er bis 1902 bei verschiedenen Schreinereien als Schreinergeselle.

Am 7. Oktober 1902 stirbt der Vater, und KV muss mit seiner Mutter die väterliche Speditionsfirma »Falk und Fey« übernehmen, was jedoch ganz und gar nicht in seine Lebensplanung passt. Ab 1903 entwickelt und baut er einen Musikapparat, ein sogenanntes Orchestrion, das er 1906 fertigstellt. Im selben Jahr geht die väterliche Speditionsfirma in Konkurs und wird verkauft. Damit ist der Weg frei für seinen künstlerischen Weg, den er schon seit Langem verfolgt.

1907 geht KV unter dem Pseudonym Charles Fey mit seinem etwa 3000 Kilogramm schweren Musikapparat auf Tournee, die jedoch in finanzieller Hinsicht ein Misserfolg wird und ihn zwingt, schon nach wenigen Monaten wieder nach München zurückzukehren. Am schlimmsten ist für ihn, dieses finanzielle Desaster der Mutter einzugestehen, die ihn mit der Hälfte des Erlöses aus dem Verkauf der Spedition unterstützt hatte. In München spielt er nun jeden Abend in einer Gastwirtschaft Zither, wofür er ein Essen und 50 Pfennig Gage erhält. Schließlich lässt ihn der Gastwirt Ludwig Greiner bei sich wohnen. Greiner, ein Münchner Original, bringt ihn auf die Idee, Couplets zu verfassen, die er beim »Baderwirt« vorträgt. Unter seinem neuen Künstlernamen Skelettgigerl gelingt ihm schließlich mit dem Vortrag »Das Aquarium« der Durchbruch. Damit hatte er die künstlerische Richtung und seine wahre Begabung entdeckt. Schon bald ist er Tagesgespräch in München und erhält ein Engagement am Frankfurter Hof, dem damals wichtigsten Kabarett-Theater der Stadt. Daneben tritt KV im Serenissimus und im Simplizissimus auf. Er hat kurze Gastspiele in Landshut, Ingolstadt, Landsberg und Deggendorf, später in Berlin, Wien und Zürich.

1905 kommt Tochter Gisela und 1910 Tochter Berta zur Welt. 1911 lernt KV Elisabeth Wellano kennen, die er dazu überredet, sich einen Künstlernamen zuzulegen und mit ihm zusammenzuarbeiten. Noch im selben Jahr heiratet KV seine Lebensgefährtin Gisela Royes, die Mutter seiner beiden Töchter und ehemalige Angestellte im elterlichen Haushalt.

1913 treten KV und Elisabeth Wellano, nun unter dem Künstlernamen Liesl Karlstadt, erstmalig gemeinsam auf. Es ist der Beginn einer über Jahrzehnte währenden sehr erfolgreichen Zusammenarbeit. Die kongeniale Künstlerin, die wie keine andere auf seine oft spontan veränderten und manchmal improvisierten Dialogszenen eingehen kann, ist nicht nur auf der Bühne seine Partnerin, was familiär für zusätzliche Spannung sorgt, da KV offenbar beide Frauen brauchte. Die Zusammenarbeit mit Liesl Karlstadt endet, nachdem KV sein und auch Liesl Karlstadts gesamtes Vermögen in das Kuriositäten-Museum »Panoptikum« gesteckt hat, das er 1935 wegen finanziellen Misserfolgs schließen muss.

Liesl Karlstadt versucht sich das Leben zu nehmen und springt in die Isar, was einen mehrmonatigen Aufenthalt in der Psychiatrie nach sich zieht. Dennoch kommt es 1937 zu gemeinsamen Auftritten. Vorerst endgültig trennt sich Liesl Karlstadt 1939 nach 26 Jahren gemeinsamer Arbeit von Karl Valentin.

Liesl Karlstadt leistete ab 1941 viele Monate heimlich Dienst als Mulitreiberin bei den Gebirgsjägern, wo sie es bis zum Stabsgefreiten Gustl gebracht hat. Seit längerer Zeit schon strebte sie eine Bühnenkarriere ohne KV an. Und KV hat den Kontakt zu Karlstadt in all diesen Jahren nicht abbrechen lassen, wie die Briefe zeigen, die er ihr schrieb. Erstaunlicherweise kommt es 1940 noch einmal zu zwei gemeinsamen Auftritten von Karl Valentin und Liesl Karlstadt im Deutschen Theater. Allerdings soll dies bis 1947 die letzte Zusammenarbeit der beiden sein. Im Auftrag der Sparkasse drehen die beiden Werbefilme. Es sollen gleichzeitig KVs letzte öffentliche Auftritte sein: Anfang Februar 1948 zieht er sich nach einer Aufführung, bei der man ihn aus Versehen in der unbeheizten Garderobe einsperrte, eine Erkältung zu, an der er am 9. Februar 1948, einem Rosenmontag, völlig verarmt und nahezu vergessen, stirbt. Zu seiner Beerdigung erscheinen weder offizielle Vertreter der Stadt München noch Repräsentanten der Münchner Theater. Doch sein geistig-literarisches Erbe nimmt in den Jahren darauf noch einmal richtig Fahrt auf und bleibt bis heute aktuell. Nicht wenige Künstler werden in ihrer Rezeption als seine Nachfolger gesehen, was eine ehrenvolle Bezeichnung ist.

Couplet, von lat. Copula: Verbindung zweier paralleler, rhythmischer Sätze zu einer Strophe. Meist scherzhaft-satirisch, oft mit zweideutig-witzigem, auch aktuellem Inhalt. Die gleichgebauten Strophen enden immer mit dem gleichen Kehrreim (Refrain).

Der Schauspieler und Komödiant

Karl Valentin war nicht nur ein begnadeter Sprachkünstler und Komiker, er war auch Sänger, Musiker, Philosoph und Regisseur. Und er war ein ausgezeichneter Schauspieler, der mit seiner körperlichen Erscheinung eine Kunstform schuf, vergleichbar etwa mit Charlie Chaplin oder Stan Laurel und Oliver Hardy als Dick und Doof. Davon zeugt die sehr frühe, auch sehr erfolgreiche Solonummer »Ich bin ein armer, magerer Mann«, die als Auszug zitiert sei:

Ich bin ein armer, magerer Mann

Ich bin ein armer, magerer Mann
Ach, es ist doch schrecklich gewiß,
Wenn der Mensch recht mager ist;
Ich bin mager, welche Pein,
Mager wie ein Suppenbein.

Was muss denn ich verbrochen haben, dass mich die Natur gar so grauslich zamgricht hat. – Ich versteh das nicht, in unserer Familie kann das unmöglich liegen, denn mein Vater wiegt über drei Zentner, meine Mutter über zwei Zentner und meine Schwester hat einen Bahnexpeditor geheiratet, und ich muss so mager sein. – Ja, jetzt tut's es ja noch, aber früher solln S' mich gsehn habn, gleich nach der Geburt, da hab ich ausgschaut wie a Salami. – Darum hab ich auch als kleins Kind keine Wiege gebraucht, mich hat meine Mutter ganz einfach in einen Lampenzylinder neingsteckt und hat mich am Tisch umhergewalkerlt, so mager war ich.

Und trotzdem is mein Vater stolz auf mich, der mag die fetten Kinder selber nicht und grad deshalb, weil ich so mager bin, drum »mag er« mich so gern. Er sagt »Vetter« kann ich immer noch werdn, wenn amal mei Schwester heirat. Einmal bin ich in einem Kaffeehaus an einem Billard dort gelehnt und weil ich so mager bin wie ein Stock und weil ich am Billard dortglehnt bin, jetzt hat einer glaubt, ich bin der Billardstock […]

umhergewalkerlt: mit dem Nudelholz (Teigrolle) ausrollen
amal: einmal

KVs äußeres Erscheinungsbild ist wesentlicher Teil seiner Bühnenkunst. Er übertreibt seine Körperform und Haltung, betont seine spindeldürre Gestalt durch enganliegende, viel zu kurze Hosen, sodass die Beine noch dünner und länger wirken, als sie ohnedies schon sind. Er verlängert seine Nase, macht sie spitzer, und nimmt eine leicht gebückte Haltung wie der Ritter von der traurigen Gestalt ein. Wilhelm Hausenstein, Kunsthistoriker, ehemaliger Präsident der Bayerischen Akademie der schönen Künste und Botschafter der Bundesrepublik Deutschland in Paris (1882–1957), Verehrer KVs und diesem freundschaftlich verbunden, sagt über dieses extrem betonte Erscheinungsbild: »Indem er [KV] die ›traurige Gestalt‹ bis zum äußersten bloßstellte und preisgab, befreite er sich von ihrem Druck, befreite er sich von sich selbst.«[1] KV erschafft damit eine Kunstfigur und erreicht durch das Spiel mit dieser Gestalt eine ironische Distanz zu sich selbst. Wenngleich diese Stilfigur sofort als Karl Valentin identifiziert wird, darf sie nicht mit dem Menschen KV, der sie lediglich spielt, verwechselt werden. Kurt Tucholsky bezeichnete KV einmal als »zaundürren, langen Gesellen, mit staksigen Knien«. Und KV spielt und integriert seine Erscheinung auf grandiose Weise, sie macht ihn zum Idealbild eines Komikers der damaligen Zeit. Die langen Beine, die großen, schlanken Hände, der lange Hals, das bleiche Gesicht, das mit den grell-rot geschminkten Wangen kontrastiert, die lange, spitzige Nase, all dies in allen möglichen und denkbaren Variationen wird zu dem, was man heute ein »Markenzeichen« nennen würde. Selbst als Scherenschnitt weiß man sofort, wen diese Figur darstellt bzw. abbildet, wer sich hinter dieser Maske verbirgt, gewissermaßen das Idealbild einer Rolle, in die der Schauspieler schlüpft.

Der Begriff »Schauspielen« hängt mit Theater zusammen, das vom Griechischen *theasthai* abgeleitet ist und »anschauen« bedeutet. Als »Schauspieler« bezeichnen wir einen Darsteller, Gestalter einer Rolle in einem Schauspiel, einem Film etc.[2] Er agiert mittels Sprache, Mimik und Gestik, Maske und Kostüm[3]; er schlüpft in eine Rolle und wird damit zu einer Kunstfigur. Legt man diese Kriterien bei KV an, so darf man ohne Übertreibung sagen, dass er gewissermaßen ein Vollblutschauspieler war. Hausenstein sagt über KVs schauspielerische Leistung: »Spannungen und Gegenspannungen waren dermaßen ineinander verschränkt, dass sie kaum noch auseinanderzusetzen blieben. Jede schauspielerische Nuance Valentins war ambivalent. Unbegreiflich zwar und staunenswürdig, dass etwas so Präzises wie Valentins Kunst so doppelsinnig sein konnte.«[4]

Der »normale« Zuschauer bemisst eine schauspielerische Leistung daran, wie stark er durch die Darstellung in die Handlung gewissermaßen hineingezogen wird, sodass er der Realität entrückt und selbst mit in dieser künstlichen Welt lebt. Da aber bei KV die Handlung in seinen Stücken, Szenen und Dialogen eine untergeordnete Funktion hat, sie gewissermaßen lediglich das »Klebemittel« ist, das die in sich geschlossenen Szenen zusammenhält, kommt es vor allem auf die schauspielerische Leistung an. Und diesbezüglich war KV unerbittlich. Ihm waren Präzision und die exakte Darstellung einer Figur sehr wichtig. Der Schauspieler Kurt Horwitz (1897–1974) »besuchte mit einigen Kollegen eine Aufführung des Firmlings (→ siehe Seite 147). Nach der Vorstellung saßen wir zusammen. Wir dankten begeistert, und dann stellte einer von uns die Frage, die uns brennend interessierte: ›Herr Valentin, wie machen Sie den Rausch?‹ Er verstand die Frage gar nicht, und er sagte nur: ›Ja, wie? Machen?‹ Der Frager bohrte weiter: ›Trinken Sie vor dem Auftritt schon ordentlich? Und was? Bier? Wein? Schnaps?‹ Jetzt verstand Valentin erst. ›Ach so‹, sagte er, ›dees kann ich Ihnen sog'n – ich mach's mit Wasser!‹«[5] Dass KV keinen Alkohol brauchte, um in seine Rolle hineinzukommen, davon erzählt auch Anne-Marie Fischer-Grubinger, seine junge Geliebte ab Ende der 1930er-Jahre: »Er spielte die Betrunkenheit so rasant, dass man bei seinen Partnern Unsicherheit darüber zu spüren vermeinte, ob er heute nicht tatsächlich angetrunken war. Aber das gab es nicht bei ihm – vor Auftritten kam kein Tropfen Alkohol über seine Lippen.«[6]

Man kann auch deswegen seine schauspielerische Leistung nicht hoch genug einschätzen, weil er es par excellence verstand, die für eine perfekte Darstellung notwendige Distanz zwischen sich als Person und der dargestellten Figur herzustellen. Wie wichtig ihm dies war, zeigt seine Freude darüber, wenn für die Zuschauer diese Distanz zwischen Person und Rolle nicht zu erkennen war. So berichtet Hausenstein, wie »eine Besucherin unzufrieden, protestierend ihr Eintrittsgeld zurückverlangte mit der Begründung: ›Der ko ja nixn!‹ Der kann ja nichts. Valentin hat solche Wirkung auch immer für einen seiner stärksten Erfolge gehalten: dies also, dass eine seiner mit der vielfältigsten, raffiniertesten Kunst auf das Spectaculum tragikomischen Misslingens hin angelegten Szenen die Wirkung des ›Danebengehens‹ mit dergestalt vollkommener Suggestivität hervorzubringen vermochte – mit einer Suggestivität, die aus dem Komischen jedenfalls rein ins Ernste zurückschlug.«[7] Klaus Pemsel bezeichnet in seiner Dissertation »Karl Valentin im Umfeld der Münchner Volkssängerbühnen und Varietés« KVs Spielweise als eher graphisch statt plastisch.[8] Dies mag aber der Unkenntnis Pemsels geschuldet sein, der KV nicht selbst in einem Stück gesehen hat, wie dies bei Hausenstein der Fall war oder auch bei Bert Brecht und den bereits erwähnten Theaterkritikern, Journalisten und Literaten der 1920er- und 1930er-Jahre.

Für KV ist München, speziell die Vorstadt Au, und seine Herkunft aus einfachen Verhältnissen ganz entscheidend. In vielen seiner Szenen spielt er den einfachen Mann aus dem Volk, den Proletarier, ob als Handwerker, Fotografengehilfe oder armer Erbe. Hier schöpft er zweifellos aus seiner eigenen Erfahrung mit Armut, vor allem kurz nach dem Tod des Vaters. KV weiß, was Armut und Not ist und was sie aus den Menschen macht. Daher spielt er auch häufig den sozial schwachen Handwerker, den mittellosen Musiker, den bildungsschwachen Kleinbürger. Und KV achtet peinlichst darauf, dass dieses Milieu adäquat abgebildet ist. Hier stimmt von der Ausstattung über die Requisiten bis zur Kostümierung alles. Es wirkt nichts übertrieben, sondern fügt sich wie selbstverständlich in die Darstellung, ohne diese zu dominieren, d. h., Rolle, Requisiten, Inhalt und Darstellung stellen eine Einheit dar. Dies alles zusammen wirkt bis ins kleinste Detail hinein stimmig.

Die schauspielerische Leistung KVs ist allerdings von vielen Zuschauern der damaligen Zeit nicht so gewürdigt worden, wie sie es verdient hätte. Sie hält ohne Probleme dem Anspruch, den zum Beispiel Bert Brecht an einen Schauspieler stellte, ohne Probleme stand: Der Schauspieler soll nicht in seiner Rolle aufgehen, sondern er soll sie zeigen. Es geht dabei vor allem um Wahrheit und Präzision, wobei er ständig die Gesetzlichkeiten im Verhalten der Menschen zueinander studiert.[9] Dass KV diesen Anspruch mit jeder Nuance seines Spiels verwirklichte, das zeigen seine Szenen und Dialoge par excellence.

Der Sprachkünstler

In oben gekürzt zitiertem Monolog »Ich bin ein armer, magerer Mann« spricht KV von seiner Schwester, die er in Wahrheit nicht gehabt bzw. nicht gekannt hat, da sie bereits zwölf Jahre vor seiner Geburt verstorben ist, und auch seine beiden Brüder sind acht- bzw. sechsjährig im Jahr seiner Geburt an Diphterie gestorben. KV war also Einzelkind, und seine Eltern waren alles andere als übergewichtig. Aus all dem wird schon sehr früh deutlich, mit welchen sprachlichen Mitteln er versteht, Wirklichkeit zu verfremden, zu überhöhen und durch diesen Kontrast eine bis dahin nicht gekannte komische Wirkung zu erzielen.

Und ein weiteres, frühes Stilmittel in seiner Sprachkunst ist der Bruch im Argumentationsschema, wenn er von seinen übergewichtigen Eltern spricht und unvermittelt anschließt, dass seine Schwester einen Bahnexpeditor geheiratet habe. Dies mag im ersten Moment wirken, als sei die Bemerkung unsinnig, als passe sie nicht dazu. Doch auf den zweiten Blick merkt man, dass sich in diesem scheinbaren Unsinn ein tieferer Sinn verbirgt. Nebenbei entsteht durch derartig »unsinnige« Verbindungen Komik auf höchstem Niveau.

KV will nicht belehren oder erklären, wie dies beispielsweise Brecht mit seinen Lehrstücken macht, obgleich viele Monologe und Szenen KVs durchaus das Potenzial dazu hätten. Vielmehr führt KV uns die Welt und ihre äußerliche Ordnung ironisch, meist mit melancholischem Unterton vor Augen. Auf diese Weise erschafft er eine neue Form der Komik, mit der ihm die Lacher sicher sind, und er demonstriert mit einer Leichtigkeit sondergleichen, wie sich vermeintliche Sicherheiten in der Kommunikation auflösen, ambivalent werden und wie sich dabei Bedeutungen verschieben. KV überlässt es dem Zuhörer bzw. Zuschauer, wie er mit dieser Ungenauigkeit und Oberflächlichkeit in der Kommunikation umgeht. KV präzisiert sprachliche Ungenauigkeit lediglich, präsentiert sie eher en passant und macht sie zum Ausgangspunkt verwirrender, oft widersprüchlicher Inhalte. Als Leser der Texte staunt man darüber, oder man ist voller Bewunderung über derart scharfsinnige Beobachtungen. Sprachliche Ungenauigkeit jedenfalls führt notgedrungen zu Missverständnissen und Verwechslungen. Wenn man sich in KVs Szenen, Stücke und Monologe vertieft, entdeckt man immer wieder etwas Neues darin und sieht so manches plötzlich aus einem anderen Blickwinkel. Deshalb kann man die Texte immer wieder lesen, sich so manche Szene immer wieder ansehen, ohne dass es langweilig wird. Sie haben noch Jahrzehnte nach ihrem Entstehen nichts an Aktualität eingebüßt. Bei manchen Sätzen hat man das Gefühl, sie seien heute formuliert oder gesprochen worden und nicht schon über 100 Jahre alt. Auch gibt es eine ganze Reihe an Sprüchen und Zitaten von KV, die inzwischen in gewisser Weise sprachliches Kulturgut geworden sind. Man denke nur an Sätze wie: »Mögen hätt ich schon wollen, aber dürfen hab ich mich nicht getraut« oder »Ich kenne keine Furcht, es sei denn ich bekäme Angst« oder »Die Zukunft war früher auch besser« oder »Fremd ist der Fremde nur in der Fremde« und viele andere mehr.

KV war weit mehr als nur Schöpfer origineller Wendungen und Sprüche. Alfred Kerr, einer der führenden Theaterkritiker und Journalisten seiner Zeit (1867–1948) bezeichnete ihn als Wortzerklauber[10], für Hausenstein ist KVs dialektischer Geist eine Kunstform, die geradezu sokratische Radikalität erreicht[11]. Hausenstein macht KV damit zu einem Vertreter sokratischer Mäeutik, was bei KV wie bei Sokrates auch nicht unbedingt einen direkten Dialogpartner voraussetzt. In vielen Fällen ist der Zuhörer, Zuschauer oder Leser dann eben ein stummer Dialogpartner.

Bei KVs Monolog »Das Aquarium«, mit dem ihm – wie bereits erwähnt – der künstlerische Durchbruch gelang, spiegelt das verständige Zuhören und die innere Zustimmung zum Ausgeführten bereits den Prozess einer neuen, veränderten Sicht auf die uns umgebende Realität wider.

Die Sprache verrät das Denken. Je differenzierter die Sprache, desto differenzierter das Denken. Daher kommt es in hohem Maß darauf an, sich möglichst genau, präzise, ja eindeutig auszudrücken. Komik entsteht auch dann, wenn ein Sprecher ein ähnlich klingendes, jedoch falsches Wort im falschen Kontext gebraucht (erinnert sei zum Beispiel an das Interview, bei dem der frühere Fußballstar Lothar Matthäus die Begriffe integrieren und intrigieren verwechselte[12]). In KVs Vorträgen und Dialogen, seiner künstlichen, künstlerischen Kommunikation sind Verwechslungen von Wörtern nicht banal und zufällig, sie bedienen sich einer exakten Begrifflichkeit und Logik und stellen sie in einen anderen, für den Hörer verblüffenden neuen Zusammenhang. Sigmund Freud sagt über das Komische, dass die Menschen danach streben, es absichtlich herzustellen, »und man erfährt mehr vom Wesen des Komischen, wenn man die Mittel studiert, welche zum Komischen dienen. Man kann vor allem das Komische an seiner eigenen Person zur Erheiterung anderer hervorrufen, z. B. indem man sich ungeschickt oder dumm stellt. Man erzeugt dann die Komik genauso, als ob man es wirklich wäre, indem man die Bedingung der Vergleichung, die zur Aufwanddifferenz führt, erfüllt; man macht sich selbst aber nicht lächerlich oder verächtlich dadurch, sondern kann unter Umständen sogar Bewunderung erzielen.«[13]

Elemente der Kommunikation

Nach Friedemann Schulz, einem der bedeutendsten Kommunikationsforscher der Gegenwart, ist es nicht entscheidend, was man sagt, sondern wie das, was man sagt, beim anderen ankommt, vereinfacht ausgedrückt: was der andere darunter versteht.[14] Ferner seien bei einer Mitteilung die Art der Formulierung, der Tonfall, die Mimik, Gestik und die Körperhaltung entscheidend. Überträgt man diese Kriterien auf die Kunstfigur KV, dann wird evident, dass KV mit allen diesen Elementen bravourös gespielt hat. Sicher ging es ihm in erster Linie um die Komik, um die Unterhaltung. Die Inhalte sind nicht tagesaktuell, wie dies etwa im politischen Kabarett der Fall ist – obgleich es im Werk KVs auch politische Anspielungen gibt –, und sie sind gerade dadurch nach wie vor zutreffend. Sie müssen nicht erst von Spezialisten interpretiert werden, damit der »normale« Rezipient weiß, was damit gemeint ist. KVs Inhalte brauchen, um verstanden zu werden, im Wesentlichen auch keine Einbeziehung soziokultureller Hintergründe und Bedingungen. Dies ist nur in den Szenen und Stücken hilfreich, in denen es um geschichtliche oder technische Bezüge geht. Im Großen und Ganzen stehen die Inhalte für sich und werden von jedem, der der deutschen Sprache mächtig ist, verstanden. Ein großer Teil seines Œuvres setzt allerdings die Beherrschung des Bairischen voraus. Doch kann man sich auch problemlos in diese Stücke einlesen. Im vorliegenden Buch werden Begriffe, Ortsnamen und bairische Redewendungen am Ende des jeweiligen Beitrags erklärt.

Für Hausenstein entsteht die stärkste Komik erst durch die lokale Farbe und Struktur, wobei er dies positiv wertet. Es sei dies die »gründliche Legitimation des Komischen, dass es des Aller-Konkretesten vielleicht sogar am meisten bedarf: da sich der Mensch im Konkretesten seiner Haltung, seiner Situation, in den genauen Realien des Lebens allerdings und in der Tat am allermeisten erfüllt.«[15]

KV ist Münchner, und als solcher schöpft er aus Erlebnissen seiner Münchner Sozialisation im zu Ende gehenden 19. Jahrhundert. Sprachlich geschieht dies verständlicherweise im Münchner Dialekt der damaligen Zeit. Wie wir wissen, hat sich in den letzten 70 Jahren der Münchner Dialekt sehr stark verändert. So unterschied sich zum Beispiel der Dialekt in Haidhausen vom Dialekt in Sendling oder Gern, unterschiedlichen Stadtteilen Münchens. KVs Sprache ist das Münchnerische der Vorstadt Au, wenngleich er streng genommen kein typischer Münchner war; stammte doch seine Mutter aus Zittau in Sachsen und der Vater aus Darmstadt. Und dennoch ist KV ein Münchner »Gwachs« (= *Gewächs*), wie es auf altbairisch heißt. KV spielt ganz bewusst mit der Mundart, überbetont sie manchmal, sodass ein Nichtbayer unmöglich verstehen kann, was damit gemeint ist. Dann wiederum kippt plötzlich das Ganze um in eine Art hochdeutschen Bildungsjargon. Diese sprachlichen Wechsel sind ganz gezielt und gewollt. Mit dem starken Münchner Dialekt schafft er eine kleinbürgerliche, der unteren Bildungsschicht angehörige Figur, die keinerlei Interesse daran hat, von anderen Menschen, die nicht dem gleichen sozialen Milieu angehören, verstanden zu werden. Nach heutigem Verständnis ist dies eine den Fremden abwehrende Methode. Damit demonstriert der jeweilige Sprecher, dass das Gegenüber nicht dazugehört, solange er nicht versteht, was gesprochen wird. KV geht es jedoch nicht um Aus- und Abgrenzung. Vielmehr wird mit einer überstarken Betonung des Bairischen deutlich, wie kompliziert Kommunikation ist und dass sie sogar in alltäglichen Situationen an ihre Grenzen kommt. In einigen Szenen hat die Verwendung einer besonders »gscherten« (*geschert:* ungebildet, ungehobelt, unfein, ordinär, derb, unverschämt) Sprache bzw. eines Dialekts die Funktion, das jeweilige Thema auf derart drastische Weise abzuhandeln, dass der Zuhörer oder Leser verständnislos, ja staunend gegenübersteht.

Bei einer Auseinandersetzung in tiefstem Bairisch geht es also in erster Linie um eine Form der Demonstration. Dabei ist es gleichgültig, ob der Inhalt von allen verstanden wird. Wichtig sind lediglich die Abgrenzung, das Unverständnis, der Kontrast, die Betonung und der Nachdruck, mit dem der Streit geführt wird. Ein normaler Dialog im Dialekt wird – so banal dies klingen mag – nur von den kompetenten Sprechern des Dialekts verstanden. Und das ist sicher auch so intendiert. Insofern funktioniert der Dialog wie jede andere Sprache auch. Wer die »fremde« Sprache nicht spricht und sie nicht versteht, ist auf eine Übersetzung angewiesen. In diesem Sinn ist für Hausenstein das Bairische kein Dialekt, sondern eine Sprache.[16] Geht man damit konform, dann ist die Verwendung der bairischen Sprache nichts Ungewöhnliches, sondern so normal wie die Verwendung des Deutschen, Englischen oder Französischen. Kommen in einem Dialog ein Sprecher des Deutschen und ein Sprecher des Bairischen zusammen, ist in der Regel der Sprecher des Hochdeutschen ausgegrenzt, da der Sprecher des Bairischen im Normalfall sowohl Bairisch als auch Hochdeutsch versteht. So gesehen ist also die Verwendung des Dialekts ein bewusst eingesetztes, wichtiges Stilmittel.

In KVs Dialogen und Szenen geht es vor allem um die Unzulänglichkeit der Sprache und die daraus entstehenden Grenzen der Kommunikation. Die zentrale Frage in seinem Œuvre lautet: Welche Bedeutung haben eigentlich die Wörter? Zur Verdeutlichung bedient er sich aller möglichen und unmöglichen Formen der Kommunikation, führt sprachliche Mittel ad absurdum und erzielt damit beim Zuhörer neue und verblüffende Einsichten und Erkenntnisse. Die Handlung ist dabei völlig unerheblich, auch gibt es in KVs Stücken in der Regel kein Happy End. Viele Dialoge haben lediglich die Funktion, ein Gespräch einzuleiten.[17] Am ehesten kommt in KVs Dialogen und Szenen noch ein gewisses gestörtes Verhältnis zu den Mitmenschen und zur Gesellschaft insgesamt zum Ausdruck, was aber in seiner Hypochondrie begründet gewesen sein mag. Er beherrscht die Logik des Widerspruchs wie kaum ein anderer. Die dialektische Annäherung an den jeweiligen Gegenstand seines Vortrags oder einer Szene bedient sich der klassischen philosophisch motivierten Dialektik, die man wörtlich übersetzt als Unterredungskunst bezeichnen kann.[18]

Ausgangspunkt ist dabei oft der konstruierte Zufall, als entstehe das Thema, das Problem, der Inhalt zufällig, aus Sinn wird Unsinn, aus Unsinn entsteht Tiefsinn. All dies zusammengenommen zeigt, dass mit wenigen Ausnahmen die Inhalte der Monologe, Szenen, Couplets und Filme seit ihrem Entstehen an Aktualität so gut wie nichts eingebüßt haben. Das aber sind entscheidende Kriterien einer zeitlos aktuellen Kunstform.

Ein ganz wesentliches Stilmittel in den Dialogen und Szenen ist der Streit, die Auseinandersetzung, in einigen Fällen sogar der Schlagabtausch im wörtlichen Sinn (→ An Bord, S. 295).

Der Philosoph

In der wissenschaftlichen Rezeption KVs wurden mehrfach seine sprach- und erkenntnistheoretischen Implikationen in Teilen seines Werks herausgestellt. Im Wochenmagazin *Der Spiegel* vom 1. Juni 2007 anlässlich des 125. Geburtstags von KV bezeichnet

Dominik Baur KV »als Linksdenker, als Wörtlichnehmer, Dadaisten, Anarchisten, Existenzialisten, Sophisten, Philosophen, Avantgardisten und als spinnerten Deifi«. Für die *Weltwoche* ist er gar »der erste Pop-Künstler des 20. Jahrhunderts«[19].

Erkenntnistheoretisch sehr interessant ist der Dialog »Gespräch am Springbrunnen« (→ Seite 242), bei dem KV herausarbeitet, woran man einen Springbrunnen erkennen kann:

> »So ein Springbrunnen ist doch etwas Herrliches. – Wenn er springt, ist er sehr schön. – [...] wenn er nicht springen würde, wär's ja kein Springbrunnen. – Was wär's dann für ein Brunnen? – Dann wär es keiner. – Gar keiner? – Nein! Gar keiner nicht, es wär halt dann ein Brunnen, der nicht springt ...«

Der skurrile Dialog ist aufgebaut wie ein praktisches Beispiel zur Illustration des theoretischen Erkennens oder besser: Es demonstriert einen Erkenntnisakt, bei dem es um die Beziehung zwischen einem erkennenden Subjekt und etwas Erkanntem, dem Objekt geht. In der Philosophie bezeichnet Erkenntnis zwei Bereiche: einmal das Ergebnis, also das Erkannte – in unserem Fall ist es der Springbrunnen – und den Prozess des Erkennens – in unserem Beispiel das Gespräch zwischen den beiden Figuren, desjenigen, der Fragen stellt, und jenem, der antwortet. Erkenntnis kann sich sowohl auf einen Sachverhalt wie auf einen Prozess beziehen. Je nachdem, ob eine Erkenntnis unmittelbar gewonnen wird oder ob sie durch eine indirekte Information entstanden ist, spricht man von der unmittelbaren (intuitiven) oder von der mittelbaren (diskursiven) Erkenntnis.[20] Der Begriff der Erkenntnis ist abzugrenzen von ähnlichen Begriffen wie Erfahrung, Einsicht, Wissen, Überzeugung, Meinung, Glauben. Sie ist das Gegenteil von Ahnung, Vermutung, Spekulation, Vorurteil und Irrtum. Unser Beispiel mit der dahinterliegenden Frage, ob man einen Springbrunnen erkennen könne, und wenn ja, woran man ihn erkennen kann, ist geradezu ein Paradebeispiel für sokratischen Tiefgang und das Ergebnis moderner Erkenntnisphilosophie. Am

Ende des Gesprächs stellt man als Leser erheitert und staunend fest, mit welch einfachen Mitteln KV sicher geglaubte Wahrheiten hinterfragt und en passant auseinandernimmt.

Ähnlich ist so mancher Vergleich, den KV anstellt, wie zum Beispiel im Monolog »Neues vom Starnberger See« (→ Seite 207): »Am linken Ufer des Sees liegt eine ›Leonie‹, kurz genannt Leoni [Anmerkung: Leonie ist ein kleiner Ort am Starnberger See; der Begriff ›Leoner‹ dagegen ist eine Wurstsorte]. Wie in Neuyork [Anmerkung: New York], so landen auch hier stündlich Dampfschiffe.« Wenn Dampfschiffe, ohne ihre jeweilige Größe zu berücksichtigen, das einzige Vergleichskriterium der beiden Städte Starnberg und New York sind, dann lässt sich gegen den Vergleich nur schwer argumentieren. Mit selektiver Wahrnehmung lässt sich so Wirklichkeit ad absurdum führen. KV zeigt damit sein Gespür für erkenntnistheoretische Probleme und geht ihnen mit einer Pedanterie nach, die seinesgleichen sucht. Schwimmer nennt dies »die Flucht in die sprachliche Übergenauigkeit«[21], wobei diese präzise Sprache KVs gleichsam der Spiegel einer Welt ist, die sich mit einfacher Begrifflichkeit nicht fassen lässt. Eine Annäherung an diese Welt ist nur mit den dialektischen Mitteln von Rede und Gegenrede, von Spruch und Widerspruch möglich, die bei KV dann meistens ins Absurde führt. Und diesebezüglich wurde KV von einigen Kritikern mit Eugène Ionesco und Samuel Beckett verglichen.

Ausgangspunkt sind in den meisten Fällen gesellschaftliche Themen, die allerdings für den Fortgang der dialektischen Annäherung irrelevant sind. Für Hausenstein ist es eine Form von Pedanterie, eine »überbestimmte Genauigkeit, die Hyperlogik, die Spiralen des Eigensinns, der in sich selbst hineinkriecht, das Ergotieren, das den Partner auf der Bühne zur Verzweiflung, den Zuschauer und Zuhörer aber zu einer Art verzweifelten, ja wirklich: verzweifelten Gelächters trieb.«[22] Dieses Zu-Ende-denken-Müssen sei eine geistige Platzangst.

Der Drehbuchautor, Produzent und Regisseur

KV entdeckte schon sehr früh den Film als Kunstform für sich und seine humoristische Unterhaltung. Er betrachtete offenbar den Film als Ergänzung und Fortführung seiner Vortragskunst als Volkssänger mit anderen Mitteln. Als Filmschaffender durchlief er logischerweise auch keine Lehre oder Ausbildung, wie das heute der Fall ist, da es noch keine Ausbildung gab. Er ging auch bei keinem anderen Filmkünstler in die Lehre. KV eignete sich das ganze Know-how autodidaktisch an. Zu Hilfe kamen ihm dabei sicher seine handwerklichen Fähigkeiten, vor allem aber seine mehrjährige Erfahrung als Bühnenkünstler. Der erste Film mit dem Titel »Karl Valentins Hochzeit«, der leider verschollen ist, entstand 1911 oder 1912, also bereits ein Jahr bevor Charlie Chaplin seinen ersten Stummfilm drehte. Die zweite Fassung der »Hochzeit« entstand 1913, erstmals mit Liesl Karlstadt als Partnerin. Dazu schreibt KV:

> Im Jahr 1913, als man in den »Kinomatographentheatern« Münchens, deren Stadt ungefähr ein Dutzend zur Verfügung hatte, über blutige Dramen »Rotz und Wasser« heulte, ging ich in die städtische Sparkasse und holte mir einige Hunderter heraus, ging zu Zimmermeister Otto Geisser in die äußere Rosenheimerstrasse und bestellte ein hölzernes Podium 6 Meter im Quadrat. Dieses Podium ließ ich auf einer Wiese in der Martinstraße auflegen, wir (wir bedeutete in diesem Falle mein ganzer Filmkonzern, bestehend aus mir, Frl. Karlstadt, Karl Flemisch, Otto Wenninger, Frau Therese Wach, Georg Rückert) setzten selbst gezimmerte und bemalte Kulissen darauf, die wir selbst mit einem Handwagen aus der Stadt hinaustransportiert haben. Eine ebenfalls von Zimmermeister Geisser errichtete Holzhütte, Preis 200 Friedensmark diente zum Auskleiden der »Filmschauspieler«. Eine kurze Besprechung über den geplanten Film »Valentins Hochzeit« und der Film begann nach 2 kurzen Proben. {8/413}

Insgesamt wurden circa 20 Stummfilme und etwa 35 Tonfilme mit Karl Valentin und Liesl Karlstadt gedreht. Hinzu kommen noch mehrere Valentinfilme, die verschollen sind und über deren Existenz es nur einige kursorische Notizen von KV gibt. KV war von den Möglichkeiten, die der Film für die Unterhaltung bot und die er kulturell und gesellschaftlich darstellte, schon sehr früh überzeugt. Welche Bedeutung er nicht nur als Filmschaffender hatte, belegt folgende biografische Notiz:

> 1926 bot mir Mister Goodman von New York auf ein 2jähriges Gastspiel in den vereinigten Staaten für die Woche 5000 Dollar. Das hätte eine Gehaltssumme von rund 2 Millionen Reichsmark ergeben (Dollar 1926 = RM 4.20). In meiner deutschen Heimat verdiene ich die letzten drei Jahre im dritten Reich pro Monat 75,-- RM. – Ein Straßenkehrer verdient monatlich 150,-- Mk. {8/413}

Der Film, aber auch Audioaufnahmen, kam KVs künstlerischem Schaffen sehr entgegen. KV zeigte immer großes Interesse für alles Technische, das er auch gut anzuwenden wusste. Seine frühen Stummfilme halten darstellerisch und technisch jedem internationalen Vergleich stand. Hier zeigt sich in besonderer Weise sein präzises Arbeiten und die Liebe zum Detail. Dies steht nicht im Widerspruch zu seiner sonstigen Tendenz zu improvisieren, wie er selbst bekennt: »Ein Schauspieler, der seine Rolle herunterspricht, zehnmal oder hundertmal, hat es viel leichter als ich; denn wenn er stecken bleibt, wird ihm einfach das vergessene Wort souffliert. Da ich aber meine Rolle jedesmal anders spiele und auch mit anderen Worten, sodass ich, wenn ich einmal schlecht aufgelegt bin, bestimmte Witze, die ich tags zuvor auf der Bühne gemacht habe, nicht mache, so ist es für die anderen ebenso schwer wie für mich, den Kontakt weiterzufinden.«[23]

Oskar Maria Graf schrieb 1961 über KV: »Ich fürchte mich nicht, wenn man mir vorwirft, dass ich übertreibe und auf hohle Superlative verfalle, wenn ich behaupte, dass dieser ganz große, durchaus einmalige Komödiant, wäre er als junger Mensch nach Hollywood gekommen, Chaplins Ruhm erreicht hätte, und dies mit vollem Recht.«[24] Dies scheiterte nicht zuletzt an KVs großer Angst vor Reisen und seiner ausgeprägten Hypochondrie. Vielleicht war dies auch ein Grund, warum sein Wunschtraum, einen abendfüllenden Spielfilm zu drehen, zeitlebens unerfüllt blieb.

Es ist unbestritten, dass KVs Filmschaffen dennoch von Anfang an auf breiten Zuspruch in der Bevölkerung stieß. Wie anders ließe sich sonst erklären, dass zum Beispiel die Filme »Der Firmling« 1934 wegen »Verletzung religiösen Empfindens«, 1936 »Die Erbschaft« und 1942 »Der Sonderling« aus politischen Gründen und wegen Verletzung des künstlerischen Empfindens verboten wurden?[25] Ein Werbefilm für die Sparkasse zusammen mit Liesl Karlstadt war sein letzter Film und gleichzeitig sein letzter, bleibender öffentlicher Auftritt.

Eine Auswahl seiner Werke

Alles in allem war KV ein einfacher Mann, jedoch ein großer Künstler, dessen Werk uns bis heute erheitert und zum Nachdenken bringt, auf eine Weise vielleicht, wie es Kurt Tucholsky einst erlebte: »Ich kam zu spät ins Theater, der Saal war bereits warm und voller Lachen. Es mochte grade begonnen haben, aber die Leute waren animiert und vergnügt wie sonst erst nach einem guten zweiten Akt. Am Podium der Bühne auf der Bühne, mitten in der Vorstadtkapelle, saß ein Mann mit einer aufgeklebten Perücke, er sah aus, wie man sich sonst wohl einen Provinzkomiker vorstellt: ich blickte angestrengt auf die Szene und wusste beim besten Willen nicht, was es da wohl zu lachen gäbe … Aber die Leute lachten wieder, und der Mann hatte doch gar nichts gesagt … Und plötzlich schweifte mein Auge ab, vorn in der ersten Reihe saß noch einer, den hatte ich bisher nicht bemerkt, und das war: Er.

Ein zaundürrer, langer Geselle, mit staksigen, spitzen Don-Quichotte-Beinen, mit winkligen, spitzigen Knien, einem Löchlein in der Hose, mit blankem, abgeschabtem Anzug. Sein Löchlein in der Hose – er reibt eifrig daran herum. ›Das wird Ihnen nichts nützen!‹, sagt der gestrenge Orchesterchef. Er, leis vor sich hin: ›Mit Benzin wär's scho fort!‹ Leise sagt er das, leise, wie es seine schauspielerischen Mittel sind. Er ist sanft und zerbrechlich, schillert in allen Farben wie eine Seifenblase; wenn er plötzlich zerplatzte, hätte sich niemand zu wundern.«[26]

Die Auswahl der Monologe, Dialoge, Stücke, Szenen, autobiografischen Notizen und Couplets erfolgte für diesen Band nach den Kriterien: Bekanntheit, Charakteristik, Repräsentativität und Aktualität. Dazu darf ich anmerken, dass mich KV schon seit meiner Kindheit und Jugend begleitet, war doch mein Vater ein großer Verehrer KVs. Wie oft lachte die ganze Familie über den »Ententraum« (→ S. 218), den »Buchbinder Wanninger« (→ S. 187), »In der Apotheke« (→ S. 74) oder »Die alten Rittersleut« (→ S. 334). Nicht unterschieden wurde bei der Zusammenstellung nach Dialogen, Szenen, Stücken und Filmen. Die Abfolge der Texte innerhalb der Kapitel erfolgte nach ihrem zeitlichen Entstehen.

Josef K. Pöllath

Anmerkungen

1 Hausenstein, Wilhelm: Die Masken des Komikers Karl Valentin. München 1948/Freiburg 1958, S. 17.
2 Wahrig. Deutsches Wörterbuch. Gütersloh/München 2010, S. 1281.
3 Brockhaus. Die Enzyklopädie in 24 Bänden. Leipzig 2001, Bd. 19, S. 256.
4 Hausenstein, a. a. O., S. 35.
5 Schulte, Michael: Karl Valentin. Rowohlts monographien. Reinbek bei Hamburg 1968, S. 85.
6 Fischer-Grubinger, Anne-Marie: Mein Leben mit Karl Valentin. Rastatt 1982, S. 24.
7 Hausenstein, a. a. O., S. 12.
8 Pemsel, Klaus: Karl Valentin im Umfeld der Münchner Volkssängerbühnen und Varietés. Verlag Wilhelm Unverhau. München 1981.

9 vgl. Brecht, Bertolt: Über den Beruf des Schauspielers. Suhrkamp Verlag. Frankfurt 1970; S. 30 ff. und S. 81.
10 Kerr, Alfred: Karl Valentin, in: Die Welt im Drama. Zitiert nach: Schwimmer, Helmut: Karl Valentin. München 1977, S. 21.
11 Hausenstein, a. a. O., S. 36.
12 Lothar Matthäus: »Wir sind eine gut intrigierte Truppe«, nach: Arnd Zeigler: Zeiglers wunderbare Welt des Fußballs. Humboldt TB. Hannover 2014.
13 Sigmund Freud: Psychologische Schriften. Bd. IV. Frankfurt 1970, S. 185.
14 Schulz von Thun, Friedemann: Zauberkraft zwischen zwei Menschen, in: Der Spiegel. Sonderheft »Wissen«. Versteh mich nicht falsch! Hamburg 2015.
15 Hausenstein, a. a. O., S. 63.
16 vgl. Hausenstein, a. a. O., S. 61.
17 vgl. Schwimmer, Helmut: Karl Valentin. Eine Analyse seines Werkes mit einem Curriculum und Modellen für den Deutschunterricht. Oldenbourg Verlag. München 1977, S. 138.
18 vgl. Herders kleines philosophisches Wörtebuch. Herausgegeben von Max Müller und Alois Halder. Verlag Herder. Freiburg 1958, S. 42.
19 Baur, Dominik: Der große Wrldbrmpfd, in: Der Spiegel vom 1. Juni 2007.
20 vgl. Bochenski, Joseph M.: Wege zum philosophischen Denken. Verlag Herder. Freiburg 1959, S. 35 ff.
21 Schwimmer, a. a. O., S. 45.
22 Hausenstein, a. a. O., S. 27.
23 Zitiert nach Schulte, a. a. O., S. 84.
24 Zitiert nach Schulte, a. a. O., S. 139.
25 Bachmaier, Helmut/Faust, Manfred: Karl Valentin. Sämtliche Werke in acht Bänden und einem Ergänzungsband. Piper Verlag. München 1997, Bd. 8, S. 612.
26 Tucholsky, Kurt, zitiert nach: Das große Karl-Valentin-Buch. Herausgegeben von Michael Schulte. Piper Verlag. München 1973, S. 53.

»Fremd ist der Fremde nur in der Fremde«

Der Wortzerklauber

Das Aquarium

Eine botanozoologische Viecherei

Weil wir gerade von einem Aquarium reden: ich hab nämlich früher – nicht im Frühjahr – früher in der Sendlingerstraße gewohnt. Das heißt, nicht in der Sendlingerstraße, das wäre ja lächersam – in der Sendlingerstraße könnte man ja gar nicht wohnen, weil immer die Straßenbahn durchfährt. Also, in den Häusern der Sendlingerstraße habe ich gewohnt. Nicht in allen, nur in einem davon. In dem, das zwischen den anderen so drinsteckt, ich weiß nicht, ob Sie das Haus kennen. Und da wohne ich. Aber nicht im ganzen Haus, sondern nur im ersten Stock. Der ist unterm zweiten Stock und da geht in den zweiten Stock eine Treppe hinauf. Das heißt – sie geht schon auch wieder herunter, vielmehr wir, nicht die Treppe, gehen hinauf, man sagt halt so.

Und da habe ich in dem Wohnzimmer, wo ich schlafe (ich habe extra ein Wohnzimmer, in dem ich schlafe, und im Schlafzimmer wohne ich), also da habe ich zu meinem Privatvergnügen ein Aquarium. Das steht so in der Ecke drin. Ich hätte ja so ein rundes Aquarium auch haben können, dann wäre aber die Ecke nicht ausgefüllt.

Das Aquarium hat ringsherum vier Glaswände, und unten hat es einen Boden, der das Wasser hält. Wenn Sie nämlich oben Wasser hineinschütten würden, und der Boden wäre nicht da, da könnten Sie ja oben zehn, zwanzig oder sogar dreißig Liter hineinschütten – das würde alles wieder unten hinauslaufen. Bei einem Vogelkäfig sind die Wände auch so ähnlich wie bei einem Aquarium, aber da ist alles ganz anders. Da sind die Wände nicht aus Glas, sondern aus Draht. Es wäre ja auch ein Riesenunsinn, wenn's beim Aquarium ebenso wäre, weil das Aquarium das Wasser nicht halten könnte. Da liefe ja das Wasser immer neben dem Draht heraus. Drum ist eben alles von der Natur so wunderbar eingerichtet.

Ja, und ich habe eben in meinem Aquarium Goldfische, und in meinem Vogelkäfig hab ich einen Vogel. Jetzt hat mich neulich mal die Dummheit geplagt, da hab ich die Goldfische ins Vogelhaus getan und den Kanarienvogel ins Aquarium! Natürlich sind die Goldfische im Käfig immer wieder von der Sitzstange runtergerutscht, und der Kanarienvogel wäre mir im Aquarium bald ersoffen. Dann hab ich die Sache wieder richtiggestellt, und nun sind die Fische wieder lustig im Aquarium geschwommen, erst links, dann rechts, dann hinunter, dann wieder hinauf – die schwimmen fast jeden Tag anders.

Vorgestern ist mir ein Malheur passiert. Die Fische brauchten Wasser, und ich hab einen Wassereimer voll nachgefüllt. Und nun ist das Wasser zwei Zentimeter hoch übers Aquarium hinausgestanden. Das hab ich aber erst am andern Tag gemerkt, und ein Goldfisch ist über den Rand geschwommen und auf den Fußboden hinuntergefallen, weil wir in dem Zimmer, wo das Aquarium steht, einen Fußboden haben. Nun hat aber der Fisch am Boden kein Wasser gehabt, weil wir so, außer im Aquarium, kein Wasser im Zimmer haben. Da hab ich den Fisch aufheben und wieder ins Aquarium zurücktun wollen, aber der Fisch war so glatt und ist mir immer wieder aus der Hand geglitscht. Ja, wenn er aus Eisen wäre, dann hätte ich einen Magnet genommen, und die Sache wäre erledigt gewesen. Aber es ist ja wieder von der Natur so schön eingerichtet, dass die Fische nicht aus Eisen sind, sonst könnten sie ja erstens nicht schwimmen, und zweitens könnte man sie ja dann nicht essen.

Also, den Fisch, der da am Boden lag, den hätte ich nie gegessen! Erstens würde ich von einem Fisch nicht satt werden, und wenn ich die anderen auch alle essen täte, dann wäre ja das Aquarium leer! Ess ich die Fische wirklich und verkaufe das leere Aquarium – hat der andere das Aquarium, und ich hab die Fische.

Verkaufe ich die Fische – hat der andere die Fische und ich das leere Aquarium. Verkauf ich das Aquarium mit den Fischen – so wird das ein Transport, der einen zur Verzweiflung bringt. Denn geht man schnell mit dem fischgefüllten Aquarium, dann schwabbelt immer das Wasser raus und die Fische werden seekrank. Geht man langsam, macht man drei Stundenkilometer! Trägt man die Fische extra und das Aquarium auch extra – werden die Fische kaputt.

Kauft mir der andere nur das Aquarium ab, dann kann er zwar das Aquarium schnell heimtragen, aber er hat keine Fische dazu. Kauft er mir das Aquarium nicht ab und die Fische auch nicht – hat er gar nichts. Und das ist das einzig Richtige. Denn lieber gar nichts, als ein Aquarium, aus dem ein Fisch herausgestürzt ist, und der dann am Boden liegt, und den man nicht aufheben kann. Nicht, weil er so schwer, nein, weil er so glatt ist, wie ein Fisch!

Natürlich wäre der Fisch auf dem Fußboden bald hingewesen. Ich wollte ihn mit einem Browning erschießen, aber die Schießerei war mir zu unsicher, ich nahm den Fisch und warf ihn in die Isar, und er ertrank.

Gott sei Dank!

{1/13}; Entstehung um 1908

Sendlinger Straße: benannt nach dem ersten Ort, den man nach der Stadt erreichte, wenn man der Straße aus der Stadt folgte. Der Ort wurde 1877 eingemeindet. Heute ist die Straße im Zentrum der Stadt.
Browning: umgangssprachlich für Schusswaffe

Riesenblödsinn

(*Vortragender ist komisch gekleidet, hält eine Gitarre in der Hand).*

Gestatte mir, Ihnen ein Lied mit Gesang zum Vortrag zu bringen, ich hab nämlich a wunderbare Stimm, ich habe das Singen gelernt auf einer Maschine, auf einer Singermaschine, ich hab bis neunzehn Jahre einen wunderbaren Tenor gehabt, mit zwanzig Jahren hab ich an Bass bekommen, einen Reisepass.

Also, ein Lied mit Gesang!

(Vorspiel)

Jetzt fällt mir der Anfang nicht ein von dem Lied, ddddddd, das ist mir aber peinlich, daheim hab ich's großartig können, aber ich kann doch jetzt nicht extra heimgehen, an Schluss weiß ich schon, aber wenn ich mitn Schluss anfang, werd ich zu früh fertig – – fällt mir nicht ein – – dann erzähl ich Ihnen derweil was, bis mir das Lied einfällt. – –

Sehn S', die Gitarre da, das ist noch ein Andenken von meinem Großvater, denn diese Gitarre hab ich mir vor vierzehn Tagen gekauft, aber nicht auf einmal, sondern so stückweise, zuerst hab ich mir das billige Zeug dazu gekauft … *(zeigend)*

Das Loch hier! – Da hab ich eine Mordslauferei gehabt, bis ich das Loch bekommen hab, ich bin zu einem Instrumentenmacher gegangen und hab gsagt: Bitte, haben Sie ein Loch? Ja, sagt er, zu was brauchen Sie denn ein Loch?

Sag ich: für meine Gitarre.

Nein, sagt er, ein solches hab ich leider nicht!

Dann hab ich mir ein Ofenrohr gekauft, hab das Blech von dem Ofenrohr weggerissen, und ich hab dadurch ein Loch bekommen – dann hab ich um das Loch Bretter machen lassen, dazu einen Saitenhals, hab Saiten draufgspannt, und die Gitarre war fertig. Zum Aufziehn der sechs Saiten hab ich zwei Tag gebraucht, denn ich hab die Saiten in die Schraubwirbel neigsteckt – hab's Drehen angefangen, aber ich hab vergessen, dass ich die Saiten unten

(zeigend)

anghängt hab! – Durch dieses Unten-nicht-anghängt-Sein, haben sich die Saiten immer auf den – – – na – – – das verstehen Sie ja doch nicht, wenn Sie noch nie im Leben eine Gitarre gesehen haben; für die Gitarre hab ich einen Sack machen lassen aus Wachsleinwand – der Sack is immer größer und größer worn, weil er aus Wachsleinwand war. – – – Also ein Lied!

In einem kühlen Grunde, da geht ein Mühlenrad.
Mein Liebchen ist verschwunden, das dort gewohnet hat!

Sehn Sie, das ist ein schönes altes Lied, aber ich find das furchtbar blöd. Dös müssen S' Ihnen einmal genau überlegen, dös kommt doch in dem Lied grad raus, als wenn das Liebchen – also mir is ja ganz wurscht, wo die gwohnt hat – von mir aus kann ja das Liebchen wohnen, wo's mag – aber dem Lied nach hat die unbedingt in dem Mühlenrad gwohnt, wie gsagt, von mir aus kann die wohnen, wo's mag, aber wenn das Liebchen wirklich in dem Mühlenrad gwohnt hat, dann hat das Mädel noch keine ruhige Stund ghabt!

Es gibt ja noch so Lieder: Da hab ich amal einen singen hören, der is auf der Bühne gstanden und hat gsungen: Ob du mich liebst, hab ich den Wind gefragt! – An Wind muss er fragen, er soll's doch gleich selber fragen, der Gletzenkopf, der kann sich's doch denken, dass er da a windige Antwort kriegt!

Einen noch größeren Blödsinn hab ich in einem Theater singen hören bei der Operette – ich weiß nicht mehr wie's heißt. Da kommt das schöne Lied vor: »Und der Himmel hängt voller Geigen« – Also das tät ich mir noch gfalln lassen, dass der Himmel voller Geigen häng. – Aber den möcht ich kennen, der wo die vielen Nägel in Himmel neigschlagn hat, wo die Geigen alle dran hängen! …

Na, da sehn Sie doch ganz deutlich,
Hochverehrtes Puplikum,
Nichts als Blödsinn, Blödsinn, Blödsinn,
Nehmen S' mir die Sach nicht krumm!

{1/34}; Entstehung zwischen 1908 und 1910

»In einem kühlen Grunde«: Gedicht von Joseph von Eichendorff, 1788–1857, deutscher Lyriker und Schriftsteller.
»Ob du mich liebst, hab ich den Wind gefragt«: Lied aus der Operette »Nakiris Hochzeit«. Komponist Paul Lincke, Entstehung: 1902
Gletzenkopf (eigentlich Kletzen): langweiliger, unmännlicher, schwächlicher Mann

Im Gärtner-Theater

Ich weiß nicht mehr genau, war das gestern oder war's im vierten Stock oben, da bin ich mit meiner Mutter ins Gärtnertheater gegangen. Wir haben zwei Billetten gehabt, und mit diesen zwei Billetten sind wir zu einer Vorstellung gegangen. – Wir hätten uns zuerst bald nicht hinein getraut, weil wir geglaubt haben, ins Gärtnertheater dürfen nur die Gärtner hinein, wir haben aber vorsichtshalber in einem Auskunftsbureau telefonisch angefragt, und da hat's dann geheißen »Ja«, dann waren wir wenigstens sicher, dass wir uns nicht umsonst angezogen haben – weil wir angezogen ins Theater hinein gegangen wären. – Kaum sind wir drin gesessen, ist es noch lang net angegangen, ja haben wir uns gedacht, jetzt warten wir schon bis es angeht, wenn wir schon positiv das Theaterstück sehen wollen, denn wegen dem Theaterstück sind wir hauptsächlich hineingegangen. No, wie wir so a halbe Stund drinsitzen, auf einmal – geht's noch nicht an; ja, haben wir uns gedacht, wir zahlen doch nicht fürs »no net angehn«. Auf einmal sind die Musiker reingekommen, die haben sich gleich vorn an die Bühne hingesetzt, dass ja alles recht gut sehn und hörn, die andern Leute, wo zahlen und 's Jahr vielleicht einmal ins Theater hinein kommen, die dürfen sich hinten hinsetzen. – Endlich ist dann 's Theaterstück selbst angegangen, jetzt das hat uns eigentlich weniger interessiert, weil's uns der Vater zu Haus schon erzählt hat, gehen haben wir auch nicht gleich wollen, wenn wir schon extra deswegen hergegangen sind.

Nach dem ersten Akt ist eine Pause gekommen, während der Pause haben s' überhaupt nicht gspielt, da ist da Vorhang runter gangen, dann haben wir nicht mehr gsehn, wie's droben weiterspielen. Jetzt haben uns ich und meine Mutter gedacht, jetzt könnten wir eigentlich in den Erfrischungsraum hinaufgehen, weil's uns so heiß war; no, wir sind hinaufgegangen, da habn wir uns gar nicht auskennt droben, da hat's Flaschenbier geben, Schokoladebonbons, belegte Brötchen und lauter so Zeugs, und ich und meine Mutter, wir haben uns den Erfrischungsraum so wie ein Brausebad vorgestellt. – No, dann sind wir wieder hinuntergegangen auf unsere Plätze, ins Parkett, da ist uns beim nächsten Akt was Dummes passiert, da habn wir sehen wollen, ob auf der Bühne ein Teppich liegt, drum sind wir aufgestanden von unsere Sitz, derweil schreien s' hinter uns »setzen«; wie wir uns niedersetzen wollen, haben wir keine Sessel mehr, haben s' uns in diesem Moment die Sessel gestohlen. Jetzt haben uns ich und meine Mutter, bis der Akt aus war, in der Kniebeuge so hinbuckeln müssen, wissen S' wie uns die Haxen weh getan haben; erst wie der Akt gar gewesen ist und wie das Theater heller wurde, sind wir auch heller worden, da sind wir drauf gekommen, dass die Sitz bloß so hinaufgeschnappt sind.

Nach dem vierten Akt war's dann beim Schluss gar, jetzt hat's uns erst interessiert, wie das Theaterstück heißt, wo wir grad gesehen haben. Wir haben schon an Theaterzettel dabei gehabt, aber einen alten, vom Hoftheater, aus Lohengrün, den haben wir uns nur mitgenommen, dass wir uns im Gärtnertheater nicht extra einen kaufen müssen, darum hat nix gestimmt drauf, weil das Stück wo wir grad gesehen habn, hat der Herr neben uns gsagt, heißt »Bruder Straubinger«. – Drum ist auch kein Schwan dahergekommen, anstatt dem Schwan ist eben dann der Bruder kommen, da Straubinger. – Wir wärn dann schon noch sitzen geblieben, aber die andern Leut sind schon alle draußen gewesen, haben wir uns denkt, gehn wir auch, und weil wir so müd waren, wären wir gleich gefahren, weil grad wie wir zum Theater hinaus sind, ist ein Auto draußen gstanden – draußen gestanden sind ja mehr, jetzt wir wären bloß mit einem gefahren, weil wir nicht mehr Geld dabei gehabt haben. – Wie wir an das Auto hinkommen, fragt der Chauffeur, wo wir hinfahren wollen – da sind wir nicht gefahren, grad weil er so neugierig gewesen ist, und zweitens hätte sich's Fahren bei uns so nicht recht rentiert, weil wir vis-à-vis vom Theater wohnen.

Dann sind wir heim und ins Bett gegangen, d. h. nicht gegangen, sondern hineingestiegen, weil wir vom Zimmer bis zum Bett haben wir nicht gar so weit zu gehen.

Wir haben die ganze Nacht geschlafen, wie wir in der Früh aufwachen, hat uns die ganze Nacht vom Theaterstück geträumt, haben wir das ganze Theaterstück im Bett gesehen, wissen S' wie uns das Geld gereut hat für die zwei Billetten. Wir haben uns aber verschworen, dass wir nie mehr ins Gärtnertheater gehen, außer wir sind am Tag vorher im Bett gelegen.

{1/17}; Entstehung um 1909

Haxen: die Beine (auch Füße)
gar: aus, beendet, zu einem Schluss kommen
Gärtnertheater: Name des Theaters, der sich vom Platz ableitet, an dem das Theater steht, dem Gärtnerplatz. Der exakte Name lautet: Staatstheater am Gärtnerplatz. Der Name Gärtnerplatz ist nach Friedrich von Gärtner, dem Hofarchitekten König Ludwig I. von Bayern, benannt (allerdings wurde das Theater nicht von Gärtner erbaut, sondern von Franz Michael von Reifenstuel)
Erfrischungsraum: Foyer (Wortspiel, das Bad oder Toilette meint, die auch als Erfrischungsräume bezeichnet wurden)

Die Uhr von Löwe

Gestatten Sie, dass ich Ihnen ein schönes Lied vortrage, und zwar die Ballade »die Uhr« von Löwe. Setze voraus, dass ich mich bei diesem Vortrage selbst begleite, weil ich mich, Gott sei Dank, selbst begleiten kann. Erst kurz [alternativ: Kürzlich ab ich mich sogar selber heimbegleit] habe ich mich selbst nach Hause begleitet, das hat zwar sehr dumm ausgesehen, wie ich so allein neben mir hergegangen bin, aber die Hauptsache ist, dass ich mich selbst begleiten kann. Da bin ich heute meinem Vater noch dankbar, dass er mich so streng musikalisch erzogen hat. Sie, der hat mich streng musikalisch erzogen! Als Kind habe ich nur mit der Stimmgabel essen dürfen, geschlagen hat mich mein Vater nach

Noten. Die Uhr von Löwe. Sehen Sie, wie mir mein Vater das Gitarrespielen hat lernen lassen, hat er mir bei einem Tändler eine ganz alte Gitarre gekauft, auf der Gitarre war keine einzige Saite mehr drauf, also nicht einmal eine – aber mein Vater hat gesagt, zum Lernen ist die gut genug. Die Uhr von Löwe. Schicke voraus, dass dieser Löwe kein Uhrmacher war, sondern Komponist. Die Uhr von Löwe. Sehen Sie, weil wir gerade von einer Uhr reden, mein Uhrgroßvater lebt nämlich noch, und dem wurde vor kurzer Zeit seine Uhr gestohlen. Seit dieser Zeit ist er jetzt jünger, denn jetzt ist er nur noch »Großvater«. Die Uhr von Löwe. Ich hab auch einmal einen Verdruss gehabt mit einem Uhrmacher. Da hab ich mir bei einem Uhrmacher so eine moderne Taschenuhr gekauft. Mit dieser Uhr bin ich acht Tage herumgelaufen und hab nie gewusst, wieviel Uhr es ist, weil keine Zeiger und kein Zifferblatt auf der Uhr waren, und das ist doch eigentlich die Hauptsache von einer Uhr. Und weil ich mich nicht ausgekannt habe mit dieser Uhr, habe ich die Uhr an die Wand hingeworfen, weil ich geglaubt habe, dass vielleicht eine Wanduhr daraus werden könnte, aber sie ist in tausend Scherben zerbrochen und unter diesen Scherben habe ich herausgefunden, dass ein Zifferblatt und ein Zeiger doch dabei waren, aber die müssen innen gewesen sein. Dann bin ich aber zu dem Uhrmacher gegangen und hab es ihm gesagt. Ja, sagt er, das glaub ich schon, da hätten sie bloß den Sprungdeckel aufmachen sollen. Die Uhr von Löwe. Auf diesen Uhrmacher habe ich heute noch einen Zorn, weil er mir das nicht gesagt hat von dem Sprungdeckel. Dann hab ich mir aus Rache eine wirkliche Wanduhr gekauft, so eine alte, mit langen Ketten zum Aufziehen. Das war so eine Arbeit, wie ich mit der Uhr das erste Mal spazieren ging, da sind mir immer die Gewichte zwischen die Füße gekommen und der Nagel hat mir weh getan.

Die Uhr von Löwe. Ich trage, wo ich gehe, stets eine Uhr bei mir, wie viel es ge – – – Sehen Sie, wenn man es eigentlich richtig nimmt, passt dieses Lied gar nicht für Gitarre, weil es heißt: ich trage, wo ich gehe usw.; ich gehe aber jetzt nicht, ich stehe (oder sitze) jetzt, weil ich unterm Gitarrespielen nicht gehen kann, und dann hab ich keine Uhr, die hab ich versetzt.

Sehr geehrtes Auditorium, nachdem ich unterm Gitarrespielen nicht gehen kann und außerdem meine Uhr versetzt habe, ist es mir leider nicht möglich, Ihnen die Uhr von Löwe zum Vortrag zu bringen.

{1/24}; Entstehung 1909

Carl Loewe: eigentlich Johann Carl Gottfreid Loewe (1796–1869), deutscher Komponist und Kantor. »Die Uhr« aus op. 123, 1852.

Hinaus ins Freie

Komische Soloszene

(*Der Vortragende kommt ganz matt auf die Bühne, als ob er große Strapazen mitgemacht hätte. Melodie: Hinaus in die Ferne.*)

Hinaus in das Freie,
Am Sonntag in der Früh,
Wenn's Wetter recht schlecht is,
Brauchst du ein Paraplui.
Ein Ausflug ist das Schönste auf der Welt,
Nur kost er oft viel Ärger und sehr viel Geld.

Da haben nämlich ich, meine Freunde und wir vor kurzer Zeit einen Ausflug gemacht, das heißt, das ist eigentlich auch schon wieder drei Jahr her. Bei diesem Ausflug haben wir mehr Verdruss ghabt, als wie Ärger. – Am Bahnhof draußn is es scho anganga, wie wir nämlich in den Zug einsteign wolln, sehn wir, dass der Zug bloß 12 Wägn ghabt hat; wir waren aber zu dreizehnt, jetzt hab ich mit'n nächsten Zug nachfahrn müssen.

Während der Fahrt habn uns alle Leut beredt, weil wir schwarz anzogn warn: Gehrock und Zylinder; weil wir hättn, anstatt dass wir den Ausflug machn, hätten wir zu einer Beerdigung gehn solln von einem guten Freund, aber wir haben's uns überlegt, denn lebend hätten wir den doch nimmer angetroffn und so hat's auch keinen Wert ghabt, haben wir uns denkt, machen wir lieber den Ausflug. Die Fahrt war sehr ermüdend, erstens war's furchtbar heiß an dem Tag, und Aussicht habn wir gar keine ghabt, als wie links und rechts lauter Schneefelder. Kurz vor der Station entgleist auf einmal der Zug, fahrt über Böschung nunter und überrennt Häuser und Bäume, rennt ins Dorf nei und direkt in ein Wirtschaftsgebäude hinein, mitten ins Lokal. Natürlich habn wir den Lokomotivführer glei die größten Grobheiten gmacht und habn ihn gfragt, warum dass er mit dem Zug da ins Lokal nei fahrt, sagt er, dös muss er tun, vom Verkehrsministerium aus, weil das a Lokalzug is. Wir habn uns dann entschuldigt und sind zu Fuß weitergegangen, in die nächste Wirtschaft zum Mittagessen. Ich bestell mir da einen Kalbsbraten mit gerösteten Kartoffeln; derweil bringt mir die Kellnerin einen Kalbsbraten mit so großen Kartoffeln. Ja, sag ich, ich hab doch gröste bstellt, ja, sagt sie, dös san die »größten«, wo wir habn.

Von da aus sind wir nacha glei ins Bett ganga, denn es war so schon zwei Uhr nachts. In diesem Wirtshaus haben's aber nur bloß ein Fremdenbett ghabt, jetzt habn uns wir zu dreizehnt in ein Bett neingelegt, dös war a so a Haufn, i war aber drobn glegen; immer, wenn der unterste aufgschnauft hat, hat's mich am Plafond hindrückt. Am andern Tag warn wir a halt alle halb kaputt. Dö größte Viecherei habn wir eigentli am andern Tag mitgmacht, da habn wir a Bergpartie machn wolln, wir habn uns aber vorsichtshalber glei für den ganzen Tag was zu essen mitgnommen und sind zu einem Käshändler neiganga und habn uns um acht Mark an Lineburgerkäs kauft, an ganz weichen, da habn wir so an großen Papiersack voll kriegt um acht Mark, den habn wir zu viert raustragn, den Papiersack; kaum sind wir auf der Straß' gwesen, reißt der Sack, rinnt der ganz Lineburger aus, und – und fängt zu laufn an. Ich und zwei Radfahrer sind dem Lineburger nach, meinen Sie, wir hätten den Lineburger noch erwischt? D'Straßn hat ausgschaugt wie d' Lüneburger Heide; na, wir sind dann aufn Berg nauf gstiegn, wie wir am Gipfel drobn sind, tritt plötzlich eine Sonnenfinsternis ein und wir müssen im Finstern wieder runter gehn.

Auf einmal falln wir in eine Schlucht hinunter und können nicht mehr rauf. Wo nun eine Leiter hernehmen? Auf einmal nach langem Hin- und Her-Besinnen fällt uns ein, dass wir unter unserer Gesellschaft einen Opernsänger haben, der hat dann die Tonleiter gesungen, wir sind auf dieser Leiter naufgstiegn und waren gerettet. Und wenn's auch gfährlich war, es war doch interessant und deshalb sing ich:

Hinaus in das Freie,
Am Sonntag in der Früh,
Wenn's Wetter recht schlecht is,
Brauchst du ein Paraplui,
Ein Ausflug ist das Schönste auf der Welt,
Nur kost er oft viel Ärger und sehr viel Geld.

{1/28}; Entstehung 1909

Plafond: Zimmerdecke, Weißdecke
Lineburger Käs: gemeint ist wahrscheinlich Limburger Käse
Paraplui: auch Parablü, Regenschirm; eines der vielen Wörter, die noch aus der napoleonischen Besatzung stammen

Unsere Haustiere

(Ein Vortrag gehalten von Professor Karl Valentin, Ordinarius der Viecherei in München.)

Sehr geehrter Zuschauerraum, es freut mich hundsgemein, nein! ungemein, dass Sie sich heute zu meinem wissenschaftlichen Vortrag über den Nutzen und Schaden der Haustiere hier eingefunden haben. Wenn man von Haustieren spricht, so ist jeder darüber im Zweifel, handelt es sich hier um die Haustiere am Haus oder im Haus. – Mein heutiger Vortrag behandelt die Haustiere im Haus. Unter einer Haustüre und einem Haustier ist ein himmelweiter Unterschied, denn erstere ist aus Holz, letzteres aus Fleisch und Blut.

Eines unserer bekanntesten Haustiere ist der populäre schwarzbläuliche Küchenschwabe. Er wird in vielen Fällen über 6 bis 4 Wochen alt und findet meist einen unnatürlichen, jedoch schnellen Tod durch die menschliche Schuhsohle. Der bekannte Knall beim Zertreten eines Küchenschwaben wird durch Eindrücken des Brustkorbes hervorgerufen. Der Küchenschwabe läuft sehr schnell, was darauf schließen lässt, dass es ihm die meiste Zeit pressiert. Sind mehrere Schwaben beisammen, so nennt man das einen Schwabenschwarm, sind es ausgerechnet sieben Stück, so sind das sieben Schwaben, welche aber mit den sieben Schwaben nicht identisch sind. Erstere haben ihre Heimat in der Küche, letztere in Ulm.

In meiner nächsten Abteilung stehe ich im Zeichen der Wanze. – Liebe Zuhörer und Zuhörerinnen! Von der Wanze glaube ich Ihnen nicht viel sagen zu brauchen, denn Sie alle kennen ja das Leben und Treiben dieses scheußlichen Blutsaugers von der Schule her, wo Ihnen das Tier schon näher erklärt worden ist.

Ich komme nun zum dritten Haustier, zum Floh. Hier ist es mir möglich gewesen, eine fotografische Abbildung zu gewinnen. Eine geradezu wahnsinnige Arbeit war es, dieses flinke Tierchen zu fotografieren. Über dreitausendmal hüpfte es dem Fotografen aus der Stellung, und nur durch gutes Zureden ist es ihm gelungen, das Tier zu einer Momentaufnahme zu bewegen. – Der Floh nährt sich vom Blut des Menschen oder, besser ausgedrückt, vom menschlichen Blut, nach eigener Erfahrung und Ansicht ist ein Floh trotz seiner winzigen Körpereigenschaft imstande, 60 Liter Menschenblut in sich aufzunehmen.

Wir kommen nun zu der Laus. – Die Laus bewohnt den Haarboden des menschlichen Kopfes. Nicht jeder Mensch ist mit Läusen geplagt. Am meisten werden davon die Buben heimgesucht. Ist ein Bube mit Läusen bedacht, so entsteht daraus der sogenannte Lausbub. Bei älteren Personen, Glatzköpfe oder Plattenberger genannt, finden diese Liliputschildkröten keine Wohnstätten. Die zweite Abart sind die Gewandläuse, welche sich im Gewand der Menschen aufhalten. Adam und Eva im Paradies kannten diese Sorte Läuse nicht, da dieselben kein Gewand besaßen, sondern nur Blätter. Es gibt auch Blattläuse, welche aber nicht zu den Haustieren gehören. Eine vierte Art von Läusen ist mir noch bekannt, die sich aber nur in Bierfilzeln und Filzschuhen aufhalten. – Eine Laus tritt nur einen Tag auf, ist von den Kindern gefürchtet und heißt Nikolaus. – Auch die Bühnenkünstler, Sänger, Schauspieler und Komiker haben die Läuse gern, jedoch nicht Kopfläuse, sondern Appläuse.

Nach Erklärung der kleineren Haustiere folgen nun die Haustiere größerer Körpereigenschaften. Da steht in erster Linie die Maushaus, nein! Hausmaus. Die Maus besteht nach zoologischer Feststellung aus Mau und Ringl-s und ist mit einem mausgrauen Fell überzogen. Die Maus läuft auf vier Füßen oder in die Mausfalle. Sind zwei Mäuse beisammen, so vermehren sie sich sehr schnell. Die jungen Mäuse dagegen sind um ein großes Stück kleiner als die älteren. Die Maus verwandelt sich oft sehr schnell. Fällt eine Maus in einen Honigtopf, so entsteht daraus eine zuckersüße Maus. Am wohlsten fühlt sich die Maus im Loch, im Mausloch, auch ich … bin der Überzeugung. Die nächsten Verwandten der Maus sind die Ratten, im Volksmund der Ratz genannt.

Die Ratzen sind hässliche Tiere, und man nennt einen Ratzen im allgemeinen »schialige Ratz«.

Sechstes Tier: Die Fliege. Die Fliege gehört zum Geflügel. Die Fliege ist eines der reinlichsten Haustiere. Es ist festgestellt, dass die Fliegen sehr oft heiße Bäder nehmen. Zum Ärgernis der Hausfrau nehmen sie diese Bäder im Suppenhafen. Die Fliege dient auch als Nahrungsmittel, jedoch nicht für den Menschen, aber für den Laubfrosch. Die Fliege wird von den Menschen sehr lästig befunden, weshalb man ihr todbringende Fallen stellt, in Form von Fliegenhüten. Ein Fliegenhut ist ein Apparat aus Packpapier, welcher im 75. Gradwinkel zu einem komischen, nein! konischen Zylinderkegel geformt und mit einem zähen Leim, sogenannten Fliegenleim, bestrichen ist. Stellt man die auf lateinisch mit Papp bestrichene »Stranitze« auf eine flache Ebene, Küchentisch usw., und die Fliege bemerkt diesen Vorgang, nähert sich die Fliege diesem Apparat, umkreist ihn summend, bei der Fliege treten sodann indirekt Halluzinationen ein, sie ist der sicheren Meinung, der auf dem Papierkegel befindliche Leim ist kein Leim, fliegt auf den Leim, und siehe da, sie paapt, nein! pappt.

Der lächelnde Blick der Fliege verschwimmt, in ihren Gesichtskreis tritt ein leichtes Erröten ein, die Flügel werden schlapp, weil sie voll Papp, und mit stierem Blick erwartet sie das langsame Sterben. Mit Aufgebot aller Kräfte entreißt sie einen Flügel aus der klebrigen Masse, um mit denselben Schwingungen zu erzeugen, der durch Vibrationen summende Schallwellen hervorruft. Durch dieses Gesumm werden die anderen Fliegen auf die traurige Situation ihrer Kollegin aufmerksam, fliegen hilfebringend herbei und auch sie pappen. (Sakra, jetzt papp i aa.)

Zum Schluss das letzte Haustier, die Kuh. Leider ist es mir wegen Mangel an Platz unmöglich, ein lebendes Exemplar einer Kuh mitzubringen. Ich finde es auch nicht durchaus nötig, denn ich setze voraus und bin überzeugt, dass die meisten der Anwesenden schon eine Kuh gesehen haben. Ich bediene mich deshalb einer Kripperlfigur zur näheren Erklärung. Der Hauptbestandteil der Kuh ist die Milli, kurz gesagt die Milch. Die Milch ist das flüssigste Nahrungsmittel außer dem Wasser. Die Milch ist an ihrer weißen Farbe erkenntlich. Die Milch kann in Tassen, Flaschen, Büchsen, Gläsern oder anderen hohlen Gefäßen aufbewahrt werden. Ist zum Beispiel ein Kübel voll Milch, so nennt man sie Vollmilch. Die Milch gewinnen wir Menschen von den Bauern oder von der Ziege; die bekannteste Milch ist jedoch die Kuhmilch, es gibt auch Lilienmilch, nur werden die Lilien nicht gemolken, sondern gepflückt. Wir haben auch Milchstraßen, eine am Himmel, eine in Haidhausen. Diese kommen aber zur Milchlieferung nicht in Betracht. Wird zum Beispiel die Kuhmilch auf dem Feuer gesotten, so entsteht daraus die sogenannte heiße Milch, welche zum Kochen verwendet werden kann. Die Milch ist am leichtesten zu verdauen, da sie weder gebissen noch trichinenfrei ist. Die Milch kann getrunken, gefahren oder getragen werden. Viele Frauen können die Milch trinken, aber nicht tragen, da dieselben keine haben. Schüttet man in die Milch Kaffee, entsteht daraus Melange, schüttet man in die Milch Wasser, so ist es eine Gemeinheit, welche mit Gefängnis bestraft wird, und der Milchfrau wird die Milch entzogen oder besser gesagt die Konfession. Die neueste Entdeckung aus Milli Soldaten herzustellen, steht wohl einzig in der Welt. Der berühmte Komiker Rzpleckp hat diese Erfindung einem eigentlichen Zufall zu verdanken; das Rezept ist folgendes: man nimmt einen großen Kübel Teer, gießt in diesen Teer Milli, vermengt die Milli mit dem Teer und es entsteht daraus Militär. –

Ich beschließe nun meinen wissenschaftlichen Vortrag und fordere Sie auf, sich von den Sitzen zu erheben und mit mir in den Ruf einzustimmen: unsere sämtlichen Haustiere, sie leben, vivat hoch! hoch! hoch!

{1/52}; Entstehung etwa 1919

schialige: (eigentlich schiech, schiach) unansehnlich, hässlich, widerlich
Stranitze: spitze Papiertüte
Haidhausen: Stadtteil von München, bis 1854 Vorstadt, dann eingemeindet

Im Kino

Im Kino – im Kino, da ist's sehr interessant.
Im Kino – im Kino, da sieht man allerhand.
Die neusten Schlager der Saison
die kemma mir net aus,
drum kumm i 's ganze Jahr fast aus dem Kino nimmer raus.

Ich komm jetzt grad vom Kino, ich komm überhaupt immer vom Kino, fast immer darf ich sagn, na na es ist net so gefährlich – ich komm scho hie und da nei, in der Woch vier- bis fünfmal, ja no da gibts Weiber, die renna ja jeden Tag ins Kino, und d'Hausarbeit lassen S' Hausarbeit sein. Na na dös sieht mein Mann schon ein, dass a so a brave Frau wie er hat, auch ein Vergnügen haben muss.

Teuer ist's halt jetzt worn die letzten Jahre, teuer – an Mordseintritt verlangen s' halt jetzt schon überall, und als Beamtensgattin nimm i halt doch immer an ersten Platz um drei Mark – no ja a so a 60 bis 70 Markl alle Monat leppern sich schon zsamm mit dera Kinolauferei.

Sie ham scho a allaweil so schöne Flimm auch, sehn S' so dapperd bin ich, acht Jahr lauf ich schon nei, und net amal wissen tu ich, wia ma sagt, – Film hab ich sagn wolln, net Flimm.

Ja das letzte Drama, also ich sag Ihna, prachtbar sag ich Ihna, einfach gotthaft, wia hat's jetzt glei ghoaßen? Das verweste Kind in der Bäckerherberge, ich sag Ihne, das war flimunimal, das war ein Stuttgart Webbs Flimm – die Astmah Nielsen – das Weib spielt – dl – dl – Entsetzlich, wias da – an dera Telegraphenstange naufklettert, na ich hab nimmer hinschaugn könna; weil meine Augengläser so schmierig warn, dö hat mir mei Pepperl dahoam mit seine dreckaten Pratzen voll Marmelad anpappt, der Saufratz.

Ja d'Astmah Nielsen, die spielt einzig. – Da gfallt mir die Fern Andra eigentlich – noch viel besser, d'Fern Andra dös is a andere, die hab ich in dem Sittendrama gsehn, 13 blutige Herzen – also da reit die Fern Andra auf an Elefant, also na, was sich so ein Weib alles traut, ich trauert mir net amal auf a weiße Maus naufsetzen.

Ja und was ich sagen will, ham Sie schon an Gunnar Tolnäs gesehen in dem Flimm: Die Lieblingsfrau des Maschkarara, also ich sag Ihnen zum Verlieben. Sie brauchen ja koan Gebrauch davon machen, aber mir ist's so vorkommen, als wenn er unterm Spieln ausgerechnet auf mich hergschaut hätt.

Mein Mann wenn dös wissen tät, o du heilige Dreifaltigkeit bewahr mich vor so an Leichtsinn, aba ich kann nix dafür! – Sei Fotografie hab ich mir auch schon kauft, da ist er schon wirklich gut troffen, der Tolnäs Gunnar.

Die Postkarte trag ich immer am Herzen, o du lieber Himmelvater, verzeih mir die tollen Streiche (*zieht die Karten hervor*).

Na das ist er nicht, das ist der Erich Kaiser Tietz, den hab ich in dem Drama gsehn, jetzt woaß i nimmer wias hoaßt, wo ihn die Fabrikbesitzerstocher so hergschenkt hat dös Mistvieh. In dö Regina Palast Lichtspiele in der Kaufingerstraße ham s' vor vierzehn Tag den Film gebn, der hat gheißn: Und da kam Dunkel in das Licht. Also wissen S', so was Schönes hab ich in meinem ganzen Leben noch nicht gehört, a gsehn wollt ich sagn.

Vor ein paar Tag hab ich einen komischen Film gesehn, also vor lauter Lachen hätt ich bald in Rock – wie der feine Herr mit dö Händ in den Kuhfladen neitappt ist, an ganzen Tag hab ich den Kuhfladen nimmer ausn Kopf raus bracht. Es ist ja ein großes Geheimnis, was ich Ihnen anvertraue, ich will nämlich von meinem Mann weggehen und warum meinen S'? Ich trau mirs buchstäblich nicht sagen – ich will nämlich auch zum Film gehen. Ja, ich bitt Sie, jeder ist doch sich selbst der Nächste.

Ja was glauben denn Sie, was so eine Filmschauspielerin Geld verdient?

So ein Filmstar? Und ich kann doch vielleicht auch ein Star werden?

Schon oft ham s' in einer Schusterwerkstatt einen Heldentenor entdeckt, warum soll man in mir net amal an Filmstar entdecken?

Und drum sing ich:

Im Kino – im Kino, da ist's sehr interessant.
Im Kino – im Kino, da sieht man allerhand.
Die neusten Schlager der Saison die kemma mir net aus,
drum kumm i 's ganze Jahr fast aus dem Kino nimmer raus.

{1/92}; Entstehung um 1920

Asthma Nielsen: Asta Nielsen, Schauspielerin
Fern Andra: Schauspielerin
Pepperl: Kosename von Josef
Tolnaes Gunnar: Filmschauspieler
Erich Kaiser Tietz: Erich Kaiser-Titz, Schauspieler

Kragenknopf und Uhrenzeiger

Ich habe mich ja schon furchtbar geärgert! Heute nicht, nein, jahrelang schon. Nicht, dass Sie glauben, wegen Familienangelegenheiten, nein – nur über meinen Kragenknopf! Sehen Sie, man muss ihn ja haben, den Kragenknopf, man ist ja direkt darauf angewiesen, auf den Kragenknopf! Wenn man bedenkt, was an einem Kragenknopf alles dranhängt: der Kragen, die Hemdbrust, die Krawatte usw.

Bitte, stellen Sie sich mal einen feinen Mann ohne Kragenknopf vor, wie der daherkommt! Was nützt da ein feiner Zylinder, wenn man keinen Kragenknopf hat? Rutscht ja alles herunter!

Den einzigen Menschen, den ich mir ohne Kragenknopf vorstellen kann, das ist ein Matrose, aber es kann doch nicht jeder ein Matrose sein, da müsste ja jeder Mensch ein Schiff haben, und außerdem hat nicht jeder Matrose ein Schiff! Dasselbe ist's mit dem Kaffee.

Stellen Sie sich mal einen Kaffee ohne Tasse vor! Man kann ihn doch nicht aus der Kaffeemühle trinken! Oder – einen Tisch ohne Füße – da braucht man ja überhaupt keinen Tisch, da kann man sich ja gleich auf den Boden setzen. Dasselbe ist's mit einer Uhr ohne Zeiger.

Schauen Sie, ich lauf zum Beispiel schon jahrelang herum mit meiner Uhr ohne Zeiger; die hat doch gar keinen Wert! Eine Uhr ist sie natürlich auch so, – Sie werden doch nicht behaupten, dass es ein Papagei ist? Ich könnte sie ja zum Uhrmacher geben, aber in dem Moment, wo ich sie dem Uhrmacher gebe, hab ich gar keine, also ist's doch gescheiter, wenn ich wenigstens die hab', wenn sie auch nicht geht; das weiß ich ja sowieso – sie kann ja auch nicht gehen, ohne Zeiger. Das heißt, gehen kann sie schon – innen – aber sie zeigt es nicht an, drum hat auch die ganze Uhr keinen Wert. Ich trage ja die Uhr nur wegen der Kette, was will man denn sonst mit einer Uhrkette anfangen, das sagt ja schon das Wort: Uhrkette! Das ist doch selbstverständlich, dass da eine Uhr daran sein muss, ich kann doch keinen Hund hinhängen! Dann wär's ja eine Hundekette. Und wer wird einen Hund in die Westentasche hineinschieben? Niemand.

Ich halte ja eine Uhr für überflüssig. Sehn Sie, ich wohne ganz nah beim Rathaus. Und jeden Morgen, wenn ich ins Geschäft gehe, da schau ich auf die Rathausuhr hinauf, wieviel Uhr es ist, und da merke ich's mir gleich für den ganzen Tag und nütze meine Uhr nicht so ab!

Die heutigen Uhren gehen ja noch eher, aber früher war's fad mit den Sonnenuhren: Keine Sonne – keine Uhr! Da ist mir ja die meinige ohne Zeiger lieber, da ist man doch wenigstens nicht auf die Sonne angewiesen, bloß auf die Zeiger, und Zeiger kann man schließlich machen lassen, wenn man sie braucht.

Das wäre ja traurig, wenn man nicht ohne Uhr leben könnte! Der Uhrmacher, ja der kann nicht ohne Uhr leben, bei dem ist's Geschäftssache. Glauben Sie, dass ein Uhrmacher, wenn er wissen will, wie spät es ist, auf alle die tausend Uhren hinschaut, die er in seinem Laden hängen hat? Er denkt nicht dran, er schaut nur auf eine, die andern verkauft er an die Leute, die eine Uhr brauchen; einer, der keine Uhr braucht, der kauft sich ja sowieso keine.

Aber, wie gesagt, es hat keinen Zweck, dass ich die Uhr reparieren lasse: schließlich stiehlt sie mir noch einer, dann hat der eine gehende Uhr und ich bin jahrelang mit der kaputten rumgelaufen! Drum lass' ich sie lieber so, wenn sie dann wirklich einer stiehlt, dann kann sich der damit ärgern! …

{1/96}; Entstehung etwa 1920

Das Christbaumbrettl

(*Eine armselige Stube, rechts Tür, Mitte ein Fenster, Aussicht auf eine Frühlingslandschaft mit blühenden Bäumen. Ein altes Eisenöfchen, ein kleiner runder Tisch, darüber eine Hängelampe. Beleuchtung: Abendstimmung bei Lampenschein. – Bevor sich der Vorhang hebt, beginnt die Musik mit dem Lied »O du fröhliche, o du selige gnadenbringende Weihnachtszeit«. In der Mitte des Chorals geht der Vorhang hoch. – Das Lied wird zu Ende gespielt, die Weihnachtsglocken läuten dazu.*)

Mutter (*sitzt am Tisch, weinend den Kopf in die Hände gestützt, spricht*): Die Weihnachtsglocken läuten: o hätte ich nie mehr diesen Tag erlebt. Ich kann keine Freude mehr haben. Mein Sohn, mein Alfred, warum hast du mir das angetan! Er ist nach Oberammergau gegangen, er wollte Fremdenführer werden; aber als er hinkam nach Oberammergau waren die Passionsspiele bereits schon lange beendet. Ach Alfred, was Blöderes hätte dir gar nimmer einfallen können. Die alten Augen sind müde vor Weinen, und das Bild ist schon so verstaubt, ich kann ihn gar nicht mehr sehen. Pfui (*spuckt auf das Bild und wischt es mit dem Taschentuch ab*) – so jetzt ist es besser, jetzt schaut er wieder so frisch in die Welt, dass man seine Freude daran haben kann. (*Wirft das Bild ein paar Mal in die Höhe.*) – Ach ja! – (*Zündet sich eine Zi-*

garre an.) Wo nur mein Mann so lange bleibt? Mein guter Mann – diesen langweiligen Uhu, habe ich heute auf den Viktualienmarkt geschickt, dass er ein Christbäumchen heimbringt für die kleinen Kinder, und nun kommt er so lange nicht heim. Ich glaub, dass er gar nimmer heimfindet, der alte Depp. Es wird ihm wohl nichts passiert sein. Es ist schon so spät, die Sonne muss auch schon bald aufgehen. 1 – 2 – 3 – (*Sonne geht auf.*) Aha, da ham mas schon. Ich muss doch nachschaun, wo er sich momentan wieder herumtreibt. (*Nimmt das Telefon.*) Sebastian, wo bist du denn augenblicklich? So, am Viktualienmarkt gehst du grad? – Hast schon ein Christbäumchen? – Dann ist's schon recht – geh nur glei heim! Gib obacht, wenn du über die Straße gehst, dass dich keine Frau überfährt mit'n Kinderwagl. (*Es klopft.*) Ja, herein! Also, adje, Sebastian, komm nur gleich! Ich wart auf dich – Grüß dich Gott, Sebastian! (*Klopft*) Ja herein! (*Legt den Hörer auf*).
(*Im selben Moment kommt ihr Mann mit Christbaum herein*)
Ah, da ist er ja! – Im Moment hab ich mit dir noch telefoniert und jetzt bist du schon da.

Vater: Ja, ich hab glei eingehängt und bin glei herglaufen.

Mutter: Das ist recht. – Da hast ja 's Bäumerl, ah der is nett – wunderschön.

Vater: No ja, kindisch is er halt.

Mutter: Er ghört ja auch nur für d' Kinder.

Vater: Ja, wer ich war in zwei Christbaumfabriken und da ham s' mir den gebn.

Mutter: Ja da is kein Christbaumbrettls dran, hast du 's verloren? Ich hab doch ausdrücklich gsagt, du sollst an Baum mit Brettl bringen.

Vater: Ja, der hat ja keins.

Mutter: Das seh ich ja, dass er keins hat.

Vater: Wie kannst'n das sehn, wenn keins dran ist?

Mutter: Aufgschriebn hab ich dir's sogar, an Baum *mit* Brettl!

Vater: Ja, die haben lauter Bäum mit Brettl ghabt, das war der einzige *ohne* Brettl.

Mutter: Und den hast extra rausgesucht?

Vater: Aber so ist er doch viel natürlicher, im Wald wächst er doch auch *ohne* Brettl.

Mutter: Aber den kann man doch nicht brauchen, den kann ich ja nicht hinstellen am Tisch.

Vater: Dann legn man halt heuer hin – jetzt ham man 15 Jahre lang hingstellt, jetzt legn man amal heuer hin.

Mutter: Ich möchte doch den Baum aufputzen. Ich hab solche Sprüch gmacht bei den Kindern, ich hab gsagt, wenn du kommst, dann kommt 's Christkindl auch gleich. Und jetzt bringt er an Baum ohne Brettl! Da wär's mir schon lieber gwesn, du hättst bloß a Brettl bracht und gar koan Baum.

Vater: Am Brettl allein hätten die Kinder auch keine Freud ghabt.

Mutter: Aber so kann ich ihn nicht hinstellen!

Vater: Ja, dann halt ich ihn halt.

Mutter: Geh, du kannst doch nicht bis am heiligen Dreikönigstag so dastehen und kannst den Baum halten.

Vater: Warum nicht, ich hab ja so nichts zu tun, ich bin ja arbeitslos.

Mutter: Aber da sind doch noch 14 Tag hin, du kannst doch nicht Tag und Nacht den Christbaum halten, du musst doch auch manchmal wieder amal nausgehn.

Vater: Dann nimm ich ihn mit.

Mutter: Das kannst dir denken – jetzt gehst da hin, wo du den Baum gekauft hast und tauschst'n um, sagst, sie sollen dir an andern geben.

Vater: Na, na, der is froh, dass er den anbracht hat.

Mutter: Dann muss ma halt selber a Brettl hinmachen.

Vater: Ja, ich geh zu der Hausmeisterin und hol a paar Bretter vom Hof rauf, da schneiden wir a Stück runter.

Mutter: Holst einfach so ein kleines Brett rein, das machen wir hin.

Vater: So ein Stück Brett halt.

Mutter: Aber zieh dich zuerst aus.

Vater: Ganz?

Mutter: Dein Mantel und dein Hut – aber leg mir an Hut nicht aufs Bett nauf, sonst zerlauft der ganze Schnee.

Vater: Der zlauft nicht, das ist ja ein Christbaumschnee.

Mutter: Jetzt geh nur.

Vater: Ich trag jetzt mein Raglan naus und hol die Bretter (*geht ab*).

Mutter: So ein schönes Bäumchen hat er bracht, er ist ein guter Mann, aber ein furchtbares Rindvieh – bringt er einen Baum ohne Brettl daher – (*Kindergeschrei*) Pst! – ja, wer hat denn das Kind verkehrt herglegt, da steigt ja 's ganze Blut in den Kopf. (*Kindergeschrei*) Ja, sei nur still – Hundsbangert, hör doch auf, der ist gewiss wieder nass (*legt das Kind auf den Tisch*). Ja, ja ich werde dich gleich trocken legen. (*Nimmt Tintendrücker und trocknet das Kind damit, Kind schreit immer noch.*) Jetzt sei doch ruhig – wart ich werd dir ein Wiegenlied blasen. (*Holt Posaune.*) So mein Kind, jetzt pass schön auf. (*Bläst*) Schlaf Kindlein, schlaf usw. (*beim letzten Ton ist das Kind eingeschlafen*).

Vater (*kommt mit zwei langen Brettern, stößt alles um, verhängt sich mit der Hängelampe, stößt den Tisch um, Fliegenfänger pappt ihm ins Gesicht, er gerät in verzweifelte Situation, Mutter will ihm helfen.*)

Mutter: Da nimm 's Kind! (*Trägt Posaune ab.*)

Vater: Nimm mir doch die Bretter ab!

Mutter: Mein Gott, wie der 's Kind hat! Mein Gott, ist das was! (*Hilft ihm aus der Situation.*)

Vater: Sind die Bretter recht?

Mutter: Was hast denn jetzt da für lange Bretter bracht, waren denn keine längeren mehr da?

Vater: Na, das war das längste.

Mutter: Ja, dann hol eine Säge und schneid ein Brettl runter!

Vater: Ja, dann hol ich jetzt ein Stück Säge.

Mutter: Und ich heiz einstweilen ein.

Vater (*kommt mit der Säge – legt den Christbaum der Länge nach auf das Brett.*) Das gibt drei Christbaumbrettln.

Mutter: O Gott, o Gott, raucht der Ofen wieder!

Vater: Hast'n höchstens angezunden.

Mutter: Dummes Gered! Vor zwei Jahren hab ich schon zu dir gsagt, du sollst den Kaminkehrer holen.

Vater: Ich telefonier ihm halt, weißt du die Kaminnummer? (*Telefoniert*) Wie bitte? Die Nummer wissen wir beide nicht, Fräulein.

Mutter: Wer ist denn eigentlich da?

Vater: Wir sind falsch entbunden, der König Herodes hat glaube ich gerade gesprochen.

Mutter (*reißt ihm das Hörrohr aus der Hand*): Wer ist denn da? Wie? – Ah Grüß Gott!

Vater: Wer is 's denn?

Mutter: Die Frau vom Kaminkehrer ist da! Grüß Gott Frau Kaminkehrersgattin! Ist Ihr Mann daheim? Geh, sagn S' zu ihm, er soll gleich rüberkommen. (*Vater spricht dazwischen.*) Sagn S' bei uns raucht der Ofen.

Vater: Er soll's rauskehren vom Ofen.

Mutter: Ich sag's ihm schon.

Vater: Ich kann's ja auch.

Mutter: Dann sagst du's ihr, wenn du so gscheit bist.

Vater: Ach bitt schön, möchten S' nicht mit der Leiter bei uns den Ofen auskehren?

Mutter: Schmarrn, sie weiß doch schon alles, was sagt s' denn?

Vater: Sie sagt, er kommt vielleicht ganz bestimmt (*legt das Hörrohr in den Hafen hinein*).

Mutter: Schneid doch amal das Brett ab! (*Kniet noch immer beim Ofen am Boden.*)

Vater (*nimmt die Säge, setzt sich auf die Mutter.*)

Mutter: Was machst denn, siehgst nimmer, blinder Hess?

Vater: Wie groß soll denn das Brettl eigentlich sein?

Mutter: Hast denn noch nie a Christbaumbrettl gsehn?

Vater: Schon oft, aber das hab ich nimmer im Gedächtnis.

Mutter: Dann nimm halt das vorjährige Brettl als Muster.

Vater (*sägt das Brett ab, Mutter hilft ihm dabei.*)

Mutter: Gib obacht, dass du dich nicht scheidst!

Vater (*redet immer*): Die Kinder werden a Freud haben. Jetzt kommt ein Ast. –

Mutter (*geht ab und holt das Kaffeeservice.*)

Vater: Bring mir eine Schweinsschwarte zum Schmieren.

Mutter (*geht an den Tisch*).

Vater (*drückt mit der Säge das Brett in die Höhe und stößt der Mutter das Geschirr aus der Hand*): Ich hab doch gesagt, du sollst 's Brettl halten.

Mutter: Wo hast du denn das Brettl, das du runtergschnitten hast?

Vater: Da ist's. (*Er hält das lange Brett immer noch in der Hand.*)

Mutter (*steigt am anderen Ende darauf. Das Brett haut dem Vater auf die Füße.*)

Vater: Au, au, jetzt ist's am Fuß naufgfallen.

Mutter: Auf was für'n Fuß?

Vater: Auf unsern Fuß. (*Er hebt das Brett auf, fahrt der Mutter unterm Rock damit herauf.*)

Mutter: Was machst denn? Heute am Heiligen Abend macht er so saudumme Sachen.

Vater: Ist doch erst der heilige Nachmittag.

Mutter Jetzt hat er so a kleins Brettl runtergeschnitten, das können wir doch nicht brauchen. Da nehmen wir halt das alte her, aber da musst du noch ein Loch hineinbohren.

Vater: Dann hol ich den Bohrer. (*Holt Bohrer, bohrt ins Brettl ein Loch hinein, das dreht sich immer.*)

Mutter: Komm, lass dir helfen. Das Brett legt man daher am Tisch und ich halt dir und du bohrst.

Vater (*bohrt und spricht immer dabei*).

Mutter: So red doch nicht immer, pass doch aufs Loch auf!

Vater: Ja, ich kann doch unterm Bohren reden.

Mutter: Das brauchst gar nicht.

Vater: So! (*Hat durch das Brett und durch den Tisch gebohrt, dass der Bohrer unten raussteht.*)

Mutter: Das sieht dir wieder gleich! Bohrt er in den schönen Tisch a Loch hinein, da brauchst dir noch was einbilden drauf, das schönste Stück in unserer Wohnung is jetzt auch kaputt.

Vater: Das war vorauszusehen.

Mutter: Das Loch ist überhaupt zu groß, da passt der Christbaum gar nicht hinein.

Vater: Das Brettl brauchen wir ja jetzt nicht. Jetzt können wir den Christbaum glei in den Tisch neistecken.

Mutter: Das hättest glei tun können, da hätten wir überhaupt kein Brettl braucht.

Vater: Das sag ich ja immer, drum hab ich ja an Christbaum ohne Brettl kauft.

Mutter: Jetzt schmück amal den Baum, häng a paar Kugeln hin, die Kinder freun sich ja schon drauf.

Kinder (*hinter der Szene*): Mama, dürfen wir schon rein?

Beide: Nein, noch lange nicht.

Mutter: Schick dich doch, die Kinder möchten schon herein.

Vater (*hängt ein paar Kugeln hin, wirft Tisch und Baum um*).

Mutter: Jessas, jessas was machst denn wieder?

Kinder (*schreien wieder*).

Mutter: Gleich Kinder, schreit doch nicht so! (*Zum Vater*) Schick dich doch, mach die Kerzen hinauf.

Kinder (*schreien wieder*).

Mutter: Seids doch still – ihr Hundspankerten, ihr miserablen!

Vater: Hundspankerten brauchst net sagn zu dene Saukrüppeln!

Kinder (*schreien wieder*).

Mutter: Seids doch ruhig, der Teufel soll euch holen.

Vater: Vergiss dich doch nicht, der Teufel soll s' holen; wenn s' der Teufel holt, braucht ma uns doch die ganze Arbeit nicht machen.

Mutter: Das geht dich gar nichts an, schick dich doch!

Vater: O tuh, tuh! (*Heult furchtbar.*)

Mutter: Seids still Kinder, der Vater is narrisch wordn. (*Zu Vater*) Was machst denn jetzt?

Vater (*hat sich einen Kerzenhalter an den Finger gezwickt*).

Mutter: Um Gottes willen, das Unglück auch noch!

Kinder (*schreien wieder*).

Mutter: Gleich kommt 's Christkindl – (*zu Vater*): So, du zündest jetzt amal den Baum an und ich bring derweil die Kinder.

Vater: Die hast schon einmal gebracht.
Mutter: Ich mein, ich bring's herein. (*Geht ab.*)
Vater (*nimmt Zündholz und zündet den Baum unten an*).
Mutter (*kommt herein und schreit*): Was machst denn da, du zündest ja den Baum an!
Vater: Du hast doch gesagt, ich soll den Baum anzünden!
Mutter: Ich hab doch gemeint die Kerzen.
Vater: An Baum hast gsagt.
Mutter: No ja, wie man halt so sagt. (Geht ab.)
Vater (*zündet die Kerzen an, läutet mit der Handglocke und lässt das Grammophon spielen. Mutter und Kinder kommen herein*).
Mutter: So Kinder, jetzt is 's Christkindl kommen.
Alle (*stellen sich um den Baum*).
Kinder: Ah, ah, der ist schön!
Vater: No, gar so schön ist er nicht.
Alle (*singen*): Ein Prosit, ein Prosit der Gemütlichkeit 1-2-3-Gsuffa!
Vater: No, no, no, jetzt bist in an Frühschoppen hineingekommen.
Mutter (*zum Kind*): Jetzt sagst du dein Gedicht. Kannst es noch? Jetzt sag's schön, dass der Vater a Freud hat.
Kind (*spricht ein Gedicht*).
Vater und Mutter (*weinen währenddem*).
Vater: Schön hat sie's gsagt, sehr schön!
Kind: So, gute Mutter und das gehört dir! (*Schenkt der Mutter eine Haube.*)
Mutter (*freut sich*): Ach, du gutes Kind, ich danke dir! Da schau her Vater, so was Schönes!
Vater: Ah, Ölsardinen!
Mutter: Geh, mach doch deine Batzlaugen auf. A Haube hat sie mir geschenkt, die is schön, die kann ich notwendig brauchen. Ja, hast du die Haube selbst gestrickt?
Kind: Nein, Mutter, die hab ich nicht selbst gestrickt, die hab ich gestohlen.
Vater: Ja, was is dös?
Mutter: Ja, wo hast denn die Haube gestohlen?
Kind: Beim Oberpollinger.

Vater: Dös is recht!

Mutter: So, beim Oberpollinger? Ja haben s' denn da so schöne Hauben? Das gute Kind, jetzt is alles so teuer, man kann so nichts mehr kaufen.

Vater: Natürlich, man ist ja direkt verpflichtet dazu.

Mutter: Hoffentlich hat dich kein Mensch gesehen! –

Kind: Nein Mutter, da hat mich niemand gesehen.

Mutter: Dann gehst nächste Woch nochmal hinein und holst mir eine.

Vater: Und wennst amal beim Reißbart vorbeikommst, dann nimmst mir an Mercedes mit.

Mutter: Du bist ein gutes Kind, du bist jetzt schon reif fürs Zuchthaus. – Mach nur so fort. Da schau her, was dir 's Christkindl bringt, eine Zugharmonika.

Kind: Ah, danke Mutter!

Mutter (*zum zweiten Kind*): Und du kriegst einen Springstrick.

Zweites Kind: Ah, danke Mutter!

Kaminkehrer (*kommt im selben Moment mit Leiter und Besen*): Grüß Gott beieinander!

Kinder (*schreien und fürchten sich vor ihm*).

Mutter: Seid ruhig Kinder, der tut euch nichts. (*Zum Kaminkehrer*): Um Gottes willen, Herr Kaminkehrer, Sie können wir jetzt nicht brauchen. Wir haben doch jetzt gerade Bescherung.

Vater: Ausgerechnet jetzt kommt er. Ich hab doch eigens telefoniert, Sie sollen morgen am Feiertag kommen! Speziell als Kaminkehrer sollen S' so viel Anstand haben, dass S' jetzt nicht am Ofen umananderkratzn.

Kaminkehrer: Das werden wir gleich haben. Ich bin gleich fertig. (*Fängt am Ofen sehr laut zu klopfen und zu kratzen an.*)

Mutter: Geh, warten S' doch einen Moment, Sie sehn doch, dass wir gerade

Vater: Bescherung haben. Man versteht sein eigenes Wort nicht mehr, vor lauter Lärm.

Kinder (*machen auch Lärm*).

Mutter. So hört doch auf, Ihr Fratzen!

Vater: Warten S' an Moment, Herr Kaminkehrer. (*Zur Mutter*): Da schau her, du bekommst deine Fotografie, die hab ich vergrößern lassen (*überreicht ihr einen Papierdrachen*).

Mutter: Was, an Drachen? Ich glaub, du willst mich derblecken. Was meinst denn damit? Da schau her, Vater, du kriegst von mir auf Weihnachten ein Cockerell-Motorrad – aber heuer musst noch selber treten; 's nächste Jahr kriegst dann an Hilfsmotor dazu (*gibt ihm ein Kinderdreirad, das zugedeckt auf der Bühne steht*). Herr Kaminkehrer, nehmen S' an Moment Platz.

Kaminkehrer: Bin so frei! (*Setzt sich von rückwärts auf einen Stuhl, auf dem ein Schaumkuchen liegt, setzt sich mitten hinein.*)

Kinder (*schreien*): Mutter, der Kaminkehrer hat sich in den Schaumkuchen gesetzt!

Kaminkehrer: Jessas Maria! (*Dreht sich um und wischt mit der Hand den Schaum von seiner Hose.*)

Vater (*hat sich während der Zeit auf das Rad gesetzt und fährt damit über die Bühne – alles fällt um. – Lampe fällt herunter*).

Mutter und Kinder (*schreien*).

Vater (*stürzt mit dem Rad zusammen*).

{5/64}; Uraufführung 1922

Raglan: Ein Kleidungsstück
Pankert: (eigentlich Bankert) uneheliches Kind oder ungezogenes, missliebiges Kind (auf der Bank gezeugt)
Batzlaugen: Glupschaugen
Oberpollinger: Kaufhaus in München
Reißbart: ehemaliges Autohaus für Mittel- und Oberklasse
Cockerell: ehemalige deutsche Motorradmarke

Im Schallplattenladen

Personen: Valentin, Verkäuferin, deren Mann

Valentin: Guten Tag! Ich krieg eine Schachtel Dritte Sorte.

Verkäufer: Ja bei uns gibt es keine Zigaretten zu verkaufen.

Valentin: Was gibt's denn dann?

Verkäufer: Bei uns gibt es nur Schallplatten und Grammophone.

Valentin: So? Dann geben S' mir halt ein Grammophon!

Verkäuferin: Nun, dann schauen S' Ihnen das da mal an, das ist ein sehr schöner Apparat.

Valentin: Aber der ist ja kaputt, der hat ja ein Loch! (*Deutet auf die Schallöffnung.*) Und dann möcht ich einen, der da vorne einen Reißverschluss hat.

Verkäuferin: Einen Reißverschluss gibt es doch an einem Apparat nicht!

Valentin: So ein Apparat ist aber recht unpraktisch. Wenn man da den Finger hintut und der Deckel fällt zu, dann kann man sich leicht einzwicken.

Verkäuferin: Ja, da muss man halt Obacht geben.

Valentin: Wenn man aber nicht Obacht gibt? Und dann sticht man sich auch sehr leicht an dem Stachel da! Hätten s' nicht einen solchen mit einem Trichter?

Verkäufer: Nein, mit Trichter gibt es keinen Apparat mehr. Die sind ja unmodern.

Valentin: Aber grad so einen möcht ich haben.

Verkäuferin: Ja warum denn?

Valentin: Wissens, ich hab nämlich noch eine ganze Flasche Sidol zu Haus und die möcht ich aufbrauchen.

Verkäuferin: Nun, da werden Sie doch einen anderen Zweck dafür finden.

Valentin: Ja freilich, ich hab so Schnallen zu Haus.

Verkäufer: Wie meinen Sie? Was für Schnallen?

Valentin: So Türschnallen halt!

Verkäufer: Ach so!

Verkäuferin: Also, wie steht es mit dem Gramola da? Der wäre sehr billig und gar nicht teuer.

Valentin: Also unteuer! Was kostet denn der?

Verkäufer: Wir könnten Ihnen den Apparat sehr preiswert überlassen. Ich mache Ihnen ein günstiges Angebot. Sie bekommen den Apparat zum Preis von 85,--Mark. Also sehr billig! Und dabei verdienen wir hier an diesem Apparat nur 5,-- Mark, denn der kostet uns selbst im Einkaufspreis 80,-- Mark.

Verkäuferin: Du, Josef! Der Apparat hat uns aber nur 30,-- Mark gekostet.

Verkäufer: Aber nein! Der doch nicht!

Verkäuferin: Du irrst dich, der hat uns nur 30,-- Mark gekostet.

Verkäufer: Nein, wenn ich dir sage, der hat uns immer schon 80,-- Mark gekostet (*stößt sie mit dem Fuß*).

Verkäuferin: Warum stößt du mich denn?

Valentin: Die harmonieren auch nicht zusammen.

Verkäufer: Weil der immer schon 80,-- Mark gekostet hat.

Valentin: Natürlich, Frau, sonst müsst er doch 55,-- Mark daran verdienen. Sagen S' mal, haben Sie den Apparat nicht mit Dampfbetrieb.

Verkäuferin: Mit Dampfbetrieb gibt es keinen, aber mit elektrischem Betrieb, z. B. der hier, das ist ein ganz moderner Apparat mit Lautverstärker.

Valentin: Was kostet denn der?

Verkäuferin: Ja der ist eminent teuer.

Valentin: Der ist mir auch zu eminent teuer.

Verkäufer: Wissen Sie denn, was der Apparat kostet?

Valentin: Nein!

Verkäuferin: Der kostet 500 Mark.

Valentin: Mit der Nadel?

Verkäuferin: Wollen Sie sich mal das Reisegramola ansehen? Das wäre sehr billig, das kostet nur 20,-- Mark.

Valentin: Mit Reise?

Verkäuferin: Nein, natürlich ohne Reise.

Valentin: Aber ich reise ja fast selten nie, ich bin noch ganz selten gerissen.

Verkäuferin: Sie können ja den Apparat zu Hause auch spielen lassen.

Valentin: Geht der zu Hause auch?

Verkäuferin: Natürlich!

Valentin: Und auf der Reise?

Verkäuferin: Und auf der Reise!

Valentin: Zu gleicher Zeit?

Verkäuferin: Nein, entweder zu Hause oder auf der Reise.

Valentin: Ah, dann ist das ja ein Entweder-Apparat. Sagen's amal, kann man den Apparat auf der Straßenbahn auch spielen lassen?

Verkäuferin: Aber auf der Straßenbahn wäre doch die Strecke zu kurz.

Valentin: Auf der Ringlinie?

Verkäuferin: In der Straßenbahn spielt doch kein Mensch Gramola.

Valentin: Na also, dann werde ich mich zu einem von den drei beiden entschließen.

Verkäuferin: Und dann machen wir auch Reparaturen.

Valentin: Bevor man schon einen kauft? Das muss ja ein gutes Fabrikat sein.

Verkäuferin: Nein, falls mal irgendwie Bedarf wäre an Reparaturen.

Valentin: Ja, Sie, ich habe einen bekannten Freund, der hat auch so einen Apparat und der gibt jetzt immer so unreinliche Töne. Wissen S', der wohnt schon drei Jahre im Waschhaus und da ist's so feucht und da ist ihm der Zacken da eingerostet.

Verkäuferin: Die Nadel? Ja, und was soll man da machen?

Valentin: Ja, da hat er gemeint, ob man die Nadel da nicht spitzig machen könnt.

Verkäuferin: Nein, das geht nicht. Da soll sich halt Ihr Freund ein Schächterl neue Nadeln kaufen.

Valentin: Ja, das hab ich ihm auch gesagt.

Verkäuferin: Und dann hätten wir noch sehr schöne Sachen in Schallplatten.

Valentin: Die wären mir eigentlich viel lieber als ein Grammophon.

Verkäuferin: Was sollen das dann für Platten sein?

Valentin: So runde dunkelschwarze Platten.

Verkäuferin: Ja, ich meine, wollen Sie Schallplatten mit Musik oder Gesang?

Valentin: Nein, nur mit Schall, mit billigem Schall.

Verkäuferin: Gut, wir werden Ihnen mal was vorspielen.

Valentin: Ja, sind S' so frei!

Verkäufer (*bringt eine Platte*): So, sehen Sie, da ist zum Beispiel ein sehr schöner Marsch.

Valentin: M – – – arsch (*wiederholt das öfter*).

Verkäufer (*lässt den Marsch spielen*).

Valentin (*pfeift dazu, nachdem die Nadel abgesetzt ist*): Ich pfeif auf jede Platten.

Verkäufer: Also, was sagen S' dazu, die ist doch schön?

Valentin: Ja, das schon, aber das war doch nicht Caruso?

Verkäuferin: Ja, Sie wollen Caruso hören?

Valentin: So !!! ???

Verkäufer: Wollen Sie denn eine Platte hören von Caruso? Das können Sie natürlich auch (*legt eine Caruso-Platte auf*).

Valentin (*hört zu, bis zum Lachen des Bajazzo, bevor die Nadel abgesetzt wird*): Jetzt lacht er, jetzt freut er sich selber, weil er hinaufgekommen ist.

Verkäuferin: Was sagen Sie jetzt?

Valentin: Ja, die Caruso-Platten sind schön, aber man kann doch auf diese Platte nicht tanzen.

Verkäuferin: Auf eine Caruso-Platte tanzt auch kein Mensch.

Valentin: Nicht auf der Platte, ich mein halt so, so nach der Platte.

Verkäuferin: Ach, Sie wollen eine Tanzplatte haben?

Valentin: Mit Schall!

Verkäufer: Ach ich verstehe Sie schon, Sie wollen eine Schallplatte hören, nach der man tanzen kann.

Valentin: Ja!

Verkäufer (*legt einen Ländler auf*).

Valentin (*bevor die Musik schon spielt*): Ja der ist recht. (*Hört einige Takte an*): So etwas mein ich, das ist die Richtige! Was kostet die?

Verkäuferin: 1,50 Mark das Stück.

Valentin: Ist mir zu teuer, die Hälfte wäre halt recht.

Verkäuferin: Ja auseinanderschneiden kann ich Ihnen die Platte nicht.

Valentin: Nicht von der Platte die Hälfte, vom Preis meine ich.

Verkäuferin: Wir haben schon billigere Platten, wenn ich nur wüsste, was Sie wollen?

Valentin: Sagen S' einmal, haben Sie die Platte von der Freiwilligen Sanitätskolonne, das »Sanitätslos« oder so ähnlich?

Verkäufer: Wie meinen Sie, das Sanitätslos?

Valentin: Ja, das Sanitätslos!

Verkäufer (*sieht im Katalog nach*): Wie soll das heißen? Das Sanitätslos?

Valentin: Nein, das Sanitätslos – allein.

Verkäufer: Das Sanitätslos allein?

Valentin: Ohne allein.

Verkäufer: Nur »Das Sanitätslos«?

Valentin: Ohne das!

Verkäufer: Nur Sanitätslos?

Valentin: Ohne Nur!

Verkäufer: Also Sanitätslos!

Valentin: Ohne Nur und ohne also.

Verkäufer: Sanitätslos!

Valentin: Ja – Die mein ich!

Verkäufer: Nein, eine solche Platte gibt es nicht.

Valentin: Doch, ich weiß ja genau.

Verkäuferin: Vielleicht wollen S' einmal die Melodie pfeifen oder singen?

Valentin: Der Refrain geht so (*singt die letzte Strophe von Seemannslos*).

Verkäuferin: Ach, Sie meinen ja »Seemannslos«.

Valentin: Ja, stimmt »Seemannslos« heißt's, ja, so heißt's.

Verkäufer: Die haben wir natürlich auf Lager, die können Sie haben (*bringt dieselbe herein und gibt sie der Verkäuferin, diese hält Valentin die Platte hin, Valentin schlägt sie mit dem Stocke entzwei*).

Verkäuferin: Um Gotteswillen, was machen Sie denn da?

Valentin: Die will ich nicht haben. Die Platte spielt meine Hausfrau seit Jahren jeden Tag, zum Hals wächst mir die Platte raus, Hemmungen hab ich bekommen, dem Irrsinn war ich schon nahe. Diese Platte rotte ich aus, die kauf ich überall auf, Rottiwürfel mach ich daraus.

Verkäuferin: Aber beruhigen Sie sich doch. Nehmen Sie doch Platz!

Verkäufer: Aber Sie brauchen diese Platte doch nicht zusammenschlagen.

Valentin (*hat sich gesetzt*): Sie, sagen Sie mal, wo ist denn jetzt eigentlich die Lehne?

Verkäuferin: Wie meinen Sie? Was für eine Lehne? Bei uns war noch nie eine Lehne! Vielleicht in unserem Hauptgeschäft, bei Häring, ich glaube, da ist eine Lehne, so ein großes schwarzes Fräulein?

Valentin: Die Lehne mein ich!

Verkäuferin: Ach, die Stuhllehne!

Valentin: Der Stuhl ist hier und die Lehne ist im Hauptgeschäft! Haben Sie vielleicht diese Himbeer-, Heidelbeer-, Brombeer-, Preiselbeer-Platten?

Verkäufer (*wiederholt*): Himbeer-, Heidelbeer-, Brombeer-, Preiselbeer-Platten? Nein, die gibt es nicht!

Valentin: Halt! Meyerbeerplatten meine ich.

Verkäuferin: Nein, die haben wir zurzeit nicht mehr, die sind ausgegangen.

Valentin: Wohin?

Verkäuferin: Kommen Sie mal hier an den Tisch, dann zeig ich Ihnen noch verschiedene Platten.

Valentin: Gestorbene Platten?

Verkäuferin: Sehen Sie mal hier, da hab ich was für Sie. Das sind biegsame Platten in allen Farben. Da hole ich Ihnen noch welche. *(Geht ab)*

Valentin (*allein*): Ja was es net alles gibt, biegsame Grammophonplatten. So ein Glump erfinden s', aber für'n Katarrh haben s' heut noch nix! (*Vergleicht die Wachsplatten auf Biegsamkeit, bricht einige Platten, bis die Verkäuferin entsetzt auf die Bühne kommt.*)

Verkäuferin: Ja, was machen S' denn da? Sie haben mir da drei Platten zerbrochen?

Valentin: Vier!!!!

Verkäuferin: Aber die sind doch nicht biegsam, das müssen Sie doch sofort bemerkt haben.

Valentin: Sofort !!

Verkäuferin: Aber das geht doch nicht! Kommen Sie mal da rüber, dann zeig ich Ihnen was anders (*nimmt eine Platte, legt sie auf den Hocker auf dem Valentin gesessen ist, führt ihn an den Tisch rechts*). Sehen Sie, das hier, das sind Kristallplatten!

Valentin: Um Gotteswillen! Die sind ja noch empfindlicher. (*Geht zurück zum Hocker und setzt sich auf die dort liegende Schallplatte, welche hörbar zerbricht.*)

Verkäuferin: Um Gotteswillen, jetzt haben Sie mir schon wieder eine Platte zerschlagen.

Valentin: Was heißt »zerschlagen«. Zersetzt hab ich sie! – Sie sagen Sie mal, früher hat es doch auch so kleine Platten gegeben, ach, da haben Sie s' ja (*nimmt die kleinen Platten in die Hand*). Was kostet denn da das Pfund?

Verkäuferin: Die gehen nicht pfundweise, da kostet das Stück – – –.

Valentin (*hat sich mit dem Stock auf den Ladentisch gelehnt*).

Verkäuferin (*sieht das*): Aber ich bitt Sie, nehmen Sie doch den Stock da weg (*schlägt Valentin den Stock vom Ladentisch, Valentin fällt neuerdings auf eine Schallplatte, die wieder kaputtgeht*).

So – jetzt ist schon wieder eine Platte kaputt!

Valentin: Der saudumme Stock (*nimmt den Stock auf und wirft ihn hinter die Bühne, Fensterscheibengeklirr deutet an, dass die große Auslagenscheibe zerschlagen ist*).

Verkäuferin (*eilt hinaus, holt den Stock, Verkäufer kommt mit herein*): Um Gotteswillen, Josef, schau nur, was der gemacht hat. Ja schauen S' nur grad. Jetzt haben Sie uns die Auslagenscheibe auch noch zusammengeschlagen!

Valentin: Wie wär's mit einer biegsamen Auslagscheibe?

Verkäufer: Aber das geht nun doch zu weit. Was wollen Sie denn eigentlich hier im Laden?

Valentin: Ein Grammophon kaufen!

Verkäufer: Also, was ist dann mit dem hier?

Valentin: Das ist doch der, bei dem Sie nur 5 Mark verdienen, das will ich nicht.

Verkäufer: Und mit dem da, wie steht's da (*zeigt aufs Reisegramola*)?

Valentin: Ja, ich reise ja nie!

Verkäufer: Ja was wollen S' denn dann? (*Wird wütend.*)

Valentin: Wieso dann? Haben Sie Kaufzwang?

Verkäufer: Was heißt hier Kaufzwang?

Valentin: Ich kann mir doch in einem Laden ein Grammophon ansehen und kann es erst zu Weihnachten kaufen. Das kann ich doch machen, wie ich will!

Verkäufer: Ja das können Sie. Aber Sie haben kein Recht, mir einen derartigen Schaden zuzufügen, haben Sie mich verstanden?

Valentin: Das ist vergessen! Und übrigens, heute ist die Zeit nicht mehr, dass man in einen Laden hineingeht und kauft sich ganz einfach ein Grammophon, heute kommt zuerst die Magenfrage!

Verkäuferin: Dann hätten Sie in einen Wurstladen gehen müssen!

Valentin: Das kann Ihnen wurst sein!

Verkäufer: Nein, das ist nicht der Fall. Wo kämen wir denn hin, wenn wir lauter Kunden hätten, die uns einen derartigen Schaden anrichten?

Valentin: Dann gingen S' zu Grund!
Verkäufer: Na also! Wie steht's jetzt, was wollen S' nun hier im Laden?
Valentin: Ja, wie gesagt, das liebe Geld halt. Was kostet eine Schallplatte?
Verkäufer: 3 Mark!
Valentin: Ja schaun S', um 3 Mark, da krieg ich schon einen Hut! Und was kosten Grammophonnadeln?
Verkäuferin (*zeigt ihm verschiedene Arten von Nadeln*): So ein Schachterl kostet halt 60 Pfennig.
Valentin: Eine Nadel bräuchte ich eigentlich nur. Geben Sie s' nicht stückweise her?
Verkäufer: Nein, das geht dann doch schon nicht, das wären nette Geschäfte!
Valentin: Also so ein Schächterl kostet 60 Pfennig. Und der (*deutet auf das große Grammophon mit Lautverstärker*) der kostet 500 Mark?
Verkäufer: Ja!!
Valentin (*sieht am Tisch Kataloge, nimmt einen und fragt*): Sie, was kostet denn so ein Katalog?
Verkäuferin: Der kostet nichts!
Valentin: Wie, der kostet nichts?
Verkäufer: Nein! Den bekommen Sie gratis, umsonst!
Valentin: Umsonst? So? Dann nehm ich einen Katalog! (*Geht ab.*)
Verkäufer (*ihm nachgehend, während Vorhang fällt*): Da hört sich doch alles auf!

{3/56}; Entstehung 1933

In der Apotheke

Valentin: Guten Tag, Herr Apotheker!
Apotheker: Guten Tag, mein Herr, Sie wünschen?
Valentin: Ja, das ist schwer zu sagen.
Apotheker: Hahaha, gewiss ein lateinisches Wort?
Valentin: Nein, nein, vergessen hab ich's.
Apotheker: Na ja, da kommen wir schon drauf, haben Sie kein Rezept?
Valentin: Nein!
Apotheker: Was fehlt Ihnen denn eigentlich?
Valentin: Nun ja, das Rezept fehlt mir.
Apotheker: Nein, ich meine: Sind Sie krank?
Valentin: Wie kommen Sie denn auf so eine Idee, schau ich krank aus?
Apotheker: Nein, ich meine, gehört die Medizin für Sie oder für eine andere Person?
Valentin: Nein, für mein Kind.
Apotheker: Ach so, für Ihr Kind. Also, das Kind ist krank. Was fehlt denn dem Kind?
Valentin: Dem Kind fehlt die Mutter.
Apotheker: Ach, das Kind hat keine Mutter?
Valentin: Schon, aber nicht die richtige Mutter.
Apotheker: Ach so, das Kind hat eine Stiefmutter.
Valentin: Ja ja, leider, die Mutter ist nur stief statt richtig, und deshalb muss sich das Kind erkältet haben.
Apotheker: Hustet das Kind?
Valentin: Nein, es schreit nur.
Apotheker: Vielleicht hat es Schmerzen?
Valentin: Möglich, aber es ist schwer. Das Kind sagt nicht, wo es ihm weh tut. Die Stiefmutter und ich geben uns die größte Mühe. Heut hab ich zu dem Kind gsagt, wenn du schön sagst, wo es dir weh tut, kriegst du später mal ein schönes Motorrad.
Apotheker: Und?

Valentin: Das Kind sagt es nicht, es ist so verstockt.
Apotheker: Wie alt ist denn das Kind?
Valentin: 6 Monate alt.
Apotheker: Na, mit 6 Monaten kann doch ein Kind noch nicht sprechen.
Valentin: Das nicht, aber deuten könnte es doch, wo es die Schmerzen hat, wenn schon ein Kind so schreien kann, dann könnt's auch deuten, damit man weiß, wo der Krankheitsherd steckt.
Apotheker: Hat's vielleicht die Finger immer im Mund stecken?
Valentin: Ja, stimmt!
Apotheker: Dann kriegt es schon die ersten Zähne.
Valentin: Von wem?
Apotheker: Na ja, von der Natur.
Valentin: Von der Natur, das kann schon sein, da braucht's aber doch net schrein, denn wenn man was kriegt, schreit man doch nicht, dann freut man sich doch. Nein, nein, das Kind ist krank und meine Frau hat gsagt: »Geh in d'Apothekn und hol einen – – –?«
Apotheker: Kamillentee?
Valentin: Nein, zum Trinken ghört's nicht.
Apotheker: Vielleicht hat's Würmer, das Kind.
Valentin: Nein, nein, die tät man ja sehn.
Apotheker: Nein, ich mein innen.
Valentin: Ja so, innen, da haben wir noch nicht reingschaut.
Apotheker: Ja, mein lieber Herr, das ist eine schwierige Sache für einen Apotheker, wenn er nicht erfährt, was der Kunde will!
Valentin: D'Frau hat gsagt, wenn ich den Namen nicht mehr weiß, dann soll ich an schönen Gruß vom Kind ausrichten, ah, von der Frau vielmehr, und das Kind kann nicht schlafen, weil's immer so unruhig ist.
Apotheker: Unruhig? Da nehmen Sie eben ein Beruhigungsmittel. Am besten vielleicht: Isopropilprophenilbarbitursauresphenildimethildimethylaminophirazolon.
Valentin: Was sagn S'?

Apotheker: Isopropil … …
Valentin: Wie heißt dös?
Apotheker: Isopropil … … …
Valentin: Jaaaa! Dös is! So einfach, und man kann sich's doch nicht merken!

{4/40}; Entstehung 1937

Wo ist meine Brille?

Mann: Klara! – Ich finde meine Brille nicht. Weißt du, wo meine Brille ist?
Frau: In der Küche hab ich sie gestern liegen sehen.
Mann: Was heißt gestern, vor einer Stunde hab ich doch noch gelesen damit.
Frau: Das kann schon sein, aber gestern ist die Brille in der Küche gelegen.
Mann: So red doch keinen solchen unreinen Mist, was nützt mich denn das, wenn die Brille gestern in der Küche gelegen ist!
Frau: Ich sag dir's doch nur, weil du sie schon ein paar Mal in der Küche hast liegen lassen.
Mann: Ein paar Mal! – Die habe ich schon öfters liegen lassen, – wo sie jetzt liegt, das will ich wissen!
Frau: Ja, wo sie jetzt liegt, das weiß ich auch nicht; irgendwo wird s' schon liegen.
Mann: Irgendwo! Freilich liegt s' irgendwo, – aber wo, – wo ist denn irgendwo?
Frau: Irgendwo? Das weiß ich auch nicht – dann liegt s' halt wo anders!
Mann: Wo anders! – Wo anders ist doch irgendwo.
Frau: Ach red' doch nicht so saudumm daher, wo anders kann doch nicht zu gleicher Zeit »wo anders« und »irgendwo« sein! –

Alle Tage ist diese Sucherei nach der saudummen Brille, das nächste Mal merkst dir halt, wo du sie hinlegst, dann weißt du, wo sie ist.

Mann: Aber Frau!!! So kann nur wer daherreden, der von einer Brille keine Ahnung hat. Wenn ich auch weiß, wo ich sie hingelegt hab, das nützt mich gar nichts, weil ich doch nicht sehe, wo sie liegt, weil ich doch ohne Brille nichts sehen kann.

Frau: Sehr einfach! Dann musst du eben noch eine Brille haben, damit du mit der einen Brille die andere suchen kannst.

Mann: Hm!! Das wär ein teurer Spaß! 1000 Mal im Jahr verleg ich meine Brille; wenn ich da jedes Mal eine Brille dazu brauchte, – die billigste Brille kostet 3 Mark – das wären um 3000 Mark Brillen im Jahr.

Frau: Du Schaf! Da brauchst du doch nicht 1000 Brillen!

Mann: Aber zwei Stück unbedingt, eine kurz- und eine weitsichtige. – Nein, nein, da fang ich lieber gar nicht an. Stell dir vor, ich habe die weitsichtige verlegt und habe nur die kurzsichtige auf, die weitsichtige liegt aber weit entfernt, sodass ich die weitsichtigentferntliegende mit der kurzsichtigen Brille nicht sehen kann!

Frau: Dann lässt du einfach die kurzsichtige Brille auf und gehst so nah an den Platz hin, wo die weitsichtige liegt, damit du mit der kurzsichtigen die weitsichtige liegen siehst.

Mann: Ja, ich weiß doch den Platz nicht, wo die weitsichtige liegt.

Frau: Der Platz ist eben da, wo du die Brille hingelegt hast!

Mann: Um das handelt es sich ja! – Den Platz weiß ich aber nicht mehr!

Frau: Das verstehe ich nicht. – – – Vielleicht hast du s' im Etui drinnen.

Mann: Ja!!! Das könnte sein! Da wird sie drinnen sein! Gib mir das Etui her!

Frau: Wo ist denn das Etui?

Mann: Das Etui ist eben da, wo die Brille drinnen steckt.

Frau: Immer ist die Brille auch nicht im Etui.

Mann: Doch! – Die ist immer im Etui! –, außerdem ich hab s' auf.

Frau: Was? – Das Etui?
Mann: Nein! – Die Brille.
Frau: Jaaaaa! Was seh ich denn da? – Schau dir doch einmal auf deine Stirne hinauf!
Mann: Da seh ich doch nicht hinauf.
Frau: Dann greifst du hinauf! – – Auf die Stirne hast du deine Brille hinaufgeschoben!
Mann: Ah! – Stimmt! – Da ist ja meine Brille! – Aber leider!? (*Sehr schnell*)
Frau: Was leider?
Mann: Ohne Etui!

{4/47}; Entstehung 1937

Das Hunderl

(*Bellen*)
Frau: Ach, is dös a netts Hunderl! Ham S' das schon lang?
Herr: Ja ja, schon zehn Jahr.
Frau: So, so, insgesamt?
Herr: Selbstverständlich!
Frau: Warum derf er denn nicht freilaufen?
Herr: Er hat keinen Beißkorb.
Frau: Ja, beißt er denn?
Herr: Ja woher, nicht im geringsten!
Frau: Dann braucht er doch keinen Beißkorb.
Herr: Doch, ohne Beißkorb darf er nicht Straßenbahn fahren.
Frau: Aber er fährt doch jetzt nicht Straßenbahn.
Herr: Jetzt nicht, es ist ja auch gar keine Straßenbahn da.
Frau: Aber da kommt alle Augenblicke eine.
Herr: Das nützt mir nichts, ich darf doch nicht fahren, weil ich keinen Maulkorb hab.

Frau: Sie brauchen doch keinen, nur das Hunderl muss einen haben.

Herr: Dös weiß ich schon, der hat ja einen, nur dabei hab ich ihn nicht.

Frau: Ja, dann dürfens freilich nicht in die Straßenbahn hinein.

Herr: Natürlich darf ich nicht hinein, dann fahr ich halt mit der nächsten.

Frau: Ach so, ich hab geglaubt, Sie wollen schon mit dieser fahren.

Herr: Freilich wollt ich mit dieser fahren, aber bis ich heim lauf und hol den Beißkorb, ist doch die Straßenbahn weggefahren, die kann doch auf mich nicht zehn Minuten warten.

Frau: Ja, dös kann auch der Schaffner nicht machen, denn wenn er nicht wegfährt, dann würden sich ja die nachkommenden Straßenbahnwagen stoppen, dös geht nicht, dös können S' auch nicht verlangen, dass wegen so einem kleinen Hunderl …

Herr: Freilich kann ich das nicht verlangen, das weiß ich schon selber, lassen S' mir jetzt mei Ruah mit dera saudumma Fragerei, kümmern Sie sich um Ihre Kinder und net um andere Leut ihre Viecher! Man hat ja so soviel Ärger und Verdruss mit den Hunden. Mitten in der Nacht muss man oft ausm warmen Bett raus und muss die Tiere nunterlassen. In Hof dürfens nicht nunter, in Hausflur sollens nicht. Ja, wir Menschen haben's bequem, aber ich kann meinem Hund nicht zumuten, dass er aufs WC geht. 'S ganze Jahr hat ma mitn Hausherrn und dem Hausmeister Streitigkeiten wegen den Hunden – wie gestern Abend zum Beispiel: Setzt sich mein Hund mitten aufs Trottoir und macht sein großes Gschäfterl; ein Herr sieht das, kommt auf mich zu, brüllt mich an: »So eine Sauerei, haben wir den Bürgersteig deshalb, dass diese Sauviecher ihn beschmutzen dürfen?! Der Hund weiß es natürlich nicht, dass das der Bürgersteig ist, aber Sie blöder Kerl könnten das wissen! Ich glaube, die Straße ist breit genug für derlei Verrichtungen!«

Frau: Ja mei, aber auf d'Strassn soll so ein Hunderl auch wieder nicht, da schrein dann die Autofahrer und Radfahrer glei wieder: »Weg von der Strassn mit dem Sauhund!«

Mann: Na ja, ich hab mich belehren lassen und am andern Tag, wie mein Hund sich wieder aufs Trottoir setzt und will sein großes Gschäfterl machen, hab ich ihn sofort mit der Leine vom Bürgersteig heruntergezogen auf d'Strassn. Schreit mich ein Mann an: »Sie ganz unverschämter Kerl, den Tierschutzverein sollt ma holen, mitten unterm Gschäft machen zieht der rohe Mensch das arme Hunderl auf die Straße hinunter; angezeigt gehören Sie, so ein Rohling!«

Frau: Ja mei! Was machen S' denn dann morgen, wenn das Hunderl wieder müssen muss?

Herr: Aufs Hausdach geh ich mit meinem Hund hinauf, oder ich lass ihn einschläfern und dann ausstopfen.

Frau: Da ham S' recht, dann braucht er sein Gschäfterl nimmer ausüben, dann hat er für immer ausgeschäftelt.

{4/42}; Entstehung 1937

Die Fremden

Professor: So! – Wir haben also in der letzten Unterrichtsstunde über die Filzpantoffel gesprochen und behandeln heute das Hemd. Wer von euch weiß zufällig einen Reim auf »Hemd«?

Valentin: Auf Hemd reimt sich »fremd«.

Professor: Sehr gut! Und wie heißt die Mehrzahl von »fremd«?

Valentin: Die Fremden.

Professor: Jawohl, die Fremden. – Und aus was bestehen die Fremden?

Valentin: Aus »fremd« und aus »den«.

Professor: Sehr gut! – – Und was ist ein »Fremder«?

Valentin: Fleisch – Gemüse – Mehlspeisen – Obst usw.

Professor: Nein! – Nein! – Nicht was er isst, sondern was er tut.

Valentin: Er reist ab.

Professor: Sehr richtig! – Er kommt aber auch an – und ist dann ein Fremder. – Bleibt er dann für immer ein Fremder?

Valentin: Nein! – Ein Fremder bleibt nicht immer ein Fremder.

Professor: Wieso?

Valentin: Fremd ist der Fremde nur in der Fremde.

Professor: Das ist nicht unrichtig. – Und warum fühlt sich ein Fremder nur in der Fremde fremd?

Valentin: Weil jeder Fremde, der sich fremd fühlt, ein Fremder ist, und zwar solange, bis er sich nicht mehr fremd fühlt – dann ist er kein Fremder mehr.

Professor: Ausgezeichnet! – Wenn aber ein Fremder schon lange in der Fremde ist, – ist das dann auch ein Fremder? Oder ist das ein Nichtmehrfremder?

Valentin: Jawohl, das ist ein Nichtmehrfremder; aber es kann diesem Nichtmehrfremden – unbewusst – doch noch einiges fremd sein.

Professor: Was zum Beispiel?

Valentin: Den meisten Münchnern z. B. ist das Hofbräuhaus nicht fremd – hingegen ihnen die meisten Museen fremd sind.

Professor: Sehr richtig! – Dann kann also der Einheimische in seiner eigenen Vaterstadt zugleich noch ein Fremder sein. – Es gibt aber auch Fremde unter Fremden! Wie verstehen Sie das?

Valentin: Fremde unter Fremden sind – so wie ich mir das vorstelle –, wenn Fremde mit dem Zug über eine Brücke fahren und ein anderer Eisenbahnzug mit Fremden unter derselben durchfährt, so sind die durchfahrenden Fremden – Fremde unter Fremden, was Sie, Herr Professor, wahrscheinlich nicht so schnell begreifen werden.

Professor: Leicht fällt es mir nicht! Aber nun wieder zum Thema. – Und was sind »Einheimische«?

Valentin: Einheimische sind das Gegenteil von Fremde. Aber dem Einheimischen sind die fremdesten Fremden nicht fremd, – er kennt zwar den Fremden persönlich nicht, merkt aber sofort, dass es sich um einen Fremden handelt, bzw. um Fremde handelt; zumal, wenn diese Fremden in einem Fremdenomnibus durch die Stadt fahren.

Professor: Wie ist es nun, wenn ein Fremder von einem Fremden eine Auskunft will?

Valentin: Sehr einfach. – Fragt ein Fremder in einer fremden Stadt einen Fremden um irgendetwas, was ihm fremd ist, so Sagt der Fremde zu dem Fremden: »Das ist mir leider fremd, ich bin hier nämlich selber fremd.«

Professor: Das Gegenteil von fremd ist bekannt. Ist Ihnen das klar?

Valentin: Eigentlich ja! Denn, wenn z. B. ein Fremder einen Bekannten hat, so muss ihm dieser Bekannte zuerst fremd gewesen sein, – aber durch das gegenseitige Bekanntwerden sind sich die beiden nicht mehr fremd. Wenn aber diese beiden Bekannten zusammen in eine fremde Stadt reisen, so sind diese zwei Bekannten dort für die Einheimischen wieder Fremde geworden. – Sollten sich diese beiden Bekannten hundert Jahre in dieser fremden Stadt aufhalten, so sind sie auch dort den Einheimischen nicht mehr fremd.

{4/176}, Entstehung 1940

Semmelknödel

Karlstadt: Ja sag einmal, warum bist du denn heute Mittag nicht zum Essen gekommen? Zwei Stunden hab ich auf dich gewartet!

Valentin: Ja, ich hab da draußen gleich gegessen, wo ich zu tun ghabt hab, in der kleinen Wirtschaft und da isst man sehr gut, fast tadellos.

Karlstadt: No, so gut wie ich koche, wird's bestimmt nicht sein!

Valentin: Doch, doch!

Karlstadt: Aber jetzt ist es neun Uhr abends; wo warst du denn in der langen Zwischenzeit?
Valentin: Nirgends! Da hab ich auf das Mittagessen gewartet.
Karlstadt: Ja, ist dir denn das nicht zu langweilig geworden?
Valentin: Nein. In der Zwischenzeit hab ich mit der Kassierin gesprochen.
Karlstadt: Was, neun Stunden warst du mit der Kassierin beisammen? Über was habt ihr denn da gesprochen?
Valentin: Ja über das, dass die Semmelnknödel so lange nicht kommen.
Karlstadt: So lang wartet doch kein vernünftiger Mensch auf das Mittagessen.
Valentin: Da war ich ja nicht vernünftig, ich war ja hungrig.
Karlstadt: Papperlapapp – wenn man das Essen um zwölf Uhr bestellt und in einer halben Stunde ist es noch nicht da, dann geht man einfach.
Valentin: Freilich, dann frisst's ein anderer für mich …
Karlstadt: Und ausgerechnet Semmelknödel hat er sich bestellt, wo doch ich heute auch Semmelknödel gemacht hab.
Valentin: Was, dieselben?
Karlstadt: Ach, dieselben! Unsinn! – Andere hab ich halt gemacht; aber Semmelknödel sind Semmelknödel!
Valentin: … deln!
Karlstadt: Was »deln«?
Valentin: Semmelnknödeln heißt's!
Karlstadt: Ich hab ja gsagt: Semmelknödel.
Valentin: Nein: Semmelnknödeln!
Karlstadt: Nein, man sagt schon von jeher: Semmelknödel.
Valentin: Ja, zu einem – aber zu mehreren Semmelknödel sagt man: Semmelnknödeln.
Karlstadt: Aber wie tät man denn zu einem Dutzend Semmelknödel sagen?
Valentin: Auch Semmelnknödeln. – Semmel ist die Einzahl, das musst dir merken, und Semmeln ist die Mehrzahl, das sind also mehrere einzelne zusammen. Die Semmelnknödeln werden

aus Semmeln gemacht, also aus mehreren Semmeln; du kannst nie aus einer Semmel Semmelnknödeln machen.

Karlstadt: Machen kann man's schon.

Valentin: Ja, ja, machen schon; aber wenn du aus einer Semmel zehn Semmelnknödeln machen tätst, dann würden die Semmelnknödeln so klein wie Mottenkugeln. Dann würde das Wort Semmelknödel schon stimmen, weil s' bloss aus einer Semmel sind. Aber solang die Semmelnknödeln aus mehreren Semmeln gemacht werden, sagt man unerbitterlich: Semmelnknödeln!

Karlstadt: Du sagst es aber auch nicht richtig; jetzt hast grad gsagt: Semmelnknödeln.

Valentin: Nein, ich hab gsagt: Semmelnknödeln.

Karlstadt: Richtig muss es eigentlich *Semmel*nknödeln heißen; die Semmel muss man betonen, weil die Knödel aus Semmeln gemacht sind – – – überhaupt, das Wichtigste ist der Knödel; Semmeln*knödeln* müsst es ursprünglich heißen!

Valentin: Nein, das Wichtigste ist das n zwischen Semmel und Knödeln.

Karlstadt: Ja, wie heißt es dann bei den Kartoffelknödeln?

Valentin: Dasselbe! n – ! Kartoffelnknödeln!

Karlstadt: Und bei den Schinkenknödeln? Ah – hahaha –

Valentin: Da ist's genau so; da ist das n schon zwischendrin. Es gibt keine Knödeln ohne n.

Karlstadt: Doch, die Leberknödeln!

Valentin: Ja, stimmt! – Lebernknödeln kann man nicht sagen!

{4/72}; Entstehung 1940

Beim Friseur

Oder: Beim Schreiner

Friseur: Sie verlangen »rasieren« mein Herr? Sie sind ja, wie ich sehe, ganz frisch rasiert.

Kunde: Ganz richtig. Aber, ich habe eine große zweitägige Eisenbahnfahrt vor mir, aus diesem Grunde möchte ich mich voraus rasieren lassen, damit ich frisch rasiert den Zug verlasse.

A.: Ich lasse mir immer beim Schreiner meine Möbel und beim Schuster meine Schuhe reparieren.

B.: Das ist doch ganz logisch.

A.: Schon, aber ich habe dadurch immer Differenzen mit meiner Frau.

B.: Versteh ich nicht – wieso?

A.: Sie schafft mir immer die Schuhe zum Schreiner und die Möbel zum Schuster.

B.: Na dann ist aber ihre Frau blöd.

A.: Sie ist nicht blöd. Blöd ist in diesem Falle der Schuster, weil er Schreiner heißt – und der Schreiner heißt Schuster.

{4/282}; Entstehung 1940

Fliegenjagd

(*Mann [Valentin] und Frau [Karlstadt] sitzen am Familientisch beim Essen. – Eine Fliege summt im Zimmer und quält alle zwei bis zum Zornausbruch und endet mit einem Familienstreit bis zur Androhung der Scheidung.*)

Mann: Die Kartoffelsuppe hast heut nicht gsalzen, du Mistvieh.

Frau: Was? Ja jetzt schaug amal a so a gemeins Mannsbild an, ohne jeden Anlass hoaßt mi der a Mistvieh.

Mann: Rindvieh – i hab doch net di gmoant, i hab doch de Fliegn gmoant, de sich schon dreimal nachanand auf mein Kopf naufgesetzt hat.

Frau: So, i hab gmoant, mi hast gmoant – aba mit dem Rindvieh hast mi gmoant.

Mann: Ja da scho, weil du gmoant hast, i hab di a Mistvieh ghoaßn, wo is denn unser Fliegndatscher, – da is er, da nimm an Datscher und wenn sich des gemeine Vieh nochmal auf mein Haupt setzt, haust ihr oane nauf, aba gib obacht, dass d' net mi triffst.

Frau: Saudumme Rederei, wenn i die Fliegn auf dein Kopf daschlagn soll, dann triff i di doch auch.

Mann: Ja, so narrisch brauchst doch net glei drauf haun, dass i a hin bin.

Frau: Du redst einen Unsinn, so fest kann i mitn Fliegndatscher dich niemals net aufn Kopf nauf haun, dass du auch hin bist.

Mann: I soll ja auch gar nicht hin werdn, sondern die Fliegn und außerdem könntest du mich niemals mit dem Fliegentatscher da schlagn, da müsst du scho einen eisernen Hammer dazu nehma.

Frau: Nein – das ist unmöglich.

Mann: Wieso unmöglich?

Frau: Ja das ist unmöglich – erstens hab ich nicht im Sinn, dich wegen einer Fliegn zu erschlagen, und zweitens fliegt die Fliegn davon, bis der schwere Eisenhammer auf die Fliegn niedersausen tät.

Mann: Ich setz aber den Fall, die Fliegn bliebe sitzen.
Frau: In dem Fall seid ihr alle zwei kaputt, also zwei Fliegn auf einen Schlag, wie man so sagt.
Mann: Das ist eigentlich interessant – mit einem schweren Eisenhammer kann man zum Beispiel einen großen Menschen erschlagen, aba niemals so eine kleine Fliegn.
Man: Ja – das ist ganz logisch und umgekehrt kannst du mit einem Fliegendatscher niemals einen Menschen erschlagen.
Frau: Dann kannst du also ganz beruhigt sein, wenn ich auf deim Kopf die Fliegn erschlagn tu.
Mann: D'Fliegn sitzt scho wieda auf mein Kopf – hau zua.
Frau (*peng*): Na – nichts – nicht zu treffen –
Mann: Du hast zu spät draufgschlagn – du musst draufhaun, bevor die Fliegn wegfliegen will. Gib mir den Datscher, jetzt sitzt s' auf deim Suppnteller – *Peng*!
Frau: Ah Ah Ah! Haut er direkt in d'Suppn nei, da schau her, mei ganze Blusn is voll Suppnflecken, du hast zu spät hingschlagn du musst hinschlagn, bevor die Fliegn wegfliegn will.
Mann: Ja Ja – ich weiß scho, was du damit sagn willst, du meinst, dass ich genau so blöd bin wie du zum Fliegnfangen.

{4/282}; Entstehung um 1940

Im Schirmgeschäft

(*Ladenglocke: Bim – Bim*)

Schirmgeschäftsinhaberin: Grüß Gott, Herr! – Sie wünschen?
Valentin: Ich hätte da einen Regenschirm zum Reparieren!
Inhaberin: An Regenschirm? Na ja! – Da fehlt ja net viel – der kommt in die Werkstatt hinter – da wird er schon fachmännisch behandelt.

Valentin: Ja – und wann wird der Schirm fertig?

Inhaberin: Ja – das kommt halt darauf an, wann Sie den Regenschirm brauchen!

Valentin: Ja – das kommt darauf an, wann es regnet.

Inhaberin: Das weiß natürlich ich nicht, wann es regnet.

Valentin: Ja – von mir können S' dös noch weniger verlangen!

Inhaberin: Bräuchten S' den Regenschirm diese Woche noch?

Valentin: Wenn's diese Woche noch regnet, dann schon.

Inhaberin: Mein Gott – diese Woche kann's noch regnen – kann aber auch sein, dass es nicht regnet.

Valentin: Soll's also diese Woche nicht regnen, regnet es sicher die nächste Woche, regnet es die nächste Woche auch nicht, ist es nicht sicher, ob es die übernächste Woche bestimmt regnet, dann hole ich den Schirm einen Tag früher.

Inhaberin: Also an einem Mittwoch.

Valentin: Ob es grad ein Mittwoch ist, kann ich nicht sagen.

Inhaberin: Na ja – das sehen wir dann schon.

Valentin: Holen tu ich den Schirm auf jeden Fall, die Hauptsache ist, dass er repariert ist.

Inhaberin: Ja repariert wird er sofort.

Valentin: Ja, wenn er sofort repariert wird, dann könnt ich ihn ja heut noch holen.

Inhaberin: Freilich könnten Sie ihn heut noch holen, aber heute regnet es ja nicht.

Valentin: Dann hat es auch keine Eile mit der Reparatur, nur dann müsst ich ihn halt haben, wenn es zum Regnen kommt.

Inhaberin: Wenn er fertig ist, können Sie den Schirm holen.

Valentin: Das ist gar nicht nötig, denn wenn er repariert ist, liegt er bei mir daheim im Kleiderkasten drin, das heißt beim schönen Wetter – aber wenn es schlechtes Wetter wird, ist es natürlich zu spät, wenn man einen kaputten Schirm zum Reparieren bringt.

Inhaberin: Ganz richtig. – Die Hauptsache ist, dass er fertig ist, ob er jetzt bei mir oder bei Ihnen steht. Aber wissen Sie, da kommen oft Kundschaften, wochenlang haben s' einen kaputten Regenschirm daheim, plötzlich kommt a schlechtes Wetter, dann kommen s' mit dem alten Regenschirm daher, dann soll der Regenschirm sofort gemacht werden – und ist er dann fertig – und hört's Regnen auf, dann kommen s' nimmer – über 100 alte Regenschirme haben wir schon auf dem Speicher, die alle nicht mehr abgeholt worden sind – hoffentlich kommt Ihrer nicht auch dazu.

Valentin: Nein Sie, da bin ich gewissenhaft – also passen S' auf Frau – ob's jetzt regnet – oder ob's nicht regnet – bis wann könnten Sie den Schirm reparieren?

Inhaberin: Na – sagen wir – bis in – 14 Tagen.

Valentin: Bis in 14 Tagen – gut – Einverstanden – – – Sollt's aber in der Zwischenzeit regnen – –

Inhaberin: Unsinn – es regnet doch nicht.

Valentin: Nein – ich mein ja nur – ich setz den Fall, es tät regnen.

Inhaberin: Gä!!! – dass ich net lach! – Tät regnen! – Schauen S' doch den schönen blauen Himmel an!

Valentin: Ja Frau!!! – – Aber es könnte doch auch ein Gewitter kommen!

Inhaberin: Ah – papperlapapp – a Gewitter wird kommen, jetzt im Juli – da lacht Sie ja jede Kuh aus.

Valentin: Frau!!!! – – – – – – Verstehn S' mich doch endlich – – Ich weiß schon, dass es schön ist – und dass es vielleicht schön bleibt; – mir ist ja doch auch das schöne Wetter lieber, als so ein verdammtes hundsgemeines Sauwetter.

Inhaberin: (*aufgeregt*) Ja, was erlauben Ihnen denn Sie? – Da haben S' Ihren alten Regenschirm – und schaun S', dass sofort aus meinem Laden hinauskommen, sonst schmeiß ich Ihnen naus! – a so a Gemeinheit, das schlechte Wetter tät der verfluchen – erlauben Sie mir, von was täten denn wir Regenschirmmacher leben? Wenn's allaweil schön Wetter wäre? (*schlägt die Ladentür zu*) Merken Sie Ihnen: – Leben und leben lassen.

{4/134}, Entstehung 1941

Wir kaufen ein Hotel

Hoteldirektor am Hoteleingang: Guten Tag Fräulein Karlstadt, guten Tag Herr Valentin – ich bin bereits über Ihren Besuch von meinem Chef aus unterrichtet. Es handelt sich doch um die Besichtigung der ganzen Räumlichkeiten unseres Hotels betreffs Ankauf desselben. Das stimmt doch?

Valentin: Ja, es soll natürlich keine undirekte Aufdrängerei unsererseits darstellen, sondern Zusagen, eventuell sozusagen wollte ich eigentlich sagen …

Karlstadt: Was redest du da wieder für einen blödsinnigen Unsinn zusammen?

Direktor: Also, sie wollen, soviel ich unterrichtet bin, Ihren Beruf als Komiker ablegen und einen Hotelbetrieb betreiben.

Karlstadt: Ja, ich hab ihm abgeraten, er wollte nämlich zuerst einen Zirkus kaufen – oder einen Gaskessel – irgendein rundes Geschäft hätte er kaufen wollen –.

Direktor: Sie meinen wahrscheinlich ein glattes Geschäft, doch kein rundes.

Karlstadt: Nein, ein rundes, wollte er.

Valentin: Ja, das darf schon ein viereckiges Geschäft auch sein, wie ihr Hotel da, vielleicht können wir jetzt ihre Räumlichkeiten gleich beaugenscheinigen … oder Sie könnten's uns auch telefonieren.

Karlstadt: Red doch nicht so dumm daher, was man besehen muss, kann man doch nicht telefonieren.

Valentin: Warum nicht? Da ist ja ein Telefon.

Karlstadt: Freilich kann man in dem Raum telefonieren, aber die Räume müssen wir uns schon persönlich anschaun.

Direktor: Gewiss meine Herrschaften, die Räume können Sie sofort besichtigen. Hier sehn Sie gleich den großen Speisesaal (*Technik muss Echo einschalten.*)

Valentin: Der ist aber fast nicht ziemlich groß.

Karlstadt: Was wird denn da herinnen gemacht?

Valentin: Gespeiset!
Karlstadt: Was wird denn da gespeiset?
Valentin: Speisen werden gespeiset.
Karlstadt: Und dieses Zimmer hier, das ist etwas ganz Aparates, ah Aparates nein, ich mein ein apartes Zimmer.
Direktor: Ah das meinen Sie, das ist das Empfangszimmer.
Valentin: So, das ist das Empfangszimmer? Da hat wahrscheinlich das Zimmermädchen drin empfangen.
Direktor: Was für ein Zimmermädchen?
Valentin: Die grad vorbei gegangen ist.
Direktor: Hier meine Herrschaften ist das Rauchzimmer, nebenan das Schreibzimmer, dann hier der Konzertsaal.
Karlstadt: Ich hör aber nichts.
Direktor: Was sollen Sie denn da hören? Jetzt ist doch kein Konzert.
Valentin: Dann ist's auch kein Konzertsaal – dann ist es eben bloß ein Saal.
Direktor: Die Treppe führt zur Terrasse und zum Garten, und hier ist das Frühstückszimmer, hier wird das Frühstück eingenommen.
Valentin: Und wo wird das Abendstück eingenommen?
Direktor: Abendessen meinen Sie? Im Speisesaal. Hier ist das Lesezimmer, dann haben wir noch ein Vereinszimmer, ein Bierstüberl und eine Kantine. Solche Badezimmer wie hier, befinden sich in jedem Stockwerk zwei, hier der Lift – und in jedem Stockwerk zwei Toiletten. Eine Herren- und eine Damentoilette, im ganzen Hause zehn Klo.
Karlstadt: Und wieviel fasst das Hotel Gäste?
Direktor: Wenn es ganz besetzt ist 200.
Valentin: 200? Und nur zehn Toiletten? Das ist eine schlechte Einteilung.
Direktor: Wieso?
Valentin: Na ja stelln Sie sich vor, die 200 Gäste müssten zufällig einmal alle zusammen auf das Kl-oh das wär nicht auszudenken.

Direktor: So, nun haben Sie alles gesehen. Die Maschinenräume, Werkstätten, unten im Parterre die Entlüftungsanlage mit dem Exhaustor, soll ich Ihnen das auch noch zeigen?

Valentin: Nein, nein, das ham wir ja gsehn, wie wir reingangen sind.

Direktor: Was ham S' da gesehn?

Valentin: Das Haustor!

Direktor: Ich hab doch nichts von einem Haustor gesagt.

Valentin: Freilich, Sie ham gsagt, unten ist die Entlüftungsanlage neben dem Haustor.

Direktor: Nein, ich hab gesagt, die Entlüftungsanlage mit Exhaustor!

Valentin: Ja, is dös wieder was anders?

Direktor: Ja, das ist ein ganz gewaltiger Unterschied. Ein Exhaustor dreht sich und ein Haustor …

Valentin: Dreht sich auch!

Direktor: Wieso? Ein Haustor kann sich doch nicht drehen?

Valentin: Freilich dreht es sich, mir sind doch durchgangen.

Direktor: Ja, wer dreht sich denn?

Valentin: s'Haustor drunt dreht sich.

Direktor: Nein, nicht das Haustor dreht sich, sondern der Exhaustor dreht sich, und zwar mit 2000 Umdrehungen in der Minute. Da wenn sie reinkommen oder durchschlüpfen würden, das würde sie in 1000 Atome zerfetzen.

Valentin: Ja, also uns ist nichts passiert, wir sind hintereinand durchgangen und ham noch glacht auch, weil die ganzen Kanten mit lauter Kleiderbürsten eingfasst waren.

Direktor: Ach, um Gotteswillen, sie meinen ja die Drehtüre am Eingang (*lacht*). Also, um wieder zur Sache zu kommen, über den Verkaufspreis hat Sie ja unser Herr Besitzer schon informiert.

Valentin: Der Herr Besitzer, nein, der war nicht uniformiert, der war in Zivil.

Direktor: Also, soviel ich unterrichtet bin, kostet das Hotel 1 Million.

Karlstadt: 1 Million?
Valentin: Besetzt?
Direktor: Was besetzt?
Karlstadt: Mit Gästen, mit Hotelgästen meint er.
Direktor: Ja, ich kann Ihnen doch die Hotelgäste nicht mitverkaufen.
Valentin: Ja, ohne Hotelgäste kaufen wir kein Hotel. Glauben Sie, wir sind plem plem? Wir wollen doch ein Geschäft machen, wir kaufen doch kein leeres Hotel. Für uns zwei brauchen wir kein so Riesenhotel, uns genügt ein Zimmer mit zwei Betten auch – nur auf ein vollbesetztes Hotel würden wir drauf reflektionieren.
Karlstadt: Nein, nein, ohne Hotelgäste haben wir gar nicht das intimste Interesse an einem Hotel, das kommt gar nicht in Frage.
Valentin: Nein, das kommt nicht in Frage, da sind wir viel zu kaufmännisch veranlagt, um so zu dumm zu sein!

{4/131}; Entstehung 1941

Die Handtasche

Verkäuferin: Sie wünschen, mein Herr?
Valentin: Meine Frau hat Geburtstag und da möchte ich ihr gern eine schöne Handtasche kaufen.
Verkäufer: Einen Moment – – das hier wären sehr schöne Taschen!
Valentin: Etwas Schöneres! – Haben Sie keine schönere?
Verkäuferin: Doch, ich habe eine schöne, wollen Sie s' sehen?
Valentin: Aber mein Fräulein, welcher Herr würde ein solches Angebot ablehnen!
Verkäuferin: Bitte hier! Sehn Sie, die schließt sehr schön! (*schnappt*)

Valentin: So eine hat meine Frau auch. Die von meiner Frau schließt natürlich nicht mehr so gut. Durch den vielen Gebrauch nützt sich ja so was ab.

Verkäuferin: Ich hab auch eine mit Pelzbesatz.

Valentin: Meine Frau auch.

Verkäuferin: Das hier wär was Apartes – riechen Sie mal dran!

Valentin: Bitte, was soll ich?

Verkäufer: Sie sollen mal dran riechen (*schnüffeln*) – – echtes Juchtenleder!

Valentin: Die von meiner Frau riecht ja auch – – aber auf Gerüche leg ich wenig Wert. Die Hauptsache ist was zum Strapazieren!

Verkäufer: Hätten Sie lieber etwas in Schwarz?

Valentin: Danke – – meine Frau hat ja eine schwarze.

Verkäufer: Dann tut's mir leid – – hat der Herr sonst einen Wunsch?

Valentin: Ja – – haben Sie Regenschirme? Aber nicht zu teuer, denn ich lasse ihn ja doch wieder irgendwo stehen.

Verkäufer: Aber mein Herr, Sie sind doch nicht der alte zerstreute Professor, der überall seinen Schirm stehen lässt.

Valentin: Die Jungen lassen ihn öfters stehen als die alten.

Verkäufer: Das hier wäre ein schöner Regenschirm, den können Sie niemals mehr stehen lassen, weil Sie denselben an dem gebogenen Griff aufhängen können.

Valentin: Das ist immer dasselbe, ob ich ihn stehen oder hängen lasse.

Verkäufer: Ich kann ihn weder hängen noch stehen lassen, weil ich nie einen Regenschirm trage. Will der Herr also den Schirm mit dem gebogenen Griff nehmen?

Valentin: Nein – gefällt mir nicht! Und dann regnet es ja heute gar nicht. Was haben Sie denn für eine Auswahl in Herrenhüten?

Verkäufer: Möchten Sie sich bitte mit mir zur Abteilung 5 bemühen? Soll es so eine Form sein, wie Sie schon haben?

Valentin: Nein – nicht so ein schlapper – ich möchte einmal einen steifen.

Verkäufer: Steife sind aber gegenwärtig nicht so beliebt wie schlappe.
Valentin: Ich möchte aber lieber einen steifen.
Verkäufer: Hier bitte – darf ich probieren?
Valentin: Bitte.
Verkäufer: Sie haben recht – der steht Ihnen sehr gut – – besser wie ein weicher.
Valentin: Meiner Frau gefällt auch ein steifer besser.
Verkäufer: Und ist eine gute Qualität. Allerdings nach längerer Benützung verliert er ja die Steifheit und wird von selber weich – 15 Mark – die Kasse ist nebenan. Auf Wiedersehen, mein Herr!

{4/125}; Entstehung 1941

Vogelausstellung

Valentin: Bitte Fräulein, was kostet hier in dieser Vogelausstellung der Eintritt?
Fräulein: Fünfzig Pfennig.
Valentin: Und für Kinder?
Fräulein: Die Hälfte, also 25 Pfennig.
Valentin: Machen Sie doch eine Ausnahme, Fräulein, und geben Sie mir eine Kinderkarte zu 25 Pfennig, ich bin z. B. nicht gut bei Kasse.
Fräulein: Das kann ich nicht – denn wenn Sie am Eingang das Billet vorzeigen – sieht doch der Kontrolleur, dass Sie kein Kind mehr sind.
Valentin: Das wird schon gehen, ich benehme mich sehr kindisch – ich nehme die Finger in den Mund, verstelle meine Stimme usw. …
Fräulein: Aber an der Größe können Sie nichts ändern.

Valentin: Doch, ich rutsche auf den Knien, da bin ich dann viel kleiner.

Fräulein: Aber das sieht doch der Kontrolleur – wegen der lumpigen 25 Pfennig werden Sie doch kein solches Theater machen wollen.

Valentin: Ich habe eine andere Idee – wie viele Vögeln sind in Ihrer Ausstellung?

Fräulein: Circa 200.

Valentin: Gut – dann schau ich mir bloß 100 Vögeln an, also die Hälfte – und bezahle dafür die Hälfte Eintritt – Noch was, Fräulein: Ich bin nämlich Vogelliebhaber – ich versteh etwas von Vögeln. Ist eine Lerche auch in der Ausstellung?

Fräulein: Selbstverständlich.

Valentin: Und die singt?

Fräulein: Wahrscheinlich.

Valentin: Das glaub ich wahrscheinlich nicht, denn eine Lerche singt nur hoch oben in den Lüften. Da müssten Sie unbedingt einen 200 Meter hohen Käfig haben. – Und die andern Vögel, singen die auch alle?

Fräulein: Na, garantieren kann ich natürlich nicht, ob die Vögel singen, wenn Sie die Ausstellung besuchen.

Valentin: Ich verlange auch keine Garantie, ich meine nur, wenn ich zum Beispiel in eine Hundeausstellung gehe, da will ich auch die Hunde bellen hören, nicht nur ansehen.

Fräulein: Na, zwischen bellen und singen ist aber doch ein gewaltiger Unterschied, denn ob ein Hund bellt oder nicht, ist doch schließlich ganz egal.

Valentin: Sie Fräulein, da haben Sie aber sonderbare Ansichten.

Fräulein: Na, erlauben Sie mir, es wird sich doch niemand einen Hund kaufen wegen dem Gebell, denn das Gebell von einem Hund hat doch gar keinen Sinn.

Valentin: Doch – Wenn Sie zum Beispiel einen wachsamen Hofhund hätten, der in Ihrem Anwesen einen Einbrecher gefasst hat, wie würden Sie sich darüber ärgern, wenn der nicht bellen würde.

Fräulein: Das können Sie auch nicht verlangen, dass ein Hofhund bellt, wenn er einen Einbrecher gefasst hat.

Valentin: Haben Sie eine Ahnung von einem Hofhund.

Fräulein: Na, das ist doch ganz klar, ein Hofhund kann und muss bellen, wenn er einen Einbrecher bemerkt, d. h., er soll den Einbrecher melden, aber wenn er einen Einbrecher schon gefasst hat, da hat er doch das Maul voll, da kann er doch nicht mehr bellen.

Valentin: Ganz klar, dass er da nicht bellen kann, wenn er 's Maul voll hat, da muss er halt den Einbrecher wieder loslassen.

Fräulein: Dann läuft der davon. Was hat dann der Hofhund für einen Zweck? Und übrigens bin ich nicht verpflichtet, Ihnen über Hofhunde eine Aufklärung zu geben, denn wir sind in einer Vogel- und nicht in einer Hundeausstellung – wollen Sie also eine Eintrittskarte für die Vogelausstellung haben?

Valentin: Bitte.

Fräulein: Hier – 50 Pfennig – Danke – Eingang hier bitte.

Valentin (*in der Ausstellung Vogelgezwitscher aller Art. Valentin kehrt sofort wieder um und geht an die Kasse zurück*): Bitte geben Sie mir mein Eintrittsgeld wieder zurück – das ist keine Vogelausstellung – das ist ein Saustall und keine Vogelausstellung – die Vögel singen und zwitschern ja alle durcheinander.

Fräulein: Ja, einzeln werden die Vögel Ihnen nichts vorsingen, das können Sie nicht verlangen.

Valentin: Verlangen kann ich das nicht – da fehlt es an der Organisation – da gehört alle Tage nur ein Singvogel ausgestellt, dann ist das Dazwischengezwitscher ausgeschlossen.

{4/165}; Entstehung 1943

Im Hutladen

Schallplattenaufnahme

Verkäufer (*im Herrenhutgeschäft*): – – Guten Tag – Sie wünschen?
Valentin: Einen Hut.
Verkäufer: Was soll das für ein Hut sein?
Valentin: Einen zum Aufsetzen.
Verkäufer: Ja, anziehen können Sie einen Hut niemals! Einen Hut muss man immer aufsetzen.
Valentin: Nein, immer nicht. In der Kirche zum Beispiel kann ich den Hut nicht aufsetzen.
Verkäufer: In der Kirche nicht – – aber Sie gehen doch nicht immer in die Kirche.
Valentin: Nein! Nur da und hie!
Verkäufer: Sie meinen: nur hie und da!
Valentin: Ich will einen Hut zum Auf- und Absetzen.
Verkäufer: Jeden Hut können Sie auf- und absetzen! Wollen Sie einen weichen oder einen steifen Hut?
Valentin: Nein – einen grauen!
Verkäufer: Nein! Ich meine, was für eine Fasson!
Valentin: Eine farblose Fasson!
Verkäufer: Sie meinen eine schicke Form – wir haben allerlei schicke Formen in allen Farben!
Valentin: In allen Farben? Dann hellgelb!
Verkäufer: Aber hellgelbe Herrenhüte gibt es nur im Karneval, einen hellgelben Herrenhut können Sie doch nicht tragen!
Valentin: Ich will ihn ja nicht tragen, sondern aufsetzen!
Verkäufer: Mit einem hellgelben Hut werden Sie ja ausgelacht!
Valentin: Aber Strohhüte sind doch hellgelb!
Verkäufer: Ach, Sie wollen einen Strohhut?
Valentin: Nein, ein Strohhut ist mir zu feuergefährlich!
Verkäufer: Asbesthüte gibt es leider noch nicht! – – Schöne weiche Filzhüte hätten wir.

Valentin: Die weichen Filzhüte haben den Nachteil, dass man sie nicht hört, wenn sie einem vom Kopf auf den Boden fallen.
Verkäufer: Na, dann müssen Sie sich einen Stahlhelm kaufen, den hört man fallen!
Valentin: Als Zivilist darf ich keinen Stahlhelm tragen!
Verkäufer: Nun – müssen Sie sich aber bald entschließen, was Sie für einen Hut wollen.
Valentin: Einen neuen Hut!
Verkäufer: Ja, wir haben nur neue.
Valentin: Ich will ja einen neuen.
Verkäufer: Ja, aber was für einen?
Valentin: Einen Herrenhut!
Verkäufer: Damenhüte führen wir nicht!
Valentin: Ich will auch keinen Damenhut!
Verkäufer: Sie sind sehr schwer zu bedienen, ich zeige Ihnen jetzt mehrere Hüte!
Valentin: Was heißt, mehrere, ich will doch nur einen, ich habe ja auch nur einen Kopf.
Verkäufer: Nein – zur Auswahl zeige ich Ihnen mehrere.
Valentin: Ich will keine Auswahl haben, sondern einen Hut, der mir passt!
Verkäufer: Natürlich muss ein Hut passen, wenn Sie mir Ihre Kopfweite sagen, dann werden wir schon einen passenden finden.
Valentin: Meine Kopfweite ist bei weitem nicht so weit, wie Sie denken! Ich habe Kopfweite Nr. 55 – will aber Hutnummer 60 haben.
Verkäufer: Dann ist Ihnen ja der Hut zu groß.
Valentin: Aber, er sitzt gut! Habe ich aber einen um 5 Nummern kleiner, der fällt mir runter.
Verkäufer: Das hat auch keinen Sinn, wenn man Kopfweite 55 hat, dann muss auch die Hutnummer 55 sein, das war schon von jeher so.
Valentin: Von jeher! – – Das ist ja eben das traurige, dass die Geschäftsleute an den alten Sitten und Gebräuchen hängen und nicht mit der Zeit gehen!

Verkäufer: Was hat denn die Hutweite mit der neuen Zeit zu tun?

Valentin: Erlauben Sie mir: Die Köpfe der Menschen bleiben doch nicht dieselben! Die ändern sich doch fortwährend!

Verkäufer: Innen – – aber außen doch nicht. Wir kommen da zu weit.

Valentin: Ja, Sie wollten doch die Weite wissen!

Verkäufer: Aber, doch nicht von der neuen Zeit, sondern von Ihrem Kopf!

Valentin: Ich habe Ihnen nur erklären wollen, dass die Menschen in der sogenannten früheren Zeit andere Köpfe hatten als heute.

Verkäufer: Das ist Quatsch – natürlich hat jeder Mensch, so lange die Welt besteht, seinen eigenen Kopf, aber wir reden doch nicht von der Eigenart, sondern von der Größe Ihres Kopfes – also lassen Sie sich von mir belehren, nehmen Sie diesen Hut hier Nr. 55, der Hut kostet 15 Mark, ist schön und gut und ist auch modern.

Valentin: Natürlich lasse ich mich von Ihnen belehren, denn Sie sind Fachmann – also der Hut ist modern? sagen Sie.

Verkäufer: Ja, was heißt heute modern! Es gibt heute Herren, sogenannte Sonderlinge, die laufen im Sommer und Winter, bei Schnee und Eis, ohne Hut im Freien herum und behaupten, das sei das Modernste.

Valentin: So – – keinen Hut tragen ist das Modernste? Ja, dann kauf ich mir keinen! Auf Wiedersehen!

{4/212}; Entstehung 1946

Bei Schaja

Verkäufer: Sie wünschen?
Valentin: Eine Leika.
Verkäufer: Zurzeit haben wir leider keine da.
Valentin: Wann bekommen Sie wieder welche?
Verkäufer: Schauen Sie in vierzehn Tagen wieder her.
Valentin: Her schauen? Ich seh so schlecht! Außerdem wohne ich in Planegg, 15 km von München entfernt, und so weit sehe ich nicht!
Verkäufer: Ich meine, kommen Sie in vierzehn Tagen wieder her!
Valentin: Kommen ja. Und da haben Sie Leikas bekommen?
Verkäufer: Vielleicht!
Valentin: Vielleicht? Ich kann ja auch nicht »vielleicht« kommen, ich komme bestimmt.
Verkäufer: Bestimmt? Ich kann natürlich nicht garantieren, ob in vierzehn Tagen bestimmt Leikas eingetroffen sind.
Valentin: Dann ist es auch nicht nötig, dass ich in vierzehn Tagen kommen soll.
Verkäufer: Sie können ja auch später kommen.
Valentin: Um wie viel Uhr?
Verkäufer: Ich meine – acht Tage später kommen.
Valentin: Also in drei Wochen?
Verkäufer: Ja! Sie können ja auch früher kommen.
Valentin: Wer? Ich –?
Verkäufer: Nein – die Leikas.
Valentin: Und ich erst in drei Wochen?
Verkäufer: Nein! Wenn die Leikas früher eintreffen, dann können Sie früher eine haben, wenn wir welche haben.
Valentin: Wenn ich aber auch früher komme und Sie haben noch keine, soll ich dann etwas später kommen?
Verkäufer: Selbstverständlich.
Valentin: Wann?
Verkäufer: Das ist unbestimmt.

Valentin: Und wann wäre es dann bestimmt?
Verkäufer: Sobald welche da sind.
Valentin: Momentan haben Sie also keine da?
Verkäufer: Nein!
Valentin: Am liebsten wäre es mir, ich hätte jetzt gleich eine haben können, dann bräucht ich überhaupt nicht mehr zu kommen.
Verkäufer: Das wäre mir auch das Liebste, wenn Sie nicht mehr kommen würden.
Valentin: Ich soll nicht mehr kommen?
Verkäufer: Freilich können Sie kommen, aber doch erst, wenn wir wieder Leikas haben.
Valentin: Und wann haben Sie welche?
Verkäufer: Ich sagte Ihnen ja schon, schauen Sie in vierzehn Tagen wieder her!
Valentin: Her schauen? Ich seh' so schlecht! Außerdem wohne ich in Planegg, 15 km von München entfernt, und so weit sehe ich nicht!
– – – *Und so weiter und so fort* – – –!

{4/266}; Entstehung circa 1947

Schaja: Der Titel bezieht sich auf ein Fotofachgeschäft – Photo-Schaja – in der Maximilianstraße in München
Planegg: Ein Ort, südwestlich von München; Lkr. München-Land, in dem KV bis zu seinem Tod lebte.

»Gar ned krank ist a ned gsund«

Über Krankheiten und andere Beschwerden

Zahnschmerzen

Was ich die letzten drei Wochen ausgstandn hab, die Schmerzen tät ich meinem besten Freund nicht wünschen, ich hab nämlich da hint einen hohlen Zahn, und das kann ich nicht begreifen, wie einem ein hohler Zahn weh tun kann, wenn doch ein Zahn hohl is, dann is doch nix drin in dem Zahn, also wie einem dann das »Nichts« weh tun kann, das versteh ich nicht, dann müssen doch unsere Magistratsräte alle Kopfweh haben.

Is dös schon so zwider, wenn ma an ganzen Tag mit so an Zahnbund rumlaufen muss, jeder fragt ein »a haben S' gwiss Zahnweh, ja das kommt vom vielen Zuckeressen«. Schmarrn! Ich bin nämlich gar kein Freund von Süßigkeiten, ich hab den Zahn auf ganze dumme Weise kriagt, den hab ich geerbt von meiner Mutter, die hat auch da hinten einen.

Von vorgestern bis heut hab ich 12 Nächte lang nicht geschlafen vor lauter Zahnweh, dann is's mir aber zu dumm worn, gestern in der Früh um fünf Uhr bin ich raus ausm Bett und zum Zahnarzt, grennt, wie ich beim Zahnarzt vor der Tür steh, hörts Zahnweh auf, ich bin natürlich sofort wieder umkehrt und heim ganga, na, an Zahn wer i mir reißen lassen, der wo mir net weh tut. Vor lauter Freud, dass mir der Zahn nimmer weh to hat, bin i am Heimweg zu an Konditor nei und kauf mir a Stück Haselnusstorte, i beiß nei, beiß mir de Haselnuss in den hohlen Zahn nei, in d'Höh ghupft bin i momentan wie ein Schachterlteufi vor Schmerz, i glei wieder zum Zahnarzt nauf, läut an, kommt scho der Zahnarzt raus, sag ich, verzeihn Sie, ich hätt Sie in einer ganz dringenden Angelegenheit zu sprechen, der führt mich nein, setzt mich auf so einen eisernen Sessel, zittert hab ich wie ein Schweinssulz.

Jetzt kommts Schönste; fragt mich der Zahnarzt »no mein Lieber wo fehlts denn?« So is recht, hab i mir denkt, wenn der als Zahnarzt des net kennt, dass ich Zahnweh hab, dann werds scho recht; na hab ichs ihm erklärt, dass ich Zahnweh hab, sagt er, machen Sie mal den Mund weit auf und lassen Sie sich auf den Zahn fühlen, na, sag ich, den Krampf kenn ich schon, rausreißen, und zweitens kann ich den Mund net weit aufmachen, nur so weit (*Mund weit aufreißen*).

Der hätt mir positiv den Zahn reißen wollen und ich kenn doch den Schmerz, des is kaum zum Aushalten. Ja, wenn ich mir einen Holzschiefer in Finger nei renn und lass mir den dann vom Doktor rausschneiden, des is ja auch furchtbar, aber da kann ich, währenddem dass mir der Doktor den Schiefer rauszieht, vor Schmerzen die Zähn zambeißen, das kann ich aber beim Zahnreißen nicht.

Dann hätt mir der Zahnarzt den Zahn plombieren wollen und kommt mit so an langen Schlauch daher, wo vorn so a Drillbohrer dran is; halt sag ich, was wolln S' denn mit dem Ding da, ja sagt er, den Zahn will ich Ihnen ausbohren, na sag ich, des brauchn S' da nicht, der is ja scho hohl.

Es gäb scho was, wo man das Zahnreißen nicht gespürt, mit Lachgas, aber das kann ich mir nicht machen lassen, weil ich Trauer hab, mir is vor acht Tag mei Tante gstorbn. –

Dann hätt er noch was probiert, kommt er mit so an feinen Stachel daher; sag ich, was wolln S' denn mit dem Stachel da; ja sagt er, ich töt Ihnen den Nerv. – Herr Zahnarzt, hab ich gsagt, denken Sie an das 5. Gebot.

Fünf Stund war ich bei dem Zahnarzt droben, meint er, mit Ihnen is schwer was zu machen, reißen soll ich nicht, bohren soll ich nicht, den Nerv soll ich nicht töten, dann setz ich Ihnen halt eine Goldkrone auf. Mir setzen Sie a Goldkrone auf, na sag i, mir brauchen S' keine aufsetzen, da da gibts scho andere, de wo drauf warten.

Dann hab ich mich entschlossen zu einer Zementplombe, sag ich, was kost eine Zementplombe, sagt er drei Mark, was sag i, ja wie viel Zement brauchen S' denn da dazua; mei, sagt er, ganz wenig, a kleine Messerspitze voll. – Und da verlangen Sie drei Mark, na, hab i gsagt, da geh i zu unserm Hausmaurer, der macht mir de ganze Gaudi um a Mass Bier, hab meinen Hut gnommen und bin davon. Und jetzt wart ich, bis der Zahn nimmer weh tut, des kost mich kein Geld und sollt er wirklich nicht aufhören, dann kann ich immer wieder zum Zahnarzt naufgehn, aber so lang er mir weh tut, bringt mich kein Teufel mehr zum Zahnarzt.

{1/89}; Entstehung um 1920

Schachterlteufi: kleine Teufelsfigur auf Sprungfeder, die beim Öffnen der Schachtel herausschnellt
Drillbohrer: Bohrer für kleine runde Löcher

Der Menter Xaver hat Zahnweh

Von gestern bis heut, hat er gsagt, der Menter Xaver, hat er drei Nächt net gschlafa vor lauter Zahnweh.

Ganz hint in der Eck hat er an Stockzahn, a Mordstrumm, aba hohl wia a alter Trankhafa. Da Xaver sagt, dös kann er net versteh, wenn do a Zahn hohl is, dann is doch im Zahn nix drin, und wia dös »nix« weh toa ko, dös konn er net versteh, dös wui eahm gar net eigeh. Denn dann müassat do der Burgermoaster allawei Kopfweh ham, sagt er.

Es is aba aa zwida fürn Xaver, weil er an ganzen Tag mitn rotdipfedn Zahnbund rumlaffa muaß, – a jeda fragtn scho aa: Hast Zahnweh, Xaver?

»Naa, brüllt er, an Fuaß hab i mir verstaucht, drum bind i mir an Kopf ein.« Er hat scho recht, der Xaver, dös muaß do jeder am ersten Blick glei sehgn, dass er Zahnweh hat, sunst taat er do koan Zahnbund ummabinden.

Soweit i an Xaver kenn, konn er ja gar nix dafür, sei Muatter hams erzählt, soll aa am selben Platz an hohln Zahn ghabt ham und da hatn halt der Xaver geerbt, da konn ma eahm wirkli koan Vorwurf macha.

Gestern solls aba ganz gfehlt gwesn sei. Gestern hat er gwimmert wia 's Sturmglöckerl, wann's brennt, vor lauter Zähntweh, dann is eahm zdumm worn. Er hat sei schöne Joppn ozogn, hat sei Plüschhüatl mitn Adlerflaum aufgsetzt, dössell war eahm aba um fünf Nummern zkloa, wegn am Zahnbund, aba er hat's mit an Spagatschnürl obundn, sein Stecka packt und dahi is ganga.

Und wias halt scho oft vorkemma is, wia da Xaver in der Stadt vorm Zahnarzt seiner Tür steht, war's eahm grad, als wia wenn der Zahn auf oamal gar nimma so weh taat. Halt, hat si da Xaver denkt, dös hast schö daratn, a Viertelstund später wenn er aufghört hätt, waar er scho herausgwesn, da hab i aba a Glück ghabt. Und glacht hat er, wei er sich das Markl erspart hat.

Auf dö Zehaspitzl is er runtaganga vom drittn Stock, und heruntn hat er sich glei a Mass Bier kafft und a Laugnbrezen. Seine andern Zähn hat dös eiskalte Bier und dö stoaharte Laugnbrezen net gschadt, bloß der oane Zahn, der wehe, war mit dera Behandlung net zfriedn und er hat halt wieda zum tobn und zum ziagn ogfangt sodass da Xaver vor lauter Schmerz as Zahln vergessn hat. Und dö Kellnerin hat gschrian: »Halt, zerst zahln« – und bald hätt er dös aa net ghört wegn dem dicken Zahnbund.

Und wia a alter Leimsieda is da Xaver wieda zum Zahndokta aufe mit dem oan Gedanken – jetzt muaß er aussi, der Knocha! – Narrisch hat er oglitten, und a paar Minutn drauf is er scho auf dem gspassigen Stuhl drom ghockt. Zittert, sagt er, hat er wia a Schweinssulz. Aba wia da Zahndokta zu eahm gsagt hat: »No mei Liaba, wo fehlt's denn?« – da hat der Xaver 's ganze Vertrauen verloren. Mei, hat er si denkt, wenn der aa no so dumm fragt und als Zahndokta net seiba kennt, dass i Zahnweh hab, na werd's grad recht. »Ja, Zahnweh hab i«, hat der Xaver gsagt!

»Ja, ja«, moant da Dokter, »dös glaub i schon, dass du mir koan Stiefe zum Doppeln bringst, aber i muaß do wissn, wo du Zahnweh hast?«

»In mein Mai drinna«, sagt der Xaver!

»Ja«, sagt der Dokter, »na muaßt aber dei Mai aufmacha, dass i den wehen Zahn siehg.« – Mei, hat da Xaver denkt, is der neugieri, der werd do als Zahndokter scho öfters an wehen Zahn gsehgn ham. Dann hat er sei Mai aufgrissn und da Dokter hat einegschaut, hat sei Zangerl gholt, und da Xaver hat si denkt – Jetzt hoaßt's aushalten – und hat sich im Stillen gwunschen: Liaba lassat i mir jetzt den größten Holzschiefer ausn großn Zeha rausziagn, dös tuat zwar aa narrisch weh, aba i kannt wenigstens vor Schmerzen dö Zähn zsammbeißn. Aba beim Zahnreißn hat's was mitn Zähn zsammbeißn, wei da Dokter sagt: So jetzt machas an Mund recht schö weit auf! Aba dösmal hat da Dokter zum Xaver gsagt, gar so notwendig is eigentli dö Rausreißerei net mit dem wehen Zahn, weil man den vielleicht no plombiern kannt. Ich moan, der halt's no aus. Na is er auf sei Schrankerl zuweganga, hat s' Zangerl neiglegt und is mit so a neumodischen Bohrmaschin daher kemma. Dös war a langa Schlauch und vorn dro is a Bohrer gwesn, der hat sie draht wia da Teufe. – »Halt«, hat da Xaver gsagt zum Dokter – »gehst glei weg mit dera Maschin, mir waars ja schön gnua, was möchst ma denn mit dem Teifelsglump otoa?«

Aber da Dokter hat's eahm ganz vernünfti erklärt an Xaver, dass er den hohlen Zahn vorm Plombieren ausbohren muaß. »Den braucha S' nimmer ausbohrn«, hat da Xaver gsagt, »der is ja so scho hohl«. Da Dokter hat aba mitn Xaver a rechte Geduld ghabt und hat gmoant, da Xaver soll sich halt dann doch den bösen Zahn reißen lassen. Er hat eahm aa versprocha, dass er gar nix gspürat, weil er ihn mit Lachgas behandeln tät.

Jetzt hat da Xaver d'Lippen übernander gschobn, hat oa Aug zuzwickt und hat gmoant: »Nix gspürn, dös waar scho mei seligster Wunsch beim Zahnreißen, aba mit Lachgas, dössell trau i mir net, wei mei Basn vor vier Wocha gstorbn is und da hab i no Trauer.«

»Ja mei«, hat der Dokter wieda an Xaver vertröst, »woaßt, dös is a schware Sach mit euch Bauern, jetzt bleibt mir nix mehr übrig als an Nerv töten und a Goldkrone aufsetzen.« – Wia dös da

Xaver ghört hat, is er vom Stuhl aufgrumpelt, hat sein Huat packt und sei Packl, denn vom Töten hat er no nie was wissen wolln, und jetzt in da Republik a Goldkrone aufsetzen?

»Naa, Naa!!!!! – Pfüat Gott, Herr Dokta – nix für Unguat!!!«

{1/86}; Entstehung etwa 1920

gschlafa: geschlafen
Trankhafa: großes Gefäß (meist für das Schweinefutter)
weh toa ko: weh tun können
dös wui eahm gar net ei'geh: das will ihm gar nicht eingehen/ das kann er nicht kapieren
müassat: müsste
Burgermoaster: Bürgermeister
allawei: ständig, immer
z'wida: zuwider, lästig, widerwärtig
rotdipfedn Zahnbund: rot getüpfeltes Tuch
aa: auch
soils: soll es
gfehlt gwesn: gefehlt, schlimm gewesen
Zähntweh: Zahnschmerzen
Plüschhüatl: Plüschhütchen
dössell: dasselbe
obundn: angebunden
vorkemma: vorgekommen
als wia wenn der Zahn auf oamal gar nimma so weh taat: als wenn der Zahn gar nicht mehr so schmerzen würde
schö daratn: gut gemacht, erraten
Zehaspitzl: Zehenspitzen
stoaharte: steinharte
zum ziagn ogfangt: zu Ziehen angefangen
gschrian: geschrien
Leimsieda, Leimsieder: unbeholfener, langweiliger Mensch
oglitten: geläutet
gspassig: merkwürdig
seiba: selbst
koan Stiefe: keinen Stiefel
Mai: Mund
liaba lassat: lieber ließe

Holzschiefer: Holzsplitter
zuweganga: hingegangen
gnua: genug
otoa: antun
gspürat: spüren würde
dössell: dasselbe
Basn: Base, Cousine

Wenn mein Vater Verstopfung hatte

Wenn mein Vater Verstopfung hatte, wurde Pfarrer Kneipps Wühlhubertee, Stärke III geholt. Es ist das Bitterste vom Bittersten. Bittere Mandeln sind einfach Sacharin dagegen. Mein Erzeuger dachte sich, Übel muss eben Übel vertreiben. Mit Todesverachtung nahm er einen Schluck. Er brachte ihn auch hinunter. Aber eine Minute später spie er bereits wie ein Gerberhund alles auf den Fußboden, was er bei der letzten Mahlzeit zu sich genommen hatte. Das ungewohnte Geräusch lockte mich an. Ich musste doch sehen, was Vater zugestoßen war. Aber angesichts dieser Bescherung spie ich ebenfalls unverzüglich wie ein Reiher. Das wiederum rief meine Mutter auf den Plan. Sie eilte besorgt herbei, konnte aber ihrem Schicksal ebenso wenig entgehen, wie wir beiden Männer. Zuletzt erschien die Magd auf der Bild- oder besser gesagt auf der Speifläche und entrichtete ohne Zögern, aber offenbar ebenso unfreiwillig, wie ihre Vorgänger, den gleichen Tribut an Kneipps wahrhaft unfehlbares Mittel. Ein solches Speien im Quartett habe ich seitdem nicht wieder erlebt.

{7/87}; Entstehung etwa 1937/Autobiografisches

Eine seltsame Sache

Eine Kleidermacherin, ein junges Mädchen von 25 Jahren, wurde gerade um die Weihnachtszeit, in der sie mit Arbeit überhäuft war, krank. Übelsein, Erbrechen, Mattigkeit in allen Gliedern etc. quälten sie. Sobald sie aber ins Freie kam, wurde ihr besser, und hatte sie viel in der Stadt zu tun, war also längere Zeit außer Haus, so kam sie gesund und froh heim, das ging einige Tage so fort. Als es immer ärger wurde, ging sie zum Arzt und erklärte dem Doktor, das Furchtbarste, an dem sie zurzeit leide, sei der furchtbar süßliche Geruch in der Nase. Sobald dieser Geruch sich bemerkbar mache, folge hierauf sofort Übelsein und Erbrechen. Der Arzt dachte sofort an eine »Stinknase« und behandelte sie mit Höhensonne. Das Mädchen ging heim, zu Hause angekommen, setzte sie sich sofort an seine Nähmaschine, es wurde ihr wieder übel, und das Erbrechen ging los wie alle Tage. Die Mutter des Mädchens war nicht immer in demselben Zimmer, wäre es dieser auch immer übel gewesen, hätte man meinen können, in dem Zimmer sei etwas nicht in Ordnung, eine Gasausströmung oder dergleichen. Nur die Tochter bekam, sobald sie sich zur Arbeit setzte, diesen furchtbaren Zustand. Sie magerte sichtlich ab, konnte wegen des furchtbaren Geruchs, den sie stets in der Nase hatte, nichts mehr essen und trinken als Tee und einige süße Sachen. Sie selbst meinte, sie hätte den Eindruck, als ob sie von innen heraus verfaule. Nun nahm sie Abführmittel ein, aber der Körper war schon zu schwach, und statt der erhofften Wirkung traten Ohnmachtsanfälle ein. Aber trotz allem musste sie doch arbeiten, denn Weihnachten stand vor der Tür, und das arme Ding saß alle Tage an der Maschine bis spät in die Nacht. Da stockte plötzlich die Maschine – das auch noch – soviel Arbeit – zum Sterben krank, die Maschine hatte auch viel gearbeitet die Zeit her und verlangte nach Öl – außen in alle Schmierlöcher muss Öl getropft, auch innen das Werk muss geölt werden. Dazu muss man aber die Maschine umkippen, was die Nähmaschinistin auch tat – in dem Moment war das Rätsel und die Ursache ihrer wochenlangen Krankheit enthüllt: In dem Ölbehälter, welcher sich unter dem Werk jeder Maschine befindet, um das Tropfen des Öls zu verhindern, war auf irgendeine Weise eine Maus gekrochen und darin verendet und verwest. Der Leichengeruch war so stark, dass Kunden die Näherin aufmerksam machten, sie solle doch zum Arzt gehen, sie rieche dermaßen, dass es niemand in ihrer Nähe aushalten könne.

Die Leiche wurde entfernt, die Näherin ist wieder gesund, die Weihnachtsarbeiten sind geliefert, und alles ist wieder in bester Ordnung.

{7/175}; Entstehung um 1940

Beim Arzt

Arzt: Darf ich bitten, der Nächste. (*Tür klappen*)

Patient: Grüß Gott Herr Arzt.

Arzt: Grüß Gott Herr Meyer, na wo fehlt's?

Patient: O mei Herr Doktor, mit meinem Magn stimmt's nimmer recht. Jedes Mal wenn ich gessen hab, dann hab ich den Magen so voll.

Arzt: Ja das ist doch keine Krankheit, das ist doch ganz logisch, wenn Sie in den Magen was hineintun, muss er ja voll werden. Wie ist es denn, wenn Sie nichts essen?

Patient: Ganz das Gegenteil, dann fühl ich so eine Leere im Magen.

Arzt: Na sehen Sie, dann ist doch Ihr Magen in Ordnung.

Patient: Ja aber wie kommt denn das dann, dass ich beim Stiegensteigen so schnaufen muss?

Arzt: Ja mein Lieber, da muss a Anderer auch schnaufen, aber das hängt doch nicht mit dem Magen zusammen, sondern mit der Lunge.

Patient: Ja auf der Lunge bin ich gsund, da fehlt mir nix, trotzdem ich mir vor zwei Jahren an Fuß brochen hab.

Arzt: So an Fuß ham Sie sich brochen, wie ist denn das passiert?

Patient: Zuviel Alkohol hab ich dawischt.

Arzt: Am Alkohol können Sie sich doch nicht den Fuß brechen.

Patient: Freili, bsuffa war i und da bin i auf einer ausländischen Bananenschale ausgrutscht und hab mir meinen eigenen Fuß brocha.

Arzt: Ja da war aber dann nicht der Alkohol schuld, sondern die Bananenschale.

Patient: Selbstverständlich war die Bananenschale schuld, weil ich die net gsehn hab und drum glaub ich, Herr Doktor, dass mit meinen Augen nimmer 's richtige is, weil, wenn ich z. B. daheim Zeitung les, dann krieg i so Kreuzweh, dass i 's lesen aufhören muss.

Arzt: Aber lieber Herr Meyer, schlechte Augen können niemals Kreuzschmerzen erzeugen.

Patient: Dös kann schon sein, aber d'Augen und 's Kreuz müssen doch eine heimliche Verbindung haben, weil man oft die alten Leut' jammern hört, wenn's sagen: »Es ist schon ein rechtes Kreuz, wenn man nimmer gut sieht.«

Arzt: Ja Herr Meyer, Sie sollen halt weniger Zeitung lesen, dafür viel Obst essen, denn Obst ist gesund.

Patient: Nicht für jeden Herr Doktor – a Bekannter von mir wäre beinahe an einer Zwetschgen erstickt.

Arzt: Wie alt sind Sie denn schon Herr Meyer?

Patient: Schaun S' Herr Doktor, ich bin schon bald zehn Jahre älter als meine Frau – ja.

Arzt: So, So – wie alt ist denn Ihre Frau?

Patient: Ja, meine Frau, die ist jetzt – das könnt ich Ihnen jetzt gar nicht sagen.

Arzt: Nun ja, ist auch Nebensache – ist der Darm in Ordnung?

Patient: Von der Frau?

Arzt: Nein nein, der Ihrige?

Patient: Aso, der meinige – ja ja – selbstverständlich – im Vertrauen zu Ihnen gesagt. (*Pause von 3 Sekunden*)

Arzt: So so, hahahaha – dann lieber nicht – dann verschreib ich Ihnen statt Rizinusöl lieber Opiumtropfen. Was haben Sie eigentlich für einen Beruf Herr Meyer?

Patient: Ich bin Leiternfabrikant.

Arzt: Ha ha, Sie machen die langen Leitern für die Feuerwehr?

Patient: Na na, ich mach die ganz winzig kleinen für die Laubfrösch.

Arzt: Was Sie nicht sagen, sehr interessant, na ja, Leiter ist Leiter, aber dass wir wieder auf unser Thema zurückkommen Herr Meier, außer einer kleinen Diarrhöe wüsst ich nicht, was Ihnen fehlt, Sie sind vollständig gesund.

Patient: Was, gsund bin i! Mir wär's ja gnua, für was bin denn i dann bei der Krankenkasse?

{4/29}; Entstehung etwa um 1937

Kopfwehpulver und Maler

(*Ort der Handlung: Ein Wirtshaus*)

Valentin: Na Rudi, du hältst noch immer deinen Kopf? Hat denn das Kopfwehpulver noch nicht gewirkt, das ich dir vor einer Stunde gegeben habe?

Rudi: Nein! – – Ich spüre noch keine Erleichterung im Kopf, aber eigenartig: im Bauch rumorts mir umeinander, als hätte ich Rizinusöl gesoffen.

Valentin: Ha ha ha! – ich hab dir kein Rizinusöl gegeben – da schau, da unten am Boden liegt noch das Papier; da hast du's schwarz auf weiß. – – – Halt Rudi!! – – du hast recht! – – Ich hab dir etwas anderes gegeben – – Peters Laxierpulver.

Rudi: Um Gottes Willen!!!

Valentin: Nur keine Angst! Das ist auch kein Gift.

Rudi: Gift nicht – – aber ich danke schön – – Herr Ober! – – Wo sind die Toil …

Ober: Zweite Türe links!

Rudi (*schnell*): Danke! (*Man hört schnell verschwindende Schritte und Türklinke bewegen.)*

WC-Gast (*Stimme von innen*): Besetzt!

Rudi: Wie bitte?

WC-Gast: Beeesetzt!

Rudi: Ich habe es eilig … (*schlägt mit der Faust gegen die Türe*).

WC-Gast: Besetzt! Hören Sie nicht gut?

Rudi: Doch! Man hört alles raus – beeilen Sie sich, das WC ist nicht für Sie allein da.

WC-Gast: Das weiß ich, aber ein altes Sprichwort sagt schon: Wer zuerst kommt, mahlt zuerst.

Rudi: Wieso malen? Malen Sie da drinnen? Wenn Sie ein Maler sind, dann hören Sie zu malen auf und lassen Sie mich hinein, Sie können doch dann wieder weitermalen.

WC-Gast: So warten Sie doch, bis ich ausgemalen habe.

Rudi: Sie unverschämter Kerl, ich kann doch nicht so lange warten, bis Sie den ganzen Abort ausgemalen haben.

WC-Gast: Ich male doch nicht den Abort.

Rudi: Was denn sonst?

WC-Gast: Ich kann mich nicht anders ausdrücken.

Rudi: Was heißt ausdrücken, drücken Sie aus was Sie wollen.

WC-Gast: Das tu ich ja sowieso.

Rudi: Malen Sie in der Gaststätte, solange sie in Betrieb ist, den Hausflur, aber nicht das W.C.

WC-Gast: Im Hausflur kann ich doch nicht malen, wenn da irgendjemand daher käme, da müsste ich mich ja schämen.

Rudi: Was heißt schämen? Beim Malen brauchen Sie sich doch nicht zu schämen, oder malen Sie schlecht? Aha, ein moderner Maler!

WC-Gast: O nein, in der Malerei gibt es keinen Unterschied, Sie malen genauso.

Rudi: Ich? Ich kann nicht malen.
WC-Gast: Sie können nicht malen? Dann brauchen Sie auch nicht hier herein zu kommen. Zu Ihrer Beruhigung kann ich Ihnen sagen, dass ich mit meiner Malerei gleich fertig bin, einen Moment noch (*man hört Wasserspülung*). Einen Moment noch (*Tür geht auf*). Darf ich bitten! So, nun können Sie weiter malen.
Rudi: Wo ist Ihre Malerei?
WC-Gast: Schon verschwunden!

{4/55}; Entstehung 1939

Laxierpulver: Abführpulver

Herr Leidenreich

Gesundig: Ja grüß Gott, Herr Leidenreich, wie geht's immer?
Leidenreich: O mei Gesundig, – nicht gut – gar nicht gut!
Gesundig: Sie schau'n aber nicht schlecht aus.
Leidenreich: Ja ausschau'n – aber innen – o jeh, da schaut's anders aus!
Gesundig: Was innen? Ja, fehlt's am Herz?
Leidenreich: Auch – aber in den Füßen …
Gesundig: In den Füßen? – Ja, d' Füß hat man ja net innen, die hat man doch außen.
Leidenreich: Na – innen in de Füß fehlt's.
Gesundig: Ja, was fehlt denn da, Herr Leidenreich?
Leidenreich: – – – – und im Kopf, ojeh, und die Schmerzen …
Gesundig: Ja, innen in de Füß können S' doch keine Kopfschmerzen habn!
Leidenreich: Dös hängt alles mit der Milz zusammen, hat mir meine Frau gsagt, weil ich nach dem Essen immer einen argen Druck in den Lenden verspüre.
Gesundig: A, dös wird net so schlimm sein!

Leidenreich: Dös is schon schlimm, weil das ganze Nervensystem darunter leidet – meine Magennerven sind schon sehr angegriffen!

Gesundig: Geh, Herr Leidenreich, wer wird denn Ihre Magennerven angreifen. Die sind doch innen im Körper, die kann man ja gar nicht angreifen!

Leidenreich: Haben Sie noch nichts gelesen vom Vagus und vom Sympathischen Nervensystem?

Gesundig: Na! Ich hab nur die Gastwirtszeitung abonniert, da steht so was net drin!

Leidenreich: O mei, so saudumm kann nur a gsunder Mensch daherreden! – Wenn mein Blutdruck net erhöht wäre, dann wär i ein ganz anderer Mensch. Durch den erhöhten Blutdruck leidet jedes Gefäß.

Gesundig: Jedes? Ja, jeder Mensch hat doch nur ein Gesäß?!

Leidenreich: Gefäß! – Nicht Gesäß!

Gesundig: Gefäß? Was ist denn dös?

Leidenreich: Ja mei, Sie verstehn ja gar nichts vom menschlichen Körper! Sie müssen Doktorbücher lesen. Gefäße – das sind die Arterien und Venen, in welchen das Blut fließt, und diese Arterien sind bei mir in Mitleidenschaft gezogen; aber die Salbe, mit der ich mich jetzt seit drei Tagen einreibe, macht diese Arterien wieder geschmeidig. Ich spür heut schon eine Erleichterung.

Gesundig: So, wo reiben S' Ihnen da ein mit dieser Salbe?

Leidenreich: Auf der Brust!

Gesundig: Auf der Brust? Äußerlich?

Leidenreich: Natürlich äußerlich! Innerlich könnte ich mich ja net einreiben!

Gesundig: Und wo sind die Arterien? Die sind doch innen?

Leidenreich: Die sind innen!

Gesundig: Und außen reiben S' Ihnen ein?! Dös is mir noch net ganz klar; da is doch d' Haut dazwischen!

Leidenreich: Ja natürlich, die Salbe dringt doch durch die Haut durch!

Gesundig: Bei Ihnen?

Leidenreich: Ja, bei Ihnen auch.
Gesundig: Bei mir? Ich hab mich ja net eingrieben!
Leidenreich: Nein, ich mein: bei jedem Menschen!
Gesundig: Ja, hat denn jeder Mensch solche Arterien, die man mit einer Salbe einreiben muss?
Leidenreich: Nein, jeder doch nicht; das wär ja traurig!
Gesundig: Ja, mir z. B., mir fehlt nix; ich war noch nie krank!
Leidenreich: Dös is eben der Fehler, weil Sie keine solchen Medizin-Bücher lesen.
Gesundig: Na, na, ich les mei Gastwirtszeitung; i möcht gsund bleibn!

{4/112}; Entstehung 1941

Hohes Alter

Valentin: So, So! Sie sind ein Vegetarianer?
B.: Ja! Ich lebe nur vegetarisch.
Valentin: Essen Sie gar kein Fleisch?
B.: Nein! Nie!
Valentin: Bier trinken Sie auch keines?
B.: Überhaupt keinen Alkohol.
Valentin: So? – Was trinken Sie dann?
B.: Limonade, Kräutertee, Quellwasser usw.
Valentin: Schmeckt Ihnen das?
B.: Ausgezeichnet!
Valentin: So! – Dann gehn Sie auch in kein Wirtshaus?
B.: Nie! – Nur in vegetarische Restaurants.
Valentin: Weißwürste mögns auch keine?
B.: Pfui! Das ist ja auch Fleisch!
Valentin: Aber guat sans!
B.: Geschmacksache!
Valentin: Kaffee trinken Sie aber schon?

B.: Coffein ist doch Gift!

Valentin: Aber Tee?

B.: Im Tee ist Teein enthalten – auch Gift.

Valentin: Sie könnten ja gleich sagen: »Im Brot ist Brotin.«

B.: Im Brot ist auch Gift, da bekommen Sie Blähungen, und Blähungen schaden der Gesundheit.

Valentin: Ja, ja, aber es heißt doch: »Unser tägliches Brot gib uns heute.«

B.: Das schon – aber mit Maß und Ziel!

Valentin: Ja, wie ist es dann mit den Frauen? Sind Sie verheiratet?

B.: Nein! – Ich bin Junggeselle! – Oh! Diese Weiber!

Valentin: So, Sie sind auch Weiberfeind! – Dann müssen Sie aber viel Junggesellensteuer bezahlen?

B.: Lieber das, als das.

Valentin: Rauchen Sie viel?

B.: Bin Nichtraucher.

Valentin: Sie wollen also von all den Genüssen des Lebens nichts wissen, weil Sie eine Gefährdung für Ihr Leben fürchten?

B.: Ja!

Valentin: Da kann ich Ihnen aber ein Beispiel geben von meinem Freund, dem Meitinger Toni, der allerdings erst kurz gestorben ist. 89 Jahre alt ist er geworden; ein lustiger Tropf war er, der sein Leben genossen hat, und recht hat er ghabt! Unzählige Riesenräusch hat er schon hoamtragn in seinem Lebn!

B.: So! 89 Jahre wurde der Mann nur alt? Der hat jedenfalls mit Wein, Weib und Gesang zuviel gesündigt!

Valentin: Ja, ja, seit seinem 20. Lebensjahr bis zu seinem 89. hat er von den Lebensgenüssen, solange es eben gegangen ist, Gebrauch gemacht. Bis kurz vor seinem Tode hat er noch Virginia geraucht! Und vom Hoamgehn war er gar koaner; draht hat er, wia der Lump am Stecka; wie man so sagt. – Und die Weißwürst und Kalbshaxen, die der Mann schon verschlungen hat in seinem Leben! Wieviel Ochsen, Kälber und Säu wird er schon vertilgt habn in seinem langen Leben! Und wieviel Fässer Bier wird er schon geleert haben! Und allaweil war er gsund und lustig!

B.: Ja, ja, aber stellen Sie sich vor, wenn der Mann von Jugend auf statt dem vielen Bier nur reines Quellwasser und Minzentee getrunken hätte und den Weibern fern geblieben wäre und in seinem Leben nie geraucht hätte und statt den Weißwürsten und Kalbshaxen nur vegetarisch gelebt hätte, in der Früh Gymnastik getrieben hätte in Licht, Luft und Sonne, dann wäre er statt 89 vielleicht 90 Jahre geworden. – Der Mann ist selbst schuld, an seinem frühen Tod!

{4/109}; Entstehung um 1941

draht hat er: getanzt hat er
Virginia: (eigentlich Virginier) Zigarrensorte

Herr Wutz

Veit: Sie, Herr Schwab, gut dass ich Sie treffe, ich wollte Ihnen so was sagen!
Schwab: Das wäre? (*Schneuzt sich*)
Veit: Ja – wegen Ihrem Freund!
Schwab: Meinem Freund? – Weiß momentan nicht, was Sie meinen!
Veit: Herr Wuuz is doch Ihr Freund?
Schwab: Ja, – ein guter Freund sogar!
Veit: Weiß ich!
Schwab: Ja – ja – der Wuuz! – –Ja, was is denn mit'm Wuuz?
Veit: Mit dem war i erst kurz beisammen, ich sag Ihnen nur das eine: – Vorsicht! –
Schwab: So – so – verstehe! – Kann's aber net glauben!
Veit: Ja, mit'm Wuuz! – Sie kennen den Herrn Wuuz und ich kenn den Herrn Wuuz, und meine Frau kennt zufällig den Herrn Wuuz auch!
Schwab: Haben Sie mit ihm schlechte Erfahrung gemacht?

Veit: Ich nicht – a-b-e-r-Sie! Ich bin kein Denunziant, aber dieser Herr Wuuz, so sehr ich ihn schätze! …

Schwab: Mir ist dieser Herr Wuuz eigentlich immer simpatisch gewesen!

Veit: No – also – Herr Schwab, wenn ein Mensch, wie dieser Herr Wuuz, über den ich zwar persönlich auch nichts einzuwenden habe –

Schwab: Ja – Herr Veit, geschäftlich habe ich ja mit dem Herrn Wuuz gar nichts zu tun!

Veit: Weiß ich – vom Geschäftlichen ist ja auch gar nicht die Rede!

Schwab: Na, und privat komme ich ja mit dem Herrn Wuuz nur in Gesellschaft in Berührung!

Veit: Sie verstehen mich nicht – oder wollen mich nicht verstehen! –

Schwab: Herr Veit, mir is es lieber, wenn Sie Ihre Worte sparen und erzählen mir nix vom Herrn Wuuz – es is mir so peinlich, wenn ich wieder mit ihm zusammen komme.

Veit: Ja, ja, ich verstehe – aber so schlimm wär die Sache nicht gewesen wegen der Denunzierung – aber – ich verstehe – Schwamm drüber. Wie geht's sonst immer, gesundheitlich?

Schwab: Na! – So weit ganz gut – aber Sie sehen ja, – – einen Pfund's Schnupfen hab ich seit zwei Tagen – täglich 20 Taschentücher; meine Nasn Eingänge sind schon ganz wund – wia ma nur zu so am Zeug kummt?

Veit: Sehr einfach, da san S' von jemand angehustet worden, der auch einen Schnupfen hatte!

Schwab: Stimmt! – Weiß schon vor zwei Tagen – – der Herr Wuuz!

Veit: Vor dem wollt ich Sie doch warnen! – Jetzt ist es zu spät! – nun hat er Sie schon angsteckt – (*hatzi*) – – – und Sie habn jetzt, glaub ich, mi a no angsteckt – (*hatzi*)

Schwab: Pfüa Gott Herr Veit!

Veit: Pfüa Gott – – – Her – – – – (*hatzi*)

Schwab: Schwab heiß i, – net hatzi!

{4/122}; Entstehung etwa 1941

»Hoffentlich wird
es nicht so schlimm,
wie es schon ist«

Kampf mit dem Ernstfall

Der halberzählte Witz

Da muss ich Ihnen noch schnell einen Witz erzählen. Den hat mir nämlich gestern ein Herr erzählt. – Ein guter Bekannter. Da ist Ecke Stieglmaierplatz und Zweibrückenstraße ein Herr – nein, – ein Mann – nein, – ein Herr – jetzt weiß ich nicht mehr genau, war's ein Herr oder war's ein Mann – nein, Herrmann hat er gheißen! Der hätte in die Trambahn einsteigen wolln, der Trambahnschaffner hat ihn aber nicht einsteigen lassen, weil der Herr einen kleinen Hund dabei ghabt hat. Ja – hat sich der Herr gedacht, wenn ich mit dem Hund nicht in die Trambahn hineindarf, dann bleibt mir nichts anderes über, als dass ich zu Fuß gehe. Nun, der Herr ist auch gegangen bis zum Stachus hinaus – die Trambahn hat er weiterfahren lassen, weil die sowieso weitergfahrn wär. Und der Herr hat sich am Stachus drauß beim Nornenbrunnen auf die steinerne Bank gesetzt und sein Hund, mit dem er nicht in die Trambahn durfte, hat sich unter die Bank gesetzt. Also, der Herr oben, der Hund unter der Bank – weil's oder wie's so ghört.

Visavis stand ein Schutzmann, der hat dies gesehen, dass der Herr sich mit dem Hund dahin gesetzt hat. … (*lange Pause*) … Jetzt bin ich neugierig, wie der Witz endet, … denn bis daher hat mir mein Freund den Witz bloß erzählt …

{1/49}; Entstehung wahrscheinlich 1913

Stachus: eigentlich Karlsplatz (Stachus), nach dem Wirt Eustachius Föderl (1747), der dort eine Gastwirtschaft betrieb

Nornen: in der altnordischen Mythologie die drei Schicksalsgöttinnen: Urd, Verdandi, Skuld

Unpolitische Rede

Hochgeehrte Versammlung!

Es freut mich ungemein, dass Sie, wie Sie, wenn Ihnen das sozusagen irgendjemand beispielsweise, oder dass Sie gewusst hätten, widrigenfalls ohne direkt, oder besser gesagt inwiefern, nachdem naturgemäß es ganz gleichwertig erscheint, ob so oder so, im Falle es könnte oder es ist, wie erklärlicher Weise in Anbetracht oder vielmehr warum es so gekommen sein kann oder muss, so ist kurz gesagt kein Beweis vorhanden, dass es selbstverständlich erscheint, ohne jedoch darauf zurückzukommen, in welcher zurzeit ein oder mehrere in unabsehbarer Weise sich selbst ab und zu zur Erleichterung beitragen werden, ohnedem es wie ja unmöglich erscheint in bis jetzt noch nie, in dieser Art wiederzugebender Weise, ein einigermaßen in sich selbst, angrenzend der Verhältnisse, die Sie wie Sie, ob Sie gegen sie oder für sie nutzbringend in sich selbst von vorne als gänzlich ausgeschlossen erachtet werden wird und dass ohnehin einer ferngehaltenen Verschlimmerung ein oder ein in irgendeinen einigermaßen einzig verschwiegen ist.

Dennoch treten eine insgesamt wie sich zeigende, weniger oder einschließlich von unabsehbarer Weite sich kreuzende Meinungsverschiedenheiten die in unbestimmt einschneidende Zirkulationshemmungen auftretenden Gesichtspunkte auf. Gegebenenfalls erscheinen also nie wiederkehrende Emanzipationen, welche einer dringenden Abhilfe, insofern gegenüber zu stehen erscheinen, wenn beiderseits die interessenlose Resignation widerspenstiger Auftritte seitens der Gedankenhalluzination beiderlei Geschlechts sich in mehrheitigen Gesinnungsvibriationen durch Kontrapunkte in nichts verwandeln, und eine parteilose, hochprozentige Stimmungsmehrheit vorläufig zu Tage treten wird.

Gerade die machtlose Erscheinungsmöglichkeit, ob und wie, jetzt oder später, ist die Grundessenz der lageveränderten Zeitpunkte, welche keinerlei maßgebende eventuelle Aktualitäten in sich bringt und der zeitweiligen Vernichtung von Privatexistenzen zugrunde liegt, obwohl Europa nie Anteil daran genommen hat.

Ich beschließe die heutige Versammlung und heiße Sie zum Schluss herzlich willkommen und begrüße Sie

Hochachtungsvollst
in Namen sämtlicher Zuhörer,
habe die Ehre!
Karl Valentin

{1/45}; Entstehung etwa 1914

Ein komischer Liebesbrief

Mein geliebter …!
(*Hier nennt der Vortragende seinen Vornamen.*)
Mit weinenden Händen nehme ich den Federhalter in meine Hände und schreibe dir. – Warum hast du so lange nicht geschrieben? – Wo du doch neulich geschrieben hast, dass du mir schreibst, wenn ich dir nicht schreibe!! – – Mein Vater hat mir gestern auch geschrieben; er schreibt, dass er dir geschrieben hat. Du hast mir aber kein Wort davon geschrieben, dass dir mein Vater geschrieben hat. – Hättest du mir geschrieben, dass dir mein Vater geschrieben hat, so hätte ich meinem Vater geschrieben, dass du ihm schon schreiben hättest wollen, hättest aber leider keine Zeit gehabt zum Schreiben, sonst hättest du ihm schon geschrieben.

Mit unserer Schreiberei ist es sehr traurig, weil du mir auf kein einziges Schreiben, welches ich Dir geschrieben habe, geschrieben hast. – Wenn du nicht schreiben könntest, wär es was anderes, dann tät ich dir überhaupt nicht schreiben, weil dann die

Schreiberei keinen Wert hätte, – so kannst du aber schreiben und schreibst doch nicht, wenn ich dir schreibe!

Ich schließe mein Schreiben und hoffe, dass du mir nun endlich schreibst, sonst ist das mein letztes Schreiben, welches ich dir geschrieben habe. – – Solltest du aber wieder nicht schreiben, so sage wenigstens dem Überbringer dieses Schreibens, wann und wo wir uns heute noch treffen.

(*Vortragender übergibt den Brief wieder dem Überbringer mit den Worten:*) Sagns eine schöne Empfehlung von mir und ich wart ihr heut Nacht um zwei Uhr – Ecke Dachauer Straße und Isartorplatz.

(*Vortragender bläst oder singt hierauf den letzten Ton seines Liedes und geht dann ab.*)

{1/21}; Entstehung um 1916

Dachauer Straße: Straße in München, nach der Stadt Dachau benannt, nordwestlich von München
Isartorplatz: nach dem Isartor im Zentrum Münchens benannt. In den stadtgeschichtlichen Quellen erstmals 1336/37 erwähnt.

Ich komme von der Hölle rauf!

Eine Teufelsszene

(*Vortragender ist als Teufel kostümiert.*)

Gesang. (Melodie: O Tannenbaum)
Ich komme von der Hölle rauf, wie Pluto mir befohlen,
auf dieser Welt sind viele Kerls, die soll der Teufel holen,
und was mein Meister mir befiehlt, besorg ich ohne Zweifel,
’s ist Pflicht und Schuldigkeit von mir, für was bin ich der Teufel.

Entschuldigen Sie, Sie brauchen sich nicht zu fürchten vor mir, ich tu Ihnen nichts. I bin nämlich der zünftigste Teufel, den Sie Ihnen denken können. Mich hat nur unser Alter, der Luzifer, raufgschickt auf d' Erdkugel, wegen so gewisse Brüder – die soll nämlich der Teufel holen. – No ja, des is ja mei Gschäft. – Ja, es is net gar schön in der Höll drunt, wie die Leut immer sagen. Es wär schön, wenn's net gar so überfüllt wär. – Also Teufln san bei uns drunt, nimmer zum Zählen; des ist auch ganz leicht erklärlich. Auf der Welt heroben, da ist das ganz anders, da werden die Leut geboren, lebn dann eine Zeit lang, und dann holt's der Teufel, wie man so sagt. Wenn er dann a Teufi is, dann bleibt er a Teufi in Ewigkeit! – Oder habn Sie schon ghört, dass an Teufi nochamal der Teufi holt? Dös gibt's doch net. »Folglich wird d' Höll amal so voll, dass koa Teufi mehr drunt aushalten kann, – vor lauter Teufi. – Der erste Teufi war der Kain! Wer den damals gholt hat, des woaß i net, damals hat's noch gar koane Teufln gebn. Wia i gstorbn bin, war eigentlich 's schönste die Höllenfahrt, – also 's Gegenteil von der Himmelfahrt. – Da geht's nauf und bei der Höllenfahrt gehts abi und schnell geht des. – Ich bin halt damals um 12 Uhr von der Welt weggfahrn, um 12 Uhr eins war ich schon drunt. –

Viele Leut moana da, es geht gleich direkt in d' Höll nei, des is aber net wahr. Dös is fei großartig organisiert. Zuerst kommt man in den Anmelderaum, da san lauter Schalter und in jedem Schalter sitzt ein Beamter. Die Schalterbeamten sind lauter frühere Postbeamte, und die müssen zur Strafe drunten recht freundlich bedienen. Wenn man angemeldet ist, geht's zum Verzauberungsraum, das ist das Interessanteste, da zieht man sich aus, dann reibt oan a Teufi mit einer Hornsalbn ein und im Nu wachsen einem so lange Hörndln. I hab glacht! Vor lauter Schaun hab i halt vergessen, dass ich an Hut runterto hab, auf einmal ist der Hut auf die Hörndln droben ghängt. Dann nimmt er a andere Salbn und reibt einen am Rücken hint ein, im nächsten Moment ist mir der Schweif da gwachsen. – Also, das is ein gspaßiges Gfühl, wenn einem so a langes Zeug da hint nunterhängt. Die ersten vier Wochen bin i immer drauftreten, natürlich weil ich dös da hint net gwohnt war. Dann kommt die Hauptsache! Jeder Teufel ist doch rot, – net dass Sie meinen, man wird rot angestrichen – – na, des is ganz anders. Da is a große Arena, so ähnlich wie a Zirkus, und da werden alle weißen Teufeln neitriebn. Auf der Seitn is ein Podium, da sitzt die Teufelskapelle und spielt fortwährend moderne Operettenmusik, die kann doch koa Teufi net aushaltn. Folgedessen fangen die alle 's laffa o und laufen solang in der Arena rum, bis ganz erhitzt san und ganz rot, das ist dann der sogenannte Rotlauf. Jetzt ist man ein fertiger Teufel!

Das Schrecklichste da drunten is halt die Fresserei. Da gibt's lauter feurige Speisen: Feuersalamander, Blutorangen, Paradiesäpfel, Kreuzotternkompott, Nachteulenaugen in Spinnwebensauce, Fledermäuse am Spieß gebraten usw. – Nach dem Essen darf sich jeder Teufi a Stund ausruhn in einer Hängemattn, die is aber aus Stacheldraht, dös is a bluatige Liegerei. Hernach geht's an d'Arbeit. Jeder Teufi kriegt eine Beschäftigung. – Grad das Gegenteil von dem, was er auf der Welt war. Dö Eskimo, die alle d' Kältn g'wohnt san, müssn drunt Heizer machen, dö auf der Welt Heizer warn und die Hitz gwohnt san, müssn Erdbeergfrorns machen fürn Oberteufi. Auch sonst gibt's viel Arbeit, weil ma alle Augenblick auf d' Welt raufmüssn und was holn. O mei, wenn wir des alles holen taten, was d' Leut allweil sagn, da taten wir mit der Arbeit gar nimmer fertig werden. Haut sich zum Beispiel a Schuster mitn Hammer aufn Finger nauf, dann soll den Hammer der Teufi holn. Wart oana auf d'Trambahn und sie kommt recht lang net, dann solls der Teufi holn. Zünd oans a Zündhölzl an, und es brennt net, dann solls der Teufi holn. An Grichtsvollzieher soll der Teufi holn. D'Schwiegermuatter soll der Teufi holn. D' Kohlennot soll der Teufi holn. Kurzum, alles was Euch Menschen da heroben net passt, das sollen mir in die Höll nunter schaffen. – Sogar die ganze Weltpolitik soll der Teufel holn, dös wern wir uns aber reiflich überlegn, dass mir da drunt dieselbe Sauerei bekommen würden. – Uns war's schön gnua, dö könnt Ihr schon selber behalten.

(Gesang)

Nun fahr ich wieder in die Höll,
da drunt is mir viel lieber,
da gibts koan Streit, kein Zank, kein Hass,
kein Wuch'rer und kein Schieber.
Die Menschen all auf Erden hier,
da gibt es nichts zu zweifeln,
sind zehnmal schlechter, meiner Ehr,
wie unsre ganzen Teufeln.

(Fährt wieder in die Versenkung hinunter. Die Bühne soll bei diesem Vortrag immer rot beleuchtet sein. Blitz, Donner, Sturmgeheul steigert den Erfolg.)

{1/56}; Entstehung um 1918/1919

runterto: heruntergetan
's laffa ofanga: das Laufen anfangen
Erdbeergfrorns: tiefgekühlte Erdbeeren (auch Erdbeereis)

Der Feuerwehrtrompeter (Signalist)

Kreuz Sakra, könnt ich da nervös werdn mit der saudummen Fragerei! Sooft wir Feuerwehrleut in Uniform auf der Straßn gehn, fragt jeder Mensch: »Wo brennt's denn?« Das ist doch zu dumm, dann müsste man doch einen Polizisten auch fragen: »Wer hat denn da was gstohln, Herr Polizist?« Überhaupt, was für dumme Leut es gibt, das ist nicht zu glauben. – Es gibt tatsächlich Leut, die können keinen Trompeter von einem Feuerwehrmann unterscheiden. Ich bin doch ein Trompeter, das heißt, ich bin schon ein Feuerwehrmann, aber ich bin eigentlich kein direkter Feuerwehrmann, der wo es direkt mit dem Feuer zu tun hat, ich muss natürlich schon dabei sein beim Feuer, nur brauch ich nicht spritzen, sondern ich muss blasen, damit der andere spritzen kann; denn wenn ich nicht blas, dann kann der andere nicht spritzen, das heißt, können tut er ja schon, aber dürfen tut er nicht – ich darf ja auch nicht blasen, wenn ich will, ich häng wieder vom Kommandanten ab; der schafft mir an, wenn ich blasen muss; schafft mir der Kommandant nix an, dann darf ich auch nicht blasen, und wenn ich nicht blas, darf der andere nicht spritzen, und wenn der nicht spritzt, verbrennt das Haus.

Drum ist die Hauptsache von der ganzen Feuerwehr der Kommandant, und ich bin der Trompeter, und darum ärgert mich das so furchtbar, wenn mich die Leut immer für einen Feuerwehrmann anschaun. Bei dem letzten Brand bin ich auch wieder verwechselt worden. Wir stehn vor dem brennenden Haus am Brandplatz, auf einmal kommt eine Frau aus dem brennenden Haus herausgestürzt und rennt ausgerechnet auf mich zu und sagt: »Bitt schön, Herr Feuerwehrmann, holen Sie mir mein kleines Kind herunter vom fünften Stock, das liegt in der Wiegn drinnen und muss sonst verbrennen.« – »Liebe Frau«, hab ich gesagt, »das geht mich nichts an, das müssen Sie dem Feuerwehrmann sagen, ich bin der Trompeter; aber dass Sie sehen, dass ich auch tue, was in meinen Kräften steht: blasen tu ich Ihrem Kind schon, dass es runterkommen soll.«

Ja, ja die Sach ist nicht so einfach, wie Sie sich die Blaserei vorstellen, die vielen Signale, wo ich im Kopf muss! Viel Signale haben wir eigentlich nicht, nur zwei, aber von diesen zwei Signalen hängt alles ab. Sehn Sie, Sie werden das ja nicht begreifen, weil Sie ja selbst keine Feuerwehr sind. Das erste Signal, Nr. 1, heißt: »Zum Angriff!« Signal Nr. 2 heißt: »Gefahr vorüber – abrücken!« Stellen S' Ihnen vor, was das für eine Sauerei gibt, wenn ich die zwei Signale verwechsle und statt »Zum Angriff!« – »Gefahr vorüber!« blas!

Ja, das ist nicht so einfach, das muss alles gelernt sein. Mein Gott, wenn ich an meine Lehrzeit denk, wie ich die Feuerwehrerei glernt hab, da graust mir heut noch. Wissen Sie, ich hab auch, offen gestanden, nichts lernen können, weil's grad ausgerechnet die drei Jahr, wo ich in die Lehr gangen bin, nirgends brennt hat, und selber haben wir nichts anzünden wolln, wegen dem Verdruss von den Leuten.

Ich wär überhaupt kein Feuerwehrmann geworden, aber das war so: Mein Vater, der war 30 Jahr dabei, dann war die Uniform da, dann hab ich mir denkt, wirst halt auch einer. Passen tut mir alles bis auf den Helmriemen, der ist mir zu weit, weil mein Vater so einen großen Kopf ghabt hat. – Ich könnt ihn schon kürzer machen lassen, aber schließlich krieg ich auch einmal einen Kropf, dann hört die Abänderei nicht auf – lieber wart ich, bis ich auch einen Kropf krieg. Ja, mein Vater war bei der Berufsfeuerwehr, der hat immer die Leiter betreiben müssen, die wo so naufgeht, der war Betriebsleiter.

Wissen Sie, wir haben zweierlei Feuerwehr; es gibt eine freiwillige Feuerwehr und eine Berufsfeuerwehr. – Jetzt, wir in unserem Dorf, wir haben nur eine freiwillige Feuerwehr, zehn Mann und die Spritze. Den größten Brand, wo ich mitgemacht hab, das war damals, wie unser Dorf abbrennt ist. Heut sind es grad sechs Jahr, das war groß! 50 Meter breit und 60 Meter hoch, 62 Meter darf man sagen, ganz genau haben wir's nicht abmessen können, weil's immer so hinaufgschwänzlt ist. –

Ja, das Feuer wär nicht so groß geworden, wenn wir es gleich bemerkt hätten, aber erstens ist es bei der Nacht auskommen, und unser Dorf ist so schlecht beleuchtet gwesen, dass wir nicht einmal das Feuer gsehn habn. Zweitens hat der Turmwächter grad in dieser Nacht Ausgang ghabt. Am dritten Tag haben wir es erst gemerkt, dass das halbe Dorf lichterloh gebrannt hat.

Dann sind wir erst ausgrückt. Wie wir an das Spritzenhaus hinkommen, sehen wir zum größten Unglück, dass das Spritzenhaus selber schon abbrennt ist; jetzt hat der Kommandant sofort zum Baumeister hinübergschickt, er soll so schnell wie möglich ein neues Spritzenhaus bauen, dass wir wenigstens die Spritzn rausfahrn können. – Zu uns hat er gsagt, wir sollen einstweilen löschen, so gut als es geht. »Ja, mit was denn?«, haben wir gesagt.

Im »Winter, wo das ganze Wasser eingfroren ist!« Jetzt haben wir schnell ein paar Zentner Wasser gekocht, dass wir Wasser bekommen haben zum Löschen. Das gekochte Wasser war aber so heiß, dass wir uns die Finger verbrannt haben beim Spritzen. Nach zehn Minuten ist Wassernot eingetreten, da hat der Herr Apotheker in liebenswürdiger Weise zehn Flaschen Mineralwasser gespendet, das war natürlich gleich verspritzt. – Die Wassernot war so groß, dass zwei Feuerwehrmänner mit einer Kinderbadewanne zum Dorfschuster hinuntergangen sind, der wo schon sechs Jahre die Wassersucht hat; den haben s' ersucht, ob er nicht mit ein paar Mass Wasser aushelfen könnt, sonst ist das ganze Dorf beim Teufel. –

Auf einmal ist doch ein anderer Wind kommen, und das Feuer hat aufghört am Abend, und seit dieser Zeit haben wir zur Erinnerung an das große Feuer alle Abend – Feierabend.

{1/38}; Entstehung etwa 1918

All Heil!

(Vortragender erscheint auf der Bühne mit einem alten Fahrrad im Rennfahrerkostüm.)

Wenn man es eigentlich richtig betrachtet, ist das Radfahren eine große Dummheit, ich zum Beispiel fahrat ja überhaupt nicht, aber mir hat es der Doktor angeordnet, der hat gsagt, ich muss Bewegung haben, sonst werd ich zu fett. Fett bin ich eigentlich gar nicht, ich bin nur leichtsinnig, wie oft bin ich schon auf d'Nacht ohne Glocke ausgfahrn, nicht amal a Licht hab ich dabei ghabt und auf d'Nacht fahr ich nämlich nie ohne Licht aus, bei Tag weniger, außerdem es wird recht früh Nacht, wie im Winter z. B. Und im Winter fahr ich überhaupt nicht.

Was hab ich schon Malheur gehabt mit der Radlerei, erst kürzlich bin ich wieder mitsamt meim Radl unter a Automobil neinkommen, hab aber ein Glück dabei ghabt. Wie mich nämlich der Chauffeur unterm Wagen rauszieht, sieht er, dass ich a guter Spezi zu ihm bin, natürlich hat er dann sofort bremst, sonst wär ich sicher kaputt gewesen.

Darum sag ich, ich gib die ganze Radlerei noch auf, aber bevor ich mein Rad an einen andern verkauf, fahr ich doch lieber selber – – und mir tut das Radfahren gut, a jeder kann's net vertragen, da muss ma guat beinand sei, vor allem gsund auf der Brust (*hustet*), jetzt ich halt auch was auf meine Gesundheit, ich leb auch darnach. Bei mir heißt's in der Früh um 11 Uhr raus ausm Bett, a paar gute Zigaretten graucht, z'Mittag a Paar Regensburger in Essig und Öl, recht sauer, das macht Blut.

Nachmittags a kleine Radtour nach Holzkirchen, aber gemütlich 70 km, wenn man dann so erhitzt am Ziel angelangt ist, net glei in a warms Lokal neisetzn, nein! Zuerst im Hausgang a bisserl stehn bleibn, wo's recht zieht, damit der Schweiß am Körper trocknet, wenn's einem dann s'Frieren anfangt, net glei a warme Limonad trinken, nein!, a frische Mass Bier schnell nunterstürzen und a Stück Brot danach essen, dann kann einem nix passieren – – nur auf diese Weise bekommt man ein kräftiges, blühendes Aussehen, schaun S' mich an, ich treib das schon wochenlang, a paar Freunde von mir habn diesen Rat auch befolgt, denen fehlt jetzt nix mehr.

Wissen Sie, jetzt fahr ich nur mehr zum Vergnügen, früher war's ja mein Beruf, ich war nämlich früher roter Radler, weil ich aber amal als roter Radler am »Gründonnerstag« »blau« gmacht hab, hat mir mein Prinzipal »weiß« gmacht, dass dös net sei darf und hat mir kündigt.

Verunglückt bin ich auch schon, bei meinem letzten Rennen hab ich einen Nabelbruch erlitten, an Gabelbruch wollt ich sagn, seit dieser Zeit hab ich die Rennerei satt. In meinem Leben mach ich kein Radrennen mehr mit, ich muss zu meiner Schande gestehen, dass ich bei jedem Rennen der Letzte war, da war aber nicht ich schuld, da warn die andern schuld, weil die immer vorgfahrn sind. Sehn Sie, der wo den ersten Preis gmacht hat, der Mann ist krank, der leidet an Verfolgungswahn, der bildet sich bei jedem Rennen ein, der Zweite fahrt ihm immer nach, und das war auch beim letzten Rennen der Fall – natürlich fährt doch der wahnsinnig dahin, der muss doch der Erste werden, das ist aber doch nicht gerecht, da soll man doch nur gesunde Leute dazu nehmen, wie ich. Wenn auch nicht jeder der Erste wird, das soll auch bei einem richtigen Rennen nicht vorkommen, das hätte auch gar keinen Sinn.

Ein paar Mal hab ich einen Schrittmacher gmacht, aber da ham s' mich net brauchen können, weil ich zu wenig Luft verdrängt hab.

Zum Schluss erzähl ich Ihnen noch was Interessantes, ich bin nämlich Vorstand des Radlerklub »d'Windhund« und da habn wir von der Fabrik eine neue Standarte kriegt, und in die Standarte war mit goldenen Buchstaben der schöne Spruch hineingestickt »Der Mensch denkt und Gott lenkt«. Wie ich das gelesen hab, hab i mei Radl packt, bin auf d'Straß naus, hab mi naufgsetzt und bin dahingefahren, ohne zu lenken – – dabei wirft's mich glei so an a Hauseck hin, dass ich drei Stund blödsinnig war – na, hab i mir denkt, mi drahts es nimma o mit euchere Sprüchwörter und seit dieser Zeit lenk ich wieder selber.

All Heil!

{1/36}; Entstehung um 1920

fahrat: würde fahren
euchere: eure

Brief aus Bad Aibling

Hochwohlgeborne Anni, liebe Ehefrau und Zuckerschneckerl!
Liebe Frau, teile dir mit, dass ich in Bad Aibling gut angekommen

bin. Bei Ankunft stiegte ich aus demselben Zug aus, in dem ich am Bahnhof zu München einstug. Ich wollte absichtlich nicht weiterfahren, da mein Billet nur bis Aibling giltig war und hätte eine Weiterfahrt keinen Wert gehabt, da ich sonst über Bad Aibling hinausgefahren wäre. Die Eisenbahnfahrt ging sehr schnell, da es ein Schnellzug war; wäre es ein Güterzug gewesen, wäre die Fahrt natürlich nur Güter gewesen. Während der Fahrt aßte ich mein Butterbrot und trankte meinen roten Wein. Vis a vis von meinem Schnellzug sauste auf einmal ein anderer Schnellzug vorbei, und zwar so schnell, dass man die Leute, die in dem anderen Schnellzug saßten, kaum grüßen konnte, obwohl vielleicht ein guter Bekannter hätte drin sitzen können, der dann am andern Tag zu mir gesagt hätte: Gestern waren Sie aber protzig, weil Sie mich nicht einmal gegrüßt haben. Die Fahrt ging dann weiter; auf einmal wurde es mir not, die Notkabine war aber besetzt; deshalb zogte ich die Notbremse und der Zug stund. Der Eisenbahnbesitzer stiegte zu mir in das Kouplet und schrub mich auf wegen Notzug. Die Gesellschaft im Eisenbahnwagen war sehr gemischt; es waren fast lauter Reisende, nur der eine Herr, der in München den Zug versäumte, fuhr nicht mit, da er wahrscheinlich mit dem nächsten Zug hinter uns nachkommt, in welchem wir auch gefahren wären, wenn wir den Zug auch versäumt hätten. – In Aibling selbst ist es sehr schön, obwohl es, glaube ich, sehr wenig Weinkneipen dort gibt. Gestern hat mich der Kurarzt untersucht, er meint, ich müsste nicht im Bett liegen bleiben, nur bei Nacht müsse ich im Bett bleiben, was ich ja sowieso getan hätte. Sonst geht es mir gut; ich habe mein eigenes Zimmer, in welchem sechs Betten stehen, wovon aber nur vier besetzt sind von vier Patientinnen. – Ich schließe nun meinen Brief und hoffe, dass du mir in München treu bleibst, wenigstens halbe treu, zum mindesten viertel über zwei. Meine Uhr habe ich vergessen, wir haben auch in unserem Schlafsaal keine Uhr.

Wenn du mir wieder schreibst, schreibe bitte in den Brief hinein, wieviel Uhr es ist. Ich weiß gar nicht, wie ich an der Zeit bin.
Es grüßt und küsst dich

hochachtungsvollst
ergebenst
Nepermuk Semmelmeier, Patient,
z. Zt. Bad Aibling.

{1/99}, Entstehung um 1920

Bad Aibling: Stadt mit dem ältesten Moorheilbad in Bayern, circa 60 km östlich von München

Allerhand Sport

Ein Mann, Doppelgänger von Beruf, Kamin (kam in) eine baumarme Waldgegend, um elektrischen Strom zu kaufen. An der Haustüre einer alten Sandgrube blieb er verdrossen stehen und ging heiteren Mutes seiner Wege weiter. Es war ein sonniger kinderreicher Frühlingstag, und selten fuhr kein Auto hinter dem andern. Trotzdem in der ganzen Gegend kein Haus zu erblicken war, stand mitten in dieser Kleinstadt ein Kino, welches sehr schlecht besetzt war – ein Mensch saß drin – die Besitzerin selbst. Ein bildschönes Mädchen von 26 Jahren. Ihr Mann lernte sie einmal kennen, das war das einzige, was dieser Mann in seinem Leben gelernt hatte. Er führte das Mädchen in die nächstliegende Kirche (nächststehende) und ließ sich dort hochzeiten. Über der unbewölkten Einöde und am nahen Dorfbrunnen spielten alte Schulkinder mit Schneider und Scheren und pflückten aus Übermut Trinkwasser. Nach der Trauung begaben sich beide sofort auf den Sportplatz und spielten Fußball, nach dem alten Grundsatz: Zuerst der Sport und dann die Liebe. Und wer den Sport und das Turnen liebt, der fördert seinen Haarwuchs, denn schon der alte Sport- und Turnvater Jahn soll einen mächtigen Vollbart gehabt haben. – Also betreibet alle den Sport, denn Sport ist Leben – und Leben ist schwer. Genau so schwer ist es, wenn man während des

Sitzens aufsteht und erst dann gehen will, wenn man sich niedergelegt hat.

Wie waren doch schon unsere Vorfahren durch den Sport gestärkt. Der Riese Goliath (wohnhaft Löwengrube, Hausnummer ?) hat 1.000 Jahre alte Eichenbäume mit Daumen und Zeigefinger aus dem Erdboden gerissen, den zugefrorenen Nil stieß er mit der blanken Fußsohle bis auf den Meeresgrund durch. Zeppeline und Aeroplane fing er mit der Hand wie Schmetterlinge – Riesenschlangen nahm er als Selbstbinder her, und die größten Kirchtürme benützte er als Zahnstocher. Kurzum er hatte »Kraft und Schönheit« in sechs Akten. Aber dass sich Sport und Schicksal ohnedies die Hand geben, liegt klar auf der Hand. Beispiele: Ein Hochtourist bestieg zehnmal den Montblanc, ohne jeden Schaden zu erleiden, jedoch beim Anblick eines Steuerzettels wurde er ohnmächtig und musste minutenlang das Bett hüten.

Ein anderer Fall: Dem bekannten Rekordschwimmer M. Sxdnhpfdb wurde kurz vor Beginn seines geplanten sechzigstündigen Rückenschwimmens ohne jeden Grund seine Badehose gestohlen. Aus diesem Anlass musste die Veranstaltung, bei der unzählige Menschenmassen als Zuschauer erschienen waren, abgesagt werden. – Der berühmte Fußballtourist Johann Wacker soll seine Siege nur durch eigenes Verschulden gemacht haben. Somit sieht man, das Sport und Schicksal zwei eng ineinander greifende Begriffe sind. Am meisten davon berührt ist die Turnerei. (Eigene Schutzmarke F.F.F.F.)

Frisch – Fromm – Fröhlich – Frei. Es ist kindisch, wenn ich mir erlaube, zu berichten, dass ich mir als junges Kind dieses Turner-Symbol-Zeichen ganz anders erklärt habe, als es in Wirklichkeit ist. Ich glaubte, jeder Turner muss vor dem Turnen ein Bad nehmen, dass er frisch wird. Hierauf muss er in die Kirche gehen, dass er fromm wird. Dann muss er einige Mass Bier trinken, dass er fröhlich wird, und dann muss er sich von seiner Frau scheiden lassen, dass er frei wird. Dann ist er F.F.F.F. –

Man sieht also, dass man sich als Kind schon falsche Vorstellungen vorstellt, die man im Alter nie verantworten, höchstens verwerten kann …

{1/117}, Entstehung um 1920

Kraft und Schönheit: nach dem Film von Wilhelm Prager aus dem Jahr 1926

Vom Wohnungsamt

Vom Wohnungsamt da komm ich her – ich bring euch gute neue Mär – wer jetzt noch keine Wohnung hat – kriegt keine mehr in unsrer Stadt.

Heut sind's grad sechs Jahr, dass ich am Wohnungsamt vorgemerkt bin. Und so oft ich früher in Rosenkranz ganga bin, ins Angerkloster, so oft geh ich jetzt aufs Wohnungsamt. Es ist sozusagen meine zweite Heimat geworden. Es ist zwar immer ein fader Gang da hinauf, und es ist grad gut, dass wenigstens die Herrn Beamten vom Wohnungsamt so nette freundliche Menschen sind. Der eine gar auf Schalter 13, der sagt jedes Mal zu mir: – Schaugn S' morgn wieder her und das sagt er so lieb, dass mir jedes Mal die Tränen in den Augen stehn, so fürcht ich mich vor dem. S' letzte Mal hat mich der eine Beamte gfragt, ob ich auch wirklich verheiratet bin, und ob ich auch wirklich fünf Kinder hab. Er hat's halt gar net recht glauben können, er hat gmeint, ich lüg ihn an. Dann bin ich aber heim, und hab s' alle gholt. Mitn Kinderwagl bin i glei über d'Stiagn nauf gfahrn. Und drobn hab ich s' ihm alle vorgstellt. An Micherl, an Wiggerl, an Hanserl, an Sepperl, d'Fanni und d'Walli. –

Der hat gschaut, der hat nimmer gsagt sehr angenehm, – das war ihm schon sehr unangenehm. So hab ich gsagt, mit dene fünf Kinder, mit mein Mann, mein alten Vatern und der Schwiegermutter, – Hund, Katz und Henna, ham mir zwei Zimmer. Und manche Großkopferte ham zu zweit, sage und schreibe, 10–20 Zimmer. Ja ja mir sind furchtbar beschränkt, – nicht mir selbst, sondern mit unserer jetzigen Wohnung. Wohnung kann man da eigentlich nimmer sagn, mir sagn halt so, weil wir bis jetzt noch keinen passenden Ausdruck dafür gfunden ham, wie wir unser jetziges Heim nennen könnten. Logi mögn ma net sagn, weil das ein Fremdwort ist, und Dreckloch das ist uns zu ordinär.

Wir wohnen halt jetzt sechs Jahr in der Vorstadt Au – in der Quellengasse neben der alten Papierfabrik am Auer Mühlbach. Hausnummer ham ma koane, aber es ist leicht zu finden – wenn S' uns bsuchen wolln, brauchen S' nur in d'Quellenstraß gehn, – wo dö Kunstmaler allwei umanander hocke, und speziell das Häusl – wo dö allwei abmaln, in dem wohna mir. Mir ham ja nie über unser trautes Heim geklagt, aber – wie uns vor drei Jahr das letzte Hochwasser, ausn Schlafzimmer an Fuaßbodn rausgschwoabt hat, von da ab war ein weiteres Ausharren unmöglich. Das Einzige schöne, was wir in der Wohnung ham, ist das laufende Wasser, – das lauft Tag und Nacht über d'Wänd runter, so feucht ist's in unsrer Burg. Und ein Leben ist drin. Alle acht Tag werden die Schulkinder klassenweise in unser Wohnung gführt, und der Herr Lehrer erklärt den Kindern bei uns das Leben und Treiben des Hausungeziefers. Drum hat auch der Herr Kommissär von unserm Bezirk gsagt, die Wohnung ist nicht mehr geeignet für menschliche Wesen. Sie müssen eine andre Wohnung kriegen, hat er gsagt, dafür ist das Wohnungsamt da – wir kriegn aber keine vom Wohnungsamt, sechs Jahr wart ma jetzt drauf …

Ja für was ist denn das Wohnungsamt eigentlich da?

{1/91}; Entstehung Anfang 1920er-Jahre

Der Regen

Eine wissenschaftliche Plauderei

Der Regen ist eine primöse Zersetzung luftähnlicher Mibrollen und Vibromen, deren Ursache bis heute noch nicht stixiert wurde. Schon in früheren Jahrhunderten wurden Versuche gemacht, Regenwasser durch Glydensäure zu zersetzen, um binocke Minilien zu erzeugen. Doch nur an der Nublition scheiterte der Versuch. Es ist interessant zu wissen, dass man noch nicht weiß, dass der große Regenwasserforscher Rembremerdeng das nicht gewusst hat. Siedendes Regenwasser gehört zu den heißesten Flüssigkeiten der Gegenwart. Dem Regen am nächsten liegend ist der Regenwurm – er lebt vom Regen, genau wie der Regenschirmfabrikant. Regenschirm und Sonnenschirm sind zwei gleiche Begriffe und doch würde ihre Verwechslung zu einer nicht vorausgeahnten Katastrophe führen, denn einen Regenschirm kann man im Notfalle als Sonnenschirm benützen, dagegen kann man einen Sonnenschirm im Notfalle kaum als Regenschirm benützen.

Die Regentropfen gleichen in der Form den Hoffmannstropfen, die, an der Medizinflasche hängend, eine ovale, frei in der Luft schwebend, eine runde – und auf einer Tischplatte liegend, eine platte Form besitzen. Regenwasser benützt man häufig zum Gießen von Wiesen, Gräsern, Blumen, Unkraut und Gärten. Kinder benötigen den bekannten Mairegen zum Wachstum, und es ist statistisch nachgewiesen, dass die Kinder wirklich wachsen, auch wenn sie nicht mit Mairegen begossen wurden. Der allerschönste Regen ist der Regenbogen – gar kein Vergleich mit dem Münchner Maffeibogen, jener ist ein Wunder des Himmels, letzterer ein Greuel der Stadt München. Nur an Farbenschönheit überragt ersterer den letzteren.

Das Regenwetter wird oft mit Sauwetter, Hundswetter betitelt. Die Theater-, Kino- und Kaffeehausbesitzer haben derlei Ausdrücke noch nie über ihre Lippen gebracht. Heftige Regengüsse nennt man Wolkenbrüche, damit ist gemeint, dass irgendeine Wolke so schwer mit Wasser gefüllt ist, dass sie bricht, welchen Vorgang man bei menschlichen Biermagen mit Katzenjammer bezeichnet. Gegenmaßnahmen zur Heilung von Wolkenbrüchen sind zurzeit noch nicht gemacht worden, da Wolkenbruchbänder der großen Dimensionen halber noch nicht hergestellt werden können, und zwar aus technischen Gründen.

Künstlicher Regen wird durch Gießkannen erzeugt. Unglaubliche Sitten und Bräuche werden aus dem Mittelalter erzählt. Ich zähle hier schon einige mehr an Aberglauben grenzende Tatsachen auf: Bei den alten Germanen wurden schnell alternde Kinder mit frisch gefallenen Regentropfen geimpft. Während dieser Injektion musste der Urgroßvater des betreffenden Kindes einen vierstimmigen Choral singen. Ein weiterer Aberglaube bestand darin, Ehesünder auf folgende Art zu entlarven: Bei strömendem Regen musste der Ehemann 100 Meter weit laufen, unmittelbar nach seiner Ankunft am Ziel wuden die – auf seinen Körper gefallenen Regentropfen schnell gezählt, waren es über 1000 Tropfen, war er ein Ehesünder.

Weitere wissenschaftliche Fortschritte über Regenwasser sind bis heute noch nicht gemacht worden. – Die Feuchtigkeit des Regens soll auch im Mittelalter nicht so stark gewesen sein, wie heutzutage, was ja auch der jüngstvergangene langanhaltende Regen beweist. Denn die verflossene Feuchtigkeit konnte nicht mehr mit Bodenfeuchtigkeit, sondern mit Hochwasser angedeutet werden. Und was Hochwasser bedeutet, wissen wir alle noch von der Sintflut her, die vielen unvergesslich bleiben wird. Aber dennoch denken wir dabei an die Worte des Dichters: Sich regen – bringt Segen.

{1/106}; Entstehung Anfang der 1920er-Jahre

Quo vadis

Also gestern war ein direkter Freudentag für mich. Sagt mein Mann zu mir: Kreszenz, heut gehn wir in das neue Kinematographen-Theater nüber und schaugn uns das große Filmdrama an – Quo vadis – das soll großartig sein.

Ich hab mich zsammagschneckelt (angezogen) so gut als halt noch geht und um ½ 2 Uhr san ma scho vorm Kino dort gestanden. Wir ham gmeint, mir komma noch z'früh, daweil san da Menschen dort gstanden, hingrafft ham sie sich zu dera Kasse wie die Wilden.

Ich und mein Alter san gleich an die Kasse hin und ham gschaut, was die Billetten kosten.

»Mögts Euch schon hinten anstelln!«, schreit so a junges Frauenzimma. – »Wird Ihnen schon passen«, sag ich, »wenn ma zuerst schaun, was es kost; das wissen wir schon selber, dass wir uns hinten anstellen müssen. Sie schaug o, 's rotzige Zimmamadl.«

Mei Mann packt mich gleich am Arm und will mich zruckziehn, reißt mir aber von meiner neuen Blusen an halberten Ärmel runter. »No, Lackl«, sag ich, »jetzt schau dich wieder an, was du wieder gmacht hast, ich sag ja, wiast halt du was in dei Pratzen (Hand) nimmst, is schon hin auch.«

»Aber deshalb brauchen Sie Ihren Mann aa koan Lackl hoaßen«, sagt sie drauf, die ganz andere, »weil Ihna Sie mit Ihrem Schnacklkopf auch dö Blusen net selber kauft ham«. »Haltens fei eahna Maul, Sie gschnappige Person und mischens Ihna nicht in Familienangelegenheiten, sonst stoß ich Ihna naus aus der Reihe der ›Angestellten‹.« – Und dann ham mir die Gescheiteren gemacht und haben uns hinten angestellt, bis mir die Billetten ghabt ham.

Punkt zwei Uhr hams uns hineinlassen. Ich hätt ja den schönsten Platz erwischt, aber natürlich, der langweilige Herr Gatte, der beim helllichten Tag schon zu langsam schaut, ist im finsteren Zuschauerraum umeinandergetappt wia a junger Hund, der im Wasser an Hundstapperer macht. »Ich sich ja nichts, ich sieh ja nichts«, hat er allaweil gschrian und wenn ich ihn nicht auf einen Platz hingesetzt hätt wie ein Schullehrer einen A-B-C-Schützen, dann hätt er die Kinoleinwand auch noch durchgrennt mit seinem Gipskopf. Einen schlechten Platz ham wir erwischt in einer Nischen drin; vor uns ist glücklicherweise ein Mordstrumm viereckige Säuln gstanden. »So, jetzt haben wir's«, hab i zu meim Mann gsagt, »jetzt kannst ums Eck nüberschaun oder du kannst dir um den Eintritt zwei Stunden lang die viereckige Säuln betrachten.«

»Ach, möchtens net so freundlich sein, Herr Nachbar«, sag ich zu dem Herrn, der neben mir gesessen ist, »und möchtens ein wenig nach links nüber rücken, dass wir besser vorsehn.« – »Das könnens Ihnen denken«, sagt der, »ich bin schon ganz narrisch, wenn Ihna die Säuln geniert, dann streckens halt Ihrn Ganskragen um die Säuln nüber.« – »Ich dank recht schön, Herr Nachbar«, hab ich gsagt, »Sie sind halt ein liebenswürdiger Mensch«, und dann hab ich mir beim ersten Akt den Hals so verdreht, dass ich ausgschaut hab wie ein erdrosselter Flamingo im Zoologischen Garten. Also gschimpft hab ich so viel in dem Kino drin, dass ich bald die Klaviermusik übertönt hätte. Auf einmal schreit einer von der hinteren Reihe zu mir vor: »Gell, tuns fei bald Ihre Gebiss-Schatulle zumachen, sonst falln Ihna noch die ganzen Beißperlen raus, wo Ihna die Ortskrankenkasse die Hälfte dazu gezahlt hat.« Jetzt schaun S' eine solche Frechheit an und darfst nichts sagen, sonst kriegst noch Prügel auch.

Vor mir sitzt so ein Lucki, hat an Koks (Hut) auf, und weil ich halt a bisserl klein bin, sieh ich natürlich nichts wegen dem sein Hut. »Ach, möchten S' nicht so freundlich sein, schöner Herr, und möchten S' Ihren Stops (Hut) runtertun, weil ich sonst nichts sehe«; und weil er nicht gleich darauf reagiert hat, hab ich ihm mit meinem Zeigefinger von hinten ein wenig auf die Achsel hinaufgstupft. Der schaut um und staucht (schimpft) mich gleich so zusammen.

»Tu mich fei noch einmal betupfen dahinten, dann heb ich dich raus aus die Klappsitz, alte Hyazinthn. Und jetzt, mein ich, wirst es packen mitn Stillentium, gräuslicher Hausaff.«

Jetzt bin ich narrisch worden. – »Wer ist a alter Hausaff?«, hab ich gsagt und hab dem Schlawinerbuben von hinten meine zehn Fingernägel so ins Genick neingsetzt, dass er gemeint hat, er hat seinen Kopf in eine Rosshaarzupfmaschine neibracht.

Mei Mann will mir helfen, der dumme Depp packt mich in der Finsternis und haut mir oane nach der andern runter. Der Platzanweiser hat sich mit seiner Uhrketten in meinen Lockenchignon verwickelt, die Leut haben alle geschrien: »Licht, Licht!«, und bis wir uns besonnen haben, war schon Licht – aber Tageslicht, sind wir schon auf der Straße draußen gelegen. Ausgeschaut ham mir, als wenn wir 14 Tage in einem feindlichen Stacheldrahtverhau drin gehängt wären. Ganz verhaut und zerfetzt sind wir von dannen gezogen. Beim Heimgehn sind uns die Schulkinder alle noch nach und ham gschrien: »Ah, ah, Mann und Frau im Essigkrug.« Vor der Wohnungstüre angekommen, hab ich erst gemerkt, dass ich bei dieser Rauferei mein Tascherl mit die Wohnungsschlüssel verloren hab. Ich musste in dem Verzug zum Schlosser laufen, der war natürlich nicht daheim, jetzt haben uns mein Mann und ich den ganzen Nachmittag im Stiegenhaus aufs Fensterbrettl gsetzt und haben auf den Schlosser gewartet und anstatt zur Erinnerung an das schöne Filmdrama »Quo vadis« haben wir beide geseufzt »O fad wars!«

{1/83}; Entstehung um 1923/24

Lackl: eigentlich großer Metzgerhund, derber, unverschämter Mensch
Schnacklkopf: von schnackeln, knacken, klicken; es schnackelt: es gibt eine Ohrfeige; übertragen: begreifen
Ich sich nichts: bairisch: ich sehe nichts
Chignon: Haarknoten, im Nacken getragen

Der Firmling

(Die Szene spielt in einem feinen Weinrestaurant. – Auftrittsmusik spielt »Schön ist die Jugend bei frohen Zeiten, schön ist die Jugend, sie kommt nicht mehr usw.« bis Valentin [Vater] und Karlstadt [Pepperl] auftreten.)

Vater und Pepperl (*kommen durchs Lokal, suchen einen Platz, finden keinen. Kellner zeigt ihnen die Weinterrasse – beide gehen auf die Bühne. Pepperl rennt den ersten Sessel um.*)
Vater: No, Depp …
Pepperl (*rennt den zweiten Stuhl um, lacht*).
Vater (*wirft Tisch und Stuhl um; verwickelt sich mit Schirm, Stuhl und Tisch – Carambolage*)
Pepperl (*lacht*).
Vater: Lach net so saudumm, dummer Bua!
Beide (*setzen sich nieder, schauens sich nach dem Kellner um und pfeifen …*): He, Kellnerin, zwei Halbe!
Kellner (*kommt auf die Bühne*): Was wünschen die Herrschaften?
Vater: Zwei Halbe Bier und etliche Brot.
Kellner: Bedaure, Bier wird bei uns nicht verschenkt.
Vater: Mir wolln's ja net gschenkt, mir zahlns ja …
Kellner: Ich meine, wir führen kein Bier, hier gibt's nur Wein – wir haben Weinzwang.
Vater: Na bringst zwei Halbe Weinzwang.
Kellner: Ich bring ihnen die Weinkarte. (*ab*)
Pepperl (*lacht, schaut immer auf seine Uhr*).
Kellner: Bitte, hier ist die Wein- und die Speisenkarte. (*ab*)
Vater: Was magst'n Pepperl, weilst dich heut so schön firmen hast lassen, darfst du dir heut was Feines raussuchen. Was magst denn? Red – oder red – was magst denn?
Pepperl: An Emmenthaler –
Vater: Ja hast du Hunger?
Pepperl: Ja –

Vater: An Emmenthaler werdn s' da herin net habn (*schaut in die Weinkarte*). Ja ham s' scho oan, aber da hoasst er anders, da hoasst er Affenthaler (*pfeift*).
Kellner: Bitte haben die Herrschaften schon gewählt?
Vater: Bringst an Pepperl a Stück Affenthaler und Pfeffer und Salz …
Pepperl: Ja und zwoa Brezn.
Kellner: Sie meinen eine Flasche Affenthaler?
Pepperl: Nein, ein Stück Affenthaler …
Kellner: Es gibt doch nur eine Flasche Affenthaler.
Vater: Wieso a Flaschn? Ja habts denn ihr an Kas in der Flaschn drin?
Kellner: Affenthaler ist immer in der Flasche.
Vater: Seit wann denn?
Kellner: Seit es einen Affenthaler gibt …
Vater: Ja wie bringen wir denn den raus? Wir können doch net an Käs mit'n Stopselzieher rausziehen!
Pepperl (*lacht*).
Vater: Jetzt hörst amal dei saudumms Gelächter auf (*haut ihm eine runter*).
Pepperl (*weint*).
Vater: So macht er mir's heut schon den ganzen Tag, in einer Tour grinst er, der dumme Bua.
Pepperl (*lacht wieder*).
Vater: Da sehns Sie's jetzt, der dumme Bua, ich kunnt'n direkt daschlagn.
Kellner: Mein Gott, er freut sich halt, weil er jung ist!
Vater: Ja, ich war doch a amal jung, vielleicht jünger wie er.
Kellner: Also wollen sie dann einen Affenthaler trinken?
Vater: Wieso trinken?
Kellner: Affenthaler ist nur zum trinken.
Vater: So weich ist der?
Kellner: Ach – der Kleine vielleicht eine Limonade?
Pepperl: Ja …
Vater: Eine rote – a recht a süße bringst ihm.

Kellner: Und Sie auch eine Limonade?
Vater: Mir war's ja gnua, mir bringst an Schnaps!
Kellner: Was für einen darf ich bringen? (*Liest die Likörkarte ab.*) Allasch, Kirschwasser, Zwetschgenwasser, Rum, Cognak, Magenbitter, Kräuter …
Vater: Net so viel, einen …
Kellner: Goldwasser, Macholl, St. Emmeran …
Vater: An Macholl habt's aa, ja den mag ich …
Kellner: Also eine Limonade und ein Gläschen Schnaps.
Vater: Was a Gläschen? A Flaschen möcht ich, a Glasl is bei mir schon leer, wenn ich's anschaug, bring a Flaschn!
Kellner: Eine ganze Flasche wird Ihnen wahrscheinlich zu teuer sein.
Vater: Das geht Ihnen an Dreck o!
Kellner: Und was speisen die Herrschaften? (*Liest die Speisenkarte ab.*) Maccaroni mit Schinken sind noch da!
Pepperl: Ja –
Vater: Magst solche – (*zum Kellner*) – na bringst oa!
Kellner: Bitte sehr – also zweimal Maccaroni mit Schinken –
Vater: Nein, einmal …
Kellner: So, nur einmal …
Pepperl: Ja, für an jeden – eine –
Kellner: Also dann doch zwei Portionen –
Vater: Nein, eine – aber für zwei.
Kellner: Ja wollen Sie jetzt eine oder zwei?
Pepperl: Nein, ich möcht nur eine –
Kellner: Ja, dann wollen sie doch zwei …
Vater: Nein, eine für uns zwei.
Kellner: Sie meinen eine Doppelportion.
Vater: Ja, eine einfache Doppelportion.
Kellner: Zum Donnerwetter, soll ich jetzt eine oder zwei Portionen bringen?
Vater: Jetzt bringst oane und schwingst dich, sonst kann sein …
Kellner: Ich bring Ihnen jetzt eine Portion (*geht schimpfend ab*). Das ist eine nette Bagage, die wissen nicht, was sie wollen, die

sollen doch woanders hingehen, in eine Bauernwirtschaft, das ist ja furchtbar.

Vater: Nur net nachbrummeln, da hinten. Tua fei ja net launenhaft sein, sonst zieh ich dich raus aus deim Cheviot. – Ja mei Pepperl, was sagst denn, haben die an Käs in der Flaschn drin, drum soll ma so wo net rei gehn in eine Tiele (*Diele*). Tiele hoassn sie's jetzt, früher hat ma Weinbeizen gsagt. – Lauter so moderne Krampf hams' da – (*will schnupfen*).

Pepperl (*stößt ihm Tabak herunter*).

Vater: No, stess, Aff – überall baun s' jetzt eine Diele hinein, i bin nur neugierig, wie in zehn Jahren 's Hofbräuhaus ausschaugt (*will schnupfen*).

Pepperl: Jetzt wird er so gleich wieder reinkommen (*stößt wieder*).

Vater: Jetzt haut er mir scho die zweite Pyramide runter; glei schlag ich dich auch runter (*schnupft sehr laut*).

Kellner (*bringt Getränke*): Hier bitte die Limonade für den Kleinen, hier Ihr Likör, wohl bekomm's.

Vater: Bist da Herzerl (*haut Kellner hinten hinauf*).

Kellner: Was erlauben Sie sich?

Vater: Oha, jetzt hab ich glaubt, i bin im Hofbräuhaus bei der Marie –

Kellner (*ab*).

Vater: So, Pepperl, jetzt lass dir's recht schmecken, heut ham mir so schon so viel herumgesoffen. –

Pepperl: Prost Vater – ah heut is zünftig! Da schau her, Vater – a dös is a Gaudi!

Vater: Ja was tuast denn?

Pepperl: Seifenblasen …

Vater: Dir tua i dann glei Seifa blasen mit der teuren Limonad – dös Stockerl ghört doch zum umrührn. (*Rührt um, bricht das Röhrl ab.*)

Pepperl: So, jetzt hast du's brochen, uh, der wenn reinkommt.

Vater: Lauter Glump ham s' scho a da herin, mir sagn einfach, das war schon –

Pepperl: Ja, das sagn ma, na spannt er's net. Prost Vater, ah heut is zünftig.

Vater: Prost Pepperl – so jetzt derfst dei erste Zigarrn rauchen (*pfeift*).

Kellner: Bitte sehr!

Vater: A Zigarrn fürn Buam, a ganz a leichte – weil er noch nie graucht hat!

Kellner: Bitte sofort (*ab*).

Vater: Die Mutter wenn uns jetzt sehen könnt, dö hätt a Freud. Hat's allweil gsagt, den Tag möcht ich noch derleben, aber leider ist sie heimgegangen in den großen Heimgarten. –

Kellner (*bringt Zigarre*): Bitte sehr! Hier eine Zigarre!

Vater: Zünd s' an Buam glei an, so Pepperl, ziag nur fest – moanst net (*zum Ober*), dass'n dö zreißt?

Kellner: Na, wir werden ja sehen?

Vater: Ja, wenn wir's schon amal sehn, na ist's schon zu spät.

Kellner (*ab*).

Vater: Inhalier nur fest, dass d' a gsunde Farb kriagst. Du musst dir denken, heut is der schönste Tag in deinem Leben – die Jugendzeit kommt nur einmal, dös derfst mir glauben (*singt: Schön ist die Jugend bei frohen Zeiten, schön ist die Jugend, sie kommt nicht mehr*).

Pepperl: Ja, das kenn ich auch, den alten Schmarrn (*singt mit*) – dann Prost Vater, heut is zünftig.

Vater: Das musst du dir merken, die Jugendzeit kommt nur einmal im Leben …

Pepperl (*singt*): Drum sag ich's nocheinmal …

Vater: Was sagst, Pepperl?

Pepperl: Na, ich hab bloß gsungen »Drum sag ich's noch einmal« …

Vater: Da hast du recht, das kann ma net oft gnua sagen (*stößt mit der Nase in die Zahnstocher*) Au – au!

Pepperl (*zieht sie ihm heraus*).

Vater: Wie kannst denn du die Zahnstocher da herstellen; wenn ich Blutvergiftung krieg und wird mir die Nase weggeschnitten, mit was schneuz ich mich dann?

Pepperl: Da kann ich nichts dafür, für was musst du dei Nasen überall drin haben!

Vater (*reibt Nase mit Schnaps ein*): Jessas, brennt dös!

Pepperl: Ja eben – drum sag ich's noch einmal …

Vater (*wirft ihn über den Stuhl hinunter*): Fangt er immer wieder an, mit seiner saudummen Jugendzeit!

Pepperl: Ah geh, bis i amal windi werd –

Vater: Setz di her da – setzt di glei her? – Du Hundling.

Pepperl: Tua fei ja net köppeln!

Vater: Halt's Maul!

Pepperl: Brauchst mi a net glei nunterwerfen, i hab di a net nuntergschmissn.

Vater: Dös kommt schon noch – setz di her.

Pepperl: Ja, gell, wenn die neue Uhr bricht, dann ham ma's – i glaub, i hab so schon die Feder abdraht.

Vater: Dei Gurgel drah i dir no ab – – dass du's weißt. – – Denk lieber an dei Zukunft, woaßt heut no net, was du amal werdn willst.

Pepperl: Das werden wir nachher schon sehen.

Vater: Heut, woaßt no net, was du amal wirst. Pepperl, Pepperl denke dran, was aus dir noch werden kann.

Pepperl: Ja, da bin ich selber neugierig. –

Vater: Aber siegst, dös gfreut mich heut noch, dass es mir gelungen ist, den heutigen Tag noch zu erleben.

Pepperl: Ja, mi auch, wär schad, wenn ihn mir zwei nimmer erlebt hätten.

Vater: Niemand auf der Welt hätt dir dein Firmpat gmacht, wenn ich mich nicht deiner erbarmt hätte.

Pepperl: Ja, wennst'n du net gmacht hättst, dann könnt ich heut mit meiner Kerze allein rumharpfen.

Vater: Alle ham's dir versprochen, a jeder hat gsagt, dein Buam mach i an Firmpat und wie's dann drum und dran ankomma is, hat sich a jeder druckt. Merk dir das – Pepperl – Freunde in der Not, gehn zehne auf ein Butterbrot. Gell der Onkel (*so und so*) hat dir's so sicher versprochen, und jetzt hat er dir was gehustet. Warum hat er denn dein Firmpat nicht gemacht? – Weil er kein Flins drauf hat, weil er dir koa Uhr hätt kaufen können. Ich hab dein Firmpat gmacht, ich hab mei Wort ghalten. Ich war da wia da Zoaga.

Pepperl: Ja, das ist wahr. –

Vater: Was hast denn ghabt vor der Firmung?

Pepperl: Nichts!

Vater: Net amal an Anzug hast ghabt, nackert hättst gehn müssen.

Pepperl: Na hätt i halt mei Badehosen anzogn.

Vater: Koan Anzug hast ghabt, koa Hemdknöpferl, koane Socken, koa Hemd, koan Charakter, nichts hast ghabt wie dein saudumma Kopf.

Pepperl: Ja, und den hab i von dir kriegt.

Vater: Ich kann mich noch gut erinnern, wie i rumglaufen bin um an Anzug für den Buam. Was i da für a Lauferei ghabt hab, das ist der Bua gar net wert. In sämtliche Kleidererziehungsanstalten war ich in München, beim Isidor Bach, beim Knagge und Peitz, beim Peitz und Knagge, beim Isidor Kustermann, beim Heilmann und Littmann, nirgends hab ich einen Kommunionanzug auftrieben.

Pepperl (*raucht Zigarre, es wird ihm schlecht, er geht ab*).

Kellner (*kommt sofort herein und serviert Geräuchertes, ab*).

Vater (*allein*): Und da wo ich ein auftrieben hätt, kostet ein Kommunionanzug heute 65,-- Reichsmark, ja, ja, mir war's ja gnua, das kann mir ich als Mittelstandler nicht erlauben, dass ich für den Buam 65.-- RM am Tisch hinleg – ich bin koaner von der Bourgeoisie, i muss mir mei Geld mit der Hände Fleiß verdienen, na hab i mir denkt, koan neuen konnst net kaufen, kauf dir halt oan von Herrschaften abgelegten Kommunionanzug, zu alle Tändler bin i, in meine sämtlichen Stammkneipen hab ich's rumerzählt, nichts war's, die ganze Hoffnung hab ich schon aufgegeben. Derweil schleicht sich ein Zufall ein. Kommt der Erlacher Franzi zu mir, ein alter Spezi, ein Kriegskamerad von mir, wir sind anno 70 miteinander z'Deisenhofen gstanden, Mann an Mann, Brust an Brust, direkt am Isarufer wo's so feucht war, der hat das erfahren, dass ich an Kommunionanzug kaufen will. Dös gfreut mi Franzei hab i gsagt, sag i, aber es is net gsagt, sag i, aber es is net gsagt, dass des, was dein Hundsbuam passt, mein Knaben a passt – Kurze Rede langer Sinn, der Erlacher Franzi bringt den Anzug, der Pepperl ziagt'n o und passt hat er. (*Haut auf den Tisch.*) Hätt ja ich im Leben nicht denkt, dass dem Pepperl der Anzug passt, wo er an Buam gar net kennt – – kennt an Buam gar net – aber wia gsagt, der Erlacher Franzi bringt den Anzug, der Pepperl ziagt'n o und passt hat er. (*Haut auf den Tisch.*) No ja, die Ärmel waren zu lang, das stimmt, dö hat d'Mutter dahoam abgschnitten und dö Sach war erledigt, aber so ist doch die ganze Sache furchtbar interessant. Und noch dazu will er mir den Anzug schenken – na sag i, Franze, dös gibt's net, es gfreut mi ja über alle Maßen, dass du mir diesen Anzug kredenzst – aber so sehr mich dein Antrag würdigt, so hat die Sache einen ganz anderen Haken, denn du bist selber a armer Teufi und wenn du mir schon den Anzug gibst, dann wollen wir die Sache finanziell regeln. In dieser Beziehung bin ich ein Ehrenmann, da lass ich mir nichts nachsagen. Aber wie gesagt, er bringt den Anzug, mein Pepperl zieht ihn an und passt hat er, das ist ja das Horrende an der Angelegenheit. Man muss doch bedenken, dass er mein Buam noch mit keinem Auge erspäht hat! Kennt der an Buam net, sei Bua is vielleicht a Missgeburt, aber mei Pepperl is gwachsen wie a Hyazinthe. Aber wie gesagt, der Erlacher Franzi bringt den Anzug, der Pepperl ziegt'n o und passt hat er. (*Haut auf den Tisch, fällt damit zu Boden.*) Oha, jetzt hat's mi abidraht, wo er an Buam gar net kennt – das ist ja das Frappante – ja was is denn dös (*rutscht beim Aufstehen immer mit den hinteren Füßen aus.*) Muss i in meine alten Tag noch 's Radlfahren auch lernen.

Pepperl (*kommt weinend*): Vater, mir is so schlecht!

Vater: Mir auch!

Pepperl: Vater, ich möcht heimgehen.

Vater: Ich auch.

Pepperl: Mach, steh halt auf!
Vater: Wenn ich können tät, schon.
Pepperl: Was hast denn?
Vater: A Hepfa!
Pepperl: Der legt sich gleich am Boden hin, der faule Kerl. (*Hängt Hut am Kleiderständer – hebt den Vater auf.*)
Vater (*fällt immer wieder hin*).
Pepperl (*ihn stets aufhebend*): Mach, steh doch auf, mir is ja selber so schlecht.
Vater (*singt*): Auf der grünen Wiese, da spielt …
Pepperl: Halt doch dei Mäu!
Vater (*fällt wieder hin*).
Pepperl (*schimpft*): Geh, sei doch net so ekelhaft.
Vater: Ich hab gekämft für König und Vaterland!
Pepperl: Ja, dös is ja jetzt wurscht …
Vater (*fällt hin*).
Pepperl: Jetzt wird's mir bald z'dumm werdn, 's nächste Mal kannst alloa in d'Firmung geh …
Vater (*fällt hin*).
Pepperl: Dann setzt dich halt auf einen Stuhl wennst nimmer stehn kannst.
Vater (*fällt mit Stuhl um*).
Pepperl: Jetzt werd i bald narrisch werdn.
Kellner (*kommt mit Speisen herein*): Ja, um Gotteswillen, wie sieht es denn hier aus, was ist denn das für ein Benehmen!
Pepperl: Ich bin's ja net, das war ja er.
Kellner: Das ist ganz egal, sie gehören beide nicht in dieses feine Lokal, das ist ja furchtbar.
Pepperl: Weil er immer so viel sauft, der alte Aff!
Vater (*zum Kellner*): Ich bin ein Ehrenmann, das merkst dir!
Kellner (*hebt alles auf, stellt Speisen am Tisch*): So, jetzt essen Sie ihre Maccaroni, und dann machen Sie so schnell wie möglich, dass Sie fortkommen. Das geht doch nicht, wie Sie sich hier aufführen. (*Zum Vater*) Nicht wahr, das müssen Sie doch selbst einsehen, dass das hier nicht geht.

Pepperl: Ja, dös hört der nimmer.

Vater (*singt*).

Kellner (*nachdem er den Tisch in Ordnung gebracht hat*): Also bleiben Sie endlich sitzen und verhalten Sie sich ruhig, sonst lasse ich sie rauswerfen. (*ab*)

Pepperl: So, jetzt hast es, jetzt werden wir noch rausgeschmissen auch; grad heut an mein Firmungstag. Jetzt bleibst amal sitzen, du bsuffana Uhu.

Beide (*fangen zu essen an*).

Pepperl (*mit Kerze, haut Vater Nudeln hinunter*).

Vater: Musst denn du immer beim Fressen die damische Kerzn ham (*nimmt sie ihm aus der Hand, isst jetzt mit der Kerze, wickelt Nudeln herüber, steckt die Kerze in die Westentasche, fährt Pepperl damit beim Essen in den Mund hinein*).

Pepperl (*schreit*).

Vater (*wirft Nudeln hinunter, der Tisch fällt um; steckt alle Nudeln in die Tasche*).

Pepperl (*hat eine Nudel im Mund*).

Vater (*zieht diese heraus*).

Pepperl: Wo ist mein Hut, komm laf ma davon!

Vater: Ja, dann brauch ma nichts zahlen.

Beide (*nehmen Hut vom Kleiderständer, werfen ihn um und laufen davon*).

Kellner (*kommt*): Halt, zahlen zahlen!

(*Vorhang)*

{5/74}; Enstehung 1922

Firmung: Katholisches Sakrament, symbolische Aufnahme als vollwertiges Mitglied in die Gemeinde. Früher bekam der Firmling vom Paten eine Uhr zur Firmung geschenkt

Cheviot: aus Wolle der Cheviotschafe hergestelltes, dauerhaftes Kammgarngewebe

windi werden: erregt, fuchtig, wütend werden

Weinboazen, Weinbeizen: kleine, minderwertige Schenke, Kneipe, Spelunke

köppeln: keifen, nörgeln, kritisieren, herumschimpfen

harpfen: hinken, humpeln

Knagge und Peitz: ehemals Herrenmodegeschäft
Flins: Geld, Kies, Moos, Schotter etc.
anno 70: bezieht sich auf den deutsch-französischen Krieg 1870/71

Die zwei Elekrotechniker

Oder: Der reparierte Scheinwerfer

(*Es kommt eine orientalische Tänzerin mit feenhafter Scheinwerferbeleuchtung – einige Takte Musik – dann kommt Direktor aufgeregt auf die Bühne und schreit hinter die Bühne: »Was ist denn hier los? Warum tritt die Tänzerin nicht auf?«*)

Stimme (*hinter der Bühne*): Der gelbe Scheinwerfer links an der Bühne brennt nicht mehr.
Direktor: So eine Schlamperei – wissen Sie das jetzt erst – der muss sofort gerichtet werden, wo sind denn die Elektrotechniker? (*Sucht sie und nimmt sie mit auf die Bühne*) Kommen Sie mal mit auf die Bühne – der Scheinwerfer brennt nicht – schaun S' mal nach, was da los ist.
Valentin: Was is'n?
Direktor: Der Scheinwerfer brennt nicht.
Valentin: Brennt er net?
Direktor: Nein, der brennt nicht!
Valentin: Der wird halt net eingschalt sein – (*ruft hinter*) schalten S' amal ein dahint.
Stimme (*von hinten*): Es ist ja eingeschaltet.
Valentin: Was, eingschalt is – na muass er ja brenna.
Direktor: Er brennt aber nicht.
Valentin: Ja, na könna mir a nix macha.
Simmerl: Ja wieso, warum brennt er denn net?
Direktor: Frag doch net so dumm, blöder Bua!

Valentin: Was, blöder Bua – der ist schon bei der Fachschaft.
Direktor: Schließlich und endlich sind doch Sie der Fachmann.
Valentin: Ja ich schon – aber der net – der is Fachknabe.
Direktor: Ist ja wurscht, was er ist, das ist halt ihr Lehrbua.
Valentin: Ja ja.
Direktor: Also wollen Sie so gut sein, schaun S'n halt amal an.
Valentin: Ja anschaun könn ma'n schon.
Simmerl: Ob er aber vom anschaun alloa brennt, dös glaub i kaum.
Direktor: Das glaub ich auch nicht.
Simmerl: Brennt er überhaupt nimmer?
Direktor: Nein, der brennt nicht.
Valentin: Red doch koa Suppen, dös sagt er ja der Mo.
Simmerl: Ach, wirft er keine Scheine mehr?
Direktor: Nein, er wirft keine Scheine.
Valentin: Geh, hör doch auf!
Simmerl: Vielleicht is er kaputt?
Direktor: Wahrscheinlich ist er kaputt.
Simmerl: Wahrscheinlich – der is scho sicher hi.
Direktor: Verstehn Sie denn überhaupt etwas von Scheinwerfern?
Valentin: Natürlich, ich hab doch bei Siemens und Schuckert garbat, aber mehr auf Marinescheinwerfer, dös san ja solchene Kübeln – Gschläusen! Da is ja dös a Katze dagegen.
Direktor: Marinescheinwerfer, meiner Ansicht nach ist doch einer wie der andere.
Valentin: Ham S' noch oan?
Direktor: Freilich, noch mehrere.
Valentin: Die brenna ja.
Direktor: Die brauchen Sie ja auch nicht richten.
Valentin: Des hätt ja auch gar koan Sinn, wenn ma s' richten tat, wenn s' a so brenna.
Direktor: Freilich hat das keinen Sinn.
Valentin: Warum ham S' uns denn des gestern net gsagt, dass er net brennt?
Direktor: Weil er gestern brennt hat.

Valentin: Ah, gestern hat er no brennt, na hätt's gestern a koan Sinn ghabt, wenn ma 'n repariert hätten, weil mehr als brenna kann er ja net.

Direktor: Jetzt reden S' net so viel – in fünf Minuten hat der Scheinwerfer zu brennen.

Simmerl: Ah – fünf Minuten braucht ja der schon bis er'n oschaugt.

Valentin: Fünf Minuten brauch i ja, bis ich ihn begucks. Da kann sei, wenn a Leitung hin ist, müssen wir a neue Kabel legn, müssen d'Bühne und den ganzen Hof aufreißen, ham Sie a Ahnung, zu so einer Reparatur brauchen wir mindestens (*zu Simmerl*), wie lang wern ma da braucha?

Direktor: So is recht, der fragt sein Lehrbubn, wie lang er braucht.

Simmerl: Da brauch ma ziemlich lang.

Valentin: Da braucha mir mindestens zwei bis acht Tage.

Direktor: So, jetzt geb ich ihnen zehn Minuten Zeit, in zehn Minuten komm ich, dann muss er brennen, Sie brauchen ihn ja nur provisorisch richten.

Valentin: Ja, nur provisorisch.

Direktor: Also in zehn Minuten komm ich.

Valentin: Ja kemma könnas scho – –

Direktor (*geht ab*).

Valentin: Müss ma halt nachschaun (*horcht an der Wand*). Ja, da is a kurzer Schluss da (*misst mit dem Meterstab*).

Simmerl (*bohrt in der Nase*).

Valentin: Drecksau junge, vor de Leut tut ma doch net Nasenmandeln fanga. Geh amal in d'Werkstatt nüber und hol den andern Meterstab.

Simmerl: Was für oan?

Valentin: Den mit de Patentfedern. Mit dem kann ma nur in Keller abimessen – am Speicher nauf klappt er zsamm.

Simmerl: Und in d' Werkstatt kann ma net nei, de is zugsperrt.

Valentin: Wo is denn der Schlüssel?

Simmerl: Der liegt drin in der Werkstatt.

Valentin: Was für a Rindviech hat denn da zugsperrt?

Simmerl: I!!!

Valentin: Und der Schlüssel liegt drin, ja wie bist denn du da rauskomma?

Simmerl: Ja zuerst bevor ich drin zugsperrt hab, bin i no schnell rausgsaust.

Valentin: Da müss ma an neus Kabel holn, da dürf ma glei anfanga (*schreibt ins Notizbuch die Zeit, wenn er anfängt*).

Simmerl: Ja, fang ma gleich an – na hol ich glei Brotzeit.

Valentin: Da hast a Geld, holst zwei Regensburger, oane warm –

Simmerl: Und de ander kalt.

Valentin: Neinnn – de ander auch warm, oder nimmst glei alle zwoa warm.

Simmerl: Und für mi vielleicht an Schlagrahm, weil i'n so gern mag.

Valentin: Brauchst bloß an Rahm bringa, an Schlag kriagst dann von mir.

Simmerl: Ja, a Mass Bier und zwoa warme Würst –

Valentin: Kalt warn s' mir eigentlich lieber.

Simmerl: Dann hol ich zwei kalte – oder i verlang zwoa ganz hoasse und geh langsam, dann wern s' a so eiskalt, bis i rüberkomm.

Valentin: Ja, des geht a und solln s' zu eiskalt sein, dann könna s' ma imma wieder warm macha. Also geh zua!!!

Simmerl: Nach Harlaching nauf, wenn ma da arbeitn. Na, i moan, ob i s' da rein tragn soll, oder ob Sie s' liaber draußen im Kammerl fressen wolln?

Valentin: Schwing di, schau dass d' weiter kommst – – – darenn die fei net!

Simmerl: Na, i gib scho obacht! (*ab*)

Valentin (*misst das Rohr ab, schaut ins Publikum hinein zur Frau im Parkett*).

Simmerl (*kommt mit heißen Würsten*): Ah Blumendraht, san de hoaß, i hab mir mei ganze Pratzn verbrennt.

Valentin (*nimmt die Würste*).

Direktor: So, seid ihr nun fertig? (*Beide verstecken die Brotzeit, Valentin hat die heißen Würste in der Tasche, brennt sich.*)

Direktor: Na, was ist denn los, haben Sie Bauchweh?

Valentin: Jaaaaa Bauchweh – – –

Direktor: Da müssen S' halt heiße Umschläge machen.

Valentin: San ja so so heiß (*wirft die Würste weg*).

Direktor: Also, was ist's jetzt mit dem Scheinwerfer, ist er jetzt fertig?

Simmerl: Na, mir können net anfangen, weil mir koa Werkzeug habn.

Direktor: Dann holen Sie sich doch ihr Werkzeug.

Simmerl: Des ham ma scho, aber Material brauchen mir auch, des liegt im Lager.

Direktor: Wo ist denn ihr Lager?

Valentin: In Haidhausen!!!

Direktor: Da brauchen Sie doch mindestens eine Stunde, bis Sie zurück sind. So lange können wir nicht warten, nehmen S' halt von uns was, wir haben doch auch alles da.

Valentin: Wir kriegn scho herin a Lager, aber erst im Frühjahr.

Direktor: Das nützt mich doch nichts – also was brauchen Sie, wir haben doch Werkzeug genug da.

Simmerl: A lange Leiter.

Direktor: Ham ma –

Valentin: Litzen und Draht.

Direktor: Ham ma –

Simmerl: An Gips.

Direktor: Ham ma –

Valentin: An Hamma.

Direktor: Ham ma –

Simmerl: An Arbeitsgeist!!

Direktor: Also marsch vorwärts, Sie können alles von uns nehmen.

Valentin: Ja, das geht auch, denn wenn ma an Scheinwerfer macht, muass er gleich richtig gmacht werdn, Wissen S' mit am Scheinwerfer is genauso als wie mit was anderm. Des muass glei richtig in d'Hand gnomma werdn.

Direktor: Also beeilen Sie sich (*beide ab*).

Simmerl (*nachdem beide ab sind, schaut Simmerl schüchtern umher, spielt mit Breze und sagt*): Daweil werd ich an kloana Imbiss zu mir nehma (*zum Soufleur*) Hans? – Ob i erst ogfangt hab? Na na, i bin scho üba a Jahr in der Firma. Koa Freud hab i eigentlich gar net dazua, des is ja a Dreckarbeit. So was geht ja, des is ja a leichte Arbeit, des is ja a alter Huat. Aber wenn ma oft Kabel legn müassn, wia neulich in der Großmarkthalle, da hab ich im Keller drunt durch mindestens 20 Ztr. dafaulte Birn durchkrabbeln müssn. – – Da hab i's früher schöner ghabt, da war i in der Lehr bei einem Waffelbäcker, da ham ma de Waffeln gmacht, de wo ma ins Gfrorne einetaucht. Aber der Moaster hat mich nach vier Wochen schon nausgschmissn, weil i sämtliche Waffeln, die er bacha hat, glei gfressen hab, der hat gar nix mehr zum verkaffa ghabt. Oh, da is mei Vatta aufganga. Na hat er mi zu am Schweinmetzger in d'Lehr do, da hab i mi nacha glei so in Leberkäs eineghängt, dass d' Welt ungleich war. Na ham s' mi wieder nausgschäufelt. – – – Na hat mi mei Vatta in a elektrotechnisches Gschäft do, weil er gsagt hat, Glühlampn wer i doch net gleich verschlinga. Jetzt bin i scho über a Jahr dabei – ha – ob des mei Moaster is? – a woher – unser Moaster, der gang ja da gar net her, des is a feiner Hund – des is unser Vorarbeiter, des is ja a gscheerte Nuss. – Verstehn tuat er a net viel, denn wenn a komplizierte Arbeit zmachen is, dann muass er ja mi fragn, weil's i schon viel besser heraußen hab wie er. – Bloß hunzen tuat er mi den ganzen Tag, aber wenn i amal ausglernt hab, dann wer i eahm am letzten – Tag no 's Werkzeugkistl nauffalln lassn, zum Abschied.

Valentin (*kommt mit Stangen herein, hat ihm zugehorcht, stößt ihn*): Wem lasst du 's Werkzeugkistl nauffalln? Schlawinerbua!!

Simmerl: I hab ja net gwusst, dass Sie hinter mir stehn. Und der hat mich um was gfragt ghabt.

Valentin: Was brauchst denn du mit dem Steffiten da redn. Arbeit liaber, hast doch ghört, in fünf Minuten solln ma da fertig sein, hat der wampat Aff gsagt. (*Simmerl ab*)

Direktor (*hat zugehört, stößt ihn*): Ich helf ihnen gleich, also sind Sie fertig?

Valentin: Na, jetzt fang ma an.

Direktor: Wo nur der mit der Leiter bleibt? (*ab*)

Simmerl (*kommt mit Leiter und Werkzeugkistl, stößt den Direktor mit der Leiter an den Kopf*).

Direktor: Idiot – kannst du deine Augen nicht aufmachen, du Trottel! (*ab*)

Valentin (*lässt die Stangen auf einen Gast fallen, die Leiter steht auf der Litze, beide ziehen hin und her*): Ja, mit Gewalt geht's gar nicht. Da brauch ma ja bloß die Leiter wieder aufhebn (*tut es und zieht die Litze unnötigerweise wieder durch die Leiter*) Sooooo!!!

Simmerl (*stellt die Leiter auf*).

Valentin: Net dahin am Vorhang, Depp!

Simmerl: Wohin?

Valentin: Da stellst as her.

Simmerl (*steigt hinauf*): Ah, hab s' schon gsehn – da müss ma nüber – da kann i aber net nüberlanga.

Valentin: Warum steigst nacha nauf, Hanswurscht? Geh aha!

Simmerl: Ja!

Valentin (*steigt hinauf*): Da kann i a net nüberlanga, da bräuchten mir a runde Leiter um den Turm herum.

Simmerl: Das ging scho, wenn die Leiter höher wär, oder wenn das weiter herunt wär –

Valentin: Da müssten wir höchstens a kleins Grüst machen, dass ma da a Brett nüberlegn.

Simmerl: Ja, wie lang soll des Brett sei? Dann hol i oans.

Valentin: Wart, i mess ab (*sein Meterstab klappt immer um – er merkt sich mit dem Finger die Stellen, der Meterstab kommt ihm immer aus – er macht mit dem Bleistift einen Strich in die Luft – währenddessen sagt er zum Simmerl*): Was schaust denn so blöd?

Simmerl: I muass doch obacht gebn, dass i was lern.

Valentin: Da brauchst net obacht gebn, des konn i selber net. Also ein Meter fünfundachtzig muass des Brett lang sei, geh zua.

Simmerl: Ja dann lass i des Sach daweil da (*lässt die Leiter auf einer Seite zuklappen, zwickt dem andern die Finger ein*).

Valentin: Depperter Depp, depperter, siegst denn net, dass i meine Finger drin hab?

Simmerl: Da kann i nix dafür, für was müassen Sie Ihre Pratzn überall neitoa, müassen S' halt eahnere Batzlaugn aufmacha.

Valentin: Schau amal, ob ma da an Anschluss habn?

Simmerl: I kann gar nix sehn, weil i zweit weg bin, da müass ma zerst 's Brett rüberlegn, vielleicht genga S' schnell naus und holn 's Brett, dann wart i daweil da herobn.

Valentin: Dir geh i dann glei naus, geh runter, sonst wirf i di runter!

Simmerl (*geht herunter, steigt ihm auf die Hand nauf*).

Valentin: Auuu, so geh doch runter, du stehst ja drobn!

Simmerl: Wooo? Auf der Leiter?

Valentin: Na auf der Ding – – –

Simmerl: Auf der Sprossen?

Valentin: Na, auf der – – – Mir fallt ja der Nama net ein – – – auf meiner Hand! (*Haut den Lehrbuben*) daschlagn tua i di no amal, siegst denn net?

Simmerl: Mit de Schuhsoh'n kann i doch net sehn. Überhaupts werd i amal windi wern, dann hau i eahna 's Werkzeugkistl nauf, dann könna S' a Liad singa – o Haupt voll Blut und Wunden –

Valentin: Na gfreu di nur, heut nach Feierabend. Hama denn überhaupt an Strom, da probier amal die Lampn aus, ob s' brennt!

Simmerl (*zündet mit einem Streichholz die Lampe an*): Na, die brennt net.

Valentin: Was tuast denn wieder? (*Reißt ihm die Lampe aus der Hand, verbrennt sich daran.*) Herrgott Saprament, geh amal die Leiter nauf, damit i di nimmer siech.

Simmerl (*geht hinauf*).

Valentin (*pfeift*): Bist schon drobn?

Simmerl (*pfeift auch*): Bin scho da.

Valentin: Da herin pfeift ma doch net du gscherter Lump – obacht, jetzt wirf i dir an Draht nauf (*wirft ihn ganz hinauf*), halt, i brauch ja a End.

Simmerl: I trag's nunter.

Valentin: Na wirf's runter. – Wart – (*steigt in eine Schüssel Schlagrahm hinein*).

Simmerl: Obacht auf den Schaumkuchen, uuuh, jetzt san S' in den ganzen Batz neitretn (*wirft die Litze einer Dame an den Kopf*).

Valentin (*erwischt den Hut der Dame mit der Litze, reißt Federn aus*).

Gast: Ja, was fällt Ihnen denn ein, können Sie nicht besser obacht geben.

Valentin: Das ist mir gleich, i muass arbeiten (*wirft den Draht wieder hinauf*). So jetzt ziag o!

Simmerl (*zieht den ganzen Draht hinauf*).

Valentin: Jetzt hat er'n wieder drobn, pass doch auf! (*Steigt wieder auf den Tisch.*)

Gast: Was fällt Ihnen denn ein, Sie sehen doch, dass wir essen.

Valentin: Um de Zeit frisst ma a net. – So Simmerl, jetzt wirfst mir den ganzen Draht runter, du brauchst bloß a End halten.

Simmerl (*schneidet mit der Schere ein Ende vom Draht ab, wirft den Draht hinunter, wieder auf den Kopf der Dame*).

Gast: Alles, was recht ist, Herr Ober, einen anderen Platz!

Valentin: Sie haben auch den ungünstigsten Platz da herin. – Ja, jetzt hat er mir wieder den Draht runter gworfn, i hab doch gsagt 's End sollst droben bhaltn.

Simmerl: Des hab i ja, i hab's doch extra weggschnittn.

Valentin: Hundskrüppl mistiger, wo hast denn dein Saukopf?

Simmerl: Da.

Valentin (*wirft ihm eine Windnudel ins Gesicht*).

Gast (*schimpft*).

Simmerl (*hängt Litze ein*).

Valentin (*zieht sie über den Tisch*): Dann macha Sie an Scheinwerfer, wenn S' eahna net passt. So jetzt wirf mir a Messingschräuferl runter.

Simmerl: Obacht! Schräuferl! (*Es fällt der Dame in den Busen rein.*)
Dame (*schreit*): Ah, jetzt ist mir da was reingfalln.
Valentin: Wo is denn hingfalln?
Gast: Da hinein.
Valentin (*will es herausholen, schaut aber zuerst hinein*).
Gast: Das geht doch nicht, hier vor allen Leuten! Unterstehen Sie sich noch einmal!
Valentin: Des is mir gleich, i brauch mei Schräuferl (*langt wieder hinein*).
Gast (*schimpft*).
Simmerl: Sie – Sie – die Dame soll halt aufstehn, dann fallt's unten raus.
Dame (*steht auf, schüttelt sich, das Schräufchen fällt auf die Erde*).
Gast (*gibt ihm das Schräuferl*): Komm, wir gehen, wir wollen uns bei der Direktion beschweren! (*ab*)
Valentin: Ah, des is ja no ganz warm – so Bua, jetzt klemmst die Litzn in Scheinwerfer nei und dann schalt i ein.
Simmerl: Ja, is schon recht (*kommt runter*) – also jetzt mach i finster und dann schalt i ein. So jetzt brennt er.
Valentin: Der brennt net, warum lügst denn scho wieder? (*Haut ihm eine runter*)
Simmerl: Ja, der brennt scho, der andere, auf der andern Seiten.
Valentin: Ja gibt's denn so was a, den hamm ma gricht und der andere brennt!
Direktor: So, sind Sie jetzt so weit, brennt er jetzt?
Valentin: Ja, der brennt, der auf der andern Seitn.
Direktor: Der nützt mich nichts, den muss ich haben.
Valentin: Ja, den ham ma ja gricht, aber der hat brennt.
Direktor: Das ist ja zum Haare ausreißn! (*Reißt sich Haare aus*) Der nützt mich nichts, den muss ich haben, der muss brennen!
Valentin: Ja, na müass ma halt den richtn, nacha brennt der!
(*Beide ab*)

{5/134}; Entstehung 1925

garbat: gearbeitet
Steften: Stift, großer Nagel
Windnudel: Gebäck
nausgschäufelt: hinausgeworfen, fristlos entlassen
gescheerte Nuss: ungebildete, ungehobelte, unfeine Nuss
Batzlaugen: hervortretende Augäpfel

Im Fotoatelier

(Die Bühne ist ein kleines unmodernes Fotoatelier mit Einrichtung. Verschiebbare Wolken – Bühnenhintergrund mit Türe und Oberlichtfenster, seitliche Türe zur Dunkelkammer – Fotografischer Hintergrund – zwei Tische – Fauteuil – Fotoapparat. Requisiten.)

Personen:
Der Meister 50 Jahre alt – mit Spitzbart, echter Fotografentyp – streng Fotogehilfe Heinrich: Karl Valentin
Fotolehrling Alfons: Liesl Karlstadt
Frau mit Kind, ältere dicke unmoderne Frau mit altmodischer Unterwäsche
Scharfrichter, großer starker, furchtbar energischer Mann mit lauter Stimme.
Braut (Zwerg), sehr kleine hässliche Frau oder Mann
Bräutigam (Riese), Größe über 2,10 m (Schauspieler)
Ein Helfer hinter der Bühne für Kindergeschrei, Ohrfeige, Balkenkrachen

(*Vorhang auf*)
Meister (*steht allein auf der Bühne und betrachtet eine Fotoplatte – ruft*): Heinrich komm heraus, was ist mit dieser Platte wieder los?
Heinrich (*kommt – nimmt Platte – betrachtet sie*): Die is nicht ganz entwickelt, die hat der Fonse ausgewickelt – a entwickelt.

Meister: Fonse, da komm raus!
Alfons: Ha, was is denn?
Meister: Was ist mit dieser Platte?
Alfons: Des geht ja mich nix an – des is ja net mei Arbeit, (*zu Heinrich:*) des hast ja du gmacht.
Meister: Na, einer von euch zwei muss sie doch gemacht haben.
Heinrich: Naa, oaner von uns drei hat's gmacht.
Alfons: Ah, des is ja de – de ham ma ja mitanander entwickelt. Da war's ganz schön, aber der spielt immer mit der Platten so (*wirft sie*), na is heut mittag in Kartoffelsalat neigfalln.
Meister: Also nicht lange reden, die Platte muss nochmal gemacht werden.
Heinrich: Ja, ob uns der halt nochmal hergeht, des glaub i kaum.
Alfons: Des glaub i a net, der war bei der Aufnahme schon so ekelhaft.
Heinrich: Ah, des is ja der Herr Ding, der braucht nimma kemma, den fotografier i auswendig.
Meister: Da muss eben hingeschrieben werden, dann kommt er schon. Also und dass ihr's wisst, ich fahre nun auf zwei Tage weg, habe eine geschäftliche Angelegenheit zu erledigen, und in zwei Tagen bin ich wieder zurück.
Heinrich: Auf Wiedersehen!
Meister: Dass ihr mir gut aufpasst, wenn ich nicht da bin, ich hoffe, dass ich mich auf euch verlassen kann. Das Material wisst ihr ja, es ist alles draußen in der Dunkelkammer, und seid vorsichtig mit dem Sublimat.
Alfons: Ja, des hat der scho amal gsuffa statt Limonad.
Heinrich: Hat mir aber gar nix gmacht.
Meister: Ja, Unkraut verdirbt nicht.
Heinrich: Oder solln wir die zwei Tage nicht lieber zusperrn?
Meister: Das tät euch so passen, für was seid ihr denn da?
Alfons: Da san mir ja nimma da, wenn ma zusperrn.
Meister: Wenn jemand kommt, dann habt ihr die Aufnahme zu machen.
Heinrich: Mir könna ja gar koane Aufnahmen machen, Sie habn

uns ja nia was machen lassen, mir ham ja bloß allweil mit dem Schachterl da entwickeln könna.
Meister: Aber gesehn habt ihr's doch von mir, ihr seid ja lange genug da, ihr habt doch immer zugeschaut!
Alfons: Ja, da ham mir aber nia obacht gebn.
Heinrich: Ja, wenn aber recht viel Leut komma zum Fotografieren?
Alfons: Zu uns kommt doch niemand.
Meister: Warum soll da niemand kommen?
Alfon: Das müsst a Zufall sein.
Heinrich: Wenn aber a ganzer Gesangverein kommt, solln ma den a aufnehmen?
Meister: Natürlich!
Alfons: Na, er moant ja, wenn gleich recht viel kommen – a paar tausend gleich –
Meister: Ach, ein paar Tausend kommen nie.
Heinrich Na – er meint ja nur, wenn s' komma taten.
Meister: Na, wir haben doch schon oft Gruppenbilder gemacht, ihr müsst einfach die Kundschaft anständig bedienen, schöne Posen stellen, damit es auch schöne Aufnahmen werden. Und dann noch was, dass ihr mir ja nicht raucht. Also, ich gehe jetzt, in zwei Tagen bin ich wieder zurück.
Heinrich: Auf Wiedersehen!
Meister: Pressiert's Ihnen so?
Alfons: Der is manchmal gelungen.
Meister: Ja, dir fehlt schon auch nichts. Also, dass mir alles klappt. Auf Wiedersehen.
Alfons: Ich mach schon zu, bitte.
Meister (*ab*)
Alfons: Jetzt hörn mir aber glei 's Arbeiten auf – was tean ma jetzt?
Heinrich: Nix mehr – deck ma glei d'Arbeit zua, dass ma s' nimmer sehn. Jetzt mach ma zwoa Tag Urlaub. Anrührn tean ma nix mehr, (*zündet sich eine Zigarette an und setzt sich auf den Stuhl*). So aufmachn tean ma von jetzt an überhaupt nimmer,

bis er kommt, d'Hausmoasterin war heut scho da, und sonst kommt ja neamand. Der Briefträger wirft sei Sach ins Briefkastel nei. Und du gehst nunter und lasst dir an Gramaphon leihen, und Lampions häng ma auf, dann mach ma a italienische Nacht. Und i telefonier meiner Henna!

Alfons: Und wenn sich wer Fotografieren lassen will, de solln einfach zu an andern Fotografen gehn.

(*Es läutet*)

Alfons: Soll i aufmachen?

Heinrich: Net aufmacha! (*Es läutet*) Wer wird's denn sein? SSSS-SS!

(*Es klopft*)

Heinrich: Also ausgschamte Leut gibt's!

Meister (*von außen*): Heinrich – Alfons – warum macht ihr nicht auf?

Alfons: Ui, der Alt (*macht schnell auf*).

Meister: Ja, was ist denn das? Warum macht ihr nicht auf – habt ihr denn das Läuten nicht gehört?

Heinrich: Wann – heut?

Meister: Ja, jetzt im Moment.

Alfons: Na – mir habn nix ghört, gar nix.

Meister: So – und ich hab sechsmal hintereinander geläutet.

Alfons: Na – dreimal war's bloß.

Meister: Ah, da kommt ihr wieder auf.

Heinrich (*winkt wegen dem Tischtuch*).

Meister: Was soll denn das bedeuten?

Alfons: Zudeckt hab ich's, weil wie sie nausgangen sind, ist auf amal so a Wind gangen, hätt bald alles nuntergweht.

Meister: So, auf einmal geht da herin ein Wind.

Alfons: Ja, wir warn selber ganz baff (*schneidet dem Heinrich die Zigarette ab – der Stummel fällt auf den Boden und raucht weiter*).

Meister: Was ist denn das?

Alfons: Ui, was is denn des?

Heinrich: A Glühwürmchen.

Meister: Das raucht ja!

Alfons: Dann is a Rauchwürmchen.
Meister: Wie kommt die Zigarette daher?
Alfons: Die Buben tun's immer zum Fenster reinwerfen, Schneeballn, Stoana usw.
Meister: Wo ist da ein Fenster?
Alfons: Wer hat denn des Fenster zugmauert?
Heinrich: Aber in unserem früheren Atelier war a Fenster.
Meister: Das kann ja recht nett werden, die zwei Tage!
Alfons: Na, wenn mir gwusst hätten, dass sie wärn, hätten mir glei aufgmacht.
Heinrich (*gibt ihm einen Wurf*).
Meister: So, und wenn es eine Kundschaft gewesen wäre?
Heinrich: 's war ja koa Kundschaft, 's warn ja sie.
Meister: Wenn's aber eine gewesen wäre?
Heinrich: Es war doch koane.
Meister: Na, es ist gut dass ich's weßs, zufälligerweise musste ich noch einmal zurück, weil ich meine Brieftasche vergessen habe.
Heinrich: In der Dunkelkammer liegt s' drin.
Alfons: Ja, sieben Mark fünfzig Pfennig san drin.
Meister: So, habt ihr da auch schon wieder hineingeschaut?
Heinrich: Ich weniger oft, aber er.
Alfons: Ja, weil ich gmeint hab, dass mei Brieftaschn is, aber er hat mir erst hernach gsagt, dass i gar koane hab.
Meister: Da ist einer wie der Andere (*geht zur Dunkelkammer – schaut plötzlich um*).
Heinrich (*macht ihm ein Gesicht nach*).
Meister: Was war denn das jetzt?
Heinrich: Ich kann mich nicht mehr erinnern.
Meister (*geht in die Dunkelkammer*).
Alfons (*leise*): Sei Brieftaschn hat er vergessn.
Meister: Also, jetzt geh ich, ich sage euch, dass ihr mir sofort aufmacht, wenn es läutet, das Geringste wenn ich hören muss, wenn ich zurückkomme, dann könnt ihr was erleben.
Alfons: Kommen Sie jetzt dann nochmal zrück?

Meister: Frag nicht so frech, sonst hau ich dir eine runter (*wirft ihm seine Koffer nach, dann ab.*)

Heinrich: So, jetzt san mir richtig neitanzt.

Alfons: Du warst so gscheit, du hast gsagt, mir solln net aufmachen, is er glei mit oaner italienischen Nacht daherkommen, i dank schö.

Heinrich: Am Läuten kennt ma's doch net, wer's is, für eahm sollt halt a Extraglocken da sein – jetzt hat er's gspannt, dass mir nicht aufmachen.

Alfons: Ja, jetzt is scho zspät, jetzt denk i mir nix mehr und jetzt brauchst a nimmer aufmachen, jetzt kommt er nimmer.

(*Es läutet*)

Alfons: Scho wieder!

(*Es läutet*)

Heinrich (*achselzuckend*): Jetzt sollt ma's halt wissen.

(*Es klopft fest*) – –

Meister (*von außen*): Heinrich – Alfons – was ist denn das?

Alfons: Ui – des is er wieder (*macht auf*).

Meister: Ja zum Donnerwetter, was ist denn das? Warum wird denn da wieder nicht aufgemacht?

Alfons: Ich war jetzt grad net da, ich war jetzt draußen in der Dunkelkammer.

Heinrich: Ich war draußen in der Dunkelkammer.

Alfons: I war drauß, lüag net a so (*wollen sich gegenseitig stoßen und treffen den Meister*).

Heinrich: Ich werd wohl wissen, wo ich grad war.

Alfon: Na gwiss war ich drauß, es kann ja möglich sein, dass er auch draußen war, da hab ich ihn halt net gsehn, weil's so finster is.

Meister: So und ghört habt ihr auch nichts?

Heinrich: Wenn's so finster is draußen.

Meister: Wie stellt ihr euch denn das vor, wenn das nun eine Kundschaft gewesen wäre?

Heinrich: 's war ja keine, warn ja wieder sie.

Meister: Wenn's aber eine gewesen wäre?

Heinrich: Niemals!!!

Meister: Was heißt niemals? – das kann ja nett werden, es ist nur schade, dass ich unbedingt fort muss, sonst würde ich euch auf der Stelle hinauswerfen, aber am Ersten fliegt ihr alle beide.

Alfons (*schleicht sich leise hinaus*).

Meister: Ja, schleich dich nur hinaus, scheinheiliger Tropf.

Heinrich: Auf Wiedersehen!

Meister: Bande! (Ab)

Heinrich (*schüttet ihm Fixierwasser nach*): Kommt der Zigeuner no amal daher!

Alfons: Mir san ja glei so dumm alle zwoa, des hätt ma uns doch denka könna, dass der no amal kommt. Der is ja so raffiniert, werst sehn, der kommt schon noch a paarmal.

Heinrich: Das kann scho sein, aber da garantier i dir, dass uns der nimmer drankriegt, weil in dem Moment, wo es jetzt läut, ist die Tür auf, lieber mach i's scho vorher auf.

Alfons: Ja, ich stell mich jetzt daher, bis morgn auf d'Nacht und wart, bis er kommt und wenn's läut, reiß ich auf.

(*Es läutet*)

Alfons (*reißt mit Wucht die Tür auf, Heinrich steht mit Wanne daneben; Türe haut ihn fest auf den Kopf, er lässt die Wanne fallen – hinter der Bühne Ohrfeigenimitation*).

(*Frau mit Kind kommt herein. Alfons und Heinrich lachen.*)

Frau: Bin ich da recht beim Fotografen?

Heinrich: Der is net da – warum – was wolln S' denn?

Frau: Mei Enkelkinderl möcht i fotografieren lassen.

Heinrich: Hams sie's dabei?

Frau: Daaa.

Heinrich: Des is noch zjung zum Fotografieren.

Frau: Ja, also wolln S' des Kind fotografieren?

Heinrich: Der Fotograf is net da momentan.

Frau: No ja, dann wart i halt, bis er kommt (*setzt sich nieder*).

Beide (*schauen entrüstet*).

Frau: Kommt er bald der Fotograf?

Heinrich: Ja, übermorgen in der Früh.
Frau: Was übermorgen – i kann doch net bis übermorgen da warten!
Heinrich: Warum ham S' Ihnen dann hingsetzt?
Frau: Ja also, wolln S' jetzt das Kind fotografieren oder net?
Heinrich: Genga S' doch zu an andern Fotografen – der Ding in der N. N. Straß, der macht wunderbare Bilder.
Alfons: Der is auch viel billiger als wie wir.
Frau: Da will ich aber nicht hingehn, denn ihr Geschäft ist mir gerade empfohlen worden.
Heinrich: Von wem denn?
Frau: Von an guten Bekannten.
Heinrich: Der soll sei Maul halten, 's Nächste mal.
Alfons: Des derfst doch net sagn, de Frau sagt's unserm Alten, dann schmeißt er uns no amal naus.
Frau: Ja also, was is jetzt?
Heinrich: Ja mach's doch du, wennst so gscheit bist.
Alfons: Da is doch nix dabei, des fotografiern mir jetzt, des gibt a Gaudi …
Heinrich: So, de jungen Kinder san viel schwerer zum Fotografiern, wie de Alten.
Alfons: Du bist a so a Schuaster – des geht scho – wo soll i's denn hinsetzen, des Kind – am Stuhl oder am Boden?
Heinrich: Na in's Fell legt er's immer Nackert nei.
Alfons: Jessasja – stimmt – Also Frau bitte ausziehen.
Frau: Ausziehn???
Alfons: Ja, nackert –
Heinrich: Da tua a Platten einlegn 13 × 17!
Alfons (*ab*)
Frau (*zieht sich aus*).
(*Alfons und Heinrich schauen ihr zu.*)
Heinrich: Wia ham ma's denn da? Was tean S' denn da?
Frau: Ausziagn ham S' gsagt.
Heinrich: 's Kind solln S' ausziegn.
Frau: Jaso – 's Kind (*zieht das Kind aus*).

Heinrich: Auf eahna san ma net scharf.

Alfons (*richtet das Kind hin. Kind schreit – Imitation hinter der Szene*).

Heinrich: Geh hör auf mit der Sirene!

Alfons (*zerrt Kind am Fuß*).

Heinrich (*richtet Kind mit Popo zum Puplikum*).

Alfons (*richtet Kind mit Popo zum Objektiv*).

Heinrich (*deckt Objektiv zu – geht zu Kind – haut es mit der Zeitung*): Hör doch amal dei Plärrn auf, du wirst doch bloß fotografiert, das tut dir doch net weh, sei doch net so kindisch (*richtet mit der Stange die Wolken, haut zum Schluss der Frau den Hut herunter und knipst dann*).

Alfons (*richtet Apparat und sagt eben beim Knipsen zur Frau*): So, Frau Sie müssen jetzt weggehn, sonst kommen S' auch drauf.

Frau (*geht weg*).

Heinrich: Ja solln Sie net drauf kommen?

Frau: Ja woher?

Heinrich: Ich hab aber schon geknipst, i hab gmoant Sie san d'Muatter.

Frau: Ah woher, das soll doch a Überraschung wern, i bin ja d'Großmuatter.

Heinrich: Des is ja wurscht, wenn Sie auch größer san, deswegn hätten S' halt weggehn solln.

Frau: Des kann doch i net wissen.

Alfons: Ja, jetzt san S' scho drauf.

Frau: Na müassen S' halt noch amal a Aufnahme machen.

Heinrich: Das kenna S' Ihna denken, dass wir wegen dem Schratzen nochmal a Platten anpatzen.

Alfons: Mir habn Ihna gleich gsagt, Sie solln zu an richtigen Fotografen gehn. Da ham S' Ihna Kind wieder, machen S', dass weiterkommen.

Frau: Des is amal a saubers Gschäft, des wer ich mir aber merken, so eine Bruchbude, da hört sich doch alles auf, eine solche Unverschämtheit ist mir auch noch net passiert, no ja, euer Gschäft kann ma ja empfehln. (*Ab*)

Heinrich: Mir ham koa Eiergschäft – Sie brauchn uns net empfehln, mir san froh, wenn niemand kommt.
Alfons (*stellt sich vor die Tür hin*).
Heinrich: De war ja guat, de Frau.
Scharfrichter (*reißt die Türe auf, stürzt herein – gibt Alfons einen Stoß*): Guten Tag – ein Bild will ich haben –
Heinrich: Wer hat denn den da reingschmissen?
Alfons: Was wolln Sie?
Scharfrichter: Ein Bild.
Alfons: Ein Knie- oder Brustbild?
Scharfrichter: Das ist egal, schnell ein Bild.
Heinrich (*mischt die Bilder wie Karten und zeigt sie ihm*).
Scharfrichter (*haut sie ihm aus der Hand*): Gehn Sie weg mit ihrem Blödsinn – ein Bild muss ich haben – sie wissen scheinbar gar nicht, wer ich bin. – Mein Name ist Meier – Scharfrichter.
Beide: Uuuuuuuuuu.
Alfons: Da derfst scharf einstellen, bei dem.
Heinrich (*fährt ihm mit dem Apparat in den Bauch*).
Scharfrichter: Was erlauben Sie sich?
Alfons: Tu ihn amal a bisserl hinrichten.
Heinrich (*rührt ihn an*): Ich möcht Sie hinrichten.
Scharfrichter: Hinrichten tu ich, ich bin der Scharfrichter.
Heinrich (*spuckt in die Hände und richtet den Bart*).
Scharfrichter: Unappetitlicher Kerl, spuckt in die Hände und greift nach meinem Bart!
Alfons: Schau, dass d'fertig wirst, dass man nausbringen.
Heinrich: Bitte darf ich Sie freundlich ersuchen, recht freundlich zu schauen?
Alfons: Ja, etwas lebhafter bitte!
Scharfrichter: Das kann ich nicht.
Heinrich: A bisserl lächeln!
Scharfrichter: Ich kann nicht und will nicht.
Heinrich: Ja, das passt auch net zu seim Beruf – aber so könna ma's net machen.
Alfons: So geht's net, so schaun S' aus wie a alter Seehund.

Scharfrichter: Frecher Kerl!
Alfons: Jetzt lacht er gleich – 1–2 – 3 – Jetzt kommt 's Vogerl raus!
Scharfrichter: Weg mit dem Unsinn!
Heinrich: Der reagiert net auf solchene Sachen (*nimmt Schepperl*) Lalalala – (*knipst*).
Alfons: Jetzt hat er glacht – danke – fertig.
Scharfrichter: Bis wann kann ich die Bilder haben?
Heinrich: Bis in acht Tagen.
Scharfrichter: Das ist mir zu spät.
Heinrich: In sieben Tagen.
Scharfrichter: Noch zu spät – in zwei Tagen.
Heinrich: In einem Tag.
Scharfrichter: Und dass mir die Bilder gut werden, dass Sie sich Mühe geben.
Heinrich: Ja ja, bei Ihnen bsonders, weil wir net wissen, ob wir Ihna net amal brauchen könna.
Scharfrichter: Guten Tag (*ab*)
Heinrich (*zur Tür hinaus*): An schöna Gruss an die Köpften!
Alfons: Geh, lass ihn doch stehn, sei froh, dass er draußen ist – des war fei der Scharfrichter – dass des net kennt hast?
Heinrich: Ja mei – gschäftlich hab ich mit eahm no nia was ztun ghabt.
Alfons: Aber gell, heut geht a Gschäft, weil der Alt net da is?
(*Es läutet draußen – vor der Tür steht ein Brautpaar – vom Bräutigam ist der Kopf nicht zu sehn.*)
Heinrich: Ah, der hat wahrscheinlich was vergessen (*macht die Tür auf – erschrickt – haut sie gleich wieder zu*) Jess Maria!
Alfons: Was is denn?
Heinrich: A Köpfter steht draußen!
Alfons: Wia lassn sehn – (*schaut hinaus – Ahhh! – haut wieder zu*).
Heinrich: Gel weil wir gfrevelt habn, da steht oaner ohne Kopf draußen.
Alfons: Wia, schaun ma nomal hinaus (*schaut*), freili hat er an Kopf, aber ganz da drobn (*macht die Türe auf*). Bitte gehen S' rein.

Bräutigam: Das geht ja nicht, die Türe ist zu klein.
Alfons: Ui, der kann net rein, weil er so lang ist.
Heinrich: Häng die Oberlichten aus (*hängt sie aus*).
Bräutigam: Das geht ja noch nicht.
Heinrich: Halt, i hol d'Säg, na schneiden wir an Türstock durch (*holt die Säge – sägt die Querlatte an der Tür ab*).
Brautpaar (*kommt herein*).
Heinrich: Sie wünschen bitte?
Bräutigam: Wir möchten Brautbilder haben.
Alfons (zur Braut): Sie auch?
Heinrich: Wieviel?
Bräutigam: Ein halbes Dutzend bitte.
Heinrich: So viel wern ma gar net ham (*nimmt Bilder und zeigt sie her*).
Bräutigam: Von uns wollen wir doch Bilder haben, das sind wir ja gar nicht.
Heinrich: A so, von Eahna wolln S' welche ham, ja de müssten aber extra angefertigt werden.
Bräutigam: Natürlich, das wollen wir ja.
Heinrich: Ja ja, aber de hätten S' halt billiger kriegt, weil die san net abgholt worn, die flacka scho jahrelang bei uns umanander.
Alfons: Bitt schön, möchten S' Ihna aus dem Album was raussuchen?
Heinrich: Diese Firmlingsbilder wern sehr gern gekauft – oder soil's was in Uniform sein?
Alfons (*zeigt das Album her*): Das wären mehr so Massenaufnahmen.
Bräutigam: Das ist nichts für mich, wir beide wollen uns doch bloß fotografieren lassen.
Alfons: Na müssten S' halt noch a paar Bekannte holen schließlich.
Heinri: Sehn S', das ist ein direktes Brautbild –
Bräutigam: Ja – das möchten wir haben.
Heinrich: Werden Ihnen de net zteuer sein?

Bräutigam: Warum, was kosten denn die?

Heinrich: Das weiß ich nicht – der Alt is net da, und der hat uns in die Preis net eingweiht.

Alfons: Des steht doch hinten drauf –

Heinrich: De kosteten 40.

Bräutigam: Was 40?

Heinrich: Ja des wiss ma ebn net – entweder 40 Stück oder 40 Mark.

Alfons: Ich glaub 40 Stück eine Mark – nein das stimmt auch nicht.

Heinrich (*legt das Bild halb zusammen*): Oder mach ma vielleicht die Hälfte?

Bräutigam: Ja so – aber die andere Hälfte.

Heinrich: Jetzt wissen S' was, wir machen jetzt amal die Aufnahme und an Preis können S' dann mit unsern Meister ausmachen, wenn er kommt.

Alfons: Na mach ma lieber die Kleinern, weil wenn's dann nix wern, is net so viel Geld hin. Bitte stellen Sie sich amal daher.

Heinrich (*richtet den Apparat*): Weiter zurück, bitte –

Bräutigam: Aber schöne moderne Bilder solln's werden.

Alfons: Da können S' Ihnen verlassen, des werden Prunkbilder (*zieht den Arm der Braut heraus, hängt Zylinder drauf – dann tut er Zylinder wieder weg und lässt die Braut mit dem Zeigefinger zum Bräutigam deuten*).

Heinrich (*geht mit dem Apparat über die Bühne hinunter in den Zuschauerraum, schreit*): Den bring i net auf d'Platten nauf.

Bräutigam: Was ist denn los?

Alfons: Er bringt Sie net auf d'Platten drauf. Sie san zlang sagt er, wir haben keine so langen Platten.

Heinrich (*kommt mit dem Apparat*): Muss der Kopf unbedingt drauf sein?

Bräutigam: Was ist das für eine Frage? Natürlich muss der drauf sein.

Alfons: Machst'n halt bis daher und dann an Kopf extra, den papp ma dann unten hin.

Bräutigam: Ich glaube, Sie können überhaupt nicht fotografieren.

Heinrich: Ich kann Sie schon fotografieren, aber da müssten Sie sich niederknien – niederkniegeln.

Bräutigam: Was niederknien – das habe ich aber noch nicht gesehen!

Heinrich: Mir ham so an langhaxeten a no net gsehn.

Bräutigam (*kniet sich nieder*).

Heinrich: Jetzt ist aber sie zu groß, das ist nichts (*zur Braut:*) knien Sie sich auch nieder!

Braut (*kniet sich nieder*).

Heinrich: G'fällt mir nicht.

Bräutigam: Mir auch nicht.

Heinrich: Warum hams S' denn gheirat?

Bräutigam: Die Stellung gefällt mir nicht.

Heinrich (*zum Bräutigam*): Setzen Sie sich lieber nieder (setzt sich am Boden; zur Braut) setz dich auch hin Herzerl. (*Setzt sich*) So ist's gut. – Einen Moment bitte (*knipst*), danke schön.

Beide (*stehen wieder auf*).

Heinrich: Das ist eine seltene Aufnahme geworden.

Alfons: Die ist wirklich gut geworden (*schaut in die Kasette*). Du, Heinrich, mir ham kei Platte drin ghabt (*nimmt die Platte vom Tisch*).

Bräutigam: Was ist denn los?

Heinrich: Nichts, wir habn nur eine Kleinigkeit vergessen. Nochmal bitte schön.

Alfons (*bringt Schaukelpferd*): Setzen Sie sich einmal da drauf, das wird eine Sportaufnahme.

Heinrich (*will Fuß vom Bräutigam in den Steigbügel stecken*): Setzt ihn dann aufs Pferd, hängt ihm die Braut um die Schultern und sagt: So, Sie hängen Ihnen hint drauf, wie bei einem Motorradl. Hier wird auch Kunstlicht verwendet (*knipst*). Danke!

Alfons: So, das ist sicher etwas geworden, die werd ich gleich entwickeln, dann können S' Ihnen gleich anschaun (*geht in die Dunkelkammer Pause – lässt Platte fallen – Geräusch*), kommt ganz kleinlaut heraus.

Heinrich: Depperter Depp, jetzt lasst er wieder die Platte fallen.

Bräutigam: Jetzt wird's mir aber bald zu dumm – Sie können scheint's wirklich nicht fotografieren, jetzt machen Sie noch rasch ein Kniebild von meiner Braut, und dann gehen wir (*Braut setzt sich auf den Stuhl*).

Heinrich: Ein Kniebild – ist recht (*hebt den Rock der Braut auf*).

Bräutigam (*haut ihm mit Zylinder auf den Kopf – hinten Imitation*): Was fällt Ihnen ein, den Rock meiner Frau aufzuheben, das erlaub ich nicht.

Heinrich: Wie kann ich denn ein Kniebild machen, wenn der Rock drüber ist.

Bräutigam: Das ist eine Gemeinheit von Ihnen.

Alfons: Wenn er so ekelhaft ist, dann machst einfach a Brustbild von ihr.

Heinrich: Wie kann ich denn a Brustbild machen, wenn s' koa Brust hat.

Bräutigam (*schlägt ihm wieder mit Hut auf den Kopf*): Sie unverschämter Kerl.

Heinrich: Was glaubn denn Sie eigentlich – mit Ihnen tu i jetzt nicht lang rum, stelln S' Ihnen mal da rüber, sie wackeln auch die ganze Zeit (*gibt ihm Ständer, derselbe rutscht runter*) – auweh, da is wieder die Schraubn kaput – geh haltn Sie selber das Stangl (*gibt ihm Stangl in die Hand*).

Alfons: Die Braut gehört doch auf die rechte Seitn nüber, stellen S' Ihna nüber (*legt dem Bräutigam die Hand an den Kopf*) – grad als ob S' sagen täten, Herrgott bin i a Rindviech, dass i heut gheirat hab. (*Nimmt Bukett, legt es Braut zu Füßen, steckt's dann Braut in das Kleid, dann in den Mund.*) So ist's gut – einen Moment … (*Alfons hat während dieser Zeit den richtigen Zylinderhut des Bräutigams vor das Objektiv gehängt; knipsen*) Jessas, jetzt hängt der Hut wieder da – jetzt is wieder nix.

Bräutigam: Ihr seid ja zwei Idioten – da hört sich doch alles auf, komm wir gehen jetzt.

Heinrich: Sie sind einfach zu lang zum Fotografieren, wegen Ihnen braucht ma a Fotoatelier wia de Kegelbahn.

Bräutigam: Ach Unsinn, Sie können beide nichts.

Alfons: Da können doch mir nichts dafür, dass Sie so lang san, außer, wir machen eine Queraufnahme, wissen S' was, legn S' Ihnen mal hin.

Bräutigam: Was legen? (*Legt sich hin.*)

Heinrich (*legt Fotoapparat auch auf den Boden, legt sich dazu*).

Alfons: Das wird eine Queraufnahme – (*stellt Fuß von Brett auf Bräutigams Bauch, hält ihre Hand in die Höhe mit Strauß, andere Hand aufs Herz.*) Einen Moment bitte …

Meister (*reißt Türe auf – fällt in Ohnmacht*): Allmächtiger Gott!

(*Vorhang*)

{5/171}; Uraufführung 1927

Wurf: Schubs

Die verfluchte Hobelmaschine

Frau Linsenberger: Ach bitte, Herr, wo komme ich denn hier in die Schreinerwerkstätte von Holzinger?

Hausmeister: Im Hof rechts! Gehen S' nur da rein, wo die Hobelmaschine so brummt.

Frau Linsenberger: Danke schön, Herr. (*Sie geht in die Schreinerwerkstätte hinein. Dort ist der Maschinenlärm so stark, dass man kaum sein eigenes Wort verstehen kann.*)

So. Sind Sie der Herr Schreinermeister, mein Name ist Walburga Linsenberger, mein Sohn ist nämlich verlobt und will in zwei Monaten heiraten, ja! Und da soll ich fragen, was bei Ihnen eine Schlafzimmereinrichtung kostet, hell Eiche, also zwei Betten – Nachtkästen – zwei Stühle – einen Sessel – ein Kleiderkasten und eine Kommode, aber alles hochmodern. Mein Sohn, der Lorenz, meint aber, ein Schlafzimmer in Eiche wäre zu hell für ein Schlafzimmer, er meint, Magahoni wäre für ein

Schlafzimmer passender, aber Mahagoni, glaub ich, ist viel teuerer als Eiche, ich und mein Mann meinen auch, Eiche wäre vorteilhafter, weil es heller ist, aber meine Schwiegertochter meint wieder, Eiche ist zu alltäglich, das hat man heut nimmer und Mahagoni ist halt doch Mahagoni und auch noch aparter, weil's nicht so schmutzt als wie Eichen. Wie wir damals geheiratet haben, haben wir uns ein Nussbaumschlafzimmer machen lassen, und diese Möbel haben wir heute noch, die haben sich tadellos gehalten, aber Nussbaum kommt schließlich genau so teuer wie Magahoni – Palisander wär ja noch schöner, aber Palisander wird halt zu teuer sein, drum soll ich fragen, wie die Preise sind und ob Sie die Möbel erst anfertigen müssen oder ob Sie Schlafzimmereinrichtungen gleich vorrätig haben, dann könnte ich ja dieser Tage mit meinem Sohn herkommen zur Besichtigung.

Schreiner: Ja mei, Frau, ich hab Ihnen nicht recht verstanden, was Sie da wollen, da muss ich schon die Hobelmaschin abstellen, sonst versteh ich nichts *(stellt die Hobelmaschine ab).* So, also, was wollen Sie eigentlich?

Frau Linsenberger: Ja ich hab's Ihnen grad gsagt … mein Sohn ist nämlich verlobt und will in zwei Monaten heiraten, ja! Und da soll ich fragen, was bei Ihnen eine Schlafzimmereinrichtung kostet, hell Eiche, also zwei Betten – Nachtkästen – zwei Stühle – einen Sessel – einen Kleiderkasten und eine Kommode, aber alles hochmodern. Mein Sohn, der Lorenz meint aber, ein Schlafzimmer in Eiche wäre zu hell für ein Schlafzimmer, er meint Magahoni wäre für ein Schlafzimmer passender, aber Mahagoni, glaub ich, ist viel teuerer als Eiche, ich und mein Mann meinen auch, Eiche wäre vorteilhafter, aber meine Schwiegertochter meint wieder, Eiche ist zu alltäglich, das hat man heut nimmer und Magahoni ist halt doch Mahagoni und auch noch aparter, weil's nicht so schmutzt als wie Eiche. Wie wir damals geheiratet haben, haben wir uns ein Nussbaumschlafzimmer machen lassen und diese Möbel haben wir heute noch, die haben sich tadellos gehalten, aber Nussbaum kommt schließlich genau so teuer wie Magahoni – Palisander wär ja noch schöner, aber Palisander wird halt zu teuer sein, drum soll ich fragen, wie die Preise sind und ob Sie die Möbel erst anfertigen müssen oder ob Sie Schlafzimmereinrichtungen gleich vorrätig haben, dann könnte ich dieser Tage mit meinem Sohn herkommen zur Besichtigung.

Schreiner: Ja, liebe Frau, da sind Sie an der falschen Adresse, da müssen Sie zu einem Möbelschreiner gehn – dös hier ist eine Bauschreinerei.

{4/59}; Entstehung 1939

Bum bum bum

Oder: Trommel-Unterricht

Karlstadt: Guten Tag, Sie wünschen?

Valentin: Mein Name ist Rommel. Sie haben in der Zeitung annonciert, Sie erteilen Musikunterricht auf allen Instrumenten?

Karlstadt: Jawohl, was für ein Musikinstrument möchten Sie erlernen?

Valentin: Ja ich weiß eigentlich nicht, ich habe mich noch zu keinem entschlossen.

Karlstadt: Streich- oder Blasmusik?

Valentin: Am liebsten Haumusik.

Karlstadt: Haumusik, was ist denn das?

Valentin: Na ja, bei der Wachparade ist doch eine große Trommel dabei, die der immer so haut.

Karlstadt: Ach, Sie meinen den, der die große Trommel schlägt?

Valentin: Ja, ja, schlägt – haut.

Karlstadt: Warum wollen Sie denn ausgerechnet große Trommel schlagen lernen?

Valentin: Aus Geschmackssache, das gefällt mir so, weil das ein Instrument ist, das man am besten hört und weil man dabei marschieren kann, während man eine Bassgeige nur im Stehen spielen kann.

Karlstadt: Das allerdings, Sie möchten also, wenn ich Sie recht verstehe, bei einer Militärkapelle großer Trommler werden?

Valentin: Jawohl!

Karlstadt: Sind Sie beim Militär?

Valentin: Nein!

Karlstadt: Ja dann können Sie doch auch kein Militärmusiker werden.

Valentin: Ja ich will halt dann zum Militär gehen, wenn ich's trommeln kann.

Karlstadt: Also gut, wenn Sie absolut Trommler werden wollen, dann können wir ja gleich mit dem großen Trommelunterricht beginnen. Hier habe ich eine große Trommel. Vorerst muss ich Sie einmal prüfen, ob Sie überhaupt Talent zum Trommeln besitzen. Ich trommle Ihnen jetzt einige Takte vor, und Sie trommeln mir das nach (*trommelt: Ich wandle wie im Traum einher – aber nur dem Takt nach, Melodie bleibt jedem Geheimnis, nur um die Trommelschläge genau festzusetzen*).

Valentin (*trommelt – Ich hab mein Herz in Heidelberg verloren*).

Karlstadt: Falsch! Passen Sie auf, ich trommle Ihnen nochmals vor (*Ich wandle wie im Traum einher*)

Valentin (*trommelt wieder: Ich hab mein Herz in Heidelberg verloren*).

Karlstadt: Wieder falsch! Also Herr Rommel, ich muss Ihnen sagen, Sie werden niemals Virtuos auf der großen Trommel.

Valentin: Ich gebe mir doch die größte Mühe Herr Lehrer, aber die Tonleiter allein macht mir schon zu schaffen.

Karlstadt: Unsinn, beim Trommeln gibt's doch keine Tonleiter, da gibt es nur Takt. Sie sind taktlos! Ich trommle Ihnen diese Stelle jetzt nochmals vor, passen Sie nun gut auf (*trommelt: Ich wandle wie im Traum einher*).

Valentin (*Ich hab mein Herz in Heidelberg verloren*).

Karlstadt: Falsch! (*Ich wandle wie im Traum einher*).

Valentin (*Ich hab mein Herz in Heidelberg verloren*).

Karlstadt: Nein zum Donnerwetter nochmal, das müssen Sie doch hören (*Ich wandle wie im Traum einher*) Das ist doch ganz einfach!

Valentin (*Ich hab mein Herz in Heidelberg verloren*).

Karlstadt: Nicht (*Ich hab mein Herz in Heidelberg verloren*) sondern: (*Ich wandle wie im Traum einher*) ist richtig, aber den Takt halten Sie nicht ein, die Übung heißt: (*Ich wandle wie im Traum einher*). Also jetzt aufpassen, los!
(*Es läutet stark die Wohnungsglocke – zum Schüler*): Verzeihung, einen Moment! Ich glaube, es hat bei mir geläutet.

Hausherr (*aufgeregt, brüllt in das Zimmer hinein*): Sagen Sie, wie lange dauert denn diese Kanonade noch in meinem Haus?

Karlstadt: Verzeihung Herr Hausherr, ich erteile dem Herrn soeben Trommelunterricht, das macht natürlich etwas Lärm.

Hausherr: Das ist mir wurscht! Ich dulde keinen Spektakel in meinem Haus. (*Schlägt Türe zu und verschwindet.*)

Valentin (*zum Lehrer*): Das kann ich schon verstehen von dem Hausbesitzer, diese große Trommel hört man halt im ganzen Haus.

Karlstadt: Was, Sie sind auf dem Hausherrn seiner Seite und bei mir wollen Sie das Trommeln lernen?

Valentin: Ach ja, ich hab so ein weiches Herz gegen alle Menschen; lernen Sie mir lieber das Dirigieren!

{4/57}; Entstehung 1939

Buchbinder Wanninger

Eigentlich: Telefonschmerzen

Handlung: Der Buchbindermeister Wanninger hat auf Bestellung der Baufirma Meisel & Co. 12 Bücher frisch eingebunden, und bevor er dieselben liefert, fragt er telefonisch an, wohin er die Bücher bringen soll und ob und wann er die Rechnung einkassieren darf. Er geht in seiner Werkstätte ans Telefon und wählt eine Nummer, wobei man das Geräusch der Wählerscheibe hört. Nachdem der Anschluss hergestellt ist:

Baufirma Meisel, Portier: Hier Baufirma Meisel & Co.

Buchbindermeister: Hier ist Buchbinder Wanninger. Ich möchte nur der Fa. Meisel mitteilen, dass ich die Bücher fertig habe und ob ich die Bücher hinschicken soll und ob ich die Rechnung auch mitschicken soll – bitte!

Portier: Einen Moment!

Sekretariat: Hier Meisel & Co., Sekretariat!

Buchbindermeister: Hier ist Buchbinder Wanninger. Ich möchte Ihnen nur mitteilen, dass ich die Bücher fertig habe und ob ich die Bücher hinschicken soll und ob ich die Rechnung auch mitschicken soll – bitte!

Sekretariat: Einen Moment, bitte!

Direktion: Direktion der Fa. Meisel & Co. hier!

Buchbindermeister: Hier ist Buchbinder Wanninger. Ich möchte der Fa. Meisel nur mitteilen, dass ich die Bücher fertig habe und ob ich die Bücher hinschicken soll und ob ich die Rechnung auch mitschicken soll – bitte!

Direktion: Ich verbinde Sie mit der Verwaltung, einen Moment mal!

Verwaltung: Hier Baufirma Meisel & Co., Verwaltung!

Buchbindermeister: Hier ist Buchbinder Wanninger. Ich möchte Ihnen nur mitteilen, dass ich die Bücher fertig habe und ob ich die Bücher hinschicken soll und ob ich die Rechnung auch mitschicken soll – bitte!

Verwaltung: Rufen Sie doch bitte Nebenstelle 33 an. Sie können gleich weiterwählen. – (*Geräusch der Wählscheibe*)

Nebenstelle 33: Hier Baufirma Meisel & Co.

Buchbindermeister: Hier ist Buchbinder Wanninger. Ich möchte der Fa. Meisel mitteilen, dass ich die Bücher fertig habe und ob ich die Bücher hinschicken soll und ob ich die Rechnung auch mitschicken soll – bitte!

Nebenstelle 33: Einen Moment mal! Ich verbinde Sie mit Herrn Ingenieur Plaschek.

Ingenieur Plaschek: Hier Ingenieur Plaschek!

Buchbindermeister: Hier ist Buchbinder Wanninger. Ich möchte nur dem Herrn Ingenieur mitteilen, dass ich die Bücher fertig habe und ob ich die Bücher hinschicken soll und ob ich die Rechnung auch mitschicken soll – bitte!

Ingenieur Plaschek: Da weiß ich nichts davon. Fragen Sie doch mal bei Herrn Architekt Klotz an. Einen Moment mal!

Architekt Klotz: Hier Architekt Klotz!

Buchbindermeister: Hier ist Buchbinder Wanninger. Ich möchte nur dem Herrn Architekt mitteilen, dass ich die Bücher fertig habe und ob ich die Bücher hinschicken soll und ob ich die Rechnung auch mitschicken soll – bitte!

Architekt Klotz: Da fragen Sie am besten Herrn Direktor selbst. Er ist jetzt nicht in der Fabrik. Ich verbinde Sie gleich mit der Wohnung.

Wohnung: Hier Direktor Hartmann!

Buchbindermeister: Hier ist Buchbinder Wanninger. Ich möchte dem Herrn Direktor nur mitteilen, dass ich die Bücher fertig habe und ob ich die Bücher hinschicken soll und ob ich die Rechnung auch mitschicken soll – bitte, Herr Direktor!

Wohnung, Direktor: Ich kümmere mich nicht um diese Sachen. Vielleicht weiß die Abteilung III Bescheid; ich schalte in die Firma zurück.

Abteilung III: Baufirma Meisel, Abteilung III.

Buchbindermeister: Hier ist Buchbinder Wanninger. Ich möchte nur der Fa. Meisel mitteilen, dass ich die Bücher fertig habe und ob ich die Bücher hinschicken soll und ob ich die Rechnung auch mitschicken soll – bitte.

Abteilung III: Einen Moment bitte, ich verbinde mit der Buchhaltung.

Buchhaltung: Fa. Meisel & Co., Buchhaltung!

Buchbindermeister: Hier ist Buchbinder Wanninger. Ich möchte nur der Fa. Meisel mitteilen, dass ich die Bücher fertig habe und ob ich die Bücher hinschicken soll und ob ich die Rechnung auch mitschicken soll – bitte!

Buchhaltung: So, sind die Bücher endlich fertig – hören Sie zu, dann können Sie ja dieselben – Rufen Sie bitte morgen wieder an, wir haben jetzt Büroschluss!

Buchbindermeister: Jawohl – danke – entschuldigen Sie vielmals bitte.

{4/90}; Entstehung 1940

Das Weihnachtsgeschenk

Herr Kurz: Ja, guten Tag, Herr Lang! – Auch Einkäufe machen in der Stadt herin?

Herr Lang: Nein, Herr Kurz, nicht kaufen, sondern umtauschen will ich etwas.

Herr Kurz: So so, umtauschen! – Was denn?

Herr Lang: Meine Frau hat mir zum zerflossenen Weihnachten einen Dings gekauft – – einen – – – no, wie sagt man denn gleich, einen – – – mein Gott, bin ich vergesslich! – – – Was hab ich jetzt grad gsagt?

Herr Kurz: Dass Sie so vergesslich sind.

Herr Lang: Ja, ja, stimmt, das hab ich schon wieder vergessen! –

Ja, meine Frau hat mir zum vergossenen – verschlossenen – ah verflossenen Christkind ein schönes Präsident gemacht.
Herr Kurz: Präsent meinen Sie!
Herr Lang: Ja, ja! – – Einen wunderschönen – no, wie heißt man denn dös gleich, was ich bekommen hab!
Herr Kurz: Einen Regenschirm?
Herr Lang: Ach Regenschirm – am Weihnachtstag hat es doch voriges Jahr nicht geregnet! – Nein, so einen Dings hat mir meine Frau gekauft, so einen – – –
Herr Kurz: Strohhut?
Herr Lang: Geh – auf Weihnachten! – – Was war denn nur das, was mir meine Frau gekauft hat!?
Herr Kurz: Ein Kind?
Herr Lang: Geh, Herr Kurz – a Kind braucht mir doch meine Frau nicht kaufen, dös können wir uns doch selber, machen S' doch keine so dummen Witz, – a Kind könnt i doch auch net umtauschen.
Herr Kurz: Was wollen S' denn eigentlich umtauschen?
Lang: Wenn's mir net einfallt, wie's heißt. Und wenn ich's wüsste, könnt ich's auch net umtauschen.
Kurz: Warum nicht?
Lang: Weil ich's zu Hause liegen lassen hab.
Kurz: Was haben S' zu Haus liegen lassen?
Lang: Eben das, was ich momentan nicht nennen kann! – Mir liegt's auf der Zunge – man braucht so Platten dazu.
Kurz: Ach – einen Grammophon!
Lang: Ach, a Grammophon ist ja ein Musikinstrument und ist doch nicht alltäglich; das, was ich von meiner Frau kriegt hab, ist ja alltäglich und fast viereckig.
Kurz: Viereckig? – A Packl Kunsthonig?
Lang: Geh, reden S' doch keinen Mist, – hat denn a Kunsthonig drei Füß?
Kurz: Was, drei Füß hat er? – Zwei wird er halt habn!
Lang: Mit zwei fällt er doch um.
Kurz: Ja, Sie fallen doch auch net um und habn bloß zwei Füß.

Lang: Ja, i – – – i bin ja a koa Fotografenapparat – Fotografenapparat – jetzt is mir's eingfallen! – An Foto-Apparat hab i zum Christkindl kriegt. – Ja Herr Kurz, denken Sie sich, einen Fotoapparat hat mir meine Frau zum Weihnachtsfest gschenkt.

Kurz: Und habn Sie schon fleißig fotografiert?

Lang: Fleißig schon – aber ich bring nichts fertig. Fotografieren ist furchtbar schwer, fotografiert werden ist sehr leicht. 100 Mal hab ich mich selbst schon fotografieren wollen!

Kurz: Sie sich selbst? Ja, wie machen Sie denn das?

Lang: Sehr einfach! Ich stell mich vor unsern Spiegelschrank – aber immer kommt der Apparat mit aufs Bild – da hab ich mich schon was geärgert! Seit Weihnachten apparate ich – fotografiere ich mit dem Apparat, – kein Bild ist mir noch gelungen!

Kurz: Das ist gelungen!

Lang: Nein, ist mir noch nicht gelungen! Ich glaub, das liegt an der Witterung. Herr Kurz, vor Kurzem hab ich eine schöne Naturaufnahme gemacht: die Mittagssonne. Ich habe zehn Sekunden belichtet und gar nix war auf der Platte drauf, nicht einmal der Mond.

Kurz: Sie müssten Landschaften fotografieren!

Lang: Hab ich auch schon probiert. Bin ich eigens bis nach da und da hingefahren und hab einen wagrecht-daliegenden See fotografiert – – nix war's! Hab ich bei der Aufnahme vergessen, dass ich den kleinen runden Deckel von dem Obelisk – nicht Obelisk – ah, no wie heißt denn das kleine runde Vergrößerungsglas vorn – Erbse – Linse –, nein, mit O geht's an! …

Kurz: Oktoberfest … …

Lang: Schmarrn! Am Fotoapparat kann doch net vorn ein Oktoberfest sein!

Kurz: Ah – das Objekhoch –

Lang: Nein – Objektiv heißt's! – – –

Kurz: Haben Sie eigentlich eine Dunkelkammer auch?

Lang: Selbstverständlich! Unsere Toilette hab ich als Dunkelkammer eingerichtet. Da stinkt's oft drin von diesen Chemikalien,

Entwickler etc. etc. – Eine rote Laterne hab ich auch drin; eingricht bin ich wie eine Hebamme.

Kurz: Wie wär's, Herr Lang, wenn Sie amal ein schönes Familienbild machen würden? Ich, meine Frau und mein Kind?

Lang: Um Gotteswillen! Nein! Nie mehr! Hab ich schon mal gemacht – die Familie Wubbeppler in unserm Haus – die ganze Familie – neun Personen und 's Dienstmädchen – alle haben's ihr Sonntagsgwand anzogn. Im Hof drunt hab ich alle in acht verschiedenen Stellungen fotografiert, sitzend, stehend, von der Seiten usw. Ich hab 's Platten wechseln vergessen – alle acht Aufnahmen auf einer Platte! – Ich hab einen Abzug davon gmacht, es war schrecklich! Der Vater hängt in der Mutter drin – der Sohn sitzt dem Wickelkind im Gsicht drinna – die Großmutter hat den Kopf vom Dienstmädl auf – d'Füaß vom Dienstmädchen hat der älteste Sohn aufm Arm liegn – die kleine Else hat drei Nasen im Gsicht und der Großvater hat Kindsfüaß!!! –

{4/106}; Entstehung 1941

Haben Sie Zeit, gehen S' mit

Herr B.: So, heut hättn S' Zeit? Also gehen S' mit.

Valentin: Wohin?

Herr B.: Irgendwohin!

Valentin: Ja, da war i scho amal!

Herr B.: So?

Valentin: Ja!

Herr B.: So, da warn Sie schon amal?

Valentin: Ja, öfters scho!

Herr B.: Ja, dann hat's keinen Sinn, i hab gmeint, Sie warn überhaupt noch nicht dort!

Valentin: Na! Na! Überhaupt scho glei gar net!
Herr B.: Da müssn S' scho entschuldigen, des hab i net gwusst!
Valentin: Selbstverständlich, des haben S' ja nicht wissen können!
Herr B.: No, des will i grad net sagn, – – da Peter war ja a no net drüben!
Valentin: Da Peter a no net?
Herr B.: Na!
Valentin: Vom Peter hätt i des net vermutet. – So, der war a no net dort?
Herr B.: Ja – – – – i kann's net mit Sicherheit sagn, – vielleicht war er vorher scho amal dort!
Valentin: Das kann a sein!
Herr B.: Der Peter is eben so a Mensch, wenn der sagt, er geht da und da hin, dann geht er auch hin!
Valentin: I bin genauso, i hätt schon oft irgendwohin gehn solln, und im letzten Moment hab i mir dann denkt, a was, gehst doch hin!
Herr B.: San S' dann hinganga?
Valentin: Ja – –, bin aber net lang dort bliebn!
Herr B.: Dös is lang gnua!
Valentin: Dös sag i a – – was hab i denn davon? – – Is schad um d' Zeit!
Herr B.: Des stimmt! – – – Zeit is Geld!
Valentin: Na, – – des stimmt net – – Zeit hab i gnua, aber kein Geld! – – Wenn i so viel Geld hätt wie Zeit, dann hätt i mehr Geld wie Zeit!
Herr B.: Dann hättn Sie keine Zeit mehr, dass mit mir wohin gehen!
Valentin: Dann nicht, aber heut hätt ich noch Zeit!
(*Wieder von vorne beginnen. Geht zwei- bis dreimal durch – und dann unterbrechen*): Jetzt müss ma aufhörn, sonst merken's die Hörer, dass des immer wieder von vorn ogeht.

{4/124}; Entstehung 1941

Unterbrechungen

Herr N.N.: Wie gesagt, meine Frau, die Sie sehr gut kennen, hat …

Valentin: Verzeihen Sie, dass ich Sie unterbreche …

Herr N.N.: Bitte!

Valentin: Weil Sie grad von Ihrer Frau sprechen: meine Frau wollte sich gestern einen neuen Hut kaufen, geht in ein Geschäft hinein …

Herr N.N.: Verzeihen Sie, dass ich Sie unterbreche …

Valentin: Bitte!

Herr N.N.: Weil Sie soeben von einem Geschäft sprechen, Sie kennen doch das Geschäft in der Bahnhofstraße, neben dem Radiogeschäft …

Valentin: Verzeihen Sie, dass ich Sie unterbreche!

Herr N.N.: Bitte!

Valentin: Weil Sie grad von einem Radio sprechen: seit mehr oder fünf Jahren hat mein Radio tadellos funktioniert. Gestern schalte ich ein, ist gerade die Stunde der Gymnastik und ich …

Herr N.N.: Verzeihen Sie, dass ich Sie unterbreche.

Valentin: Bitte!

Herr N.N.: Weil Sie von Gymnastik sprechen: mein Neffe, ein strammer, aber etwas kränklicher Mensch, ging zum Hausarzt und ließ sich …

Valentin: Verzeihen Sie, dass ich Sie unterbreche!

Herr N.N.: Bitte!

Valentin: Weil Sie soeben vom Hausarzt sprechen: mein Hausarzt wohnt zufällig im selben Haus, in dem ich wohne: ich hatte einen furchtbaren Husten, er untersuchte mich …

Herr N.N.: Verzeihen Sie, dass ich Sie unterbreche!

Valentin: Bitte!

Herr N.N.: Weil Sie grad vom Husten reden: ich hatte auch kürzlich einen Husten, und das erzählte ich der Frau Haberstroh, die neben uns wohnt, ich habe …

Valentin: Verzeihen Sie, wenn ich Sie unterbreche.

Herr N.N.: Bitte!

Valentin: Weil Sie soeben vom Stroh reden: bei meiner letzten Gebirgstour übernachteten wir in einer Berghütte; weil dort keine Betten mehr zur Verfügung standen, schliefen wir die ganze Nacht auf Stroh; ich war kaum eingeschlafen, da hörte ich plötzlich …

Herr N.N.: Verzeihen Sie, wenn ich Sie unterbreche.

Valentin: Bitte!

Herr N.N.: Weil Sie soeben vom Einschlafen sprechen, ich leide seit einiger Zeit an Schlaflosigkeit; da sagte mir ein guter Freund, wenn du nicht gut schläfst, da ist das einfachste Mittel, du kaufst dir ein elektrisches Heizk…

Valentin: Verzeihen Sie, dass ich Sie unterbreche.

Herr N.N.: Bitte!

Valentin: Weil Sie soeben vom Elektrischen reden: ich fahre vorgestern mit der Elektrischen nach dem Bahnhof; wie ich mir einen Fahrschein kaufen will, hab ich meine Geldbörse vergessen; ich sag zum Schaffner …

Herr N.N.: Verzeihen Sie, dass ich Sie unterbreche.

Valentin: Bitte!

Herr N.N.: Weil Sie gerade von einer Geldbörse sprechen, ich habe zu meinem Geburtstag von meiner Schwester eine wunderbare Geldbörse geschenkt bekommen aus Krokodilleder, ich habe die Geldbörse …

Valentin: Verzeihen Sie, dass ich Sie unterbreche.

Herr N.N.: Bitte!

Valentin: Weil Sie soeben von Krokodilleder sprechen: Im Zoologischen Garten sind doch einige Krokodile, und da las ich erst kürzlich in einer Zeitung wie ein Krokodil einem Neger in Afrika gerade in dem Moment …

Herr N.N.: Verzeihen Sie, dass ich Sie unterbreche.

Valentin: Bitte!

Herr N.N.: Weil Sie soeben von Afrika sprechen: ich habe, weil ich Briefmarkensammler bin, erst gestern einen Brief aus Afrika bekommen; ich löste die …

Valentin: Verzeihen Sie, dass ich Sie unterbreche.

Herr N.N.: Nein, Jetzt habe ich endlich Ihre ewigen Unterbrechungen satt: ich lass mich jetzt nicht mehr unterbrechen!

Valentin: Gut! Ich werde Sie nicht mehr unterbrechen, reden Sie ungeniert allein weiter – ich gehe – auf Wiedersehen!

Herr N.N.: Halt! – Halt! – bleiben Sie da, ich kann doch nicht allein weiterreden.

Valentin: Gut! Dann gehen Sie mit mir.

Herr N.N.: Jawohl! Ich gehe mit. – Wohin gehen Sie?

Valentin: Ich muss nämlich …

Herr N.N.: So so! – Ha Ha! – na ja! Das muss auch sein.

Valentin: … zum Telefonieren.

Herr N.N.: Ach so – Verzeihung! Das ist der richtige Platz – da werden Sie vielleicht noch mehr – unterbrochen.

{8/162 u. 501}; Entstehung 1941

Stammtisch-Gespräche

Herr Huber: Ja, ja, Herr Meier, was sagn jetzt Sie?

Herr Meier: Ja mei, was soll ma da sagn!

Huber: Ja, dös sag ich auch.

Meier: No ja, so lang's no a so is, derf ma zfriedn sein.

Huber: Dös sag i auch – was nützt das alles – wie's kommt, so kommt's.

Meier: Ganz richtig! – Der Mensch denkt und Gott lenkt!

Huber (*Lange Pause!*): Dös stimmt net, Herr Meier; setzen Sie sich mal aufs Fahrrad nauf und lenken S' nicht – einmal hab ich's probiert – schon hat's mich hindraht.

Meier: Ja, beim Fahrrad geht dös nicht, dafür ist doch die Lenkstange da – mit dem Denken geht dös nicht!

Huber: Meine Ansicht ist die, man soll überhaupt nicht soviel denken, wenn man schon denkt, soll man nur an schöne Sachen denken.

Meier: Da habn Sie schon recht, Herr Huber, aber was nützt mich das, wenn ich zur Mittagszeit an eine schöne gebratene Gans denke und meine Frau stellt mir dann einen Haufen Kartoffeln auf den Tisch.

Huber: Da habn Sie schon recht, eine Gans ist auch etwas Schönes, aber wenn Sie in Ihrem Leben statt jedem Kartoffel eine Gans gegessen hätten, dann wär das für Sie sicher nichts Schönes mehr, sondern etwas Widriges.

Meier: Ja, ja, dös stimmt – allzuviel ist ungesund!

Huber: Das stimmt auch wieder nicht, Herr Meier, denn dann wären wir ja alle krank, weil wir zurzeit doch alle zu viel Kartoffeln essen.

Meier: Nein! Bei den Kartoffeln ist das Sprichwort nicht am Platz, weil die Kartoffel vielseitig ist.

Huber: Das ist ein Unsinn, was Sie da sagen – eine Kartoffel vielseitig – eine Kartoffel ist überhaupt nicht seitig, eine Kartoffel ist rund – ovallänglich; bei einem Zigarrenkistchen kann man sagen, das ist vielseitig, oder eine Harfe – eine Zither, die ist vielsaitig.

Meier: Nein! Ich meine eine Kartoffel ist vielseitig in ihrer Zubereitung – eine Gans können Sie nur braten, aber die Kartoffeln können Sie braten, sieden, rösten; man kann sogar Kartoffelknödel daraus machen – aus einer Gans können Sie keine Gansknödel machen, niemals! Und deshalb ist die Kartoffel die Hauptnahrung der Menschen.

Huber: Nein! Die Hauptnahrung der Menschen ist das Brot; weil es schon im Gebet heißt: »Unser täglich Brot gib uns heute.«

Meier: Ja, ja, aber das kommt nur daher, weil die Kartoffeln viel später entdeckt wurden; wenn die Kartoffeln vor dem Brot …

Huber: Sparen Sie sich Ihre Worte, ich weiß schon, was Sie sagen wollen. Dann müsst es in dem Gebet heißen: »Unsere täglichen Kartoffeln gib uns heute.«

Meier: Wenn Sie natürlich alles philosophisch zerlegen, stimmt vieles nicht auf der Welt, dann dürfte man auch nicht sagen: »Unser täglich Brot gib uns heute«, sondern man müsste sagen: »Unser täglich Brot gibt uns immer«, denn was nützt mich das, wenn ich heute ein Brot habe und morgen hab ich keines.

Huber: Das muss man sich halt einteilen und die Hälfte auf morgen aufbewahren.

Meier: Dann ist es nicht mehr frisch.

Huber: Aber viel gesünder, denn in jedem Bäckerladen hängt jetzt ein Plakat: »Esst kein frisches Brot.«

Meier: Dann muss ich wieder auf das Gebet zurückkommen – dann müsste es heißen: »Unser täglich Brot gib uns morgen.«

Huber: Ja, wie gesagt, Fehler werden halt überall gemacht – sogar die Natur macht Fehler, die sich bei den Menschen auswirken. Zum Beispiel der Blitz ist eine elementare Naturgewalt! Der Mensch baut sich ein Haus und der Blitz schlägt es wieder zusammen.

Meier: Ja, ja, aber das kommt doch selten vor.

Huber: Oder – Erdbeben! Ganze Städte sind schon vom Erdbeben vernichtet worden.

Meier: Ja, ja, die Naturkatastrophen können oft viele Menschen dahinraffen – ja, ja, die wenn nicht wären, dann wär es schön auf der Welt.

{4/160}; Entstehung um 1943

Die Maus

Sie (*zum Gatten*): Weißt du schon das Neueste? – In unserem Schlafzimmer ist seit einigen Tagen eine Maus.

Er: Ja, warum lässt denn eine Maus in ein Schlafzimmer hinein?

Sie: Blödes Geschwätz! Niemand hat sie hineinlassen, die wird halt von selbst hineingekrochen sein.

Er: Gekrochen??

Sie: Na ja! Hineingeflogen wird sie nicht sein.

Er: Wenn es sich um eine Fledermaus handelt – muss sie fliegen – eigentlich flattert eine fliegende Fledermaus – handelt es sich aber in unserem Falle um eine gewöhnliche Maus ohne Fleder, dann ist die Maus in unser Schlafzimmer hineingelaufen. Also, – Maus oder Fledermaus, – das muss zuerst festgestellt werden, wegen der Fangart. Also was war das für eine Maus?

Sie: Das weiß doch ich nicht, ich habe doch die Maus nicht gesehen.

Er: Ja, wie kannst du dann behaupten, eine Maus ist in unserem Schlafzimmer.

Sie: Na, weil ich sie gehört habe.

Er: Gehört! – Ja das ist doch nicht schlimm, wenn du eine Maus nur hörst, – denn das Hören einer Maus tut doch nicht weh, – weh tut es, wenn dich eine Maus beißt.

Sie: Das könnte doch sein, dass die Maus zu mir ins Bett kriecht.

Er: Ha! wer wird zu dir noch ins Bett kriechen?

Sie: Sei nicht unverschämt – ich meine, wenn die Maus zu mir ins Bett hineinkriecht und beißt mich?

Er: Dann hast du die Maus nicht gehört, sondern gespürt, – und wenn sie beißt, dann schreist du mir sofort. Dann komme ich mit dem Holzbeil und schlage die Maus tot – sollte ich aber von meinem Stammlokal noch nicht zu Hause sein, dann lasse die Maus ruhig an deinem edlen Körper weiternagen und danke deinem Schicksal, dass es kein Königstiger ist.

{4/148}; Entstehung 1943

Es dreht sich um Karl Valentin

Sendung III

W. (*wählt die Telefonnummer eintausendeinhunderteinundeinzig. Telefonscheibe klirrt fünfmal.*)

Valentin: Karl Valentin dort! Wer hier?

W.: – Machen Sie keine Witze – was ist denn los? – Sind Sie noch zu Hause? Die Sendung hat bereits begonnen, die Hörer von ganz Deutschland warten schon nervös, und Sie sind noch zu Hause?

Valentin: – Komme gleich – die Hörer sollen einstweilen in Deutschland Platz nehmen.

W.: – Machen Sie keine so blöden Witze, kommen Sie sofort ins Rundfunkhaus, alles wartet auf Sie.

Valentin: – Der Hausmeister auch?

W.: – Ach der Hausmeister, wir im Senderaum warten. Millionen von Hörern warten ebenfalls auf Sie.

Valentin: – Bei den Millionen von Hörern kann doch ein Hausmeister dabei sein.

W.: – Da können viele Hausmeister dabei sein.

Valentin: – Der vom Rundfunk auch?

W.: – Das weiß doch ich nicht.

Valentin: – Aber Sie telefonieren doch vom Rundfunkaushaus … haus aus, dann müssen Sie doch wissen, ob Ihr Hausmeister auch horcht?

W.: – Lassen Sie mir doch endlich meine Ruhe mit dem blöden Hausmeister.

Valentin: – Das sag ich ihm.

W.: – Nein, das sagen Sie ihm bitte nicht, unser Hausmeister ist nicht blöd.

Valentin: – Aber Sie haben's gesagt.

W.: – Ich habe es nur in der Eile gesagt, weil Sie immer wieder vom Hausmeister sprechen, statt dass Sie sich in ein Auto setzen und ins Rundfunkhaus kommen.

Valentin: – Wann?
W.: – Jetzt.
Valentin: – Später meinen Sie.
W.: – Nein jetzt.
Valentin: – Jetzt, wär ja sofort.
W.: – Ja, Sie sollen ja sofort kommen!
Valentin: – Nicht jetzt?
W.: – Ja jetzt!
Valentin: – Ja, soll ich jetzt und sofort zu gleicher Zeit kommen.
W.: – Das ist ja zum Kotzen.
Valentin: – Vielleicht haben Sie was Unrechtes gegessen.
W.: – Herr Valentin, das ist zum Verzweifeln mit Ihnen.
Valentin: – Zuerst kotzen Sie, dann verzweifeln Sie, Sie sind ja sehr vielseitig.
W.: – Wenn Sie nicht sofort ins Rundfunkhaus kommen, müssen wir die begonnene Sendung unterbrechen.
Valentin: – Was sagen Sie zur Atomenergie?
W.: – Na, das ist ja die Höhe, ich bin in höchster Aufregung, und da fragen Sie mich nach der Atomenergie. Mit Ihnen wird man nicht fertig, ich schicke Ihnen sofort ein Auto in Ihre Wohnung.
Valentin: – In Gottes-Willen unsere Möbel, das Auto soll lieber vor meinem Haus warten.
W.: – Warten auch noch, – – unmöglich! – Sie müssen schon vor Ihrem Haus bereit stehen, wenn das Auto kommt.
Valentin: – Das Haus gehört nicht mir, ich wohne nur drin.
W.: – Das ist doch egal.
Valentin: – Nein das ist nicht egal, – wenn das Haus mir gehören würde, würde ich zu meinem Hausmeister sagen, er soll vor meinem Haus warten, bis das Auto kommt. – Aber der hätte gewiss um diese Zeit keine Zeit, weil der sicher am Radio horchen würde, dass er mich hört.
W.: – Ja, das ist doch heute der Fall.
Valentin: – Wie-so? Ich bin doch noch garnicht im Rundfunk drin.

W.: – Das weiß ich ja, deshalb schick ich Ihnen ja den Hausmeister – – a das Auto wollt ich sagen, ich bin schon halb verrückt.

Valentin: – Das sagen Sie mir? Das müssen Sie einem sagen, der das noch nicht weiß.

W. (*schreit in den Hintergrund*): – Hallo Herr … bestellen Sie sofort eine Taxe für Herrn Valentin.

N.N.: – Jawohl, Herr Regisseur, wird besorgt.

W.: – Also das Auto ist besorgt, inzwischen lass ich von Ihnen einige Schallplatten spielen, bis Sie kommen.

Valentin: – Tun Sie das, viele Hörer und Ihr Hausmeister werden sich drauf freuen.

W.: – Gut, auf Wiederhören.

Valentin: – Danke, gleichfalls.

(*Herr Wilhelm spelt nun einige Schallplatten in sieben Minutendauer, bis zur Ankunft von Karl Valentin. Herr Valentin ist im Senderaum eingetroffen.*)

Valentin: – Gudn Abend.

W.: – Gott sei Dank, dass Sie da sind.

Valentin (*ganz aufgeregt*): Ich danke!!! – – – Das war die tollste Fahrt, die wir jetzt erlebten.

W.: – Wir, sagen Sie? Ist noch wer mitgefahren?

Valentin: – Ja, der Coffeur, ohne ihn wäre ich ja noch nicht hier, ich kann doch nicht Autofahren, nur Straßenbahn.

W.: – Ist was passiert?

Valentin (*ganz erregt*): Wir fahren von meiner Wohnung weg, – fahren die Dingstraße entlang – überqueren den Dingplatz sausen in 20 m Kilogrammtempo bei der Ding vorbei, biegen in eine Kurve ein. Bei der Straßenbahnhaltestelle, kommt ein Lastauto mit Anhänger, hat den Richtungszeiger vorschriftsmäßig nach links gestellt, wir fahren hinter dem Lastauto vorbei zum Rundfunkplatz zum Rundfunkhaus, – der Coffeur bremst – der Wagen steht, ich steig aus, greif in meine Tasche – und hab kein Pfennig Geld bei mir.

W.: – Die Fahrt geht doch auf unsere Kosten.

Valentin: – Ach sooo! – – das ist was anderes – ja – und was machen wir jetzt?

W.: – Was wir jetzt machen? Jetzt sind Sie da, jetzt erzählen Sie uns mal was Geistreiches, z. B. die Geschichte vom Aquarium.

Valentin: – Ja, die erzähl ich Ihnen, aber da muss ich etwas vorausschicken. Das Aquarium war mein erster Vortrag im Jahre 1910. Das habe ich einmal im Deutschen-Theater-Variete vorgetragen, es war ein Gelächter, dass ich bald selber mitgelacht hätte. – Aber als Komiker selber soll man ja nicht lachen, sondern ernst bleiben, nur das Publikum soll lachen. – Nach meinem Auftreten war zehn Minuten Pause. Zwei Musiker standen auf der Bühne und unterhielten sich über mich, – bemerkten aber nicht, dass ich hinter ihnen stand, und da sagte ein Posanist zu seinem Kollegen: »Hastn gheart an Karl Valentin, de Komiker dean se leicht, stelln se auf d' Bühne nauf, macha a saudumms Gsicht, redn zehn Minuten lang an rechten Blödsinn daher, und kriang für de zehn Minuten so vui Geld, ois mia fürs Musimacha an ganzn Monat.« Ich klopfte diesem Musikus von hinten auf die Schulter und sagte zu ihm: »Lieber Herr Posanist! Bis heute gibt es kein Gesetz, dass ein Musiker keinen Komiker machen darf; ich an Ihrer Stelle würde statt ins Orchester auch auf die Bühne gehen, recht dumm dreinschauen – und zehn Minuten lang dem Publikum an richtigen Blödsinn erzählen« – – – Er hat meinen gut gemeinten Rat nicht befolgt, denn nach einigen Jahren, sah ich denselben Musiker auf der Straße gehen, er trug seinen schwarzen Posaunenkasten bei sich, ich grüßte ihn freundlich und sprach so im Vorbeigehen – – – Noch immer Trompetenblasen?

W.: – Der hat sich ausgekannt. Ja, es ist aber über dieses zu sagen, dass einer der absichtlich dumm daher redet, nicht dumm ist, sondern vielleicht das Gegenteil.

Valentin: – Danke schön, sehr schmeichelhaft, hier eine Zigerette.

{4/251}; Entstehung 1946

»Sicher is,
dass nix sicher is,
drum bin i vorsichtshalber
misstrauisch«

Der linksherumdenkende Philosoph

Neues vom Starnberger See

Fünf Meter von Starnberg abwärts liegt der Starnberger See. Am linken Ufer des Sees liegt eine »Leoni«, kurz genannt Leoni. Wie in Neuyork, so landen auch hier stündlich Dampfschiffe. Mit den Dampfschiffen nehmen alltäglich die Starnberger Dampfschiffseerundfahrten ihren werten Anfang. Die Rundreisebilletten auf den Dampfern sind aus Pappkarton, und wenn es regnet, ist meistens während der Fahrt die Aussicht auf das bayerische Gebirge wegen schlechter Aussicht nicht zu sehen. Der Starnberger See selbst ist melancholisch, was bei anderen Seen stets meistens auch immer hie und da sehr oft der Fall ist. Einer alten Sage nach aus dem Jahre 1925 sollen sich vom Undosabad aus vorigen Sommer aus unbekannten Ursachen Tausende von Menschen in den See gestürzt haben; dieselben konnten sich aber Dank ihrer guten Schwimmkenntnisse alle selbst aus den Wellen befreien. Im selben Jahre ereignete sich auch noch ein anderer bedauernswerter Unfall. Ein Mann stieß mit dem Ruderboot, ungefähr 50 Meter vom Ufer entfernt, an eine grüne Schlingpflanze, sogenannte Wasserrose, an, das Schiff kippte um, und im Handumdrehen fiel der Mann in das in der Nähe befindliche Wasser. Breit und weit kein Mensch, der dem Ärmsten Hilfe bringen konnte, trotzdem er fortwährend um Hilfe schrie. Zufälligerweise kam ein Briefbote daher und bemerkte die Hilferufe des um Hilfe Schreienden. Statt nun wacker (nicht identisch mit Fußballklub Wacker) ans Rettungswerk zu schreiten, rief der hartherzige Briefträger dem Ertrinkenden die nicht minder harten Worte zu: »Ich kann Ihnen leider nicht helfen, da ich selbst nicht schwimmen kann, aber ich kann Ihnen die Adresse eines guten Schwimmlehrers mitteilen!«

Jeder Mensch ohne Ausnahme soll also in der heutigen Zeit schwimmen lernen, das finde ich unbedingt notwendig, damit er einen nicht Schwimmenkönnenden jederzeit aus dem Wasser retten kann. Aber eigentlich ist es auch wieder zwecklos, denn wenn jeder Mensch einmal schwimmen kann, braucht man ja keinen mehr retten. Also wäre es angebracht, dass jeder, der schwimmen kann, dasselbe sofort wieder verlernen soll. Ein weiterer Sport außer dem Ertrinken ist das sogenannte Fischen von lebenden Fischen. Dass die Fische gefangen werden müssen, leuchtet jedem ein, und das ist auch klar. Wäre im Starnberger See z. B. seit Gründung, oder besser gesagt seit dem vieltausendjährigen Bestehen desselben noch nie ein Fisch gefangen worden, so hätten sich diese Fische seit diesen Jahrtausenden so vermehrt, dass vielleicht mehr Fische im See wären als Wasser. Die Folge davon wäre, dass die Fische vor lauter Fischen nicht mehr schwimmen könnten, zu wenig Wasser hätten und daher nicht mehr existieren könnten. Nachdem aber im Starnberger See viel Wasser ist, bleibt die Frage offen, ob tatsächlich schon so viel Fische gefangen worden sind. Eine Kontrolle hierüber käme jetzt natürlich zu nachträglich. Das Fischen mit der Angel ist von vielen Seiten als Tierquälerei empfunden worden, hauptsächlich vom Fisch selbst. Einen Dieb fängt man ja auch nicht mit der Angel, sondern eben aus Humanität mit List und Schlauheit. Stellen wir uns einmal einen Schutzmann vor, der mit der Angel einen Dieb fangen will; der Schutzmann geht mit der Angel in eine Wirtschaft, in der er den Dieb vermutet, befestigt an dem spitzen Angelhaken ein Stück Schweinsbraten, hält diesen dem Dieb vor die Nase, der Dieb beißt an, und schon hat der den Haken in der Oberlippe. Das wäre eine Grausamkeit. Ist es bei einem Fischlein keine Grausamkeit? Eigentlich noch mehr, denn der Fisch ist ja unschuldig, weil er nichts gestohlen hat.

Über die Tiefe des Starnberger Sees gehen die Ansichten weit auseinander. Einige behaupten, er sei tiefer als lang, andere sagen, er sei länger als tief. Fachmännisch wurde genau berechnet, dass er tief, seicht, lang, kurz, schmal und breit zu gleicher Zeit ist. Die Tragkraft des Wassers wurde erst kürzlich von Ingenieuren geprüft und dabei die erfreuliche Tatsache festgestellt, dass die irrige bisherige Meinung »je tiefer das Wasser, desto mehr Tragkraft« nicht richtig ist. Eine Probe brachte den sicheren Beweis. Während ein faustgroßer Stein in der Mitte des Sees, also an der tiefsten Stelle rapid unterging, blieb ein ebenso großer Gummiball an der seichtesten Stelle auf der

Wasserfläche liegen. Ob dieses Experiment eine Tragweite für die Zukunft bedeutet, wird uns die Zukunft beweisen.

Jedenfalls ersieht man daraus das fortwährende wissenschaftliche Tasten nach Problemen. Auf alle Fälle steht fest, dass, je weiter sämtliche Ufer eines Sees voneinander entfernt sind, desto größer sich also die Wasserfläche gestaltet. Ein See ohne Ufer wäre daher kein See mehr, denn einen uferlosen See hat es bis heute noch nicht gegeben. Dasselbe gilt auch für den Ammersee.

Geschichtliches ist vom Starnberger See nur noch zu berichten, dass der damalige bayerische Herzog der Pfiffige einen Antrag des Starnberger Bürgermeisters: »Errichtung einer Handelsflotte auf dem Starnberger See« schnöde abwies. Die heutigen noch existierenden Starnberger See-Salondampfer können nur noch in den Augen der Firmlinge »Gewaltiges« auslösen, denn für Weltreisende bedeuten dieselben nur mehr ein Lustspiel auf offener See. »Bei schönem Wetter« sagt der kleine Maxl, »ist es auf dem Starnberger herrlich, regnet es aber, so wird der See nass.« Über Starnberg selbst ist wenig zu berichten. Starnberg hat seinen eigenen Reiz und seinen eigenen Bahnhof, in welchem unsere neuen elektrischen Schnellzüge stehen. Bei den elektrischen Schnellzügen, die einen Gipfel der deutschen modernen Technik darstellen, haben sich die alten Gasfunseln (aus dem Jahre 1880 ungefähr) so gut bewährt, dass dieselben jetzt in den modernen Münchner Straßenbahnwagen statt der elektrischen Glühlampen eingeführt werden sollen. In Starnberg sind jetzt schon viele Fremde zu sehen, die aus München geflüchtet sind, wegen den unaufhörlichen chronischen Straßenbauarbeiten.

Soweit wäre über Starnberg alles berichtet. Nächsten Sonntag nachmittag um halb 21 Uhr findet im Starnberger See ein Karpfenrennen statt, mit darauffolgendem Brillantfeuerwerk. Zwölf zehnpfundige dressierte Karpfen schwimmen mit Motorboot und Musikbegleitung von Starnberg nach Seeshaupt; während dem Rennen ist der See für Fußgänger gesperrt.

{1/124}; Entstehung etwa 1925

Karl Valentins Olympia-Besuch 1936

»Hier sitz ich alleine und spähe umher
und lausche hinauf und hernieder«,

so heißt es in dem alten Lied: »An der Weser«.

So ähnlich erging es mir, als ich allein im Olympia-Stadion saß. – Wie kam es, fragte ich mich selbst, dass ich zur Olympiade zu spät kam?? – Ich blieb mir die Antwort nicht schuldig: »Ihr Leichtsinn ist daran schuld!« erscholl es von meinen Lippen. (Ihr bedeutet ich selbst.) Denn aus Eigentrotz sage ich selbst zu mir nicht »Du«, sondern »Sie«, weil man da vor sich selber viel mehr Respekt hat, als mit der Duzerei. – Nur einen Tag zu spät und dennoch zu spät! – O Herr, bewahre mich bei der nächsten Olympiade 1940 vor solchen Etwaigitäten. – Trotzdem ich mich setzte, war es doch entsetzlich, als ich allein dasaß, in einer Hand die verfallene Eintrittskarte, die andere Hand in meiner eigenen Hosentasche. – Um mich herum saß nirgends niemand – das große Schweigen ringsumher war still und lautlos. – Meine einzige Unterhaltung war das »Warten«. Zuerst wartete ich langsam, dann immer schneller und schneller, kein Anfang der Olympischen Spiele ließ sich erblicken, – da endlich von mir ein schriller Blick, und meine Augen starrten hinunter zu dem Eingang bei der Kampffläche. – Ich sahte einen kleinen Jemand, der Jemand scheinte mich zu suchen, was diesem auf den ersten Blick gelang. Unsere Pupillen kreuzten sich in der Mitte unserer Entfernung. Ich saß, – sie kam – nur sie allein, die kleine Liesl Karlstadt, klärte mich darüber auf, dass gestern der letzte olympische Tag gewesen ist. – »Ist das schade!« schrie ich teilnahmserregt in den blauen Äther hinaus – ich schnellte langsam von meinem Sitz empor, flugs verließen wir die Stätte des großen »Gewesenseins«. Freudezerknittert traten wir per Verkehrsmittel die Heimfahrt an in die Stammkneipe am Kurfürstendamm. – Wir Sachsen haben in Berlin einen eigenen Stammtisch, dort kommen täglich alle Münchener zusammen, und da wird erzählt, von diesem und jenem, von jenem weniger, dafür öfter von diesem. Ich konnte leider heute zu meinem Bedauern nichts von den Olympischen Spielen erzählen, da ich ja nichts gesehen hatte, – und alle lauschten umsonst.

{1/138}; Entstehung 1936

Im Jenseits

Ein Problem, das mich sehr interessiert, ist das Jenseits oder besser gesagt, ein Weiterleben nach dem Tode. Gedanken über das Jenseits kann man natürlich nur im Diesseits haben. Im Jenseits über das Diesseits nachzudenken ist schon zweifelhaft – vielleicht ausgeschlossen. Wenn der Mensch gestorben ist, ist er tot, – das ist sicher, also todsicher, wie man so sagt. Scheint es nur so, als wäre er tot, so ist er scheintot und kann in seltenen Fällen wieder lebendig werden und später nochmal sterben. Ist ein Mensch wirklich tot, so ist natürlich nur der Körper gemeint, denn die Seele lebt weiter, – aber diese ist unsichtbar, das ist wissenschaftlich einwandfrei bewiesen, da bei Röntgenaufnahmen, die alle inneren Organe des menschlichen Körpers zeigen, noch nie die Seele sichtbar gewesen ist. Die Seele flieht also unsichtbar aus dem menschlichen Körper. Aber wohin? Das wird die Seele schon selbst wissen. Ins Jenseits – und da entweder in den Himmel oder in die Hölle. Die Seele muss also allein wissen, wo sie hinflieht.

Nehmen wir z. B. an, die Seele des verstorbenen braven Bäckermeister Meier schwirrt ins Jenseits. Dem Herrn Meier ist seine liebe, unvergessliche Frau vor vielen Jahren im Tode schon vorausgegangen, befindet sich also schon im Jenseits. Im Diesseits heißt es aber wie bekannt: Im Jenseits gibt's ein Wiedersehen. Wie kann nun die im Jenseits angekommene unsichtbare Seele des verstorbenen Herrn Meier die ebenfalls unsichtbare Seele der schon im Jenseits umherfliegenden Frau wiedersehen? Nun, sei es wie es sei. Diese beiden wollten sich ja wiedersehen.

Wie ist es aber mit der Kehrseite? Hat einer eine böse Schwiegermutter, so ein Ehemann getraut sich ja gar nicht zu sterben, aus Angst vor einem Wiedersehen im Jenseits. Sein einziger Trost ist vielleicht der, dass die böse Schwiegermutter nicht in den Himmel kommt, sondern in die Hölle. Überhaupt, wenn man mit all denen, die man im Diesseits schon nicht riechen kann, im Jenseits wieder zusammenkommen sollte, ist das allein schon ein schrecklicher Gedanke. Man denke an große Persönlichkeiten, so z. B. an Karl den Großen mit Napoleon – die Päpste mit Dr. Martin Luther usw. oder an die Kollegen im Berufsleben. Besonders vom Theater! Droben im Jenseits gibt es keinen Hass und Neid, das hält doch die Seele eines Kollegen nie aus!

Nun machen sich aber viele Menschen wieder ein anderes Bild vom Jenseitshimmel. Die Engel! Wo kommen denn die her? Die sind doch nicht unsichtbar, die haben goldenes Lockenhaar, haben zwei große Flügel und sind nackend, wenigstens die kleineren, die Amoretteln. Die Engel waren aber doch früher auch einmal Menschen, deren Seelen ins Jenseits geflüchtet sind. Dort haben sie Flügel bekommen. Das wird aber nur die weiblichen Wesen betreffen, vom ersten bis dreißigsten Lebensjahr. Ich könnte mir nämlich den oben benannten Herrn Bäckermeister Meier nicht so himmlisch vorstellen, wenn er nackend mit zwei großen Flügeln in den Wolken herumflattert – dann lieber unsichtbar! Die Meinungen gehen also hier sehr auseinander. Nun hat aber dieses angenommene Weiterleben nach dem Tode noch eine andere Seite. Auf Erden lebt der Mensch durchschnittlich 60 bis 70 Jahre. Das Leben ist aber mannigfaltig und bringt durch Arbeit, Freude, Sorgen und Leid usw. Abwechslung in die Bude. Wie ist das nun im Jenseits? Hier besteht keine Altersgrenze, sondern Ewigkeit. Also in Ewigkeit nur im Jenseits umherfliegen und als einzige Beschäftigung, wie uns aus der Bibel bekannt, nur Hosianna singen, das kann die ersten acht Tage ganz unterhaltlich sein, aber man denke sich das ewig – das muss unbedingt langweilig werden.

Nun steht wieder eine Frage offen: Werden die Seelen oder die Engel im Jenseits auch älter, so wie dies im Diesseits der Fall ist? Wenn ja, dann muss also der erste Mensch, der selige Adam, der 7000 Jahre alt geworden ist, der erste Mensch gewesen sein, der im Paradies bei der Eröffnung des Jenseits Zutritt hatte. Der erste Mensch, der im Jenseits angekommen ist, kann aber der Adam doch nicht gewesen sein, da ihm seinerzeit der heilige Petrus mit dem Himmelsschlüssel die Pforte zum Jenseits geöffnet hat. Demzufolge muss der Petrus schon vor dem Adam im Jenseits gewesen sein. Er war sozusagen der himmlische Hausmeister, der heute noch auf seinem Posten steht und keinen hineinlässt, der im Diesseits böse war. Und doch stimmt das auch nicht! Petrus lebte doch erst lange Zeit nach der Paradiesgeschichte als Apostel auf der Welt, wurde später heiliggesprochen, und nach seinem Tode kam er erst ins Jenseits. Der Adam kam also anscheinend ohne Kontrolle ins Jenseits, weil eben der Petrus noch gar nicht da war. Weiter nachgedacht, kann aber Petrus nicht als Seele allein die Welt verlassen haben, denn die unsichtbare Seele kann doch keinen Schlüssel in die Hand nehmen, und wo kommt denn der Schlüssel her? Im Gegensatz zu allen anderen Jenseitsbewohnern, die müßig umherfliegen, wird dem Petrus als einzigem nicht langweilig werden, denn viele Jahrtausende das Himmelstor auf- und zusperren ist ausreichende Beschäftigung.

Wenn Wissenschaftler befragt werden um obige Angelegenheit des Weiterlebens, so ändert sich die Sache wiederum. Diese behaupten nämlich, dass es schon seit vielen Millionen von Jahren Menschen gibt, die inzwischen längst gestorben sind und jetzt das Jenseits bevölkern. Wieviel unzählige Trillionen Seelen im Jenseits schon weiterleben, ist niemals zu bemessen. Dabei geht das immer so weiter in aller Ewigkeit oder wenigstens so lange, als die Welt besteht. Es ist ein ewiges Kommen und Gehen und Seligwerden – also ein Fortleben nach dem Tode. Aber warum sollen wir Menschen uns darüber den Kopf zerbrechen. Wir werden es niemals ergründen. Aber dass ein Mensch, der bereits das Diesseits verlassen hat, nicht nur im Jenseits, sondern auch im Diesseits und nicht nur seelisch, sondern genau wie er gelebt hat, weiterlebt, habe ich erst im Kino in einem älteren Film gesehen, in welchem ein vor Jahren verstorbener Filmschauspieler seine Rolle heute noch spielt. Es gibt also in unserer Gegenwart zwei Weiterleben nach dem Tode: Eines im Jenseits, und eines im – – Kino.

{1/147}; Entstehung etwa 1944

Falschheit

Eine komisch pilisophische Betrachtung

Fast die ganze Menschheit strotzt vor Falschheit. Die meisten Menschen sind falsch – Viele Menschen sind zur Falschheit gezwungen, man könnte so wie von einer Notlüge, von einer Notfalschheit sprechen. Die angeborene Falschheit aber geht, wenn man das mit der Lupe der Individualpsychologie betrachtet, auf die Kindheit zurück, auf das ungeborene Kind. Die Frau liegt in gesegneten Umständen darnieder und will Mutter werden, die Hebamme wird gerufen. Sie kommt, untersucht und konstatiert eine falsche Lage des Kindes im Mutterleibe: – – Falschheit – – Die Hebamme schlägt vor, einen Arzt, einen Geburtshelfer zu Rate zu ziehen, sie geht ans Telefon, ruft den Arzt an – wie? – Altersheim? – Verzeihung falsche Verbindung – – Falschheit – – Das Kind kommt trotz der falschen Lage zur Welt, den Keim der Falschheit in sich tragend. Vater und Mutter strahlen vor Glück. – Die Verwandten und Bekannten kommen herbei, die üblichen Anstandsformeln werden heruntergeleiert, wie: »Ach, ist das ein reizendes Kind – der ganze Papa! – Kaum sind's bei der Tür draußen gehts los. Was sagst du zu dem Kind? Der reinste Aff: – –

Falschheit – –. Aber die Verwandten sind doch in diesem Falle zur Falschheit gezwungen. Was würden die stolzen Eltern zu den Verwandten sagen, wenn die Verwandten zu den Eltern sagen würden, »Euer Kind schaut aus wie ein Aff« – Selbst wenn es so wäre. Also? – – Falschheit ist hier nicht falsch, sondern richtig. Die Wahrheit wird durch die Falschheit verdrängt. Das Kind wird nun automatisch, oder besser gesagt von selbst größer. Ist es ein Knabe, kommt er mit 7 – 8 Jahren in die sogenannten Flegeljahre, ist ungezogen, ärgert und quält die Nachbarn. Die Nachbarn sind sich darüber einig, dass es an den Eltern liegt, nämlich falsche Erziehung: – – Falschheit – –. Später kommt der Bub in die Lehre. Die Eltern halten sich an das Sprichwort »Handwerk hat einen goldenen Boden«. Schicken den Jungen in die Lehre zu einem Klaviertransporteur. Das Kind ist zart und schwächlich, kann die schweren Klaviere nicht tragen, die Eltern haben für ihren Sohn einen falschen Beruf gewählt; – – Falschheit. – –. Aus dem Buben wurde ein Bursche, dieser kommt in schlechte Gesellschaft, er wurde Falschspieler und später Mitglied einer Falschmünzerbande – – Falschheit – –. Kam in das Gefängnis hinein und nach einigen Jahren wieder heraus, dann wurde er Artist und zwar Falsch … irm Abspringer, sprang das erstemal falsch ab, brach sich einen Fuß, der Fuß wurde ihm in der Klinik falsch eingerichtet. – Als er wieder gesund war, heiratete er, war aber nicht lange glücklich, denn seine junge Frau tat ihm schön ins Gesicht und hatte nebenbei einen anderen. Also eine falsche Schlange. Die erste falsche Schlange war im Paradies. Diese sprach zur Eva. Ausgerechnet eine Schlange hat gesprochen, eine Schlange kann nur kriechen, aber nicht sprechen. Von einem Papagei wär das eher glaubhaft, also gut, wir haben in der Schule gelernt, die Schlange hat zur Eva gesagt: »Esset von dem Baum mitten im Garten« usw., – so soll es damals im Paradies gewesen sein, ob es so war oder ob es nur ein falsches Gerücht ist, entzieht sich unserer Kenntnis. Fest steht die Tatsache, dass die Charaktereigenschaft »Falschheit« schon auf Urzeiten zurückreicht und sich Gott sei Dank bis in unsere Gegenwart erhalten hat. Die Falschheit ist ein unentbehrliches Hilfsmittel, welches heute für manchen beim Ausfüllen von Fragebögen unentbehrlich erscheint.

{1/160}; Entstehung 1946

Das Brilliantfeuerwerk (1)

Übers Finsterwerden

[…]
Liesl: Ja, Sie, wann ist denn das Feuerwerk?
Wirt: Jetzt na, wenn's finster wird.
Liesl: Jetzt is aber no lang net finster.
Wirt: Drum wird's aa jetzt no net abbrennt.
Karl: Wenn's aber heut net finster wird?
Wirt: Dös is mir wurscht, ob's finster wird oder net, abbrennt wird's auf alle Fälle.
Karl: Na kannst 's aa jetzt abbrenna, jetzt is ja no net finster.
Wirt: Jetzt is do no hell, dunkler muaß auf alle Fäll werden.
Liesl: Ja Sie, was taten S' denn da, wenn's heut ausnahmsweis net finster werden tat?
Wirt: Geh, reden S' do net so dumm daher, finster werd's do alle Tag auf d'Nacht!
Karl: Wenn's alle Tag finster werd, dann kannt ma ja alle Tag a Feuerwerk abbrennen.
Wirt: Freili kannt ma das, aber wenn ma alle Tag a Feuerwerk abbrennt, dann ist ja a Feuerwerk was ganz Alltägliches, das hätt ja gar kein Sinn.
Karl: Na hätt ja des aa kein Sinn, wenn's alle Tag dunkel werd'.
Wirt: Das hat eben schon an Sinn, denn wenn's auf der Welt gar niemals mehr dunkel werden tat, dann könnt ma gar nia a Feuerwerk abbrenna.

Karl: Warum net – es hoaßt doch »Alles kann ma, wenn ma will!«
Wirt: Natürli kann ma … jetzt woaß i nimmer, was i sagen soll …
Liesl: Ja, Sie, wenn's aber dunkel is, und Sie zünden Ihr Feuerwerk net an, dann kann ma's ja auch net sehn?
Wirt: Das ist doch klar, dass ma im Finstern net sieht.
Karl: A Feuerwerk aa net?
Wirt: Jo, grad a Feuerwerk sieht ma im Finstern besser.
Liesl: Auch wenn's net ozunden is?
Wirt: Jessas, Jessas, die bringa mich direkt zur Verzweiflung. Jetzt lasst's mir mei Ruah und wartet's halt, bis finster is.
Karl: Ja, wir können do net bis morgen in der Früah da warten, bis des Feuerwerk angeht.
Wirt: Bis morgen in der Früah? Da is ja scho zspät, da wird's ja scho wieder hell.
Liesl: Ja Sie, aber wenn …
Wirt: Jetzt laßt's ma mei Ruah, steigt's ma an Buckel nauf.
Karl: Ja, des is a guate Idee, von Eahnam Buckel aus, seh ich's Feuerwerk besser.
Liesl: Sag nichts mehr zu eahm, jetzt stinkt er ihm.
4. Soldat: Geh weiter, Musi, sing ma oans, bis 's Feuerwerk angeht.
(*Kellnerin bringt Ziehharmonika.*)
[…]

{5/160}; Uraufführung 1926

Raubritter vor München

Historische Gaudi in 2 Akten

III. Scene
Ententraum

Michl (*schaut ins Schilderhaus*): Ja, der schlaft wirklich der Bene. Du Bene, – Bene – he – ja gibt's denn dös a – (*klopft ans Häusl*).

Bene: Herein!

Michl: Was herein, was willst denn, hast du allein kein Platz in der Hundshüttn. Mach, geh raus (*zieht ihn heraus*).

Bene (*im Stehen weiterschlafend*): Wer da?

Michl: Ja, i bin da – 6 Uhr is!

Bene: Was – 6 Uhr is – i werd ja erst um 7 Uhr abglöst (will wieder ins Schilderhaus).

Michl: Ja, bleib nur da, sei froh, dass ich dich aufgweckt hab.

Bene: Ja, ich hab jetzt grad einen Traum ghabt, einen ganz exotischen Traum. Mir hat nämlich träumt, i bin a Entn gwesn und bin in an Weiher umeinand gschwommen, und wie ich so umeinandschwimm, seh ich am Rand draußen einen ganz langen, gelben Wurm, der war mindestens so gelb, i bin glei auf ihn hingschwommen, und grad wie i an Schnabel aufreißn will und will den Wurm fressn, im selben Moment hast du mich aufgweckt.

Michl: Das ist aber schad. Wenn ich da eine Ahnung ghabt hätt, dann hätt ich dir den Wurm zuerst fressen lassen, aber das kann ich doch net schmecken, dass du um 6 Uhr noch träumst.

Bene: Ja, und ich kann doch net zu dir sagn, weck mi net auf, weil i träum!

Michl: Nun ja, es ist ja gleich, ein schöner Traum war's doch net.

Bene: Ja für a Entn scho –

Michl: Ja für a Entn, aber du bist ja koa Entn!

Bene: Ja, aber im Traum war ich eine Entn; überhaupt für solche Träume bist du noch zjung.

Michl: Du darfst mir ja dankbar sein, dass ich dich aufgeweckt hab, denn wenn ich dir den Wurm fressn hätt lassen, dann wär dir jetzt höchstens recht schlecht.

Bene: Einer Entn wird doch net schlecht von einem Wurm, verstehst du denn das nicht. Das weiß überhaupt kein Mensch, ob eine Entn wirklich träumt, das weiß niemand, das wäre eine zoologische Berechnung und wann's einer Entn wirklich träumt, dann kann sie's nicht sagen, weil s' net reden kann! Bei einem Papagei wär das was anders, weil der reden kann.

Michl: Du musst Dir doch denken, das war doch nur ein Traum und Träume sind Schäume.

Bene: Das war kein Schaum, das war ein Wurm, und jetzt holst an Kaffee, da hast 15 Kreuzer, Pfennig hat's seinerzeit noch keine gebn, also oan Kaffee, oan für mi und oan für Di – und oan für uns zwoa – im ganzen fünf Kaffee.

Michl: Ja, soll i da mei Trommel mitnehmen oder soll ich s' da lassen?

Bene: Entweder du nimmst es mit, oder du lasst es da, keinen goldenen Mittelweg gibt's da net.

Michl: Soll ich s' na mitnehmen?

Bene: Ja –

Michl: Oder soll ich s' da lassen?

Bene: Dös is doch wurscht, jetzt nimmst as zerst mit und dann lasst as da.

Michl: Aaa, dann lass ich s' schon lieber glei da, dann brauch ich s' überhaupt nicht mitnehmen. (*Ab*)

{5/96}; Entstehung 1929

Vor Gericht

Richter: Also, Sie geben zu, dass Sie den Kläger ein Rindvieh geheißen haben?

Angeklagter: Ja, ich habe aber gemeint, dass er deshalb nicht beleidigt ist.

Richter: Wieso meinten Sie das?

Angeklagter: No ja, weil er so saudumm dahergeredet hat.

Richter: Eigentlich finde ich, dass Sie saudumm daherreden, denn ein Rindvieh ist doch ein Tier und ein Tier kann doch nicht reden. Oder haben Sie schon ein Tier reden hören?

Angeklagter: Jawohl, einen Papagei!

Richter: Ja, ein Papagei ist doch kein Rindvieh!

Angeklagter: In dem Moment, wo ein Papagei dumm daherredet, ist eben der Papagei auch ein Rindvieh!

Richter: Haben Sie denn schon einen Papagei gehört, der dumm daherredet?

Angeklagter: Und ob!!

Richter: Erklären Sie mir das.

Angeklagter: Das kann ich beweisen; meine Hausfrau hat einen Papagei in einem Käfig, und wenn man an den Käfig klopft, dann sagt das Rindvieh »Herein!«

Richter: Finden Sie das dumm?

Angeklagter: Und ob!

Richter: Wieso?

Angeklagter: Wie kann denn ich in den kleinen Käfig hineingehen!

Richter: Wir kommen da ganz von der eigentlichen Sache ab. – Warum haben Sie den Kläger ein Rindvieh geheißen?

Angeklagter: Weil er meine Frau beleidigt hat.

Richter: Inwiefern?

Angeklagter: Er hat zu meiner Frau gesagt, sie sei eine blöde Gans, und meine Frau ist keine Gans, dafür habe ich Beweise.

Richter: Da brauchen Sie doch keine Beweise dafür, denn genau so wie der Kläger kein Rindvieh ist, kann Ihre Frau keine Gans sein, wenigstens keine blöde Gans.

Angeklagter: Aber Herr Richter, mit dieser Bemerkung »wenigstens keine blöde Gans« geben Sie ja selbst zu, dass eine Frau eine Gans sein kann, und eine Gans ist aber doch blöd.

Richter: Wieso ist eine Gans blöd?

Angeklagter: Weil eine Gans nicht einmal sprechen kann.

Richter: Na ja, ein Tier kann eben nicht sprechen.

Angeklagter: Doch, der Papagei!

Richter: Jetzt kommen Sie wieder mit dem saudummen Papagei als Vergleich!

Angeklagter: Da muss ich Ihnen wieder widersprechen, denn ein Papagei ist nicht saudumm, weil Sie, Herr Richter, nicht den Beweis erbringen können, dass jede Sau dumm ist, denn es gibt im Zirkus dressierte Säue, also kluge Säue.

Richter: Aber wir haben doch von der blöden Gans gesprochen, nicht von einer dressierten Sau.

Angeklagter: Gut, bleiben wir wieder bei meiner Frau.

Richter: Nun müssen wir aber zur Ursache der Beleidigung kommen; aus welchem Grund hat denn der Kläger Ihre Gans eine blöde Frau geheißen, Verzeihung: umgekehrt wollte ich sagen, Ihre Frau eine blöde Gans geheißen?

Angeklagter: Ja, die Sache ist zu schweitweifend.

Richter: Sie meinen: zu weitschweifend.

Angeklagter: Zu weitschweifend, ja ja! Wir haben nämlich einen Heimgarten und die Frau Wimmer hat auch einen Heimgarten, direkt neben unserem Heimgarten, und da ist immer ein Konkurrenzneid, wer die schönsten Blumen hat.

Richter: Ja, weiter – – –

Angeklagter: Und da tun wir immer Samen tauschen –

Richter: Was tun Sie?

Angeklagter: Samen tauschen. Sie gibt mir z. B. einen Chrysanthemensamen, und ich geb ihr dafür einen Rhabarbersamen, und da hat sie mir heuer für meine Fensterblumen statt Hyazinthen- Sonnenblumen-Samen gegeben, und wir haben so viel

Sonnenblumen bekommen, dass wir nicht mehr zum Fenster naussehen können, da hat ihr Mann zu meiner Frau gesagt, sie ist eine blöde Gans, und ich hab zu ihm gesagt: »Sie sind ein Rindvieh«, und er hat dann zu mir gesagt – – – (Pause)

Richter: Was hat er gesagt?

Angeklagter (*schweigt*).

Richter: Na, so reden Sie doch, was hat er noch gesagt?

Angeklagter: Na ja, Herr Richter, was wird so ein ordinärer Mensch denn noch gesagt haben, dös können S' Ihnen doch denken!

Richter: Na, was hat er gesagt?

Angeklagter: Ich bitte um Ausschluss der Öffentlichkeit.

{4/36}; Entstehung 1937

Theaterbesuch

(*Personen: Der Mann / Die Frau / Nachbarin. Altmodisches, einfaches Zimmer mit Kommode, Tisch, zwei Stühle, kleines Tischerl, elektrische Hängelampe, Kleideraufhänger und Geschirr.*)

(*Mann sitzt und liest Zeitung.*)

Frau (*kommt*): Du, Alter, denk dir nur, jetzt geh ich eben über d'Treppen rauf, da begegnet mir unsere Hausfrau und hat mir schon wieder was gschenkt – rat amal, was mir gschenkt hat?

Mann: Sei net kindisch – sag's halt.

Frau: Da schau her, zwei Theaterbilletten für'n Faust – was sagst denn du dazu?

Mann: Dank schön!

Frau: Jetzt dürfen wir heut noch ins Theater gehn.

Mann: Wann geht denn dös an?

Frau: Dös weiß i net – i geh nunter und frag s' nochamal.

Mann: Dös geht halt um ½ 8 Uhr an.

Frau: Jetzt is ja schon ¾ 7 Uhr, da tät ma nimmer fertig werden! Aber die Theater gehn doch meistens erst später an – um 8 Uhr.

Mann: Naa, zwischen ½ 8 Uhr und 8 Uhr gehen s' an.

Frau: Nein, vor 8 Uhr auf keinen Fall. Immer gehn die Theater erst später an; weißt noch, vor vier Wochen warn ma amal in an Frühschoppen, der ist erst um 10 Uhr angegangen.

Mann: Ja, was mach ma denn da?

Frau: Überleg dir's halt net lang, komm!

Mann: Gegessen ham ma auch noch nicht.

Frau: Das Essen ist fertig.

Mann: Ja, i werd scho fertig, gekämmt bin ich gleich.

Frau: Das kannst hernach machen, jetzt ess ma zerst.

(*Geht ab. Man nimmt Spiegel und stellt ihn auf den Tisch, dieser fällt immer um.*)

Frau (*kommt mit Essen*): So jetzt schaun ma, dass wir weiterkommen. Ja gibt's denn dös auch – stelln halt auf. (*Spiegel bleibt stehen, aber verkehrt.*)

Mann: Ich kann doch net sooo neinschaun.

Frau: Dreh ihn halt um.

(*Mann dreht ihn um, fällt wieder um. – Frau stellt ihn richtig hin. – Mann kämmt sich Bart und Haare.*)

Frau: Jetzt möcht ich bloß wissen, was da zu kämmen gibt – da kannst doch keinen Scheitel mehr machen, aus der Mordstrumm-Plattn.

Mann: Das bin ich noch so gewöhnt von früher her.

Frau: Wie nur der Mensch so eitel sein kann – für wen richtst dich denn gar so schön zsamm, mir gfallst und wem andern brauchst net gfallen.

Mann: Vielleicht sitzt im Theater ein sauberes Madl neben mir.

Frau: Die wird dann grad dich anschauen, die schaut doch den Faust an!

Mann: I mein ja in der Pause …

(*Frau geht und bringt Essen – Schüssel mit Kraut und ein paar Würstchen.*)

Mann: Eintopf!

Frau: Bei uns hat's doch noch nie was anderes gebn. (*Jeder kriegt eine Wurst, er nimmt sie und vergleicht sie, gibt Frau die kleine, er behält die längere. – Beide fahren mit Gabeln ins Kraut, vergabeln sich, er schlägt die Gabeln mit Messer auseinander.*) Da, jetzt ist sie krumm, jetzt weiß ich wenigstens, wer unsere Gabeln immer so kaputt macht. Also ess ma schnell.

Mann: Schnell soll man nicht essen, das ist ungesund.

Frau: Da hast a Kraut! (*Gibt es ihm.*)

Mann (*wirfts mit der Hand zurück*): Ich nimm mir mei Sach scho selber. (*Er schaut in den Spiegel hinein.*)

Frau: Mach doch keine Geckerl, unterm Essen braucht man doch nicht in den Spiegel schaun.

Mann: Gerade da – dann hat man zwei Portionen. (*Beide essen.*) Was mach ma denn mit unserem Buben, wenn er von der Arbeit heimkommt?

Frau: Da hab ich schon drandenkt. – 's Essen müss ma ihm warm halten, und bevor wir fortgehen, müss ma ihm an Zettel schreiben – iss nur du weiter, den schreib ich gleich. (*Holt aus der Kommode Papier und Tinte.*) Dann schreib ich, dass wir nicht daheim sind.

Mann: Dös brauchst ihm net schreiben, das sieht er ja selber – aber dös musst ihm schreiben, dass wir fortgangen sind.

Frau: Das mein ich ja! Ich schreibe ihm, dass wir nicht da sind, weil wir abwesend sind.

Mann: Schreibst: München, den – – –

Frau: Nein, ich schreib: Lieber – – –

Beide: Ja, wie hoaßt jetzt der?

Frau: Du als Vater wirst doch wissen, wie der Bub heißt –

Mann: Du als Mutter musst es viel eher wissen.

Frau: Weil man eben immer Bub zu ihm sagt, ja wie heißt er denn?

Mann: Wart – ich frag die Nachbarin.

Frau: Naa – da wern ma doch selber drauf komma, Jeßmarandjoseph – ah Joseph heißt er – Also: Mein lieber Joseph – – –

Mann: Das kannst net schreiben, weil er mir auch ghört.
Frau: Dann schreib ich halt unser lieber Joseph, dass d' a Ruah gibst. – Unser lieber Joseph.
Mann: Sehr geehrter Herr, unser lieber Joseph –
Frau: Dein Essen steht in der Küche am Ofen, mach es dir warm, weil es schon kalt ist …
Mann: Es ist bereits Dezember –
Frau: Ich mein doch 's Essen – – kalt ist und weil wir ins Theater gehen müssen.
Mann: Wenn ma net mögen, müss ma net …
Frau: Dann schreib ich dürfen – können – wollen – sollen –
Mann: werden.
Frau: Dann sind wir doch schon fort, wenn er den Zettel liest.
Mann: Dann schreibst: gegangen sind.
Frau: Sollte das Theater aus werden, dann kommen wir sofort wieder nach Hause. Es grüßen dich
Mann: Hochachtungsvollst
Frau: Deine fortgegangenen Eltern, nebst Mutter.
Mann: Bei die Eltern ist doch d' Mutter schon dabei!
Frau: Dann mach i halt an Punkt, sonst liest dös Rindviech weiter.
Mann: Jetzt schreib noch hin: Solltest du aber das Essen lieber kalt mögen – dann brauchst du es nicht warm zu machen.
Frau: Weil es sonst zu heiß wird. So, den legen wir jetzt am Tisch her. Oder vielleicht sieht er ihn da net glei – er geht doch meistens bei der Tür herein, dann legen wir den Zettel am Boden her – – –
Mann: Dann tritt er drauf mit dö schmutzigen Stiefeln und kann ihn nicht mehr lesen. (*Stellt ihn auf das Seitentischerl mit Blumenvase.*)
Frau: Das ist nichts, da, mit dem Blumenbukett, da meint er ja, er hat Namenstag.
Mann: Er hat aber kein Namenstag.
Frau: Aber das irritiert ihn – also das ist nichts.
Mann: Das ist großartig, da schau her, jetzt wenn er kommt, stellt

er sich daher, schaut in den Spiegel hinein und denkt sich, was ist denn das für ein Zettel? Dann sieht er ihn.

Frau: Wir schauen freilich nein, weil wir wissen, dass da ein Zettel liegt – aber er hat ja keine Ahnung, jetzt wenn er nicht neinschaut?

Mann: Das ist Grundbedingung, dass er neinschaut.

Frau: Wenn er aber net neischaut, dann hast den Zettel umsonst hingstellt.

Mann: Jaso, halt, ich hab's – jetzt schreibst nochmal an Zettel: Wenn du heimkommst, schaue sofort in den Spiegel.

Frau: Also: – Wenn du heimkommst, schaue sofort in den Spiegel h-inein, dann siegst du was – schreib ich. Sooo – jetzt ham ma uns so lang mit der Schreiberei aufghalten – jetzt gehts auf 7 Uhr – is gut, dass das Theater erst um 8 Uhr angeht.

Mann: Um ½ 8 Uhr geht's an.

Frau: Ich mein, abspülen tu ich erst morgen früh, sonst wird's zu spät. (*Serviert ab.*)

Mann (*sucht Kragenknöpferl*): Fanny, wo hast denn mei Kragenknöpferl?

Frau: Jetzt geht wieder d'Suche nach dem Kragenknöpferl an, 100.000 Kragenknöpferl hab ich dir schon heim –

Mann: Dös is zuviel – oans brauch ich bloß.

Frau: Ich möcht bloß wissen, wo du die Kragenknöpferl immer hinbringst, ich glaub, du frisst as direkt. (*Nimmt Knopfschachtel, beide rennen sich die Köpfe zusammen, er findet eins.*) Jetzt mach ich mich fertig – ah, in d'Küch muss ich nochmal. (*Ab.*)

Mann (*ruft*): Wo is denn mein Kragen?

Frau: Wost'n gestern hinglegt hast.

Mann (*kann den Kragen mit Knöpferl nicht einmachen*): Fanny, mach mir mein Kragen ein, bevor ich narrisch werd.

Frau (*kommt mit der Brennschere im Haar*): Du musst mir schon mei Ruh lassen, sonst werd ich auch nicht fertig – was soll ich denn tun?

Mann: Mein Kragen sollst mir einmachen, sonst wirf ich ihn hinter.

Frau: Da, heb amal d' Scher!

Mann: Au – dumme Gans, gibt s' mir die heiße Scher so in d' Hand.

Frau: Ja, wie soll ich dir s' denn sonst geben, ich kann dir s' doch net so geben! (*Brennt sich auch.*) Auh!

Mann (*wirft das Knöpferl hinter*): Jetzt hab ich mei Knöpferl hintergworfen. (*Er reißt ein paarmal die elektrische Lampe runter und stößt sich den Kopf an.*)

Frau: Jetzt hat er wieder kein Knöpferl – also wennst so weiter machst, dann kommen wir zu spät, dös sag i dir glei. (*Sucht das Knöpferl.*) Vielleicht ist's unterm Diwan?

Mann: Der is ja hingemaln, da unter dö Kommode is es hingfall'n! (*Sie bückt sich suchend, er hebt die Kommode etwas auf, Geschirr fällt herunter. Frau schimpft.*)

Mann (*lacht*): Da is ja 's Knöpferl! Wo is denn mei Kragen – –?

Frau: Jetzt hat er wieder koan Kragen – – – da is er ja!

Mann: Nein, an Kragen, ja, da is er.

Frau: Ich zieh mich jetzt an, dann is wenigstens eins fertig; soll ich das schwarze Kleid anziehn?

Mann: Ja –

Frau: Oder das braune?

Mann: Ja –

Frau: Ich kann doch net zwei Kleider anziehn!

Mann: Dann friert's dich net.

Frau: Wenn man nur dich um was fragt – jetzt ziag i amal 's braune an – dann sehn ma's schon, 's schwarze kann i dann immer noch anziehn. (*Ab.*)

(*Mann hat den Kragen und die Krawatte an, sucht seine Schuhe und schaut dabei hinauf, findet sie, stellt sie auf den Tisch und zieht sie an, ärgert sich über die Schuhbänder.*)

Frau (*kommt mit dem Kleid*): Geh, mach mir amal mei Kleid ein, das kann ich net allein.

Mann: Auweh – jetzt kommen wieder die 500 Hakerln alle.

Frau: Nein, brauchst koa Angst ham, i hab ja an Reißverschluß hinmachen lassen.

(*Mann macht Reißverschluß zu.*)

Frau: Dös war doch früher furchtbar; wenn man ein Flakerl zugemacht hat, dann is das andere wieder aufghupft und beim Ausziehen, wenn man eins aufgmacht hat, is dös ander wieder zughupft.

Mann: Jetzt red net lang, schau dass d' fertig wirst.

(*Es reißt ihm das Schuhband ab, er schimpft.*)

Frau: Sei doch net so nervös! Ich weiß net, andere Leut gehn doch auch ins Theater.

Mann: Das sind auch keine Schuhbandln.

Frau: Das nächstemal zieh ich dir a paar Drahtseil ein – aber die reißt du auch noch ab. (*Ab.*)

(*Mann zieht Schuhe, Weste und Joppe an.*)

Frau: Ich weiß net, der Hut, find ich, passt net recht zu dem braunen Kleid.

Mann: Setz an andern auf – schick dich! (*Er setzt Hut auf und ist fertig.*)

Frau: Und der macht mich furchtbar frech –

Mann: Der hat mir noch nie gfalln.

Frau: Ich setz das Theatertuch auf, das steht mir auch besser.

Mann: Das tust – aber geh – mach – wir kommen zu spät –. (*Wird nervös.*)

Frau (*sucht Tascherl und Fächer*): Jetzt muss ich noch a bisserl aufräumen.

Mann (*schimpft*): Ja, d' Stiegn tät ich noch putzen und d' Fenster putzen, langweiliges Frauenzimmer.

Frau (*schimpft auch*): Ja, sei nur net so grantig! Ich kann doch auch nichts dafür, dass i zwei Billetten gschenkt kriegt hab. –

Mann: Dös Mistviech soll 's nächste Mal selber ins Theater gehn und andere Leut net damit belästigen. (*Streit.*)

Frau: Ich darf mich nur amal auf was gfreun, bei uns is amal a so, zum Arbeiten bin i 's ganze Jahr guat gnua, aber –

Mann: Und i zum Verdienen.

Frau: Jetzt gehts scho wieder dahin, i kenn di schon, jetzt hört s' wieder nimmer auf, jetzt wird an ganzen Weg gstritten und im

Theater drin wird gstritten und die halberte Nacht hernach wird aa noch gstritten! Aber dös sag ich dir, auf a solches Vergnügen verzicht i von vornherein. Da bleib i lieber daheim und du gehst allein ins Theater.

Mann: Wie kann ich denn mit zwei Billetten allein ins Theater gehn?

Frau (*weint und setzt sich*): Ich kann doch schließlich nichts dafür, wenn mir wer zwei Billetten schenkt.

Mann: Auf das hab ich gwart, marsch! Vorwärts ins Theater –

Frau: Ich hab mich so aufgregt, du weißt, ich kann die Anschreierei nicht vertragen, ich will nicht mehr fortgehn und ich kann nicht mehr fortgehn; meinetwegen gehst ins Theater, mit wem du magst? Ich zieh mich jetzt aus und geh ins Bett, ich hab so viel Kopfweh kriegt, jetzt – – –

Mann: Dann nimmst a Kopfwehpulver! (*Gibt ihr's.*)

Frau: Da brauch ich dich net dazu, geh hin, wos d' magst, i geh ins Bett! (*Schluckt die Pille, ab.*)

Mann: Halt, hast as schon runtergschluckt? Schlucks rauf!

Frau: Hast mir was Falsches gebn?

Mann: Weilst aber auch alles nunterfrisst!

Frau: Red, was hast mir denn gebn?

Mann: Da – Peters Laxierpillen –

Frau: Da hast ja jetzt was Saubers angstellt, dös sind ja Peters Laxierpillen! Da steht's: Prompte Wirkung binnen einer Stunde! Jetzt is ½ 8 Uhr, da sitz ma dann grad im Theater um ½ 9 Uhr, und da gehts dann los.

Mann: Um ½ 8 Uhr gehts los.

Frau: Ich mein ja bei mir; aber dann genga ma halt jetzt, vielleicht sind wir bis dahin wieder daheim. Ich möcht bloß wissen, ob's bei andere Leut auch so zugeht, wenn s' fortgehn, wie bei uns.

Mann: Genau so!

Frau: So kann's ja gar nirgends zugehn!

Mann: Dö sagn s' bloß net. Also gehn ma.

Frau: Und gschlampert bist wieder anzogn, dös kann ma dir nimmer abgwöhna, ja, was hast denn du für a Hemd an?

Mann: A Herrnhemd.

Frau: Mit dem Hemd wirst doch net ins Theater gehn wolln, das ist ja dein ältestes, dös hast ja schon 14 Tag an.

Mann: Dös sieht ma doch net!

Frau: Nein, mit dem Hemd geh ich nicht fort, keinen Schritt, wenn dich da wer sieht, dö Leut meinen ja, ich bin a Drecksau.

Mann: Dös macht ja nichts.

Frau: Nein – du ziehst jetzt ein anderes Hemd an!

(*Holt eins.*)

Mann: Aber den Tag werd ich mir merken; nie mehr, nie mehr ins Theater.

Frau: Komm, ich helf dir! (*Er zieht sich aus bis aufs Hemd, im selben Moment kommt die Nachbarin herein mit einer Tasse. Nachbarin schreit, lässt die Tasse fallen.*)

Frau: Warum klopfen S' denn net an, und du stehst nackt da! – Geh ins Schlafzimmer! (*Er geht ab.*) Wir haben keine Zeit, wir gehen ins Theater.

Nachbarin: Ah bittschön, a kleins bisserl, a Salatöl wenn S' mir leihen könnten.

Frau: Sie kommen aber immer im ungünstigsten Augenblick daher, allaweil brauchen Sie was anders. (*Holt die Flasche.*) Also wieviel wolln S' denn?

Nachbarin: A kleins Tröpferl bloß.

(*Frau gibt ihr in die Tasse Öl, er stößt sie dabei.*)

Mann: Wo hast denn mei Hemd?

Frau (*das Öl rinnt auf ihr Kleid*): Jessas, das auch noch, das schöne Kleid, gleich weinen könnt ich.

Nachbarin: Das ist mir aber peinlich.

Frau: Da hab ja i nichts davon – das Kleid is kaputt – is guat, dass bloß a Öl ist, dös gibt wenigstens keine Flecken. Langt Ihnen das? Da! (*Gibt ihr die Tasse.*)

Nachbarin: Dank schön – viel Vergnügen. (*Ab.*)

Mann: Wo ist denn mein Hemd?

Frau: Da liegt's doch auf dem Stuhl.

Mann (*sieht, dass es ein Kinderhemd ist*): Jessas, jessas.

Frau: Das is ja an Buam sei Hemd, das ist das einzige, das in der Schublade war, du bist ein gschlamperter Kerl, du weißt ganz genau, dass du bloß zwei Hemden hast – und dö reißt immer raus und sagst nichts davon, zieh halt a Brust an – da hast a frische Brust.

Mann: Die is ja zu lang.

Frau: Dann reißt du sie ab! (*Tut es.*)

Mann: Schnell ½ 8 Uhr ist es! (*Er zieht sich an. Die Hemdenbrust, Krawatte, Uhr fallen hinunter, er steckt die Uhr in die Hose, da fällt sie durch das Bein, sie gibt ihm Weste, Joppe, Hut, Schirm und dann Überzieher – er fährt ins Futter und dann mit dem Schirm in den Ärmel; großes Durcheinander.*)

Frau: Jetzt kommen wir zu spät, jetzt müssen wir mit der Straßenbahn fahren, dann steign mir aber gleich in den vorderen Wagen ein, dass wir früher hinkommen. Halt, den Operngucker haben wir noch nicht, den trägst du.

Mann (*lässt ihn fallen*): Der ist kaputt.

Frau: Mir wär's schön gnug. (*Macht das Etui auf.*) Ah gut, dass keiner drin war, der wär hin gwesen. Also gehn ma jetzt – hast alles, die Schlüssel, die Geldbörse, a Taschentuch, dein Schnupftabak – hast im Schlafzimmer d' Fenster zugmacht, wenn ein Gewitter kommt? (*Schaut nach.*)

Mann: Komm, komm!

Frau: Also mach 's Licht aus und sperr zu!

Mann (*im Finstern*): Billetten hast du?

Frau: Nein, die hast du!

Mann: Nein du – wart, mach a Licht.

Frau: Das waar ja jetzt die Höhe, wenn wir jetzt keine Billetten hätten. (*Schaut in ihre Tasche hinein.*) Ich hab doch mei Tascherl gar net aufgmacht. Da drüben bist gsessen und da hab ich dir die Billetten in die Hand geben.

Mann: Vielleicht hast du s' da rüber. (*Geht an die Kommode und legt seine Hand hin.*)

Frau: Nein – ich weiß es ganz bestimmt. (*Haut die Schublade zu, sie zwickt ihm Finger ein.*)

Mann: Au – Au – (*Weint, lehnt sich an seine Frau.*)
Frau: Ich kann dir nur sagen, dass mir vor dem Theatergehn schon bald graust! Wenn wir nur die Billetten hätten, denn ohne Billetten lassen s' uns ja nicht hinein.
Mann: Halt! (*Zieht sie aus der Hosentasche.*)
Frau: Da sind s' ja; jetzt tu ich s' aber gleich in mei Tascherl nei, sonst verlierst sie noch einmal, da schau, da hätt ma gleich draufschaun können, da steht's ja, wanns angeht: Anfang 8 Uhr – wer hat jetzt wieder amal recht ghabt – ich – die Frau hat immer recht – da steht's schwarz auf weiß – Anfang 8 Uhr.
Mann: Ja stimmt, Anfang 8 Uhr. Freitag, den 17. Juli.
Frau: Wieso Freitag? Heut ist ja erst Donnerstag!!!

(*Beide schauen sich dumm an und der Vorhang fällt.*)

{5/214}; Entstehung 1940

Sisselberger vor Gericht

Richter: Wir kommen nun zu dem Fall Sisselberger – Niedermeier. Die Anklage lautet auf Einbruch und Diebstahl. Anton Sisselberger ist angeklagt, die Ladenkasse seines Arbeitgebers in der Mittagszeit, als alle Angestellten abwesend waren, erbrochen zu haben. Der Angeklagte ist vorbestraft. Als Zeugen sind vorgeladen: Frau Amalie Hintendick, Frau Anastasia Werbedorn und Hausmeister Emmeran Glatz. Aber ich glaube, wir können auf die Zeugenvernehmung verzichten.
Gerichtsdiener: Die Zeugen können gehen. (*Zeugen ab*)
Richter: Führen Sie den Angeklagten herein.
Gerichtsdiener: (*In den Vorraum schreiend*) Der Fall Sisselberger!! (*Führt den Angeklagten herein*).
Richter: Sie sind angeklagt, Ihrem Prinzipal aus der Ladenkasse Geld entwendet zu haben.

Angeklagter: Jawohl –

Richter: Ihr Prinzipal ist aber doch ein ganz kleiner Kaufmann, und nach den Akten zu schließen, hat er wirklich selbst nichts Übriges –

Angeklagter: Das stimmt, aber ich habe noch weniger.

Richter: Pfui, schämen Sie sich, das ist doch kein Standpunkt, dass Sie ihm dann, weil er etwas mehr hat als Sie, etwas nehmen –

Angeklagter: Aber logisch, Herr Richter.

Richter: Wie meinen Sie das?

Angeklagter: Na ja, umgekehrt wär's doch nicht möglich, dass der, der wo was hat, dem andern, der nichts hat, etwas stiehlt –

Richter: Ja, das hätt doch auch der gar nicht im Sinn, der etwas hat –

Angeklagter: Das stimmt nicht, Herr Richter, wie viele haben schon viel gehabt und haben doch den anderen etwas gestohlen –

Richter: Dann muss aber der andere auch etwas gehabt haben!

Angeklagter: Klar – verwerflich ist nur das Herr Richter, wenn zwei, die gleich viel haben, einander den gleichen Betrag stehlen. Sind die strafbar, Herr Richter?

Richter: Wenn jeder dem andern den gestohlenen Betrag wieder zurückgibt, dann nicht. – – Aber jetzt zur Sache! – Wir haben uns hier am Gericht nicht um logische oder unlogische Dinge zu kümmern, sondern um Ihren Fall.

Angeklagter: Sie meinen, um unsern Fall, wir sind ja zu dritt!

Richter: Wieso, zu dritt?

Angeklagter: Ich – mein Chef – und –

Richter: Und? Wer noch?

Angeklagter: Die erbrochene Ladenkasse.

Richter: Also Sisselberger, Sie geben zu, dass Sie Ihrem Chef, Herrn Niedermeier, 1,50 M aus der Ladenkasse entwendet haben. – Warum haben Sie ihm nur einen so kleinen Betrag gestohlen?

Angeklagter: Weil das Sprichwort heißt: »Mit Kleinem fängt man an, mit Großem hört man auf.«

Richter: Nanu! Sie werden doch nicht am Ende Ihrer Verbrecherlaufbahn Möbelwagen stehlen wollen; aber ich möchte nun unbedingt wissen, warum Sie mit dieser kleinen Diebesbeute zufrieden waren, denn schließlich heißt es doch beim Verbrecher auch: »Wenn schon – denn schon.«

Angeklagter (*zögernd*): Ich konnte nicht mehr nehmen – –

Richter: Ob Sie nun mehr oder weniger genommen haben – Sie haben die Kasse erbrochen und Einbruch bleibt Einbruch. Und wenn Sie nicht verscheucht worden wären, hätten Sie wahrscheinlich mehr genommen als 1,50 Mark.

Angeklagter: Nein, das hätte ich nicht gekonnt.

Richter: So, das hätten Sie nicht gekonnt, aber dass Sie wegen 1,50 Mark Ihre ganze Ehre aufs Spiel gesetzt haben, das haben Sie gekonnt.

Angeklagter: Herr Richter, ich wollte ja mehr aus der Kasse nehmen, aber es war ja nicht mehr drin.

{4/63 und 4/358 (Variante)}; Entstehung 1940

Leichtsinn

Oder: Hauseinsturz

Herr B.: Was ist denn da passiert, dass so viel Leut dastehn?

Valentin: Hauseinsturz!

B.: Hauseinsturz, wieso?

Valentin: ’s ganze Haus is eingstürzt.

Herr Herr B.: ddddd so was.

Valentin: Das kommt aber selten vor, Gott sei Dank!

Herr B.: Is denn a Erdbeben gwesen?

Valentin: Na na.

Herr B.: Vielleicht ist es schlecht gebaut.

Valentin: Na na, im Gegenteil, gut gebaut.
Herr B.: Das is a großer Schaden für den Hausherrn, weil er kein Zins mehr einnimmt von die Parteien.
Valentin: Parteien haben nicht mehr drin gewohnt.
Herr B.: So so, no ja dann gehts ja.
Valentin: Na ja, es is ja a alts Haus, es war ja schon baufällig.
Herr B.: So so, na ja, dann is ja leicht erklärlich.
Valentin: Na das will ich nicht sagen, sind ja Brücken auch schon eingstürzt und waren noch nicht baufällig.
Herr B.: Na ja bei einer Brücke ist das eher möglich, weil eine Brücke durch Hochwasser einstürzen kann.
Valentin: Ja aber nur bei Hochwasser.
Herr B.: Aber das Haus hier ist nicht durch Hochwasser eingestürzt.
Valentin: Na na, das Haus nicht, da is ja gar kein Hochwasser in der Nähe.
Herr B.: Wenn das Haus vielleicht an einem Ufer gestanden war, an einem Fluss, so hätt es schon sein können.
Valentin: Ich sag Ihnen nur, froh darf man sein, wenn man kein Hausbesitzer ist.
Herr B.: Warum?
Valentin: Na ja, weil einem dann kein Haus einstürzen kann.
Herr B.: Stimmt, deshalb mag ich mir auch kein Haus kaufen.
Valentin: Na, das will ich nicht sagen, denn jedes Haus stürzt ja nicht ein.
Herr B.: Das wär ja auch traurig, wenn jedes Haus einstürzen tät.
Valentin: Natürlich wär das traurig, wenn jedes Haus einstürzen tät, dann gäb's ja keine Häuser mehr.
Herr B.: Aber gut wär"s doch, wenn's keine Häuser mehr geben tät.
Valentin: Warum?
Herr B.: Na ja, weil keins mehr einstürzen könnt.
Valentin: Klar, dass ein Haus, welches noch nicht gebaut ist, auch nicht einstürzen kann, aber Häuser müssen eben sein, sonst gäb's ja auch keine Stadt.

Herr B.: Zur Zeit, wo Adam und Eva gelebt haben, hat's ja überhaupts keine Häuser gegeben, damals hat man nie etwas von einem Hauseinsturz gehört.

Valentin: Das glaub ich schon, da hat's ja auch noch gar keine Baumeister gegeben, die ein Haus gebaut haben.

Herr B.: Wo haben dann der Adam und die Eva gewohnt?

Valentin: Jedenfalls im Freien:

Herr B.: Im Winter auch?

Valentin: Damals hat's vielleicht noch keinen Winter gegeben.

Herr B.: Aber Schnee wird's doch gegeben haben?

Valentin: Unsinn! Wenn's keinen Winter gegeben hat, hat's auch keinen Schnee gegeben, denn die Hauptsach vom Winter ist doch der Schnee.

Herr B.: Nein, der Hauptbestandteil vom Winter ist die Kälte.

Valentin: Kälte hat's doch auch nicht gegeben, denn sonst hätt's doch im Paradies keinen Apfelbaum gegeben, wo die Schlange einen Apfel runtergepflückt hätt' und hat gsagt, von diesem Apfel müsst ihr essen.

Herr B.: Ja, hat die Schlange reden können?

Valentin: Das weiß ich auch net so genau.

Herr B.: Von einem Papagei kann ich das verstehn, aber von einer Schlange kann ich das nicht recht glauben.

Valentin: Wir kommen da von unserem Thema ab.

Herr B.: Ja, das stimmt, von was haben wir zuerst gesprochen?

Valentin: Von dem Hauseinsturz:

Herr B.: Ja, warum ist denn das Haus eigentlich eingestürzt?

Valentin: Dös alte Haus wird abgebrochen.

Herr B.: Dös is doch überflüssig, weil es doch schon eingestürzt ist.

Valentin: Freilich ist es jetzt überflüssig, aber Sie wollen doch wissen, warum es vor dem Abbrechen eingestürzt ist.

Herr B.: Ja, warum ist denn das Haus eingestürzt?

Valentin: Sehr einfach! Die Arbeiter hätten das Haus abbrechen sollen, haben aber einen großen Fehler gemacht.

Herr B.: Wieso?

Valentin: Statt dass sie oben beim Dach angefangt hätten, haben sie 's Parterre rausgerissen und dann is natürlich 's Haus zusammengestürzt.

Herr B.: Das war natürlich leichtsinnig.

Valentin: Und was für ein Leichtsinn, beim nächsten Hausabbruch werden die Arbeiter schon vorsichtiger sein.

{4/120}; Entstehung 1941

Zins: in diesem Zusammenhang Miete/Mieteinnahmen

Der zweite Tenor fehlt

Valentin (ist Tenor) Halloh! Herr Rundfunkinspizient – schnell – schnell – Kommen S' her.

Inspizient (*kommt herbei*): Was ist denn los?

Valentin: Das Mikrophon ist schon eingeschaltet, und der zweite Tenor ist noch gar nicht da – ich kann doch allein kein Gesangsduett singen.

Inspizient: Ja wo ist denn der zweite Tenor?

Valentin: Was weiß ich, vielleicht hat er sich verspätet?

Inspizient: Klar! Verfrüht kann er sich nicht haben, sonst wär er schon vor Ihnen dagewesen … dann singen Sie halt allein.

Valentin: Ja, ein Duett kann ich doch nicht allein singen … außerdem ich singe von dem Liede zuerst die erste Stimme und gleich darauf die zweite Stimme.

Inspizient: Ach, gebns Ihnen nur rechte Mühe und singens die zwei Stimmen mitsammen, es geht schon, alles geht, wenn man will.

Valentin: Ich will ja und trotzdem geht's nicht.

Inspizient: Ja, was machen wir denn da? Die Hörer hören doch schon zu.

Valentin: Meinen Sie?

Inspizient: Was heißt meinen Sie?

Valentin: Sie können doch von hier aus nicht sehen, ob alle Ihre Hörer hören, oder sehen Sie vielleicht durch die Radiowellen durch?

Inspizient: Na! Einige hören immer zu.

Valentin: Einige? ... Wegen einigen regen wir uns doch nicht auf.

Inspizient: Es können auch mehrere zuhören.

Valentin: Ja, zuhören können ja die Hörer, wenn die Hörer aber nichts hören, dann schalten sie ihren Radio sowieso wieder aus, was sollen sie hören, wenn es nichts zu hören gibt?

Inspizient: Freilich hören die Hörer was, die hören doch uns zwei reden.

Valentin: No also. – Dann hörn s' doch etwas.

Inspizient: Ja das wolln s' aber nicht hören, die wollen doch keinen so Mist hören wie wir da zusammenreden, ein Gesangsduett, ein schönes, wollen sie hören.

Valentin: Ich verstehe schon, aber das geht doch nicht, weil der zweite Tenor fehlt.

Inspizient: Zum Donnerwetter, wann kommmt denn der zweite Tenor?

Valentin: Der müsste schon lang da sein.

Inspizient: Also, so geht das nicht weiter, der zweite Tenor ist eben nicht da, dann machen Sie halt irgendetwas anderes –. Das Mikrophon ist noch immer eingeschaltet.

Valentin: Dann schalten Sie's doch endlich aus.

Inspizient: Das darf ich doch nicht, sonst hören ja die Hörer gar nichts mehr.

Valentin: Die Hörer sollen halt in Gottes Namen warten, bis der zweite Tenor kommt.

Inspizient: Ja, wenn er aber überhaupt nicht kommt?

Valentin: Dann hören die Hörer überhaupt nichts.

Inspizient: Aber der Rundfunk ist doch dafür da, dass die Hörer etwas hören.

Valentin: Nein, der Rundfunk ist deshalb da, dass man alle Monat seine Radiogebühr bezahlt.

Inspizient: Richtig! Und um die Radiogebühr wollen die Hörer etwas hören, und deshalb kann ich das Mikrophon nicht ausschalten, weil dann eine Pause entstehen würde.

Valentin: Ja, horchen denn die Hörer bei den Pausen auch zu?

Inspizient: Natürlich.

Valentin: Aber eine Pause kann man doch nicht hören, und wenn ich schon nichts höre, dann drehe ich doch zu Hause meinen Radio zu.

Inspizient: Aber Sie können doch wegen einer kleinen Pause von einigen Sekunden nicht den Radio ausschalten!

Valentin: Natürlich – ich weiß doch nicht, wenn eine Pause beginnt, ob die einige Sekunden oder ob die einige Stunden dauert, denn es gibt doch Pausen in allen Größen.

Inspizient: Na! Gewöhnlich dauert eine Pause nicht allzu lang.

Valentin: Mit gewöhnlichen Pausen geb ich mich gar nicht ab.

Inspizient: Um Gotteswillen, die Hörer werden heute den Kopf über den Händen zusammenschlagen über diesen Mist, den Sie heute von uns zwei anhören müssen. (*Telefon läutet*) Es kommt ein Fräulein vom Büro herein und sagt zum Inspizienten:

Bürofräulein: Herr Inspizient, verzeihen Sie, wenn ich bei der Aufnahme störe, Sie möchten sofort ans Telefon kommen in die Intendantur.

Inspizient (*geht weg*).

Valentin: So ist's recht, jetzt bin i ganz alloa, jetzt muass i selber mit mir reden, dass die Rundfunkhörer wenigstens was hören, bis der wiederkommt. – »A schöns Wetter ham ma heut – no, es geht – vorigs Jahr war's net so schön, – no ja – hoffentlich regnt's bald – bevor der Winter kommt« – die Hauptsache wär, dass der Inspizient bald kommat, sonst weiß ich nicht mehr, was ich reden soll – ah – jetzt kommt er ja schon.

Inspizient (*sehr eilig*): Also es wurde soeben angerufen, dass der zweite Tenor schon unterwegs ist, er muss alle Augenblicke kommen – ah! da kommt er ja – schnell, schnell kommen Sie gleich an das Mikrophon her. Singen Sie das Duett mit, aber nur mehr die letzten zwei Zeilen, denn wir haben nur mehr 15 Sekunden Sendezeit.

Beide singen: Wann sich zwoa tean busserln gern
brauchas koa Latern.

{4/141}; Entstehung 1942

Die gestrige Zeitung

Sparkassenfilm

Mann: Du Frau, hat der Mann, der heute die gestrige Zeitung kaufen wollte, die Zeitung schon bekommen?

Frau: Dem hab ich s' schon gegeben.

Mann: Die gestrige?

Frau: Nein, die heutige.

Mann: Ach! Der wollte doch die gestrige haben!

Frau: Die gestrige hab ich nicht gehabt, dann hab ich ihm die heutige gegeben.

Mann: Wann?

Frau: Heute. Die gestrige hab ich ihm für morgen versprochen.

Mann: Ich auch; dann brauchst du ihm die gestrige nicht besorgen, weil ich ihm dieselbe besorge.

Frau: Die gestrige können wir ihm beide nicht mehr besorgen, weil die Redaktion keine mehr hat. Dann muss halt der Mann eine vorgestrige nehmen!

Mann: Eine vorgestrige wird dem Mann doch nichts nützen!

Frau: Na, wenn er schon eine alte Zeitung will, dann ist doch eine vorgestrige noch älter als eine gestrige!

Mann: Du hast Ansichten! In der gestrigen Zeitung kann aber etwas gestanden sein, was in der vorgestrigen nicht gestanden hat, was nicht einmal in der heutigen steht!

Frau: Ja, ja! Das hat ja der Herr gesagt, und dann hat er mir die heutige abgekauft und hat gesagt: Auweh!, da steht's nicht drin! Wahrscheinlich ist das gestern drin gestanden! – – Was drin gestanden sein soll, das hat er mir nicht gesagt!

Mann: Das steht dann sicher in der gestrigen drin!

Frau: Was?

Mann: Was der Mann in der heutigen gsucht hat.

Frau: Das glaub ich nicht, denn solche Sachen stehn oft gar nicht in der Zeitung!

Mann: Was für Sachen?

Frau: Na ja, so geheime Sachen!

Mann: Woher weißt du denn, dass der Herr eine geheime Sache sucht?

Frau: Na, wenn das nichts Geheimes war, dann hätt er mir doch gesagt, was er sucht!

Mann: Was er sucht! – Wassersucht! – Wassersucht ist doch nichts Geheimes, das ist eine Krankheit. Natürlich liest man auch in der Zeitung von Heilmitteln. Vielleicht steht's in der morgigen Zeitung!

Frau: Die morgige gibt's doch heute noch nicht!

Mann: Aber morgen gibt's die heutige!

Frau: Aber der Mann will doch die gestrige!

Mann: Ach! – Du machst mich noch ganz wirr! Der Mann war doch gestern da, nicht heute! Und gestern wollte er die gestrige, also ist das in diesem Falle die vorgestrige!

Frau: Nein! – – – Das hat der Herr nur vermutet; er hat gemeint, wenn es nicht in der gestrigen steht, dann könnte es eventuell in der vorgestrigen stehen.

Mann: Du verstehst mich nicht! Sagen wir, der Mann wäre erst morgen gekommen und hätte die gestrige Zeitung wollen, dann wäre die heutige Zeitung die gestrige gewesen, und die gestrige die vorgestrige. In Wirklichkeit aber wäre die vorgestrige die gestrige gewesen; hast du das verstanden?

Frau (*ganz laut*): Ja, nicht im Geringsten!
Mann (*zornig*): Das ist ja auch gar nicht wichtig! Der Herr braucht die Zeitung, wo das drin steht.
Frau: Dann muss er doch in der vorgestrigen nachschauen!
Mann: Ja, steht's denn in der vorgestrigen?
Frau: Ja, das weiß doch ich nicht, der Mann weiß es ja selbst nicht!
Mann: Ja wenn's er selber nicht weiß, was drin steht, wie solln's denn wir dann wissen!
Frau: Natürlich weiß er das, was drin stehen soll, nur wo es drin steht, in was für einer Zeitung, das weiß er nicht! Zu mir hat er gsagt, in der gestrigen … Hallo! Hallo! – Sie Herr! – Du, da ist der Herr! – Sie, die gestrige Zeitung hab ich leider nicht mehr bekommen, wo das drin stehn soll, was Sie suchen …
Herr: Ach, das ist nicht so wichtig! Ich brauch die Zeitung nicht mehr. Ich wollte nur wissen, ob die Sparkasse für eisernes Sparen auch nachmittags geöffnet ist.

{8/91}; Entstehung 1943

Gespräch am Springbrunnen

(A *steht am Sendlingertorplatz in München und betrachtet sich den Springbrunnen und meint [sagt] zu einem neben ihm stehenden Herrn*): So ein Springbrunnen ist doch etwas Herrliches.
B.: Wenn er springt, is er sehr schön.
A.: Was heißt springt, wenn er nicht springen würde, wär's ja kein Springbrunnen.
B.: Was wär's dann für ein Brunnen?
A.: Dann wär es keiner.
B.: Gar keiner?
A.: Nein! Gar keiner nicht, es wäre halt dann ein Brunnen, der nicht springt.

B.: Aber da is er schon.
A.: Freilich is er da.
B.: Aber sehn tut mer ihn nicht.
A.: Wenn er nicht springt – nicht.
B.: Hören tut mer ihn auch nicht.
A.: Wenn er springt schon, dann rauscht das Wasser.
B.: Rauschen tut er, und springen zu gleicher Zeit.
A.: Der Springbrunnen rauscht nicht, nur das Wasser.
B.: Ohne Springbrunnen?
A.: Nein, mit Springbrunnen.
B.: Kann man so einen Springbrunnen kaufen?
A.: Nein.
B.: Woher hat dann unsere Stadtverwaltung den Springbrunnen?
A.: Der wurde gestiftet.
B.: Springend?
A.: Nein – da musste zuerst das Wasserbassin betoniert werden, dann wurden die Rohre gelegt und die Blumenanlagen und dann wurde ein Geländer herum gemacht.
B.: Und dann?
A.: War er fertig.
B.: Aber gesehen hat man ihn noch nicht.
A.: Wen?
B.: Den Springbrunnen selbst.
A.: Nein, erst als er aufgedreht wurde, dann ist der Wasserstrahl in die Höhe gesprungen.
B.: Vor Freude?
A.: Na – das ist doch ein Naturgesetz, wenn man einen Wasserhahn aufdreht, springt das Wasser immer in die Höhe.
B.: Immer nicht, in unserer Küche zu Hause, wenn man den Wasserhahn aufdreht, springt das Wasser hinunter.
A.: Eine Küche und der Sendlingertorplatz ist auch zweierlei.
B.: Aber nützlich ist ein Springbrunnen nicht.
A.: Nutzen hat er keinen.
B.: Warum baut man dann Springbrunnen?
A.: Nur zur Zierde – zum Anschauen.

B.: Für wen?

A.: Für die Bewohner unserer Stadt.

B.: Wie lange existiert der Springbrunnen schon?

A.: Ich glaube seit 1860, also fast hundert Jahre lang.

B.: Nun, dann müssen ihn doch alle Münchner schon gesehen haben.

A.: Das ist Geschmackssache, was Schönes kann man sich zwei- und dreimal ansehen.

B.: Zwei- bis dreimal schon, aber so alte Münchner oder gar die, die am Sendlingertorplatz wohnen, müssen sich doch schon an dem Springbrunnen satt gesehen haben.

A.: Für die Münchner allein is er auch nicht gemacht worden, sondern hauptsächlich für die Fremden.

B.: Nein, das stimmt nicht, die Fremden kommen nicht wegen dem Wasser, sondern wegen dem Bier zu uns nach München.

A.: Das stimmt.

B.: Mich hat noch nie ein Fremder gefragt: »Sagn Sie mal, wo kann man hier einen Springbrunnen sehen?« – Alle haben mich gefragt: »Wo ist hier das Hofbräu?«

A.: Natürlich kommt kein Mensch wegen dem Wasser nach München, und keiner wird aus dem Springbrunnenbassin Wasser saufen wollen.

B.: Warum haben s' dann einen eisernen Zaun drumrum gemacht?

A.: Dass man nicht nass wird, wenn man zu nahe an den Springbrunnen hingehen würde.

B.: Aber im Winter?

A.: Im Winter? Da springt er ja nicht.

B.: Wenn aber ein Fremder im Winter den Springbrunnen sehen will?

A.: Das kann er nicht, da muss er schon warten, bis es wieder Sommer wird.

B.: Muss er dann so lang in München bleiben?

A.: Nein, der fahrt wieder heim und soll im Sommer wieder kommen.

B.: Wenn er aber nicht mehr kommt?

A.: Dann sieht er ihn nicht.

B.: Da hat's der Münchner leichter, der sieht ihn immer.

A.: Im Winter aber nicht?

B.: Warum springt er nicht im Winter?

A.: Da tät der Springbrunnen einfrieren.

B.: Das ist nicht wahr, laufendes Wasser friert nie ein.

A.: Da haben Sie recht, das hat mir auch einmal ein Installateur gesagt, das wissen vielleicht die Herren Stadträte gar nicht.

B.: Das muss man den Stadträten sagen, die sind einem vielleicht dafür dankbar, dann könnte man sich doch die Arbeit mit dem Zudrehen ersparen.

A.: Gewiss, hieraus sieht man, dass der Laie auch manchmal eine gute Idee haben kann.

B.: Nur eines ist mir nicht klar, der Springbrunnen springt in die Höhe, dann fällt das Wasser wieder herunter und sammelt sich in dem Wasserbecken und läuft dann zum Ablaufrohr wieder hinaus.

A.: Ganz klar, der Ablauf ist wichtiger als der Springbrunnen selbst, denn wenn da kein Ablauf wäre und das Wasser hätte seit dem Jahre 1860 nicht ablaufen können, da wäre vielleicht heute ganz München – ganz Bayern – ganz Deutschland – vielleicht ganz Europa überschwemmt, – was wäre das für eine gewaltige Katastrophe, wenn einer aus Mutwillen das Ablaufrohr verstopfen würde?

B.: … ah!!! … Jetzt weiß ich, warum dass man um diesen Springbrunnen ein Geländer gemacht hat.

{4/236}; Entstehung 1946

Die Botschaft hör ich wohl, allein mir fehlt der Glaube

Meier: Servus, Valentin!! Hast du's schon gehört, der Weber Benedikt hat vor zwei Wochen einrücken müssen.

Valentin: So?? – – Ja, was ist das – – – so, der hat einrückn müssen.

Meier: Wenn ma bedenkt, so a kloana Mann – fast a Zwerg.

Valentin: So klein ist der?

Meier: Ja, du kennst doch an Weber Benedikt!

Valentin: Den Weber Benedikt? Woher soll denn i den kenna?

Meier: Freilich kennst du ihn; der is doch zu uns in die Schul gegangen.

Valentin: Dös kann scho sein; an dem Tag war i vielleicht zufällig nicht in der Schul – oder er war net in der Schul, sonst müsst ich ihn doch kennen.

Meier: Dös is möglich! – – – Ja, der hat einrücken müssen.

Valentin: Ach Gott, man darf nicht alles glauben, was die Leut sagen; dös is vielleicht wieder so ein Gerücht.

Meier: Geh, red doch net so dumm daher; wenn er mir doch gestern begegnet ist.

Valentin: Dös is doch kein Beweis! – Ich bin gestern an Walch Toni begegnet, der hat auch noch nicht einrücken müssn.

Meier: Der Weber Benedikt ist doch schon Soldat; er trägt doch schon eine Uniform.

Valentin: Dös is auch kein Beweis, dass er Soldat ist.

Meier: Unsinn! Jeder, der eine Uniform trägt, ist Soldat.

Valentin: Nicht immer! – – – Kannst du dich noch erinnern an den Räuberhauptmann von Köpenick? Der hat sogar eine Offiziersuniform getragen und war auch kein Soldat, sondern ein gewöhnlicher Schustermeister.

Meier: Traurig genug, wenn du den Weber Benedikt, unsern ehmaligen Schulfreund, mit dem Hauptmann von Köpenick vergleichst!

Valentin: Das liegt mir ganz ferne! Ich sage nur, ich bin nicht leichtgläubig. Ich glaube nicht alles, was mir die Leute erzählen.

Meier: Gut! Dann gehst du in die Max-II.-Kasern hinaus und überzeugst dich selber, dass ich recht habe.

Valentin: Ach, so wichtig is mir das nicht, dass ich den Weber Benedikt in der Kaserne aufsuche. Es kann ja sein, dass er eingerückt ist!

Meier: Nein, das kann nicht nur so sein, sondern das ist so.

Valentin: Ich sag nur, ich glaub nicht alles, was ich höre – – – sehen muss ich alles.

Meier: Das is doch Unsinn, wenn du sagst, du glaubst nicht, was du nicht siehst. Wenn ich dir z. B. erzähle, dass sich meine Tante in Amerika einen neuen Küchenkasten gekauft hat, dann kannst du doch nicht nach Amerika hinüber fahren, um dir den Küchenkasten anzuschauen. Du musst mir das eben glauben.

Valentin: Wenn du mich aber anlügst?

Meier: Ja, glaubst denn du, dass ich dich als alter Freund anlüge?

Valentin: Ich sag dir ja gerade, ich glaube nie, was mir die Leute sagen, sehen muss ich alles, ob es wirklich so ist, dann brauch ich es nicht mehr zu glauben – denn glauben heißt bekanntlich, nichts wissen.

Meier: Wenn ich dich wirklich anlügen würde, so könntest du das doch niemals sehen, denn die Lüge ist doch etwas Unsichtbares.

Valentin: Doch! Die Lüge ist sichtbar; denn wenn ich wirklich zu deiner Tante nach Amerika fahre und dort keinen Küchenkasten sehen würde, würde ich darin deine Lüge sehen. Folglich kann man die Lüge auch sehen!

Meier: Aber das Lügen selbst sieht man nicht!

Valentin: Und ob! Das kann dir jeder Zollbeamte bestätigen. Wenn der Zollbeamte an der Station einen Reisenden fragt: »Haben Sie etwas Verzollbares bei sich?«, so verändert sich bei der gefragten Person sofort der Gesichtsausdruck, aber nur, wenn es sich um eine Lüge handelt; wieder ein Beweis, dass die Lüge sichtbar ist.

Meier: Du glaubst also nicht, dass der Weber Benedikt eingerückt ist?

Valentin: Er lasst nicht aus mit seinm Weber Benedikt! Was hat der Weber Benedikt schon davon, wenn ich dös weiß, dass er auch eingrückt is.

Meier: Haben tut er eigentlich nichts davon.

Valentin: Also, warum soll ich es dann glauben, dass er eingrückt is? – – – Wenn ich ihm natürlich damit eine Gefälligkeit erweise, kannst du ihm ja sagen – wenn du ihn wieder triffst – dass es mich freut, dass er jetzt auch Soldat ist.

Meier: Na also, freuen wird er sich darüber sicher nicht.

Valentin: Ja, was denn?

Meier: A Wut wird er kriegn auf uns zwei, dass mir noch frei rum laufn!

Valentin: Dann sagst ihm halt, dass mir zwei auch schon Soldaten sind.

Meier: Dös glaubt uns doch der Benedikt nicht! So dumm is der net!

Valentin: So??? Aber i soll scho so dumm sein und glaubn, dass er eingerückt is!

{4/417}; Entstehung 1946

»Sie ham halt a andere Weltanschauung«

Ein ungewöhnlicher Blick auf die Wirklichkeit

Zwangsvorstellungen

Woher die leeren Theater? Nur durch das Ausbleiben des Publikums. Schuld daran – nur der Staat. Warum wird kein Theaterzwang eingeführt? Wenn jeder Mensch in das Theater gehen muss, wird die Sache gleich anders. Warum ist der Schulzwang eingeführt? Kein Schüler würde die Schule besuchen, wenn er nicht müsste. Beim Theater, wenn es auch nicht leicht ist, würde sich das unschwer ebenfalls doch vielleicht auch einführen lassen. Der gute Wille und die Pflicht bringen alles zustande.

Ist das Theater nicht auch Schule, Fragezeichen!

Schon bei den Kindern könnte man beginnen mit dem Theaterzwang. Das Repertoire eines Kindertheaters wäre sicherlich nur auf Märchen aufgebaut, wie Hänsel und Gretel, der Wolf und die sieben Schneewittchen.

In der Großstadt sind 100 Schulen, jede Schule hat 1.000 Kinder, das sind 100 000 Kinder pro Tag. Diese 100 000 Kinder jeden Tag vormittag in die Schule, jeden Nachmittag ins Theater – Eintritt pro Kinderperson 50 Pfennig, natürlich auf Staatskosten, das sind 100 Theater je 1000 Sitzplätze. Also per Theater 500 RM – sind 50 000 RM bei 100 Theatern.

Wie vielen Schauspielern wäre hier Arbeitsgelegenheit geboten? Der Theaterzwang, bezirksweise eingeführt, würde das ganze Wirtschaftsleben neu beleben. Es ist absolut nicht einerlei, wenn ich sage: Soll ich heute ins Theater gehen, oder wenn es heißt: Ich muss heute ins Theater gehen. Durch diese Theaterpflicht lässt der betreffende Staatsbürger freiwillig alle anderen stupiden Abendunterhaltungen fahren, wie Kegelschieben, Tarocken, Biertischpolitik, Rendezvous, ferner die zeitraubenden blöden Gesellschaftsspiele: »Fürchtet ihr den schwarzen Mann«, »Schneider, leih mir deine Frau« usw.

Der Staatsbürger weiß, dass er ins Theater muss – er braucht sich kein Stück mehr herauszusuchen, er hat keinen Zweifel darüber, soll ich mir heute Tristan und Isolde anschauen – nein, er muss sich's anschauen – denn es ist seine Pflicht.

Er ist gezwungen, 365mal im Jahre ins Theater zu gehen, ob es ihm nun vor dem Theater graust oder nicht. Einem Schüler graust es auch, in die Schule zu gehen, aber er geht gern hinein, weil er muss. – Zwang! – Nur durch Zwang ist heute unser Theaterpublikum zum Theaterbesuch zu zwingen. Mit guten Worten haben wir jetzt Jahrzehnte hindurch wenig Erfolg gehabt. Die verlockendsten Anpreisungen, wie: Geheizter Zuschauerraum – oder: Während der Pause Rauchen im Freien gestattet – oder: Studenten und Militär vom General abwärts halbe Preise; alle diese Begünstigungen haben die Theater nicht füllen können. – Die Reklame, die bei einem großen Theater jährlich Hunderte von Mark verschlingt, fällt bei dem Theaterzwang gänzlich weg. – Ebenfalls auch die Preise der Plätze; denn die Plätze werden nicht mehr nach Standesunterschieden, sondern nach den Schwächen und Gebrechen der Theaterbesucher eingeteilt.

1. – 5. Parkettreihe: Die Schwerhörigen und Kurzsichtigen.

6. – 10. Parkettreihe: Die Hypochonder und Neurastheniker.

10. – 15. Parkettreihe: Die Haut- und Gemütskranken.

Sämtliche Rang- und Galerieplätze stehen den Asthmatikern und Gichtleidenden zur Verfügung.

Auf eine Stadt wie Berlin kämen also – ausgenommen die Säuglinge und Kinder unter acht Jahren, Bettlägerige und Greise – täglich rund zwei Millionen Theaterbesuchspflichtige, eine Zahl, die die jetzige Theaterbesucherzahl der Freiwilligen weit überschreitet.

Man hat ja mit der Freiwilligen Feuerwehr ebenfalls bittere Erfahrungen gemacht – und nach langer Zeit nun eingesehen, dass es heute ohne Pflichtfeuerwehr nicht geht.

Warum geht es also bei der Feuerwehr und nicht beim Theater?

Gerade Feuerwehr und Theater sind heute so innig miteinander verbunden – ich habe in meiner langjährigen Bühnenpraxis hinter den Kulissen noch nie ein Theaterstück ohne Feuerwehrmann gesehen.

Sollte die vorgeschlagene »Allgemeine Theaterbesuchspflicht«, genannt »ATBPF«, zur Einführung kommen und, wie oben erwähnt, täglich zwei Millionen Personen in das Theater zwingen, so müssen in einer Stadt wie Berlin 20 Theater mit je 100 000 Plätzen zur Verfügung stehen. Oder 40 Theater mit je 50 000 Plätzen – oder 160 Theater mit je 12 500 Plätzen – oder 320 Theater mit je 6250 Plätzen – oder 640 Theater mit 3125 Plätzen – oder zwei Millionen Theater mit je einem Platz.

Was aber dann für eine famose Stimmung in einem vollbesetzten Hause mit, sagen wir, 50 000 Besuchern herrscht, weiß nur jeder Darsteller selbst. Nur durch solche eminenten Machtmittel kann man den leeren Häusern auf die Füße helfen, nicht durch Freikarten – nein – nur durch Zwang – und zwingen kann den Staatsbürger nur der Staat!

{1/103}; Entstehung zwischen 1910 und 1920

Karl Valentin und die Weltpolitik

Ein Vorschlag des bekannten Münchner Künstlers

Bei einer Reichstagswahl hat sich einmal jemand den Jux erlaubt, mich als Kaiser des deutschen Reiches zu wählen. Ich habe dieses auch sofort als Jux aufgefasst. Die Hellseherin Frau Amalie Plifentranz, die bekanntlich wieder einen neuen Krieg kommen sieht, ist nun schuld daran, dass ich über oben genannte Angelegenheit anders denke als damals.

Ich möchte zwar nie Herrscher sein über Länder und Reiche – aber eines möchte ich – nur eines –. Einmal möchte ich reden dürfen in einer Völkerbundsitzung in Genf, und allen den Großen, die da immer zusammenkommen, möchte ich etwas sagen, was sie noch nie gehört haben. – … Meine hohen Herren – würde ich sagen –! Wiederum sitzen Sie heute beisammen, um den ewigen Weltfrieden zu besprechen, wiederum werden Sie es nicht fertigbringen, den Weltfrieden unter den Völkern zu sichern, das heißt – Sie finden keine Mittel und Wege, die blutigen Kriege aus der Welt zu schaffen. Es ist traurig, dass Sie ausgerechnet gerade mich dazu brauchen, dass gerade ich zur Lösung eines solch großen Weltproblems herangezogen werden muss. Aber ich kenne Ihre Verzweiflung und erlaube mir, in dieser wichtigen Weltsache ein Wort dreinzureden. Ich weiß ja schon im Voraus, dass ich für meinen wohlmeinenden Vorschlag (Abschaffung des blutigen Krieges) nur Ihre werte Lächerlichkeit auf mich nehmen muss. Das schadet nichts – nein, gar nichts – denn tausend Andere werden sich an meiner Idee erfreuen. Leider muss ich mich an die hässlichen Worte anklammern: »So lange es Menschen gibt, wird es Kriege geben!« – Aber, wenn es schon nicht anders sein kann, – dann wenigstens keine blutigen Kriege. Ich schreie es mit Bertha Suttner hinaus in alle Welt – »Die Waffen nieder … Fort mit Bomben und Granaten!« Wo zeigt sich die Kraft eines Volkes, wenn man mit einem Maschinengewehr 1000 kräftige gesunde Menschen wie Grashalme abmäht? Wo zeigt sich die Kultur eines Volkes, wenn man aus den Lüften Gas und Feuer über menschliche Wohnstätten wirft? – Darum weg mit den technischen Mordwerkzeugen – die menschliche Kraft soll in Zukunft die Waffe ersetzen … Nehmen wir einen kommenden Krieg an z. B. zwischen Frankreich und Deutschland – geführt mit meiner Methode. Ein langes dickes Drahtseil in der Länge der Zugspitzbahn – wird nach der Kriegserklärung – halb ins deutsche, halb ins französische Flachland gelegt. Hierauf werden von den beiden kriegführenden Parteien, sagen wir je 1.000 der stärksten Sportsmänner ausgesucht. Die beiden Generalstäbe stehen auf der Schiedsrichtertribüne und geben durch ein lautes Sirenenzeichen den Beginn des kriegerischen Tauziehens bekannt. Keine Blutstropfen – nur Schweißtropfen – werden bei diesem Kriege fließen! Und hat nun eine feindliche Partei ihren Gegner in ihr Land gezogen, so hat dieselbe 1.000 Gefangene gemacht und somit den Krieg gewonnen. Der besiegte Gegner zahlt die Auslösungssumme (je nach Übereinkommen) für seine Gefangenen. Gesunde – frohe Menschen kehren vom Kriege heim …! Also – – macht aus den kommenden Kriegen große Sportsfeste zum Heile der ganzen Menschheit auf Erden.

{1/112}; Entstehung um 1920

Auf der Oktoberfestwiese im Jahre 1926

Ich kann mich noch gut erinnern, wie ich gestern auf dem Oktoberfest war. Herrliches Wetter leuchtete vom Himmel herab, und der Mondschein kam erst abends zum Vorschein. Dass ich nicht vergesse, muss ich Ihnen noch was von der Auer Dult erzählen. Und zwar eine wahre Begebenheit:

Jeder normale Mensch lässt sich auf der Welt nur einmal begraben, meistens dann, wenn er gestorben ist. Vielmehr – er lässt sich nicht mehr begraben, sondern die andern lassen ihn begraben, weil er gar nichts mehr zu reden hat. Ein Mann aber auf der Auer Dult – er nannte sich »Der Verächter des Todes« – lässt sich in einen Sarg legen und sich pro Tag zehn bis zwanzigmal begraben; und feiert somit zehn- bis zwanzigmal im Tag die sogenannte Auferstehung. Mir wurde von dieser Sensation erzählt, und gleich suchte ich die Schaubude auf, um mich an diesem grausigen Schauspiel zu ergötzen. Enttäuscht stand ich mitten im Dulttumult vor der geschlossenen Bude. Auf einem primitiven Plakat stand mit Bleistift geschrieben: »Wegen Krankheit des Verächters des Todes – heute geschlossen.« – Tragisch schlich ich mich um die Bude herum, und hinten an der Zeltleinwand wartete ein neuer Schlager auf mich. An der nagelneuen Zeltleinwand stand eine neue schablonierte Inschrift: »Wer diese Leinwand zerschneidet und wird dabei erwischt, wird polizeilich verfolgt.« – (Bitte, Wahrheit.)

Von der Dult – 1925 fuhr ich mit der Elektrischen zum heurigen Oktoberfest 1926. Gleich beim Anblick der Wiese hatte ich schon die erste Überraschung. Denn durch den Aufbau des heurigen Oktoberfestes sah man nicht mehr den Dreck, der ein Jahr lang seit dem vorigjährigen Oktoberfest vom Stadtmagistrat nicht weggeräumt wurde. Der Münchner Stadtrat hat nun beschlossen, trotz der großen Arbeitslosigkeit, von nun an nach jedem Oktoberfest den ganzen Dreck liegen zu lassen, bis sich derselbe so angehäuft hat, dass die Theresienwiese immer höher und höher wird, und in cirka fünfzig Jahren kann das Oktoberfest auf luftiger Bergeshöhe abgehalten werden; dazu sind natürlich Drahtseilbahnen nötig, was für den Magistrat (außer den Riesenpachtsummen der Wiesenwirte und Schausteller) wieder eine neuerliche Einnahmequelle bedeutet. Man sieht also, die Stadträte sind doch nicht so ungeschickt wie … man meint – –

Mein erster Gang war zu den Somalinegern. Ihr ganzes Leben und Treiben führen sie uns Europäern vor. Wir begaffen und bestaunen sie, teils aus Neugierde, teils aus Mitleid – denn aus ihren Augen leuchtet schweres Heimweh nach ihrer fernen Heimat. Dann kaufte ich mir in der Augustinerbude eine Mass Wagnerbräu. Und als ich meinen Durst gelöscht hatte und der Bude entstieg, abendelte es draußen schon. Unzählige Glühlampen glühten vor Glut. Interessehalber nahm ich mir vor, sämtliche Glühlampen auf der Wiese zu zählen. Ich war bereits bei der 22 533sten Lampe angelangt, da kommt ein halb besoffener Mann und fragt mich: » – Bitt schön, Herr Nachbar, wieviel Uhr ist's denn? –« Ich zählte laut meine Glühlampen weiter – 22 534 –. In dem Moment hat mir der eine Mordstrumm Watsche gegeben, denn dass es so spät sein sollte, kam diesem Mann unwahrscheinlich vor. Die Ohrfeige wurde mir mit einer solchen Wucht verabreicht, dass ich den Stiefel verlor, und mein Hut flog in weitem Bogen per Zufall direkt auf ein leerstehendes Steckerl beim Kohlenfeuer der Fischer Vroni. Hätte ich ihn nicht sofort wieder vom

Steckerl entfernt, so wäre ich in zehn Minuten im Besitze eines gebratenen Panamahutes gewesen. – – –

Drei Achterbahnen – also zusammen 24 – befinden sich auf der Wiese. Du gehst hin – zahlst 50 Pfennig – und dafür fahrst du an dieselbe Stelle, wo du eingestiegen bist. Ist das nicht komisch? – Das ist dasselbe, als wenn du am Hauptbahnhof in die Zweier einsteigst und fahrst damit zum Hauptbahnhof – – – Drei Stück Riesenmädchen – der Name derselben ist nicht wichtig, nur das Gewicht – sitzen zusammen in einer kleinen Bude, alle drei auf einem kleinen massiven Podium. Wie sie in die Bude kommen, ist mir ein jahrelanges Rätsel – durch den Eingang unmöglich. Um Wohnstätten für Menschen zu schaffen, baut man, normal gehandelt, zuerst das Haus, dann ziehen die Menschen ein. Diese drei dicken Mädchen setzte man auf die Wiese und baute ein Haus um sie herum. Wer diese dicken (armen) Menschen auslacht, verdient selbst – so dick zu werden, denn diese Riesenkinder haben von der ganzen schönen Welt nichts, als so dick zu sein.

Mungo, das Affenweib aus dem Negerstamme der Akka Akka, frisst Ratten und Mäuse. Das finde ich nicht gar so furchtbar. Die Pariser haben, als wir sie anno siebzig belagerten, auch Ratten und Mäuse auf der Speisekarte gehabt … Dass heuer ein Oktoberfest in dem andern drinsteckt, wissen die wenigsten, weil es so versteckt ist. Zwei Brüder, beide Mechaniker, haben in ihren freien Stunden, nach jahrelanger, mühevoller Arbeit, ein kleines vollständiges Münchner Oktoberfest zusammengebastelt, welches eher ins Deutsche Museum als auf die Wiese gehört. Jeder Münchner, der außer seiner Wiesenmass sich auch noch für etwas anderes interessiert, muss sich dieses wahre Kunstwerk ansehen. Es ist leicht zu finden, denn die hochlöbliche Wiesenkommission hat den beiden armen Teufeln trotz halbjähriger Voranmeldung außerhalb der Wiese, unter der Bavaria, ein einsames Plätzchen eingeräumt. Dass ich heuer – auch voriges Jahr – schon Aussicht gehabt hätte, auf der Festwiese vor einem heißen Schweinswürstlrost Schweinswürstlausrufer zu werden, muss ich hier, weil die Sache auf Wahrheit beruht, erwähnen.

Dass auch das wehmütige Zitat: »Das Alte stürzt, es ändern sich die Zeiten« auf unser altes Oktoberfest Bezug hat, sei hier zum Schluß noch erzählt. … Die alten üblichen Blechmusikanten, meistens drei oder vier an der Zahl, die bei keiner Schaubude fehlten und ihre Volksweisen und Gassenhauer über die Wiese erschallen ließen, sind am Aussterben. – Groß und Klein – Arm und Reich – hatten bei dem Oktoberfest die kindlichste Freude daran, diesen Tonkünstlern zuzuhören, und wenn sie auch noch so gräußlich mit vollen Backen in die mit Grünspan belegten Trompeten bliesen. Wer hat sie vergessen, die berühmte Schichtlkapelle mit dem Zwergdirigenten? – Vorbei!! – Vorbei!! – Heuer ist schon zum ersten Male die amerikanische Jazzbandmusik auf der Wiese eingezogen – die gehört doch zum Tanzen, wo sie sehr schön ist – und wie lange wird es noch dauern, vielleicht? – – Einige Jahre noch – – und es werden auch unsere feschen Oberlandlerkapellen mit ihrer schneidigen Volksmusik verschwinden, und statt den schönen bayerischen Liadln: »Wo die Alpenrosen blühn« usw. singt und tanzt man – von einem amerikanischen Jazzorchester begleitet – »Was machst du mit dem Knie, lieber Hans, mit dem Knie, lieber Hans, beim Tanz.«

Alles gut und schön für ein modernes mondänes Etablissement, aber für unser altes, ehrwürdiges Oktoberfest passt das nicht. – – – Oder baut den modernen Münchnern ein eigenes Oktoberfest … aber lasst's uns das alte. Dann ist's uns wurscht.

{1/118}; Entstehung 1926

Auer Dult: traditioneller Jahrmarkt, der dreimal im Jahr im Stadtteil Au in München stattfindet, dem Stadtteil, in dem KV geboren und aufgewachsen ist.
Riesenpachtsummen: heute noch so aktuell wie vor fast hundert Jahren. Pacht, die die Betreiber der Bierzelte (Wiesenwirte und Brauereien) und Fahrgeschäfte (Schausteller) an die Stadt München bezahlen müssen.
Fischer Vroni: seit 1904 eines der traditionellen vierzehn Festzelte auf dem Oktoberfest in München; bekannt vor allem für die bayerischen Fischgerichte.

Anno siebzig: gemeint ist der deutsch-französiche Krieg von 1870/71.
Schichtlkapelle: »Auf geht's beim Schichtl«, ein traditioneller Schaustellerbetrieb, der seit 1869 auf der Wiesn vertreten ist.

Fußball-Länderkampf

Ich bin erst kurz beim Fußballkampf gewesen,
dort war es schön und int'ressant,
den Platz hab ich schon irgendwo gesehen.
die Fußball-Mannschaft hab ich nicht gekannt
und als sie Abschied nahmen von den Toren,
das Spiel war aus, sie reichten sich die Hand,
ich hab mein Herz in Heidelberg verloren,
mein Herz das wohnt am Isarstrand.

Große Tagesplakate kündigten einen großen Fußballkampf an. Ich hab noch nie einen solchen gesehen. Flugs eilte ich an eine Autowartestelle und frag den Führer, ob er gewillt wäre, mich zu dem heutigen Fußball-Rennen zu bringen. Nachdem mich der Autoführer aufgeklärt hatte, dass heute kein Fußball-Rennen, sondern ein Fußballkampf stattfindet, stieg ich in das Auto und fuhr los. Sowas von Menschen habe ich noch nie gesehen, eine direkte Völkerwanderung von der Stadt bis zum Fußballplatz. Ich zählte mindestens 5000 Autos. Wenn man bedenkt wegen einem Fußball 5000 Autos, das ist kolossal. Am Sportplatz selbst eine Menschenmasse von 50 000 Menschen, dazu 5000 Autos gerechnet, also zusammen 55 000. Am Fußballplatz angelangt, frug ich sofort einen Platzanweiser: Wo ist die Drehbühne? Drehbühne? sagt er, gibt es hier nicht. – Was, sag ich –? 50 000 Menschen und keine Drehbühne? Sind Sie verrückt? Ich habe doch im Kartenvorverkauf eine Drehbühnenkarte gekauft! Ich wies meine Karte vor, der Irrtum wurde mir klar – es war keine Drehbühnen-, sondern eine Tribühnenkarte. Ich wälzte mich also zur Tribühne hinauf. Schlängelte mich amphibisch zu Platz Nr. 4376 hinauf. Ich saß. Ich saß kaum – wer stand vor mir? Ein Mann mit einem heißen Blechkessel. »Wollen Sie heiße Würstchen« sprach er. – »Nein«, sagte ich, »das Gegenteil – ich will das Fußballwettspiel sehen.« Ich zog meine Uhr aus der Tasche und sah – 4 Uhr 10. Beginn 4 Uhr.

Wann geht es endlich an? – Ich wurde ungeduldig und schrie aus Leibeskräften!! – Schon wieder war einer da – »Wer wünscht hier ein Los? Ziehung unwiderruflich Freitag, den 1. April.« Nun begann die Musikkapelle drei Musikpiecen zu spielen. Vom Fußballspiel war noch keine einzige Spur zu sehen. Die Musikkapelle spielte hierauf ein Dacapo. Währenddessen nahte ein Flieger samt Flugapparat surrend zum Flugplatz heran. – Der Flieger war hoch oben, der Platz tief unten, das Publikum ebenfalls. Es war ein ergreifendes Schauspiel. Besser hätte man es in einem Schauspielhaus auch nicht gesehen. Ich habe schon in meinem Leben viel Flieger gesehen, aber diesmal nur einen, oder besser gesagt, damals nur diesen. Als das Flugzeug sich dieses Fußballs entledigt hatte, flog es hurtig von dannen. Nachdem uns die Musik wiederum etwas geblasen hatte und das Fußballspiel noch immer nicht begann, rief ich zum zweitenmal aus Leibeskräften: »Los!!!« Wer kam wieder daher? Der Mann mit den Losen! »Ziehung unwiderruflich am Freitag, den 1. April.« – Nun wurde es mir fast zu dumm, wir wollten gehen … Sie staunen, weil ich wir sagte – wir waren zu zweit, ich und mein Regenschirm. Um wieder auf den Fußball zu kommen, ich vergesse nie den Anblick, wie auf dem riesigen Festplatz dieser kleine Fußball lag – einsam und verlassen. Hätte ich Tränen dabei gehabt, ich hätte dieselben geweint. Auf einmal – wir konnten es kaum erwarten – fing es endlich an … zu regnen. Von diesem Augenblick an war ich überzeugt, dass die Menschen vom Affen abstammen. Denn wie bekannt, machen doch die Affen alles nach. Beim ersten Regentropfen öffnete ich meinen Regenschirm und siehe da – – – alle 45 000 Menschen machten mir es nach. – – Was sagen Sie dazu?

Hätte ich vielleicht meinen Regenschirm nicht aufgespannt, hätten's alle anderen auch nicht getan. Und alle 45 000 Menschen wären nass geworden bis auf die Haut, die sich ja bei jedem Menschen unter den Kleidern befindet. Plötzlich ein Fahnenschwenken, die Musikkapelle spielte dazu, und das erste Fußballbataillon marschierte mit klingendem Spiel auf das Spielfeld. Ich sprach zu meinem neben uns stehenden Freund: »Nun geht's los.« Wer stand wieder da? Der Mann mit dem Los: »Ziehung unwiderruflich Freitag, den 1. April.« … Es war zum Kotzen. Ich werde dieses Datum nie mehr vergessen. – Und nun begann der Anfang. Es erschienen nun die Fußballlieblinge, die vom Publikum vergötterten Fußballisten. Da begannen die 45 000 Menschen ein 90 000händiges Applaudieren. Der Torwärter stand schon vor den Toren, und die Musik spielte dazu »Am Brunnen vor dem Tore.« Alles stand kampfbereit, aber der Fußball stand noch immer allein und einsam in der Mitte. Es war bereits 4 Uhr 30 alte und 16 einhalb Uhr neue Zeit zugleich. Da ging wie ein Lauffeuer ein unleises Raunen durch die Menschenmassen … Die Fotografen kommen. Mindestens ein halbes Dutzend Fotografen ohne Ateliers bevölkerten jetzt das Spielfeld. Das Spiel begann nun – – immer noch nicht, und die Kapelle spielte dazu das alte Volkslied »Es kann doch nicht immer so bleiben.« Das war denn auch meine Meinung und nach einigen kürzeren Minuten erschienen endlich drei Kinooperateure. Nun trat eine Pause ein, nach deren Ende plötzlich die Sanitätsmannschaft auf dem Platze Platz nahm. Anschließend daran kam der Herr Amtsrichter – Verzeihung – Schiedsrichter, um seines Amtes zu walten. Er ging in die Mitte, pfiff, und das Spiel begann. Enden tat das Spiel mit dem Sieg der einen Partei – die andere Partei hatte den Sieg verloren. Es war vorauszusehen, dass es so kam.

{1/131}; Entstehung 1927

Wie Karl Valentin das Schützenfest 1927 erlebte

Kaum war der Kanonendonner des 30jährigen Krieges verhallt, begann die Schießerei von neuem. Diesmal auf der Theresienwiese. Die Nachbarschaft der Theresienwiese, also des Bavariarings, hatte sich schon sehr oft beschwert über den furchtbaren Lärm des Oktoberfestes. Nun kam gleich gar das Schützenfest mit der unaufhörlichen Knallerei. Unser Magistrat hatte aber vorgesorgt und hatte um das ganze Schützenfest eine endlose Bretterwand geschlungen. Aber das Krachen der Büchsen klang trotzdem nach außen. Die Bretterwand war mindestens 35 Zentimeter zu nieder, oder die Schützen hätten leiser schießen müssen, eventuell mit Gummikügerl und Brausepulver. Das heurige Schützenfest wollte man eigentlich auf neunzehnhundert28 verschieben, wurde aber auf allgemeinen Wunsch in diesem Jahre abgehalten. Manche Tage wurde miserabel geschossen, was bei dem föhnartigen Wetter nicht überraschte, da jede abgeschossene Kugel vom Winde, wenn auch ganz minima, doch etwas verweht wurde. Insgesamt wurde den Schützen der bittere Vorwurf gemacht, dass sich dieselben bei ihrer Ankunft in München, wie immer, zuerst nach dem Bierpreis, dann erst nach dem Pulverpreis erkundigten. – Ein Probeschießen wurde von der Festleitung unbedingt vorgeschlagen, ein Probesaufen dagegen fand man für vollständig überflüssig. Die Schützerei ist eine uralte Erfindung und stammt aus dem grauen Alterdumm. 89 000 Jahre vor Christi muss es schon Schützen gegeben haben, besonders in München, denn der Name Schützenstraße lässt unbedingt darauf schließen.

Von dem letzten Schützenzug im Jahre 18hundertweißichnichtmehrgenau ist mir Folgendes noch in Erinnerung: Ich und wir standen auf dem Marienplatz, ich war ein damaliger Knabe von ungefährlich 15 Jahren, und da mein Vater ein kleiner dicker Mann war und nicht über die Menschenmauer hinüber sah, nahm ich ihn auf meine Schulter, und er sah nun bequem den fast dreistündigen Schützenfestzug an uns vorbeiziehen. Am Anfange des Zuges kamen zwei berittene Schutzengel zu Pferde (oder Schutzmänner, was man durch den lauten Lärm nicht gut sehen konnte), dann kam der Tölzer Schützenmarsch ebenfalls zu Pferde, dann Tausende von Schützen und zuletzt der Schützenkönig, dieser hatte einen großen schwarzen Schnurrbart und ebenso viele Orden, aus Gold und Silber, die alle an einer Schützenkönigkette hingen und im Winde lustig umherflattern wollten. Alle Menschen und Frauen schrien aus Leibeskräften »Glück auf«. Plötzlich verdunkelte sich das Firmament und der Himmel; und ein strömender Regen plätscherte hernieder. Die Schützen, die leider statt Regenschirme ihre Gewehre bei sich hatten, flüchteten bis auf die Haut durchnässt in die Häuser der Stadt, und vom ganzen Schützenzug war in einigen Minuten nichts mehr zu sehen, als die leere Straße. Die ganzen Menschenmassen stuben auseinander und gingen nach Hause. Auch ich. – Als ich heimkam, erschrak meine Mutter furchtbar, sie glaubte, ich sei übergeschnappt, denn in der Panik hatte ich ganz darauf vergessen, dass mein Vater noch immer auf meinen Schultern saß. Ich hub ihn herunter, und alles war wieder gut. Genau dasselbe passierte mir bei dem heurigen Schützenfest – – nicht mehr. Nach Aussagen blödsinniger Schützenfestzuschauer soll der heurige Schützenzug mit dem heurigen deutschen Bundesschießen wenig Ähnlichkeit gehabt haben, denn die Dekoration des Festplatzes soll fast 300 Goldmark betragen haben, eventuell auch mehr. Vielen Münchnern ist es ein Rätsel, dass man das Schützenfest und die Ausstellung zugleich und direkt nebeneinander abgehalten hat. – Auf Anfrage wurde uns von dem Komitee darüber mitgeteilt, dass das von vornherein so beabsichtigt war, weil nach Beendigung des Schützenfestes das Defizit in der Ausstellung ausgestellt wird.

Und wer war an dem Defizit schuld? Nur das nasse Regenwetter und die schlechte Witterung. – Nun ist das Schützenfest vorüber, – vorbei, – es ist gewesen, – es ist nicht mehr, – es war erst kürzlich, – oder wie man sich hierüber ausdrücken mag. Die Vorbereitungen für das nächste Schützenfest sind bereits schon wieder in vollem Gange. Nach den jetzigen Voraussagen des amtlichen Wetterberichtes werden wir zum nächsten Schützenfest in München 1940 besseres Wetter bekommen, wenigstens die ersten Tage, die letzten acht Tage sollen wieder teilweise bewölkt und mit gewitterartigen Niederschlägen umsäumt sein. –

{1/126}; Entstehung etwa 1927

»Die haben aber natürlich gespielt!«

Noch nie hatten Theaterbesucher so etwas erlebt. In der Singspielhalle im ehemaligen »Frankfurter Hof« in der Schillerstraße zu München war ich vor dem Krieg als Komiker engagiert. Ich forderte den Besitzer öfters auf, er möchte doch einmal eine neue Bühne bauen lassen, denn die gegenwärtige existierte schon seit 1870 und war nicht mehr der Zeit entsprechend. Nach vielem Zureden war er endlich dazu bereit, eine neue Bühne mit Vorhang, Dekoration, Podium und Beleuchtung anfertigen zu lassen.

Diese schöne neue Bühne stand schon in der Werkstatt des Bühnenbauers. Der Hauptpunkt der Sache war aber, dass deshalb keine Vorstellung am Abend ausfallen durfte. Nach Schluss des Theaters, nachdem die Zuschauer das Lokal verlassen hatten, musste sofort mit dem Abbruch der alten Bühne begonnen und die ganze Nacht durchgearbeitet werden, damit am anderen Abend die nächste Vorstellung schon auf der neuen Bühne vom Stapel laufen konnte.

Da kam mir eine Idee. Also, nach Schluss der Vorstellung sollte mit dem Abbruch begonnen werden! Ja, dachte ich, warum denn nicht schon vor dem Publikum?

Wir hatten als Schlusskomödie eine Bauernszene, bei der ein

Bauer zu spät nach Hause kommt und von der Bäuerin eine Gardinenpredigt erhält. Der Bauer bekommt deshalb Streit mit seiner Frau, fängt an zu toben und schlägt mit den Fäusten auf den Tisch; sonst tat er nichts. Im Ernstfalle würde der Bauer vielleicht im Jähzorn die Möbeleinrichtung demolieren. Das könnte er doch eigentlich heute machen, dachte ich mir, denn die alte Bühne brauchen wir morgen sowieso nicht mehr.

Gut, ich teilte meine Idee dem Bauern mit, sonst niemand, nicht einmal der Bäuerin, die am Abend die Szene spielen musste.

Am Abend wurde das übliche Programm heruntergespielt, und dann kam die Schlusskomödie mit der letzten Szene. Als die Gardinenpredigt der Bäuerin zu Ende war, ergriff der Bauer nicht bloß das Wort, sondern auch ein Beil und schrie: »Jetzt wird's mir aber amol zu dumm, Himmisappramen«, und ein wuchtiger Hieb zertrümmerte gleich die Zimmertüre, die natürlich nur aus Kulissenplatten und Leinwand bestand. Dann schrie er zum Fenster hinaus: »Großknecht, da geh rei.« Ich erschien ebenfalls mit einem Beil – und nun ging es los.

Alle, der Besitzer des »Frankfurter Hofes«, die Besitzerin, die Stammgäste, das Publikum und die Bäuerin – alle sperrten Augen und Mund auf, als die ganze Bühne vor ihren Augen in Trümmer zerfiel. Sogar die Podiumfußbodenbretter rissen wir auf. Einige Gäste flohen aus dem Saal, weil sie glaubten, die Schauspieler wären wahnsinnig geworden.

Kopfschüttelnd verließen die Gäste die Singspielhalle und einige meinten: »Die haben aber natürlich gespielt …«

Und am nächsten Abend spielten wir auf den neuen Brettern, die die Welt bedeuten.

{7/22}; Entstehung etwa 1935

Neue Verkehrsordnung

Stadtratsitzung

(*Glockenzeichen*)

Erster Stadtrat spricht: Sehr geehrte Versammlungsteilnehmer! Widerum haben wir eine außerordentliche Versammlung einberufen müssen, die über Neuregelungen von Verkehrsordnungen Aufschluss geben soll.

Es gab einmal eine Zeit, in der es nur Fußgänger gab und keine Fahrzeuge, ich denke hier zurück an die Zeit der Erschaffung der Menschheit. Zu dieser Zeit hatte es natürlich die Verkehrspolizei leicht, aber heute, wo Millionen von Verkehrsmitteln, Autos, Straßenbahnen, Radfahrer etc. durch die Straßen der Großstädte rasen, müssen unbedingt neue Verkehrsordnungen geschaffen werden. Ein ganz neues, aufsehenerregendes System hat nun unser Herr Stadtkämmerer Herr Wstlpnpf ausgedacht. Ich erteile somit Herrn Stadtkämmerer Wstlpnpf das Wort.

Stadtkämmerer: Meine Herren Stadträte! Wenn ich mir heute selbst erlaube, vor Sie hinzutreten, so tue ich das nicht nur, um zu treten, sondern um Ihnen einmal reinen Wein einzuschenken. Ich bitte, diesen Satz nicht sprichwörtlich zu nehmen, denn ich bin kein Weinwirt, sondern ein Wann wird – – – denn endlich einmal eine richtige Verkehrsregelung getroffen? Wie soll das in Zukunft werden? So kann es unmöglich weitergehen!!!

Schutzleute tun ihre Pflicht, die Schutzleute dirigieren, die Bevölkerung folgt ihnen nicht, grinsen, spotten, trotzen den Verkehrsordnungen der Großstadt. Die Verkehrspolizei will das Beste, aber die Großstädter bleiben meist Dörfler, macht es der Schutzmann so – gehen sie so – macht es der Schutzmann aber so – gehen sie anders. Die Autos durchsausen die Straßen, die Radfahrer fahren, wie sie wollen, die Fußgänger gehen mitten auf der Straße spazieren, kommen zwischen die Wagen, die Sa-

nitätskolonnen haben Hochbetrieb, die Krankenhäuser können die Verwundeten wegen Platzmangel nicht mehr aufnehmen! – – Dies alles kann nur anders werden durch meinen Vorschlag, der alle diese Missstände auf einmal aus der Welt schafft.
Mein Vorschlag ist folgender, und jeder Irrsinnige wird mir recht geben. Der Verkehr soll folgendermaßen eingeteilt werden:

Täglich von	7 – 8	Uhr	Personenautos
Täglich von	8 – 9	Uhr	Geschäftsautos
Täglich von	9 – 10	Uhr	Straßenbahnen
Täglich von	10 – 11	Uhr	Omnibusse
Täglich von	11 – 12	Uhr	Feuerwehr
Täglich von	12 – 1	Uhr	Radfahrer
Täglich von	1 – 2	Uhr	Fußgänger.

Sollte diese stundenweise Einteilung nicht möglich sein, wäre eine andere Lösung möglich, und zwar Tagesverkehr:

Der	Montag ist	nur	für	die Personenautos
der	Dienstag	nur	für	die Geschäftsautos
der	Mittwoch	nur	für	die Straßenbahnen
der	Donnerstag	nur	für	die Omnibusse
der	Freitag	nur	für	die Feuerwehr
der	Samstag	nur	für	die Radfahrer

Die Sonn- und Feiertage nur für die Fußgänger. Auf diese Weise wird nie mehr ein Mensch überfahren werden.

Oder eine weitere Lösung:

Im Januar	nur	Personenautos
im Februar	nur	Geschäftsautos
im März	nur	Straßenbahnen
im April	nur	Omnibusse
im Mai	nur	Feuerwehr
im Juni	nur	Radfahrer
im Juli	nur	Fußgänger usw.

oder:

1939	nur	Personenautos
1940	nur	Geschäftsautos
1941	nur	Straßenbahnen
1942	nur	Omnibusse
1943	nur	Feuerwehr
1944	nur	Radfahrer
1945	nur	Fußgänger usw.

oder:
im 20. Jahrhundert nur Personenautos
im 21. Jahrhundert nur Geschäftsautos
(*Pfeifen! Rufe! Wie undurchführbar, Unsinn etc.*).
[…]
Ende!

{4/22}; Entstehung 1937

Zur Aktualisierung dieser einfachen und doch so genialen Straßenverkehrsberuhigungsordnung können selbstverständlich die Jahre ab 2019 aufwärts eingesetzt werden.

Das Brilliantfeuerwerk (2)

Auszug: Wegbeschreibung

I. Akt

(Freie Anlage mit einer Bank und einem Wegweiser: Zur Rosenau. Personen: Soldat Karl (Bayerischer Schwerer Reiter), das Kindermädchen Liesl.)

Karl (*geht stumm über die Bühne von links nach rechts – bleibt zehn Sekunden hinter der Bühne und kommt wieder denselben*

Weg zurück. Wartet wieder kurze Zeit und geht dann am Horizont entlang, wieder nach rechts, kommt vor, geht auf den Hintergrund zu, kehrt wieder um und geht schnurgerade auf den Souffleurkasten zu, fragt den Souffleur): Wo geht's denn da zur Rosenau? – (*Kehrt wieder um und sieht den Wegweiser, geht auf denselben zu, betrachtet ihn kopfschüttelnd und geht weiter rechts ab. Fragt hinten*): Wo geht's da zur Rosenau?

Passant: Da müssen S' da nüber, immer gradaus.

Karl: Da komm ich ja her.

Passant: Ja, da müssen S' nüber.

Karl: So –! (*Geht wieder über die Bühne, bleibt in der Mitte beim Wegweiser stehen und sagt:*) Da ghört aa so a Hand her! (*Geht links ab, kommt aber sofort wieder zurück, schreit zurück:*) Da ist ja a Bach, da kann man nicht nüber.

Passant (*von drüben*): Ja über den Bach geht doch a Brücken, und über dö müssen S' nüber gehn.

Karl: So! – (*Dreht sich um und geht wieder links ab, fragt hinten.*) Sie, Fräulein, wo geht's denn da in d'Rosenau?

Liesl: Da müssen S' da nüber gehn in d'Rosenau.

Karl: Da hat mich aber einer da rüber gschickt in d'Rosenau.

Liesl (*tritt auf, zieht Kinderwagen herein*): Da müssen S' nüber gehn, immer grad aus, dann kommen S' direkt hin.

Karl: Ja, aber der hat gsagt, ich soll über den Bach nübergehn, der da herüben ist.

Liesl: Ja, das stimmt schon, der Bach ist da herüben auf der Seite.

Karl: Ja, und die Brücke?

Liesl: Die ist drüben auf der andern Seite.

Karl: Das gibt's doch net, dass der Bach da ist und die Brücken da drüben.

Liesl: Ja, das kommt mir auch a bissl dumm vor.

Karl: Das ist schon saudumm.

Liesl: Ja, wissen S', es ist schon da drüben auch a Bach.

Karl: Das waarn ja dann zwoa Bach.

Liesl: Ja, ich glaub, dass des da drüben der gleiche Bach ist, wie der da herüben.

Karl: Wie gibt's denn dös, der kann doch net zu gleicher Zeit da drüben und da herüben sein.

Liesl: Dös woaß i aa net, vielleicht schlangelt er sich so umanander.

Karl: Ja des tean s' gern die Bach.

Liesl: Da ham S' recht, – aber Sie wolln doch in d'Rosenau.

Karl: Jawohl –

Liesl: Ja, da geht's schon da nüber, denn wenn Sie da nunter genga, komma Sie nia in d'Rosenau, da kommen S' immer weiter weg davon.

Karl: Das stimmt.

Liesl: Sehng S', da ist aa so a Taferl.

Karl: Da kennt ma sich aber net aus.

Liesl: Ja, ja wissen muaß ma halt an Weg – Sie wollen wahrscheinlich heut zu dem Brilliantfeuerwerk, das soll ja wunderbar werden.

Karl: Ich hab's no net gsehn.

Liesl: Ja, da müssen S' da nunter gehn, das ist leicht zum finden.

Karl: Für mich net.

Liesl: Ja, weil S' no nia dort warn, – ich wüsst ja an Weg guat, weil i schon a paarmal drunt war, aber heut kann i net, weil i 's Kind dabei hab. – Aber da finden S' schon hin, den Weg kann Ihna ja jeder kloane Bua sagn.

Karl: Wenn aber koaner kommt?

Liesl: Dann kommt vielleicht a großer – jetzt genga S' amal immer gradaus, bis zu dem Bach, dann nüber über die Brücken – dann kommt der Baum mit de vielen Ast und dann genga S' links nei in dös Gassl –

Karl: Merse, danke! (*Macht die Honneurs.*)

Liesl: Immer gradaus, dann links, dann über die Wiesen, wo die Blumen san, da, – wo vorigen Sonntag der Schmetterling gflogn ist.

Karl: Dann find ich's schon. (*Geht ab.*)

Liesl: Und nach der Wiesen sehn S' so gleich das große Schild »Zur Rosenau«, und wenn S' Ihna nicht mehr auskenna, dann fragn S' noch amal, und wenn niemand kommt, dann kehrn S' nochmal um und fragen S' mich nochmal – jetzt hört er mich doch nimmer. (*Geht zur Bank, zum Kind.*) So Butzerl, jetzt hast as ghört, der Soldat geht jetzt in d'Rosenau nunter zum Brilliantfeuerwerk – Brilliantfeuerwerk – das hoaßt auf lateinisch Pyrotechnisches Experement. – Siegst, jetzt wenn du auch schon groß waarst und waarst auch a Soldat, dann kannten wir zwei auch zum Feuerwerk gehn, aber du bist ja koa Soldat, du bist ja bloß a Drecksau, weilst schon wieder alles nass gmacht hast. Das is a Kreuz mit dir (*haut das Kind mit dem Kopf an*). O Verzeihung, ist ja wahr auch, nichts wie ärgern muss ma sich mit dir. Hast's net gsehn, was das für ein strammer Soldat war, der hätt mich sicher mitgnomma, aber mit dir kommt man ja nirgends hin. Wieviel Soldaten hätt ich schon kenna glernt, wenn du net wärst. Du hast mir noch jeden Sonntag verpatzt – du bist das einzige Hindernis auf meinem Liebespfade – so jetz schlaf und lass mir mei Ruah, – (*setzt sich auf die Bank und strickt*). – Der wird wohl nunterfinden in d'Rosenau – ja ich denk schon, der is net so dumm – ich hab's eahm ja ganz deutlich erklärt – das war ein netter Kerl – ganz mei Gschmackerl – und noch dazua a Schwerer Reiter – dö Schweren Reiter san von alle dö feschesten Soldaten, die man sich denken kann – jetzt d'Artilleristen gfalln ma zwar aa ganz guat, und d'Jäger san schneidig, da hab i amal oan kennt – d'Schwaolischö – die san schö – aber treu bleibn tut oan halt koaner – da genga s' oamal oder zwoamal mit oan fort und dann lassen s' oan wieder laufa. Und ich möcht halt so gern verheirat sein – so eine Schwere Reiterehe muaß was Herrlichs sein. Ach ja – wia hoaßt das Lied – Schatz, mein Schatz reise nicht so weit von hier – im Rosengarten sollst meiner warten, im grünen Klee, juhee, im weißen Schnee … Weißer Schnee ist a Schmarrn, als ob's an schwarzen Schnee auch gehn tat.

(*Karl tritt auf.*)

Liesl: Ja, wer kommt denn da? Sann Sie schon wieder da von der Rosenau?

Karl: Sie ham mich schön angschwindelt mit dem Schmetterling, d'Augn hätt ich mir bald rausgschaut – ich hab koan fliagn sehngn.

Liesl: Ja, Sie san guat, mit Eahna kunnt i glei so viel lacha, vorigen Sonntag hab ich den Schmetterling gsehn, moana S', dass der wega Eahna acht Tag auf oan Platz umanander fliagt. Ja, ham S' denn gar nicht hingfunden?

Karl: Naa, überhaupts net.

Liesl: Sie wollen doch zu dem Feuerwerk, ham S' gsagt – no ja, da hams ja noch Zeit – das ist ja erst auf d'Nacht – beim Tag ist ja nia a Feuerwerk, da braucha S' Ihna net so darenna – da sann S' ja in zehn Minuten drunt, da könnten S' leicht no a bisserl bei mir da bleibn. Setzen S' Ihna her da –

Karl: Wenn S' gestatten! (*Setzt sich.*)

Liesl: Da brauch ich doch nichts gestatten, ich bin ja froh, wenn ich a bissl a Unterhaltung hab.

[...]

{5/144}; Uraufführung 1926

Butzerl: liebevolle Bezeichnung für ein kleines Kind
Schwaolischö: eigentlich Chevauleger, Soldat der leichten Kavallerie; aus dem Französischen: von chevaux = Pferd.
waarn = wären
tean s' = tun sie
Merse =merci
Sann = sind

Das Brilliantfeuerwerk (3)

Auszug: Wettervorhersagen

II. Akt

(*Alter Biergarten zur Rosenau – im Hintergrund wird das Feuerwerk aufgestellt – im Vordergrund werden Lampions aufgehängt – lange Tische und Bänke – Schenke – wunderbarer Sommernachmittag. [Personen:] Wirt – Hausl – Wally – Hausierer – Feuerwerker, später Soldaten, Karl und Liesl.*)

Wirt: Also los, schickts euch, Lampions aufhängen. (*Spricht so lange, bis Hausierer kommt.*) An blauen, an roten, an grünen, – habts denn gar koan Gschmack? Italienische Nacht – das Wort alloa sagt schon, dass ma net lauter gleiche an oan Draht hinhängt.

Hausierer (*tritt auf*): Zigarrn, Zigaretten, Virginia, Feuerzeig, Zigarren, Zigaretten gefällig! (*Geht an alle leeren Tische und dann monoton sprechend wieder ab.*)

Wirt: Anzapfen, viere ist's bald, habts d'Kerzen schon neigsteckt? Die Tische müssen besser abgeputzt werden. (*Man hört anzapfen.*)

Erster Soldat (*mit Mädchen*): Kellnerin, a Mass! (*Isst aus einem Paket.*)

Kellnerin: Prost.

Wirt: Ah, Grüaß Gott beinand, wia gehts, wia stehts, bleim ma heut auch da beim Brilliantfeuerwerk? Sehn S', das ist der Herr Feuerwerker, der richt grad alles her, und steckt alles auf, fürs Brilliantfeuerwerk mit bengalischer Beleuchtung – a wunderbares Wetterl ham ma heut dada.

Erster Soldat: Aber nimmer lang, heut halt's net aus.

Wirt: Waar net übel – heut ist doch ein herrlicher Tag.

Erster Soldat: Aber regnen tut's heut noch, das woaß i gwiß, denn wie ich heut mein Herrn sein Hund spaziern gführt hab, da hat er a Gras gfressen, und wenn a Hund a Gras frisst, das ist das sicherste Zeichen, dass auf d'Nacht noch regnt.

Wirt: Waar net übel, das waar so a Schlag für mich, das Feuerwerk kostet mich 300 Mark. Da taat ich's na scho glei lieber nächsten Sonntag abhalten. Sie, Herr Feuerwerker, was moana denn Sie? Grad sagt mir der Herr Soldat, dass heut 's Wetter wahrscheinlich net aushalten tuat.

Feuerwerker: Aaa – Papperlapapp – heute bei dem klaren blauen Himmel, kann es doch nicht regnen, wie kommen Sie denn auf so einen Unsinn?

Wirt: Ja, also der Soldat hat nämlich einen Herrn, und der Herr hat heut a Gras gfressen – nein – der Hund hat an Herrn gfressen – nein – der Soldat hat an Hund gfressen – nein – an Hund hat er spaziern gführt, und da hat der Hund a Gras gfressen, und er sagt, wenn a Hund a Gras frisst, dann regnts auf d'Nacht.

Feuerwerker: Das glaube ich kaum. Ich halte es für ausgeschlossen, dass es heute regnet. – Das heißt, gehört hab ich das allerdings auch schon oft, dass, wenn ein Hund ein Stück Gras frisst, dass es dann bestimmt regnet.

Wirt: Gel, Sie ham's auch schon ghört?

Feuerwerker: Das wäre natürlich furchtbar unangenehm, wenn im letzten Moment ein Regenwetter käme – ja, ich mache Ihnen den Vorschlag – Wir verschieben das Feuerwerk auf nächsten Sonntag – ich bin allerdings mit meiner Arbeit schon fast fertig, aber wenn Sie wollen, dann nehme ich das ganze Feuerwerk wieder herunter.

Wirt: Runter …

Feuerwerker: Pack Ihnen alles ein!

Wirt: ein …

Feuerwerker: Sie heben die Kiste gut auf!

Wirt: auf …

Feuerwerker: Und wir brennen das Feuerwerk nächsten Sonntag ab!

Wirt: ab – …

Feuerwerker: Ich will Ihnen natürlich nichts dreinreden, aber es wäre ewig schade, wenn's alles verregnen würde. Ihre schönen Ballone werden nass, – das packen wir alles ein, und Sie heben die Kiste gut auf.

Wirt: Ja, dö stelln ma dann in d'Küch nei.

Feuerwerker: Um Gotteswillen nur nicht in die Küche, zum Ofen – das sind alles Explosivkörper – die Kiste stellen Sie am besten in den Eiskasten.

Wirt: Naa, naa, dö Raketen schaun so ähnlich aus wie d'Würst, und mei Alte, das Rindvieh, verwechselts und legt's in d'Pfanna nei und Bumm –

Feuerwerker: Na, so dumm wird Ihre Frau Gemahlin doch nicht sein.

Wirt: Wally, teats [tut] die Ballon wieder runter, ich trau dem Wetter nicht recht, wir halten das Feuerwerk nächsten Sonntag ab. (*Alles wird abgenommen und eingepackt.*)

Feuerwerker: Ich packe gerne alles ein, wegen der Arbeit ist es mir nicht, denn nächsten Sonntag haben wir dann die Garantie, dass es schön Wetter wird.

(*Wirt läuft immer an der Kiste herum.*)

Feuerwerker: Sie mit Ihrer brennenden Zigarre, kommen Sie mir ja nicht so nahe an die Kiste.

Zweiter Soldat setzt sich, bestellt sich Bier.

Wirt: Grüß Gott beinand, wia gehts, wia stehts, heut hätt ma a wunderbares Brilliantfeuerwerk ghabt, auf d'Nacht, aber ich trau mir leider nicht, weil's Wetter net aushalt dada.

Zweiter Soldat: Wer sagt denn das?

Wirt: Der Ding sagt's – den sein Hund hat a Gras gfressen, und da sagt er, regnt's auf d'Nacht bestimmt noch.

Zweiter Soldat: Ah, Schmarrn, heut halt's aus, schaun S', wir ham an Laubfrosch dahoam, und der sitzt schon seit acht Tagen ganz z'höchst oben auf der Leiter drobn, und das ist das sicherste Zeichen, dass schön Wetter bleibt.

Wirt: Ja, ghört hab ich das schon oft, Sapprament –

Feuerwerker: So, Herr Wirt, jetzt bin ich fertig – also nächsten

Sonntag komm ich wieder – vielleicht so um dieselbe Zeit wie heute, und da brennen wir unser Feuerwerk ab. Auf Wiedersehen. (*Will abgehen.*)

Wirt: Jaaaaaa – Herr Feuerwerker, könnt ich Sie noch einen Moment sprechen.

Feuerwerker: Gewiss, haben Sie mir noch was zu sagen, haben Sie noch einen Wunsch?

Wirt: Jetzt sagt mir grad der Soldat, eben im Moment, dass heut auf d'Nacht doch schön Wetter bleibt.

Feuerwerker: Ja, was ist das?

Wirt: Er sagt, er hat einen Laubfrosch und der sitzt in an Glasl drin, ganz hoch auf der Leiter drobn, und das, sagt er, ist das sicherste Zeichen, dass schön Wetter bleibt.

Feuerwerker: Lassen Sie sich doch nicht beeinflussen, Herr Wirt!

Wirt: Ja, das ist eben ein Fehler von mir.

Feuerwerker: Ich meine, das ist doch ein Ding der Unmöglichkeit, dass an ein und demselben Tag ein Hund ein Gras frisst und ein Laubfrosch oben auf der Leiter sitzt.

Wirt: Ja – das ist mir auch das Auffällige.

Feuerwerker: Kein Mensch kann's vorhersagen, wie das Wetter wird.

Wirt: Ja, weil's eben kein Mensch sagen kann, drum braucht man eben diese Viecher.

Feuerwerker: Ja, gehört hab ich das auch schon, dass der Laubfrosch der sicherste Wetterprophet sein soll – das lernt man doch schon in der Schule. Ich glaube selbst schon bald, dass der Laubfrosch recht hat – denn ich will Ihnen was sagen – warum hat der Hund a Gras gfressen?

Wirt: Das woaß i net.

Feuerwerker: Ganz einfach – weil er Hunger gehabt hat. Hätte der Soldat seinem Hund eine Wurst gegeben, dann hätte derselbe nie Gras gefressen.

Wirt: Natürlich – ja – wenn a Hund a Wurst frisst, dann wird's ja net schlecht Wetter.

Feuerwerker: Wissen Sie was – wir brennen das Feuerwerk doch heute ab – ich packe Ihnen wieder alles aus, und Sie hängen Ihre Lampions wieder auf.

Wirt: Wally – Hausl – hängts d' Lampions wieder nauf, das Feuerwerk findet heute statt. (*Beide hängen Lampions auf.*)

Feuerwerker: Es ist wirklich besser, wenn wir das Feuerwerk heute abbrennen, wer weiß, wie nächsten Sonntag das Wetter wird – da kann es vielleicht noch viel mehr regnen wie heute.

Wirt: Ja, regnts denn heut?

Feuerwerker: Das weiß ich nicht – aber gehn Sie mir bitte mit Ihrer brennenden Zigarre weg! (*Packt wieder alles aus.*)

Dritter Soldat: Ich möcht drei Quartl und an saubern Teller. (*Schneidet einen mitgebrachten Rettich auf.*)

Wirt: Aaa, san ma heut auch komma zum Brilliantfeuerwerk?

Dritter Soldat: Was ist heut? A Brilliantfeuerwerk? Wann?

Wirt: Wenn's finster ist, weil man's beim Tag net siecht – sehn S', jetzt richtet's der Feuerwerker schon her – das wird kein gewöhnliches Feuerwerk, sondern ein Brilliantfeuerwerk, mit Raketen und Speibteufeln. Wenn dö da naufsausen!

Dritter Soldat: Das wird's Eahna schön dawaschen, denn dass heut auf d'Nacht noch regnt, da wett ich meinen Kopf.

Wirt: Waar net übi, heut ist doch ein herrlicher Tag.

Dritter Soldat: Aber regna tuat's heut no, denn wia ich heut in der Fruah meine Ross putzt hab, sann d'Fliagn so am Stallfenster umananda gsummt, und wenn d'Fliagn so am Stallfenster umanandersummen SSSSS, das ist das sicherste Zeichen, dass auf d'Nacht regnt.

Wirt: Jetzt kenn i mi gar nimmer aus. (*Geht weg, für sich.*) Der Hund frisst a Gras, der Laubfrosch sitzt am Stangl drobn, und d'Fliagn sann bös – ja was ist dös. Sie, Herr Feuerwerker, genga S' amal her.

Feuerwerker: Und was ist los, Herr Wirt?

Wirt: Jetzt sagt mir der Schwere Reiter grad, dass wenn d'Fliagn am Fenster umanander summa, dass da bestimmt an dem Tag auf d'Nacht no regnt.

Feuerwerker: Das ist doch schrecklich mit Ihnen, jetzt hätte alles schön geklappt, jetzt lassen Sie sich wieder beeinflussen. Ich kann Sie gar nicht verstehen – von jedem Deppen lassen Sie sich was erzählen.

Dritter Soldat: Was Depp – ich gib Eahna na glei an Deppen …

Feuerwerker: Beruhigen Sie sich doch – Sie sind doch gar nicht gemeint damit, ich meine doch Sie, Herr Wirt.

Wirt: Mich hat er doch gemeint.

Feuerwerker: Auch mit Recht, weil Sie nie wissen, was Sie wollen. Denn wegen dem seine drei oder vier Fliegen, die da am Fenster …

Wirt: Ah – drei oder vier – wieviel warn's?

Dritter Soldat: A ganzer Haufen, a paar Hundert.

Wirt: Na also – a paar Hundert Fliagn sann mir doch maßgebender als wia dem sein einzelner saudummer Laubfrosch.

Feuerwerker: Ja, gehört hab ich das allerdings auch schon. Es wäre natürlich sehr unangenehm, wenn's im letzten Moment alles verregnen würde. Ich will Ihnen aber in keiner Weise dreinreden – aber wie gesagt, wenn Sie sich nicht traun, dann ist es besser, wir verschieben das Feuerwerk. Denn stellen Sie sich vor, wenn im letzten Moment ein Wetter kommt. – Alle Gäste laufen Ihnen weg, alles wird nass …

Wirt: Ja, mein Bier. –

Feuerwerker: Ach, das Bier kann ja nass werden.

Wirt: Nein, überbleiben tut es mir.

Feuerwerker: No ja, das wäre nicht so schlimm, Sie können Ihr übrig gebliebenes Bier selber trinken, aber ich kann mein Feuerwerk nicht fressen. Ich pack Ihnen wieder alles ein –

Wirt: Wally – Hausl – das Feuerwerk findet heute nicht statt, ich trau mir net; jetzt wieder alles einpacken – warten S', ich hilf a bisserl.

Feuerwerker: Jetzt sind Sie schon wieder da mit der Zigarre, wie oft muss ich's denn noch sagen?

Wirt (*läßt die Zigarre fallen*): Sie, Herr Feuerwerker, mei brennende Zigarre ist in die Kiste gefallen.

Feuerwerker: Wo, hier – um Gotteswillen! (*Macht den Deckel zu, Explosion!*)

Wirt steht zitternd oben am Tisch.

Feuerwerker: Jetzt hat man die Bescherung! Das war ja ein Leichtsinn sondergleichen, – dreimal habe ich Sie gewarnt.

Wirt: Und einmal ist's bloß explodiert.

Feuerwerker: Das ist noch gut abgelaufen, die Kiste hätte in die Luft fliegen können, – da schauen Sie her, was Sie angestellt haben. Jetzt gehen Sie mir aber nicht mehr her. Jetzt ham ma den Salat.

Vierter Soldat: Herrgott, ham ma heut a schöns Wetter. Grad a Freud is, weil Sonntag is! (*Setzt sich.*)

Wirt: Ist's erlaubt? Grüß Gott.

Feuerwerker: Halt! Machen Sie, dass Sie wegkommen, Sie reden ja doch bloß wieder vom Wetter, was anderes wissen Sie nicht, sonst geht's wieder an! (*Zieht den Wirt weg.*)

Vierter Soldat: Herrgott, ham ma heut a schöns Wetter, grad a Freud ist's – jetzt bleibt's aa mindestens 14 Tag so schön. – Da gfreut einem der Ausgang nochmal so, wenn's gar so schön Wetter ist, so sollen alle Sonntag sein, und d' Schwalberln fliagn ganz hoch droben und zwitschern – und der Rauch steigt kerzengrad in 'd Höh – da kanns überhaupt net regna, dann muaß ja schö Wetter bleibn.

Wirt (*hat aufmerksam zugehört und schreit*): Herr Feuerwerker …

Feuerwerker: Weiß schon, weiß schon, Ballon aufhängen, Feuerwerk auspacken, das ist ja zum verrückt werden. Jetzt wird es mir zu dumm, einmal heißt es auspacken, dann wieder einpacken, ich mache nicht mehr mit. Zum letzten Mal pack ich's Ihnen jetzt wieder aus, aber dabei muss es nun bleiben.

Wirt: Da wird nichts mehr gredt – Herr bin i! Das Feuerwerk findet heute unter allen Umständen statt.

Feuerwerker: Ich glaub Ihnen nicht mehr, braucht bloß jemand wieder sagen, es regnet, dann sprechen Sie wieder anders.

Wirt: Was? – Oana soll mir heut noch kommen und bloß das Wort Regen sagen, den hau ich mit mein Bratschlegl nieder wie an Stier … (*Haut mit Holzschlegel auf den Tisch. Karl kommt mit Liesl herein.*)

Vierter Soldat: Grüß Gott, Fräulein.
Liesl: Grüß Gott.
Karl: Servus, Kamerad! (*Beide setzen sich zum vierten Soldaten.*)
Kellnerin: Was is?
Karl: Sonntag is.
Kellnerin: Naa, was kriagen ma –, a Mass oder a Halbe?
Karl: Was magst denn?
Liesl: Entweder a Mass oder a Halbe, das ist ja gleich.
Karl: Das ist gleich.
Kellnerin: Ja, was soll ich na bringen?
Karl: Bringen S' zwei Halbe in oan Masskrug!
Kellnerin: Das ist ja a Mass – also na bring i a Mass.
Karl: Ja.
Liesl: Naa – dös is ja zviu, i mag überhaupt koa Bier, i mag höchstens a Schlückkerl.
Karl: Also, na bringen S' a Mass und a Schlückerl. (*Kellnerin ab.*)
Karl (*bricht eine Breze auseinander*): Der Bäcker lebt a nimmer, der wo die Brezn gebacken hat.
Kellnerin (*bringt eine Mass und eine Halbe*): Gsundheit!
Liesl: Jetzt hat's do zvui bracht, so viel Geld hättst net ausgeben braucha.
Karl: Für di is mir nix zvui. Trink nur.
Liesl: Bittschön! (*Trinkt eine ganze Halbe aus.*)
Karl (*gibt das Glas der Kellnerin*): No a Schlückerl – da, trink derweil da, bis das andere kummt.
Liesl: Naa, dank schön – also i hab jetzt Durst ghabt.
Karl: Des hab ma scho gsehng.
(*Die Kellnerin bringt neues Bier.*)
[…]

{5/152}; Uraufführung 1926

Speibteufel: von speien, spucken, kotzen; Speiteufel: Täubling; auch: Speiteufel, Figuren an gotischen Kirchen.
a Halbe: eine halbe Bier, ein halber Liter.

Das Brilliantfeuerwerk (4)

Auszug: Feuerwerk wird abgebrannt

II. Akt

[…]

Karl: Ja, was ist jetzt mit dem Feuerwerk?
Feuerwerker: So, meine Herrschaften, jetzt kann's losgehen, jetzt bin ich so weit! (*Alles geht nach hinten zum Zaun, Karl und Liesl nach vorne an die Rampe.*)
Liesl: Jetzt wird's glei scheppern, da hinten.
Wirt: Was ist denn mit euch zwoa, was stellt's euch denn daher?
Karl: Ja, 's Feuerwerk möchten mir anschaun.
Wirt: Dös is doch dahinten, sehgt's denn net, wo die andern Leut stehgn?
Beide: Aso! (*Gehen nach hinten.*)
Liesl: Is scho anganga?
Alle: Naa, wir warten a scho drauf.
Feuerwerker: Einen Moment, Herr Wirt, jetzt kann ich's nicht abbrenna, ich kann nicht anfangen, weil ich kein Zündholz hab.
Wirt: Jessas, Jessas, jetzt hat er wieder koa Zündholz, des is doch blöd, des is grad so dumm, als wenn a Kaminkehrer koan Kamin dabeihat.
Feuerwerker: Das kann doch einmal vorkommen.
Wirt: Das derfat net vorkommen, Sie sann a trauriger Feuerwerker, hat denn niemand a Feuer?
Karl: Ja, in der Kuchel, da is Feuer gnua, brennt's es halt in der Kuchel ab.
Feuerwerker: In der Kuchel kann ma do kein Feuerwerk abbrenna.
Wirt: Red's koan Schmarrn und gebt's ihm Streichhölzer.
Dritter Soldat: Da!
(*Feuerwerker ab.*)

Alle: Wann geht's denn amal an? Wann werd's denn abbrennt?

Feuerwerker (*kommt wieder; alles fragt, er bahnt sich den Weg durch die Leute*): Herr Wirt, tut mir leid, aber ich kann das Feuerwerk no net abbrenna.

Wirt: Warum denn? Was ist denn scho wieder?

Feuerwerker: Es is noch viel zu hell –

Wirt: Jetzt machen S' mi aber bald narrisch, jetzt haben S' a schöns Wetter, haben S' Streichhölzer. Jetzt ist's Eahna auf einmal wieder zu hell, tean S' nur mir net traun.

Alles (*lacht oder schimpft durcheinander*): Das ist ja a Schwindel, so a Bamberlfeuerwerk, der alte Tritschler usw. (*Setzen sich alle.*)

Feuerwerker: Ich verbitte mir das, ich als Fachmann muss doch wissen, wann ich ein Feuerwerk abbrennen kann. Jetzt is doch noch hellichter Tag, und ich brauche eine tiefdunkle Nacht.

Karl: Brennen Sie's doch im Keller drunt ab, da ist's dunkel.

Feuerwerker: Im Keller, Unsinn. Haben Sie schon amal im Keller drunt a Feuerwerk gsehn.

Karl: Ich schon. Im Augustinerkeller war schon oft a Feuerwerk.

Feuerwerker: Ja, im Augustinerkeller, aber net im Augustinerkeller-Keller, drum ich brauch eine stockdunkle, rabenschwarze Nacht.

Karl: Jetzt ist's aber schon ziemlich dunkel. (*Trinkt vom Bier.*)

Feuerwerker: Das nutzt mir gar nichts. Ich kann mein Feuerwerk nicht ziemlich abbrennen, ich muss es ganz abbrenna.

Liesl: Jetzt braucht ma halt an Barometer, dass ma wissn taten, wie dunkel es ist.

(*Karl spuckt Bier aus und lacht.*)

Liesl: Da brauchst gar net so gschwolln lachen, wenn i was sag.

Karl: Du Rindvieh – du moanst ja an Thermometer.

Liesl: Du kannst ja gleich sagen an Kilometer.

Wirt: Oder gleich an Manometer, zum Dummheit messen.

Feuerwerker: Das nützt mich alles nichts, ich brauch eine totale rabenschwarze Nacht.

Wirt: Ich weiß schon, eine rapide Finsternis.

Karl: Zu was Fensterkiss?

Liesl: A Finsternis hat er gsagt, a Dunkelnis. (*Es wird schnell dunkel.*)

Feuerwerker: So, jetzt können wir anfangen.

Liesl: Im Dunkeln tut's Feuerwerk funkeln! (*Man hört im Dunkeln die Paare sich küssen, es folgt ein Schuss, und es wird einige Sekunden hell. Der Wirt sieht die küssenden Paare.*) Ah, is dös das Feuerwerk?

(*Das Feuerwerk beginnt mit Feuerrad, Christbaumkugeln, sekundenlanges Aufblitzen der Scheinwerfer, rot und grünes bengalisches Zündholz, Rauchkerzen, Schuss. Alles hat während der Szene »AAAA« gerufen, zum Schluss klatschen alle*) »Bravo! Bravo!« – (*Bühne wird langsam hell, alle verlassen die Bühne.*)

Karl und Liesl (*schauen in die Richtung zum Feuerwerk*): Gute Nacht, schön war's.

Wirt: Hailoh! Was ist denn mit Euch zwoa? Auf was wartet's denn noch?

Karl: Wann is denn das Feuerwerk aus?

Wirt: Jessas, Jessas, des sehgt's doch, dass schon aus is, sonst tat's doch noch was sehgn?

Liesl: Aber schön war des Feuerwerk!

Karl: Und kracht hat's oft!

Liesl: Aber stinken tut so ein Feuerwerk!

Karl: Ja, es riecht nicht alles gut, was kracht.

Wirt: Gute Nacht, macht's, dass weiter kommt's.

Karl: Hoffentlich finden ma hoam, weil's so finster is.

Wirt: Da habt's an Ballon, den schenk ich Euch!

(*Beide raufen um den Ballon, zerreißen ihn.*)

Liesl: Jetzt hast'n zerrissen, schade.

Karl: Will ihn einsteckn.

Liesl: Da brennst di ja.

Wirt: Der brennt net vor Dummheit. Gute Nacht!

Liesl: Sie, wann haben S' denn wieder amal so a schön's Feuerwerk?

Wirt: Nächsten Sonntag.

Karl: Da gehn ma wieder runter, den Sonntag, der jetzt kommt?
Wirt: Jawohl.
Karl: Ja, wenn's aber nächsten Sonntag regnet?
Wirt: Jetzt leckt's mi am A …
(*Vorhang*)

{5/162}; Uraufführung 1926

Biergarten, auch Bierkeller genannt. Daher das Wortspiel KVs Augustiner-keller-Keller
gschwolln: angeberisch, aufgebauscht

Theater in der Vorstadt (1)

Komödie in zwei Akten

Auszug

I. Akt

(*Dekoration »Bühne auf der Bühne« mit primitivster Ausstattung, Vorhang und Souffleurkasten. Valentin und Musiker treten auf, setzen sich an ihre Plätze, richten ihre Noten her.*)

Musiker: Ist unser Kapellmeister noch nicht da?
Valentin: Nein, bis jetzt noch nicht, vielleicht kommt er später?
Musiker: Bei uns schimpft er gleich, wenn einer einmal zu spät kommt, aber er darf sich's ja erlauben, der alte Aff.
Valentin: Der sitzt höchstens wieder drüben in der Wirtschaft und sauft eine Mass nach der andern, der besoffene Uhu –
Musiker: Könna tut er auch nichts, der alte Depp, der kennt ja nicht einmal die Noten, ich kann überhaupt nicht verstehen, wie der da herein in das Theater als Kapellmeister gekommen ist.

Valentin: Durch Projektion – sonst haben sie ihn nirgends brauchen können, den alten Grantlhauer, weil er von der Musik ja gar nichts versteht.

Kapellmeister (*tritt unbemerkt auf, hört ruhig zu.*)

Musiker: Ja, mir wenn's amal zu dumm wird, dann kann er etwas erleben, der spinnate Kerl. Der ist ja sowieso schon sechs Jahr narrisch.

Valentin: Nein, das reicht nicht mehr, der ist schon sechzig Jahr narrisch.

Musiker (*dreht sich um, sieht den Kapellmeister, grüßt leise*): Guten Abend (*zu Valentin, schnell*): Komm, richt endlich deine Noten her und red ned immer so viel, sonst wenn der Herr Kapellmeister kommt, bist wieder nicht fertig, dann muss er sich wieder ärgern, der Herr Kapellmeister.

Valentin: Seit wann sagst du Herr Kapellmeister?

Musiker: Ich hab noch nie anders gsagt wie Herr Kapellmeister –

Valentin: Jetzt schau einen solchen Konditor an, Herr Kapellmeister sagt er auf einmal, und sonst schimpft er die ganze Zeit über ihn.

Musiker: Das ist nicht wahr, ich hab noch nie über unsern Herrn Kapellmeister etwas gesagt, du hast grad gsagt, dass er sechs Jahr narrisch ist.

Valentin: Ich hab gsagt sechzig Jahr –

Musiker (*hustet verlegen*).

Valentin: Was hast denn auf einmal, warum sprichst denn nichts mehr? (*Zu den andern*): Was schaut Ihr denn so blöd? Habt Ihr mir wieder was naufghängt? (*Dreht sich um. Sieht den Kapellmeister*).

Kapellmeister: Jetzt horch ich Ihnen bereits fünf Minuten lang zu –

Valentin: So lang schon?

Kapellmeister: Wen haben Sie denn da gemeint mit dem alten Aff?

Valentin: Meinen Bruder.

Kapellmeister: So, Ihren Bruder – – Sie haben doch einmal zu mir gesagt, Sie haben gar keinen Bruder –

Valentin: Nein –
Kapellmeister: Wen haben Sie dann gemeint?
Valentin: Meine Schwester.
Kapellmeister: Zuerst Ihren Bruder und dann Ihre Schwester?
Valentin: Jawohl –
Kapellmeister: Und ich bin so dumm und glaub's gleich –
Valentin: Jawohl –
Kapellmeister: Nein, absolut nicht – Sie, da wenn ich Ihnen drauf komme, wen Sie da gemeint haben, aber dann spukt's.
Valentin: Da kommen S' nicht drauf.
Kapellmeister: Das wird auch gut sein – da hört sich doch alles auf! – Guten Abend, meine Herrn –
Alle Musiker: Guten Abend, Herr Kapellmeister.
Kapellmeister: Es ist ganz gut, wenn man auf eine solche Art und Weise seine Leute richtig kennen lernt, da tut er mir immer so schön ins Gesicht, und wenn ich nicht da bin, dann schimpft er über mich. Der falsche Kerl – – !!
Valentin: Das kann ich doch nicht wissen, dass Sie hinter mir stehen.
Kapellmeister: Sie haben's notwendig, Sie sind der Allerschlechteste unter allen.
Valentin: Die andern auch –
Kapellmeister: Sind die Noten schon aufgeschlagen? Der erste Marsch kommt –
Valentin: M – – arsch – – – !
Kapellmeister: Was sagen Sie?
Valentin: Wissen Sie einen Reim auf Marsch?
Kapellmeister: Nein.
Valentin: WWWWWarsch – – – WWarscheu – Abgekürzt –
Kapellmeister: Unterlassen Sie die Witze – sind S' nicht ungezogen – jetzt fangen wir an –
Valentin: Pause ????
Kapellmeister: Was Pause – Wie kommen denn Sie jetzt auf Pause – Wer hat denn jetzt ein Wort von einer Pause gesagt?
Valentin: Haben nicht Sie grad Pause gesagt?

Kapellmeister: Ich – – Ich hab ja gar nicht dran gedacht an eine Pause – Sie haben grad gsagt Pause –
Valentin: Ich hab's gsagt?
Kapellmeister: Natürlich – grad im Moment haben Sie's gsagt –
Valentin: Drum, ich hab's ja ghört!!
Kapellmeister: Das würde Ihnen so passen, gleich am Anfang eine Pause machen, da wird nichts daraus, jetzt geht's los. (*Klopft ab.*)
Valentin: Halt – husten muss ich zuerst noch –
Kapellmeister: Jetzt hätten Sie so lange Zeit gehabt zum Husten, im letzten Moment fällt es ihm ein, also husten Sie noch schnell, dann warte ich – vorwärts – was ist denn?
(*Alle warten und sehen ihn an.*)
Valentin: Jetzt muss ich nicht –
Kapellmeister (*klopft ab*): Folies-Bergères-Marsch wird gespielt.
(*Valentin bläst einmal falsch, deutet auf den anderen Trompeter und bläst zum Schluss einen Takt nach.*)
Kapellmeister: Was blasen S' denn da noch nach, wir sind doch schon fertig!
Valentin: Ich hab ja später angfangt auch.
Kapellmeister: Die Sängerin kommt jetzt dran, die Dame müssen Sie mit Streichmusik begleiten, die Trompete ist zu laut.
Valentin (*nimmt die Trompete und Geige in die Hand.*)
Kapellmeister: Streichmusik hab ich gesagt, schaun Sie sich doch an.
Valentin (*richtet sein Vorhemd, wischt sich ein Loch von der Hose weg und meint*): – mit Benzin geht's schon raus (– *nimmt dann die Trompete und den Geigenbogen – endlich die Geige und den Bogen, denselben aber verkehrt haltend*).
Kapellmeister: Wieder verkehrt, ich glaub Sie sind heut besoffen?
Valentin: Jetzt noch nicht.
Kapellmeister: Also fertig, die Sängerin will doch singen.
Valentin: Wegen uns braucht s' nicht singen.
Kapellmeister: Wegen Ihnen singt s' auch nicht, wegen dem Publikum.
(*Glockenzeichen – einen Tusch – Der Vorhang geht aber nicht auf.*)

Theatermeister (*kommt auf die Bühne*): Herr Kapellmeister, ich bring den Vorhang nicht auf, der ist kaputt.

Kapellmeister: Warum richten Sie denn den Vorhang nicht?

Theatermeister: Ich kann ihn nicht richten.

Kapellmeister: Auf der ganzen Welt wird sich doch einer finden, der den Vorhang richten kann.

Valentin: Ein Richter?

Kapellmeister: Da muss man eben einen Tapezierer haben, gehen Sie einmal zum Tapezierer und holen Sie ihn.

Theatermeister: Ich weiß nicht, wo der Tapezierer wohnt.

Valentin: Das ist doch gleich, wo der wohnt.

Kapellmeister: Das ist nicht gleich, wo der wohnt, das muss man doch wissen.

Valentin: Der Tapezierer wird's doch selber wissen, wo er wohnt. Den braucht er doch nur fragen.

Kapellmeister: Wie kann er denn das, wenn er nicht weiß, wo er ihn finden kann.

Valentin: Den wird er schon einmal treffen auf der Straße.

Kapellmeister: Das ist ja Unsinn, also wer weiß, wo der Tapezierer wohnt?

Valentin: Einen weiß ich schon, der wohnt Ecke Theresienwiese und Kaufingerstraße.

Kapellmeister: Also, da gehen Sie hin. Sagen Sie eine Empfehlung von mir, unser Vorhang hat sich verhängt, wenn er einmal Zeit hat, soll er kommen bei Gelegenheit.

Theatermeister (*geht ab*).

Kapellmeister (*lässt den Vorhang ein Stück weiter aufziehen*): Aha, die Sängerin ist auch schon da, die hab ich noch gar nicht bemerkt.

Sängerin: Ein Lied: »Das verlorene Glück«.

Valentin: Was hat s' verlorn?

Kapellmeister: Ihr Glück hat s' verlorn.

Valentin: Inserieren lassen.

Sängerin (*singt*):

So oft der Frühling durch das offene Fenster
am Sonntagmorgen uns hat angelacht,

da zogen wir durch Hain und grüne Felder.
Sag Liebchen hat dein Herz daran gedacht.

Valentin (*spielt ganz falsch auf der Geige dazu. Kapellmeister schimpft – Darauf stimmt er die Geige – Kapellmeister schimpft wieder*).

Sängerin (*immer weiter singend*):
Wenn abends wir die Schritte heimwärts lenkten,
dein Händchen ruhte sanft in meinem Arm,
so oft der Weiden Rauschen dich erschreckte,
da hielt ich dich so fest, so innig warm.

(*Theatermeister und Tapezierer kommen mit Leiter und Werkzeug auf die Bühne durch den Zuschauerraum.*)

Sängerin:
Zu jener Zeit wie liebt ich dich, mein Leben,
ich hätt geküsst die Spur von deinem Tritt,
hätt gerne alles für dich hingegeben
und dennoch du – du hast mich nie geliebt.

(*Während dieser Zeit hat der Tapezierer mit der Reparatur begonnen. Der Theatermeister zeigt ihm alles – lautes Klopfen.*)

Sängerin (*singt unbekümmert weiter*):
Stets sorgenlos mit Wenigem zufrieden,
begabt mit leichtem Mut und frohem Sinn,
so saßen wir am kalten Winterabend
und wärmten uns am traulichen Kamin –
Wir schwärmten nur von Liebeslust und Wonne,
dein Haupt, es ruhte sanft auf meinem Knie,
dein Auge über mir war meine Sonne,
des Feuers Knistern süße Harmonie.
Zu jener Zeit, wie liebt ich dich, mein Leben,
Ich hätt' geküsst die Spur von deinem Tritt,
hätt gerne alles für dich hingegeben
und dennoch du – du hast mich nie geliebt.

(*Valentin ist während der zweiten Strophe auf die Bühne gestiegen, der Kapellmeister auch. Valentin sieht dem Tapezierer zu, spielt aber immer auf seiner Geige weiter. Fährt zum Schluss der Sängerin mit dem Geigenbogen in die Haare, reißt ihr den Schopf aus. Dann tritt er dem Souffleur auf die Hand. Der Tapezierer hat seine Arbeit vollendet, die Sängerin zu Ende gesungen, alles geht ab von der Bühne, nur Valentin und Kapellmeister unterhalten sich noch. Aus dem Souffleurkasten kommt ein jämmerliches Geschrei:* Au – Au – Au –.)

Kapellmeister: Wer schreit denn da so? (*Bemerkt den Souffleur.*) Sie, Sie stehen ja dem Souffleur auf der Hand, gehen S' doch runter.

Valentin (*ist ganz erstaunt, hebt seinen Fuß auf und schaut den Souffleur an*).

Kapellmeister: Gehen S' auf Ihren Platz hinunter. Das kann ich nicht verstehn, steigt er dem Souffleur auf die Hand. Ja, ham denn Sie das nicht gspürt.

Valentin: Er hat's gspürt.

Souffleur (*schreit immer weiter*).

Valentin: Jammert er recht?

Kapellmeister: Natürlich muss er jammern, wenn Sie ihm auf d'Finger hinauf steigen, meinen S', das tut so wohl, lassen Sie sich einmal auf die Finger hinauftreten, dann werden Sie 's schon sehen. Wenn S' an Anstand hätten, würden Sie sich entschuldigen.

Valentin: Hab keinen.

Kapellmeister: Aber die Sängerin ist gut, meine Herrn.

Valentin: Die hat eine Genie.

Kapellmeister: Man sagt nicht, die hat ein Genie, sondern die Dame ist ein Genie.

Valentin: Nein, ich mein, die hat eine Genie – eine schenie Stimme.

Kapellmeister: Das ist doch etwas ganz anderes. Übrigens fällt mir grade noch etwas ein. Gell, wenn Sie mich wieder einmal sehn auf der Straße, dann sind Sie auch so freundlich und grüßen Sie mich. Das gehört sich, das erfordert Ihr Anstand.

Musiker (*zu Valentin*): Warum, ham Sie ihn wo gsehn?

Valentin: Gestern auf der Post, da hat er sich angestellt.

Kapellmeister: Gell, Sie haben mich gesehn, warum haben Sie mich dann nicht gegrüßt?

Valentin: Weil Sie so weit hinten gestanden sind – ich kann doch nicht so hinter grüßen! Da warn viel Leut dort – Menschen, Publikum, Passanten, Volk – alles durcheinander –. Sie – der Frau, die vor Ihnen gestanden ist, ist das Handtäscherl gestohlen worden.

Kapellmeister: Ja, wie meinen Sie das? Ha? Sie bringen das ja fast so heraus, als ob ich der Frau das Handtäscherl gestohlen hätte.

Valentin: Ja, gewiss weiß ich's nicht.

Kapellmeister: Behaupten sollen Sie's auch noch! Das verbitte ich mir. Das kann schon sein, dass einer Frau eine Handtasche gestohlen worden ist, das war höchstens ein Taschendieb.

Valentin: Freilich kein Kellerdieb.

Kapellmeister: Die Frau hätte eben besser Obacht geben müssen auf ihr Täscherl, dann wär's ihr nicht gestohlen worden.

Valentin: Da war's aber schon zu spät, weil's da schon weg war.

Kapellmeister: Ja, hernach hat's freilich keinen Wert mehr, vorher hätte sie Obacht geben sollen.

Valentin: Vorher hat sie's doch nicht gewusst, dass 's ihr gestohlen wird.

Kapellmeister: Wenn sie Obacht gegeben hätte, wär's ihr doch nicht gestohlen worden, wenn sie immer aufs Täscherl geschaut hätte.

Valentin: Die Frau kann doch nicht immer auf ihr Täscherl Obacht geben.

Kapellmeister: Ach lassen S' mir meine Ruhe, was geht denn mich die Frau an, wenn die Frau so dumm ist, dass sie nicht einmal auf ihr Täscherl Obacht geben kann, dann soll sie zu Haus bleiben und nicht hingehn ans Postamt.

Valentin: Dann kriegt s' keine Briefmarken.

Kapellmeister: Ach was – ich mein doch so im Allgemeinen, wenn man sich in einem Gedränge befindet, dann muss man eben auf seine Sachen Obacht geben, dass einem nichts wegkommt.
Valentin: Ja, mir ist's auch einmal so gegangen beim Oktoberfest, da bin ich auch mitten im Gedränge gestanden, direkt bei der »Siebener Bahn«. (*Valentin macht mit der Hand eine Bewegung.*)
Kapellmeister: Was »Siebner Bahn«? Die heißt doch Achterbahn.
Valentin: Das weiß ich schon, da war s' ja noch nicht ganz fertig. Ja, da wär's mir auch bald so gegangen. Da bin ich an der Kasse ins Gedränge hineingekommen, und da hätten s' mir beinah meine schöne goldene Uhr gestohlen. Die schöne Uhr mit dem Hupfdeckel.
Kapellmeister: A – A – A – A – ! Da werden Sie aber erschrocken sein?
Valentin: Ja, das können Sie sich denken, – – – – Gut, dass ich s' daheim lassen hab an dem Tag.

{5/11}; Entstehung etwa 1928

Theater in der Vorstadt (2)

Komödie in zwei Akten

Auszug aus dem zweiten Akt: *Brille ohne Gläser* und *Der Zufall*

[…]
Kapellmeister […]: So da sind Ihre Noten, zählen Sie gut mit, und haun Sie ja nicht zu früh hinein, am Anfang haben Sie acht Takt Pause.
Valentin: Acht Tag???
Kapellmeister: Acht Takt hab ich gesagt – der möchte gleich acht Tag Pause machen. Übrigens, was seh ich denn da, Sie haben ja gar keine Gläser in Ihre Augengläser drin.

Valentin: Seit fünf Jahren schon nimmer – die sind mir einmal zerbrochen, weil ich draufgetreten bin – und seit der Zeit hab ich s' nicht mehr, weil ich s' da ganz heraus geschlagen hab.

Kapellmeister: Was setzen Sie dann das leere Gestell auf, das hat doch gar keinen Zweck?

Valentin: Besser ist's doch wie gar nichts.

Kapellmeister: Sie haben immer eine gute Ausrede –. So, jetzt fangen wir an.

Valentin: Hat's Ihnen der Anderl schon erzählt?

Kapellmeister: Warum, was will er denn noch?

Valentin: Nein, wir zwei haben gestern einen Zufall erlebt. Ich und er sind gestern in der Kaufingerstraße gegangen und haben von einem Radfahrer gesprochen, und im selben Moment, wo wir von dem Radfahrer gesprochen haben, ist einer dahergekommen, Zufall –.

Kapellmeister: Was, war das alles – das hab ich jetzt nicht verstanden.

Valentin: Wir sind in der Kaufingerstraße gegangen und haben von einem Radfahrer gesprochen und im selben Moment ist einer dahergekommen.

Kapellmeister: Ja, weiter, was war dann mit dem Radfahrer – was hat denn der getan?

Valentin: Nichts weiter, gefahren ist er – ich sag doch nur vom Zufall.

Kapellmeister: Aber das ist doch kein Zufall, wenn der sonst nichts getan hat – in der Kaufingerstraße ist das wirklich kein Zufall, wenn da ein Radfahrer kommt, da fahren doch im Tag ein paar tausend Radfahrer umeinander.

Valentin: Ach, tausend – – einer ist dahergekommen.

Kapellmeister: Auf einmal kommen freilich keine tausend Radfahrer daher, die kommen so nach und nach – alle Meter – alle Sekunden – jeden Moment kommt wieder ein anderer.

Valentin: Ja, aber nicht, wenn man davon redt – das ist der Zufall.

Kapellmeister: Das ist ganz egal, ob man da spricht oder nicht –

in der Kaufingerstraße kommt immer wieder ein Radfahrer – das ist kein Zufall.

Valentin: Sie haben halt a eigene Weltanschauungen.

Kapellmeister: Da hätten Sie schon von ganz etwas anderem reden müssen, wenn das ein Zufall sein soll. Von was Seltenerem, von was Interessanterem. Ja, wenn Sie statt von diesem Radfahrer von einem Flieger gesprochen hätten, das wär was anderes.

Valentin: Ham wir nicht, wir haben nur von einem Radfahrer gesprochen.

Kapellmeister: Das weiß ich schon, ich meine, wenn Sie von einem Flieger gesprochen hätten, und im selben Moment wär da oben einer dahergekommen, dann wär's eher ein Zufall gewesen.

Valentin: Naufgeschaut ham doch wir nicht, wir sind bloß so dahingangen.

Kapellmeister: Aber ich mein doch nur so zum Beispiel –, wenn Sie statt von einem Radfahrer von einem Flieger gesprochen hätten!

Valentin: Wieso???? Wie kann ich von einem Flieger sprechen, wenn ich von einem Radfahrer spreche?

Kapellmeister: Ich mein doch nur – genau so gut, wie Sie von diesem Radfahrer gesprochen haben, genau so gut hätten Sie doch auch von einem Flieger sprechen können.

Valentin: Ausgeschlossen?!

Kapellmeister: Ja, haben Sie noch nie in Ihrem Leben von einem Flieger gesprochen?

Valentin: Schon oft, aber da nicht, da ham wir nur von einem Radfahrer gredt.

Kapellmeister: Ach, meinetwegen reden Sie, von was Sie wolln – erzähln S' mir nichts mehr, dann brauch ich mich nicht mehr zu ärgern.

Valentin: Also morgen gehn wir wieder spazieren, dann reden wir von einem Flieger. Aber – wehe –, wenn dann ein Radfahrer daherkommt.

(*Ouvertüre wird gespielt – beim letzten Paukenschlag »Vorhang«.*)

{5/35}; Entstehung etwa 1928

An Bord

Humoristisches Drama

Eine gewöhnliche Bierwirtschaft, in die sich zwei bessere Herrn verirrten.

Personen:
Erster Gast (Georg Rückert); zweiter Gast (Gehwald); Anton Kammerloher, ein betrunkener Gast (Karl Valentin); Resi, die Kellnerin (Liesl Karlstadt); erster Sanitäter (Rankl); zweiter Sanitäter (Reinsfelder)

(*Vorspiel bei geschlossenem Vorhang, mit Lautsprecher »Mich rief es an Bord, es wehte ein kalter Wind«. Bei den letzten Tönen des Liedes, geht Vorhang auf, während Erster Gast schon spricht):*

Und so zog ich durch die ganze Welt, denn ein Weltreisender muss überall gewesen sein. So ging's über Russland nach Sibirien, China durch die Wüste Gobi, nach Tibet, über Korea, Formosa nach Japan, von dort über die Philippinnen nach Australien. Ich besuchte sämtliche Inseln wie Ceylon, Sumatra, Java, Celebes. Dann ging's nach Indochina, Siam, Nepal, Hinterindien, Vorderindien, Turkestan, Afghanistan, Aserbeidschan, Arabien, von da aus nach Afrika, Ägypten, durch die Wüste Sahara bin ich schon zehnmal kreuz und quer gezogen, war in Senegambien, Abesssinien, war auf Madagaskar, im Sudan und im Kongo, in Natal, kurz überall.

Vom Kap der guten Hoffnung ging's nach Südamerika, Chile, Argentinien, Peru, Brasilien, Mexiko, Ecuador. Dann nach Uruguay, Paraguay, und dann nach den Vereinigten Staaten von Nordamerika, später über Alaska, Kanada, Lappland und Finnland. In Europa war ich in Schweden, Norwegen, Dänemark, Polen, sämtliche Balkanstaaten, auch Griechenland und die Türkei sowie Österreich und Italien, die Schweiz, war in England, Holland, Belgien Frankreich und Spanien.

Zweiter Gast: Was? In Spanien warn Sie auch? Erlauben Sie, da müssen Sie aber viel Zitronen gesehn haben?

Erster Gast: Natürlich, das ist ja die Heimat der Zitronen. Überhaupt Spanien! Ein sehr schönes, wunderbares Land! Ich war fünf Jahre dort.

Zweiter Gast: Was – fünf Jahre? Da müssen Sie aber perfekt Spanisch sprechen können?

Erster Gast: Logisch! Ich spreche fließend Spanisch – ich spreche überhaupt acht Sprachen.

Zweiter Gast: Acht Sprachen? Donnerwetter! Perfekt?

Erster Gast: Spanisch natürlich am besten. Spanisch ist sozusagen meine zweite Muttersprache.

Zweiter Gast: Ach so – Ihre Schwiegermuttersprache.

Resi: No, was sagn S' da Herr Nachbar, gellns da könna mir zwoa net hi, dös san gscheide Leut – aber mir zwoa könna bloß oa Sprach und dö net gscheid, und der kann glei acht Sprachen und Spanisch kann er no extra.

Kammerloher: Gsagt hat er's, der und Spanisch, ewig net.

Resi: Freili kann er Spanisch – er hat's doch selber gsagt.

Kammerloher: Ah gsagt – glaubst du des?

Resi: Ja, warum soll i des net glaubn, der ander Herr glaubt's eahm do a.

Kammerloher: Na is halt der grad so dappe wia du.

Resi: Sie ham halt net obacht gehn, wo der scho überall war, der is scho in der ganzen Welt rumkomma, des is a Weltreisender.

Kammerloher: A Weltreisender, a Sprüchmacher is er – in Spanien war er, so schaut er aus. Merk dir des Resi, oaner, der wo sagt, er war überall, der war no gar nirgends. – I war in Spanien, i war Matros.

Resi: Sie warn scho in Spanien? Ja des woaß ja i gar net.

Kammerloher: Drum sag i dir's ja, i war in Spanien, Matros, drei Jahr war ich bei der vierten Marinedivision, da schau her (*zeigt seine Tätowierung*).

Resi: Des is guat – des ham S' Eahna neistecha lassen, gell.

Kammerloher: Na, a Abziehbildl hab i mir naufpappt.

Resi: So a Matros warn Sie, da müssen S' aber schneidi ausgschaut ham, was i sagn will, ham Sie unser neue Grammophonplatten scho ghört?

Kammerloher: Na, lass s' rauschen.

Resi: Dös war a Platten für Eahna, des is a Matrosenlied, a, wunderschön.

Kammerloher: Matrosenlieder kenn i alle. Seemannslos – (*singt*) Stürmisch die Nacht und die See geht hoch … tapfer noch kämpft das Schiff –

Resi: Ja, des is Seemannslos.

Kammerloher: Was sagst?

Resi: I sag, des is Seemannslos.

Kammerloher (*singt*): Warum die Glocke so greußlich klingt, dort zeigt sich ein Riff.

Resi: Ja, wia gsagt, des is das Seemannslos, aber unser Matrosenplatte is noch schöner. Aber i woaß nia, wia's hoaßt, de hat so an damischen Nama … der fallt mir nia ein. Des geht halt so (*singt* Dara darararararara raraaarara). Dös is wunderschön, dös Lied.

Kammerloher: Dös is La Paloma, die weiße Taube.

Resi: Siegst as, er woaß.

Kammerloher: Des hab i scho tausendmal gsunga.

Resi: Des kannt i a tausendmal hörn, des Liad.

Kammerloher (*singt*): Mich rief es an Bord, es wehte ein kalter Wind …

Resi: Ja, des is. Des is großartig, des Liad.

Kammerloher: Schon der Anfang ist so schön – mich rief es an Bord … pass auf Resi, den wern ma glei fanga jetzt, fragn amal, wie an Bord auf spanisch hoaßt. Fragn amal.

Resi: Freilich, i lass mi von dem recht zsammschimpfen, des könna S' Eahna denken.

Kammerloher: Wenn er so lang in Spanien war, dann muass er doch wissen, wie an Bord auf spanisch hoaßt, fragn halt!

Resi: Der tat mir höchstens an rechten Krach macha, den müssen S' scho selber fragn. Überhaupt an Bord, des woaß i a net, wia des auf spanisch hoaßt.

Kammerloher: Du brauchst es a net wissen, der soll's wissen, der Fettnbene. Sie, Herr Nachbar, wenn Sie schon in Spanien warn, wia hoaßt denn nacha zum Beispiel an Bord auf spanisch? Aha – hatn scho derbissen, da hastn scho, den spanischen Sprüchmacher,

Resi: Lassen S' den Herrn geh.

Kammerloher (*steht auf, geht hin*): Passen S' auf Herr Nachbar, i will nichts Unrechts von Eahna, aber wenn Sie schon so lang in Spanien warn, dann müssen Sie doch wissen, wie an Bord auf spanisch hoaßt. Wenn S' ma des sagn könna, hab i Respekt vor eahna, außerdem san Sie a Sprüchmacher. Also – wia hoaßt an Bord auf spanisch? Wia hoaßt's denn? Sag halt was, – warum sagst denn nichts?

Erster Gast: Fräulein, wo bleibt mein Schinkenbrot?

Resi: Jessas, des hab i ganz vergessen, glei bring is Eahna. (*Holt es.*)

Zweiter Gast (*lächelt*).

Kammerloher: Was lachst denn da, Chines, du mit dein Schnauzlgsicht warst ja no net amal in der Menterschwoagn drobn, viel weniger in Spanien, dir hau i glei a paar am Backa one (*geht auf seinen Platz*).

Resi (*mit Schinkenbrot*): Setzen S'Eahna nieder, is gscheiter … Guten Appetit! Geh tean S' den Herrn net so belästigen, der belästigt ja Eahna a net.

Kammerloher: Der belästigt mi eben schon – der soll koane solchen Nägel runterhaun. Der soll jetzt sagn, wia an Bord auf spanisch heißt.

Resi: Mei, der mag's halt net sagn.

Kammerloher: Der möcht scho, wenn er kannt, könna tut er net. Also wia hoaßt's denn?

Erster Gast: Lassen sie mich bitte in Ruhe.

Resi: Lassen S' n doch geh, der dastickt ja.

Kammerloher: Wia hoaßt's na auf spanisch?

Erster Gast: Ich will mein Brot in Ruhe essen.

Kammerloher: Friss danach …

Erster Gast: So ein ungebildeter Mensch – da hört sich doch alles auf, wer weiß, ob er in Spanien war.

Kammerloher: Wer – ich? I war in Spanien, Gott sei Dank – (*steht auf*) i kann's ja beweisen. Wo hab i denn meine Papiere? Da is mei Brieftaschen, da schau her Mo … (*fällt ihm alles nunter*).

Erster Gast: Ich glaub's Ihnen schon.

Kammerloher: Resi, heb mir meine Papiere auf.

Resi: Ja, i hab s' scho gsehn, da tanzt er immer umanander, bleibn S' halt hocka auf Eahnan Platz.

Kammerloher: Tu mas fei net in Unordnung bringa.

Resi: Is des Eahna Brieftaschen? De schaut ja sauber aus.

Kammerloher: Da hat amal der Blitz neigschlagn – woaßt, mir leid's ja koan Leitzordner. Da lies vor – da steht's schwarz auf weiß.

Resi: Oha – des is scho mehra schwarz auf drecke …

Kammerloher (*packt sie heim Kopf*): Resi, Rese, sei koa böse … les s' eahm vor dem wamperten Klaubauf, woaßt, meine Augnäpfel san heut scho voll Alkohol, da, wo der Schiffsstempel drauf ist

Resi: Da versteh i recht viel davon … is des da, wo's hoaßt Anton K. Da … Anton Kammerloher, geboren, den 25. August 1892 zu München Freibadstr. 14/0 war vom 1. Februar 1929

Kammerloher: Februar?

Resi: Ja – 1. Februar 1929 bis 2. Juni 1929 in der hiesigen Strafanstalt Stadelheim untergebracht und wurde heute, den 2. Juni entlassen. (*Gäste lachen*) Eahna les i glei nochmal was vor, da hab i mich richtig blamiert, des hab ja i net gwusst, Sie warn ja scho in Stadelheim?

Kammerloher: Dös is ja wurscht – d' Hauptsach ist, dass i wo war. Aber der war ja no gar nirgends, der war ja no net amal richtig bei eahm selber.

Resi: Oder is des das Richtige? Da hoaßt's Kammerloher, 5. Marinedivision, Handelsdampfer Antwerpen.

Kammerloher: Des is des Richtige.

Resi: Des hätten S' ma halt glei gebn solln, des kann ja i net wissen.

Kammerloher: Also – war ich in Spanien oder net (*steckt dem zweiten Gast die Nase hinein*), da ham ma's, i war dort, i war in Spanien, aber du net (haut ihn auf den Kopf).

Resi: Jetzt sowas – (*geht zu Gast*). Is Eahna was passiert?

Erster Gast: Nehmen S' amal dem Mann den Hammer ab!

Resi: Der hat doch koan Hammer.

Erster Gast: Freilich – ich hab's doch gspürt.

Resi: Ah – der hat bloß solche Pratzen. Aber entschuldigen S' bitte, i kann ja nichts dafür.

Erster Gast: Sagt ja auch niemand, aber sagen Sie Fräulein, kommt der öfter da rein.

Resi: Ja, des is der Kammerloher, der kommt alle Tage rein zu uns, dös is sonst ein sehr netter Mensch.

Erster Gast: Sonst – da ham ma ja Glück gehabt, dass wir ausgerechnet heute da sind, wo er nicht so nett ist.

Resi: Heut hat er a bissl zvui trunken, jetzt ist er bsoffen.

Erster Gast: Sehn S' amal zu, dass Sie ihn nausbringen.

Resi: Der wird a so nimmer lang da sein, der geht a so glei. Aber entschuldigen Sie bitte, mir ist die Sache sehr peinlich.

Erster Gast: Schon gut.

Resi (*geht zu Kammerloher*): Die zwei Herrn ham sich jetzt grad beschwert über Eahna, de möchten eahna Ruah ham, jetzt trinka S' aus und na genga S' hoam.

Kammerloher: Resi, jetzt bringst mir no an Schapfa. A Bier bringst ma no.

Resi: Wega Eahna kann i mi net darenna.

Kammerloher: A Bier will i ham, sag i.

Resi: Ich hab koans mehr heut.

Kammerloher: Sei stad, gschnappige Amsel, a Bier fahrst jetzt her, sonst sag i dir was anders.

Resi: Sie ham ja heut so scho so viel trunka, i bring Eahna einfach koans mehr, i woaß überhaupt net, was Sie heut ham, Sie san heut direkt streitsüchtig.

Kammerloher: Ich bin doch net streitsüchtig – i will ja gar nichts von eahm.

Resi: Also – na halten S' Eahna Mäu –

Kammerloher: I möcht ja nur ham, dass mir der sagt, wia an Bord auf spanisch hoaßt.

Resi: Des is doch gleich, wia des hoaßt.

Kammerloher: Des is net gleich. (*Steht auf*) Des muass i jetzt wissen. (*Nimmt seinen Stuhl, setzt sich zu ihm.*) Pass auf Kamerad, alter Freund – i will ja nichts Unrechts von dir. I möcht jetzt von dir nur wissen, wie an Bord auf spanisch hoaßt. Also, raus damit.

Erster Gast: Lassen Sie mich doch zufrieden.

Kammerloher (*geht weg von ihm*): Du bist ja bei mir ausradiert, auf ewig.

Resi: Jetzt tean ma zahln, des is des gscheidste. Was hams 'n ghabt. Sechs Halbe – Eine Mark achtzig. Zehn Zigaretten, macht zwei Mark zehne.

Kammerloher: Wia hoaßt's na auf spanisch?

Resi: Zwoa Mark zehne.

Kammerloher (*zahlt*): Schama tat i mi, da herin sitzen und net Spanisch könna.

Resi: Ja wia ham ma's denn da – da fehln ja noch 65 Pfenning.

Kammerloher: I hab net mehr drauf, Resi, morgn kriagst as na scho.

Resi: So schaugn Sie aus – morgn ham Sie genau wieder so wenig Geld, wia heut, Eahna mag i – na tat i halt net so viel saufa, wenn scho 's Geld net glangt.

Kammerloher: Dafür hab i a nichts gessen. (*Singt*) Stürmisch die Nacht …

Resi: Also gell, net vergessen, 65 Pfenning kriag i no.

Kammerloher: Mei Orgel.

Resi: Ja, nur recht gschert sei, …

Kammerloher: A Halbe möcht i jetzt noch.

Resi: Hab koans mehr.

Kammerloher: Na bringst ma a Flaschl.

Resi: Hab i a net.

Kammerloher: Na nimmst an Schlüssel und sperrst dei Wirtschaft zua.

Resi: Des kann i macha, wia i mag.

Kammerloher: Bring ma halt no a Halbe …

Resi: I hab wirklich koans mehr, mim besten Willn konnt i Eahna koans mehr bringa. Des hat a gar koan Wert mehr heut, san S' gscheid Herr Kammerloher – genga S' hoam – Eahna Frau werd ja so scho so Angst ham.

Kammerloher: Da hab i scho mehra Angst auf d' Frau, wenn i mim Strudl hoam kimm.

Resi: Genga S' zua, san S' gscheid – schaun S', ham S' den weiten Weg no zum macha mitn Radl, bei dem schlechten Wetter, schließlich passiert Eahna no was, genga S' hoam zu Eahnane Kinder … (*zieht ihn auf*) jetzt legn S' Eahna nieder, und schlafa Eahnan Rausch aus, und morgn komma S' na wieder. Da gibt's na wieder a frischs Bier. Jetzt genga S' nur zua – 's Radl bring i naus.

Kammerloher: Na, halt mein Brennabor.

Resi: Den bring i scho naus. So – jetzt wern man glei draus ham – jetzt fahr i eahm no sein Karrn naus, und na ham ma unser Ruh. Ja genga S' nur hoam.

Kammerloher: Hoam – na hoam geh i net – jetzt bleib i erst recht da – und so lang bleib i da sitzen, bis der Hanswurscht mit mir spanisch redt (*hat sich gesetzt*).

Resi: Des wern ma na scho sehn – Sie genga jetzt hoam und gar ists – was war denn net dös – da herin werd gar net spanisch gredt, des sag i Eahna im Guaten – jetzt is amal Schluss mit dem spanischen Schmarrn – moana S' i lass mir von Eahna meine Gäst vertreibn, des könnas Eahna denken. Bei der heutigen Zeit derf ma froh sei, wenn a paar herin sitzen, und der tat mir s' nausekeln – Sie macha jetzt, dass nauskemma, und wenn Sie mir net folgn, na sag i's an Wirt.

Kammerloher: Auf den is ghust, des war der oanzige, den i fürchten tat.

Resi: Also Schluss jetzt, macha S' dass weiter kemma. (*Dreht ihn naus*) So, Herr Kammerloher (*dreht ihn zur Türe*).
Kammerloher: Schaugst du mich für an Trailer o?
Resi: I moans Eahna ja bloß guat, jetzt genga S' hoam (so Gott sei Dank). Bleim S' drauß, bleim S' drauß ...
Kammerloher: Ja jetzt spann ich's erst, nausgschmissen werd i da, und warum wer i nausgschmissen? Weil der Sauhund net spanisch redt. Jetzt will ich's wissen, wia hoasst's, raus damit, wia hoaßt's (*haut in den Tisch*).
Resi: Jetzt regn S' Eahna net so auf, des hat gar koan Wert, der Herr hat eahna doch gar nichts to.
Kammerloher: I lass mir scho nichts toa ... Wia hoaßt's ... raus damit ... Dreckkerl dreckiger ...
Resi (*gibt ihm Wurf*): Jetzt łangt's aber, jetzt wird's aber Zeit, so a ausgschamter Kerl, da hört sich doch alles auf.
Erster Gast: Was, will der in dem Zustand noch Radfahren? Der bricht sich ja den Hals.
Resi: A woher, Unkraut verdirbt net.
Kammerloher (*fällt mit Rad um*).
(*Alles schreit*).
Resi: Jess Maria, da ham ma's jetzt.
Erster Gast: Saufen bis zur Bewusstlosigkeit, und dann liegn s' da.
Zweiter Gast (*schiebt Rad hinaus*).
Resi: Sie, der bluat ja, was tean ma denn da – und der Wirt is a net da.
Erster Gast: Der Wirt könnte da auch nicht helfen, da muss ein Arzt her.
Resi: Moana S', dass er sterbn muass?
Erster Gast: Möglich ... ...
Resi: Ja, mir war's ja gnua – i kriag no 65 Pfenning von eahm.
Zweiter Gast: So rufen S' doch die Sanitäter an.
Resi: I woaß ja an Nummerer net.
Erster Gast: Dann fragen Sie bei die Sanitäter zuerst an, was sie für eine Nummer haben.
Zweiter Gast: Rufen S' doch die Auskunft an!

Erster Gast: Auskunft ist seit Erfindung des Telephons dauernd belegt.

Resi: Bis ma da lang reden, dawei ham ma's ja im Buch ... (*sucht bei Z*)

Erster Gast: Ja Fräulein, was suchen S' denn da unter Z.

Resi: Is ja recht, ma sagt doch – Zanitäter kemma.

Erster Gast: Blödsinn, das wird doch mit S geschrieben.

Resi: Wenn nur der Wirt da wär, sonst telefoniert halt der immer. (*Blättert ganz aufgeregt*) Jetzt hab ich's, Sanitätskolonne siehe Seite Nr. 1 – da muass i vorn schaun – jetzt gehts da bei 12 an, auweh, de ham s' ma rausgrissen.

Zweiter Gast: Wenn ma nur die Nummer wüssten.

Resi: Ja, wenn ma nur die Nummer wissen taten.

Kammerloher (*am Boden*): 24 8 00.

Erster Gast: Der weiß die Nummer.

Resi: I will Eahna was sagn, des kann scho stimmen, den ham s' scho öfters gholt. (*Wählt*) Grüß Gott – Bitt schön, bei uns herübn, in der goldna Enten, in der Ismaninger Straße da liegt oaner, san S' so guat – ja – der Wirt ist nämlich net da, und oaner hat net spanisch könna, – ja i bin d' Kellnerin – ja und der rührt sich nimmer, jetzt woass i net, was i toa soll, soll i Eahm an Kamillntee kocha, oder sollt er glei selber nüber geh zu Eahna?

Erster Gast: Aber Fräulein, der kann doch nicht gehn, Sie solln ihn holn Fräulein.

Resi: Holn solln S' 'n Fräulein.

Erster Gast: Das sind doch keine Fräulein. Die Sanitäter sollen sofort kommen und sollen einen Verletzten holen.

Resi: Also, Sie brauchen ihn erst am Letzten holen.

Erster Gast: Nein, einen Verwundeten solln sie holen.

Resi: Sie bitt schön, einen Verwunderten ...

Zweiter Gast: Verwundeten, deten, deten, deten.

Resi: Ja, den solln S' dann deten ... der hat's gsagt.

Erster Gast: Sagen Sie, ein Unglück ist passiert.

Resi: Ja, es ist was passiert, ha na Eglfing is net da bei uns ... i bin's 's Radl is oan aufigfalln, jetzt ist der Kopf kaputt, und 's Radl bluat. Ja bitt schön, parterr liegt er – am Boden – ja dank schön (*hängt ein*).

Zweiter Gast: Was haben Sie gesagt?

Resi: An schöna Gruaß ham s' gsagt und sie kemma gleich. So und jetzt hol i a Wasser –

Erster Gast: Der hat ja so schon so viel gsoffen.

Resi: Wenn nur der Wirt da wär. Grad heut ist er in a Versammlung ganga.

Erster Gast: Jetzt hörn S' doch amal auf, mit dem Wirt, das ist ja furchtbar.

Resi: Wie ist denn des eigentlich zuganga?

Erster Gast: Das ist ganz einfach – ich war dagesessen und der Herr da, dann habe ich von Spanien gesprochen, darauf hat er mich belästigt, hat mich auf die Schulter geschlagen und hat du zu mir gesagt.

Resi: Da braucha S' Ihna gar nix denken, des sagt er zu mir a allaweil.

Erster Gast: Dann wollte er in der aufdringlichsten Weise von mir wissen, wie an Bord auf spanisch heißt.

Resi: Da muass i aber jetzt dumm fragen, warum ham Sie's denn eahm net gsagt, Sie könna doch Spanisch?

Erster Gast: Freilich kann ich Spanisch.

Resi: Na also …

Erster Gast: Ich spreche perfekt Spanisch. Aber der Zufall. Gerade das eine Wort an Bord ist mir unbekannt.

Resi: So was dappigs. Hätten S' halt irgendwas anders gsagt.

Erster Gast: Das wollte er ja nicht wissen, und überhaupt mit einem derartigen Menschen spreche ich nicht.

Resi: Derartig ist er ja nicht, er ist ja bloß bsuffa.

Zweiter Gast: Das ist ja das Traurige.

Resi: Mir war nur das eine unangenehm, wie eahm sei Brieftaschen nuntergfalln ist, wo eahm des ganze Glump rausgfalln ist, und i Depp les des no vor a von Stadelheim. Ich hab mi net viel gschamt.

(*Von außen Hupenzeichen.*)

Resi: Jetzt hab i was ghört. (*Läuft ab, kommt wieder*) Kemma scho, jetzt müss ma gleich Platz machen.

Zwei Sanitäter kommen mit Tragbahre herein und stellen sie auf den Boden.

Resi: Des is guat, dass S' jetzt da san, wissen S' i hab glei telefoniert.

Sanitäter: Wir solln hier jemand abholen, wo ist er denn?

Resi: Da liegt er, am Boden.

Sanitäter: Ist gerauft worden?

Erster Gast: Nein, nur eine Meinungsverschiedenheit hat's gegeben.

Sanitäter: Das kennt man schon.

(*Resi und die Herren reden zugleich auf den Sanitäter ein, dass man nichts mehr versteht.*)

Erster Gast: Also reden kann nur einer. Sonst versteht man ja nichts.

Resi: Ja, die Sache war so.

Erster Gast: Sind Sie doch ruhig. Die Sache war also so.

Resi: Der Herr war in Spanien …

Erster Gast: Nein, das war so. Ich bin da gesessen, der Herr da, und er da.

Resi: Ja – und der Wirt war net da. …

Erster Gast: Lassen Sie mich reden. Ich habe mich mit diesem Herrn unterhalten, ich habe erzählt, dass ich Weltreisender bin, habe gesagt, dass ich in der ganzen Welt herumgekommen bin, in Indien, Sumatra, Borneo, in Holland, Nordamerika, Südamerika, Australien, England, Frankreich, Schweiz, Italien, Türkei, Afrika, Dalmatien, Mexiko, und in Spanien war ich auch.

Resi: Ja und wie er in Spanien war, is's anganga.

Erster Gast: Ja also, ich habe von Spanien gesprochen, da ist er auf mich zu gekommen, und wollte von mir in der zudringlichsten Weise wissen, wie an Bord auf spanisch heißt.

Resi: Ja, des hat eahm aber der Herr leider net sagn könna, weil er's selber net woaß.

Erster Gast: Ja also, wie gesagt, er ist auf einmal frech geworden und dann hat er bezahlt.

Resi: Aber mir ist er noch 65 Pfenning schuldig.

Erster Gast: Das ist doch Nebensache Fräulein.

Resi: Ich dank schön, das ist ja bei mir d' Hauptsach.

Sanitäter: Das geht mich alles nichts an. Ich bin im Dienst, man hat uns gerufen.

Resi: Ja, aber d'Nummer ham ma solang net gfunden.

Erster Gast: Sind Sie doch still, der Mann verblutet ja.

Sanitäter: Also los! Da kennt sich der Teufel aus.

(*Beide Sanitäter heben Kammerloher auf, er kommt zu sich, schreit laut.*)

Kammerloher: Nur net olanga – was willst denn? Da wer i windi!

(*Schleudert den ersten Sanitäter zurück, derselbe fällt in das Buffet, es fällt um, Sanitäter bricht mit blutendem Kopf zusammen. Zweiter Gast und zweiter Sanitäter bemühen sich um den ersten Sanitäter und legen ihn auf die Tragbahre.*)

Resi: Mir is ganz schlecht.

Erster Gast: Sie Raufbold, was haben Sie denn da angestellt, Sie sollen sich schämen, sich in einer Wirtschaft, in einem öffentlichen Lokal sich so aufzuführen. Sie sind ja ein unmöglicher Mensch. Da schaun Sie her, jetzt ist nur mehr ein Sanitäter da, der andere liegt selbst auf der Bahre, wer soll jetzt da hinaustragen helfen?

Resi: Ja, wer hilft jetzt da tragn?

Kammerloher: Dös wern ma glei ham – da geh her, Kamerad (*packt kräftig die Bahre und trägt mit Hilfe des einen Sanitäters den auf der Bahre Liegenden hinaus. Alle schauen verduzt nach.*)

Vorhang

{5/186}; Entstehung (Uraufführung) 1930

greußlich: eigentlich gräuslich, abscheulich, hässlich, widerlich, ekelhaft

Fettnbene: langweiliger, fader Kerl; Bene von Benedikt; Fettn eigentlich fett, dick.

Schnauzlgsicht: Schnauzl: eine Hunderasse Schnauzer; Gsicht: Gesicht

Nägel runterhaun: angeben
wampert: dickbäuchig, fettleibig, feist
Klaubauf: Glaubauf: Gestalt, mit der man Kindern Angst macht; Begleiter des Nikolaus
gschert: ungebildet, ungehobelt, unfein, derb
bluat, bluatn: bluten
Brennabor: ehemals Hersteller von Autos, Motorrädern, Fahrrädern und Kinderwagen

Vorsicht – Nervenhochspannung

Er: Karl Valentin
Sie: Liesl Karlstadt
Er (*schreit und tobt im Zimmer herum*): Weib! Mach mich nicht wild, sonst werde ich zu einem wilden Tier, zu einer Bestie!
Sie: Aber Konstantin!
Er (*haut in den Tisch hinein*): Nenne meinen Namen nicht, das allein macht mich nervös, oder soll ich noch nervöser werden?
Sie: Konstantin! Noch nervöser kannst du doch nicht mehr werden.
Er: Ea – das ist ja schon wieder eine Widerrede! Das ist ja zum Verzweifeln!
Sie: Ja, mit dir ist es bald zum Verzweifeln.
Er: Nein!!! Mit dir ist es bald zum Verzweifeln, nicht mit mir.
Sie: Aber Konstantin, wir leben doch sonst so friedlich zusammen wie zwei Täubchen – in schönster Harmonie, und heute bist du wie besessen. Ich habe dir doch nichts zuleide getan.
Er: Ja? Hab ich mir vielleicht selbst was zuleide getan? Da war ich ja ein Trottel.
Sie: Konstantin! Sei doch vernünftig! Du bist doch kein Trottel!
Er (*brüllt aus vollem Halse*): Ich will aber ein Trottel sein! Ich will es ja!
Sie: Ein spinnendes Mannsbild bist du! Wenn du nicht alle 5–6 Wochen deinen Rappel hast, dann ist dir nicht wohl!

Er: Ich brauche keinen Rappel – am allerwenigsten von dir! – Aber diesen Stuhl brauch ich, damit ich ihn an der Wand zerschellen kann! (*Wirft den Stuhl an die Wand*) Dementsprechendes Geräusch.

Sie (*schreit*): Konstantin! Das geht zu weit!

Er: Ha Ha!! – Das geht noch viel weiter! (*Nimmt einen zweiten Gegenstand und wirft ihn an die Wand. Geklirr*) … Ich dulde keine Widerrede.

Sie: Aber Konstantin, ich widerrede dir doch nie!

Er: Ja, das ist ja schon wieder eine Widerrede!

Sie: Dann red ich halt gar nichts mehr, wenn du meinst!

Er: Wer meint denn das, dass du nichts reden sollst! Du sollst ja reden, aber nur nicht widerreden.

Sie: Ja, und wenn ich widerrede, dann schreist du mich wieder an.

Er (*brüllt*): Natürlich schrei ich dich an, weil du nicht widerreden sollst. Verstehst du mich denn nicht?

Sie (*weinerlich*): Ich soll reden und muss reden und wenn ich wieder rede, dann ist es nicht recht.

Er: Nein!!!!! Hebe dich von tannen! Du bringst mich sonst um meinen Verstand!

Sie (*nach einer kleinen Pause*): Konstantin! Lass mal in aller Ruhe mit dir sprechen.

Er (*stöhnt aus Nervosität wie eine Lokomotive*).

Sie: Was ist denn los, dass du so außer dir bist? Hast du in deinem Geschäft Ärger gehabt?

Er (*ganz kurz*): Nein!

Sie: Oder ärgert dich meine Anwesenheit?

Er (*ganz kurz*): Nein!

Sie: Hast du denn überhaupt einen Grund, dass du so außer Rand und Band bist?

Er: Ja, den hab ich! Den Grund sollst du erfahren. (*Verbissen vor Wut*) Der Grund ist der – dass es heute im 20sten Jahrhundert noch kein Mittel gegen die Föhnkrankheit gibt.

Sie: Ja, haben wir denn heute einen Föhn? An was kennt man denn das?

Er: Meine Teure! Schau dir die Trümmer an, die in unserm Zimmer umherliegen – – das ist der Föhn!

Sie: So, das ist der Föhn?

Er: Nein, das sind die Trümmer, aber die Trümmer entstehen durch den Föhn.

Sie: Eigenartig! Wie alles in der Natur so schön ineinander greift! –

{8/156}; Entstehung 1941

Mir hat geträumt

Herr Lang: Ja, Herr Kurz, wie einem nur so ein Unsinn träumen kann!

Herr Kurz: Erzählen S' mir den Traum, vielleicht hab ich dasselbe auch schon einmal geträumt.

Lang: Unsinn! Jeder hat seine eigenen Träume, das ist doch individuell. Zum Beispiel meine jüngste Tochter, die Otto – die Ottilie will ich sagen – gestern hat s' wieder so schwer geträumt. Gschrien hat s' aus Leibeskräften! »Ganz recht«, hab i gsagt, »leichtsinnigs Ding, wie oft hab i dir schon das Träumen verboten!«

Kurz: Nun, erzählen Sie mir doch, was Sie geträumt haben!

Lang: Ja – wahrscheinlich war es ein Alpendruck. – Ich – wir – und unser ganzer Gesangverein, 13 Mann, standen auf einem Bahnhof und wollten in den Zug einsteigen. Im Nu sehn wir, dass dieser Eisenbahnzug nur 12 Wägen hat – wir waren aber 13 Mann. Jetzt hat einer, das war ich, neben dem Zug herlaufen müssen, und einer hat die Hand aus dem hintern Wagen rausgestreckt und hat mich geführt. Schon bei den ersten 50 km hätt ich's bald nimmer daschnaufen können, denn der Personenzug is ja schneller gfahrn als der Orientexpress; weil der Lokomotivführer das gsehn hat, dass ich neben dem Zug hinten mitlaufe, hat er gemeint, ich bin ein Dieb und will ihm seinen Eisenbahnzug stehlen (im Traum natürlich). Mit dem ganzen Eisenbahnzug sind wir plötzlich in ein Hotel hineingfahrn und mitten in ein Schlafzimmer hinein; da sind wir 12 Mann ausgstiegn, der Eisenbahnzug is zum Fenster hinausgflogn (im Traum natürlich) und wir haben uns ins Bett gelegt. Im Schlafzimmer war aber nur ein Bett; jetzt haben wir 13 Mann uns in ein Bett gelegt – ich war der unterste. Immer wenn ich aufgschnauft hab, hat's den obersten Mann an Plafond hingedrückt. Keiner hat die ganze Nacht keine Minute nicht geschlafen (im Traum natürlich). – Am andern Morgen wollten wir eine Bergpartie machen. Bei einem Käshändler haben wir uns Proviant mitgenommen – einen Papiersack voll flüssigen Lineburger – 10 Kilo. Zwei Mann haben den Sack getragen. Plötzlich reißt der Sack, der Lineburger läuft raus, fängt zu laufen an, läuft über einen Berg hinunter, – gstunken hat's wie in der Lineburger Heide (natürlich nur im Traum). – Wie wir alle am Bergesgipfel oben waren, fallen wir 13 Stück Mann in eine Gletscherspalte hinunter – 500 Meter tief – aber wir waren nicht verloren. Unser Tenor sang die Tonleiter, und an dieser Tonleiter sind wir wieder hinaufgestiegen – aber nur im Traum natürlich!

{4/111}; Entstehung 1941

Lineburger: gemeint ist eventuell Limburger Käse.

Sie weiß nicht, was sie will

(*An einem Schalter des Arbeitsamtes.*)

Beamter (*zu einem Dienstmädchen*): Nun haben Sie mir Ihr Anliegen schon dreimal erklärt, und ich bin noch nicht im Bilde, was Sie eigentlich wollen. Sie haben, wenn ich Sie recht verstehe, drei Arbeitsplätze als Zugeherin und wollen nun dafür eine Stelle annehmen in einem Altersheim.

Dienstmädchen: Nein, ich bin gegenwärtig schon in Stellung, aber die Stellung im Altersheim, in die ich erst kommen möchte, da bin ich noch nicht, weil die Frau Lorenz, bei der ich schon nicht ganz fünf Jahre bin, die sagt auch, wenn Sie beim Arbeitsamt noch nicht waren, dann können S' immer noch die Stellung, wenn die Frau Assessor, wo ich auch einen Zugehplatz habe, damit einverstanden ist, annehmen.

Beamter: Sie wollen also statt drei Arbeitsplätzen eine Stellung haben in einem Altersheim.

Dienstmädchen: Nein, das muss nicht sein, weil ich mich nicht so schnell entschließen kann, denn die Frau, wo ich wohne, hat gesagt, überlegen S' Ihnen das reiflich, so ein Schritt ist sehr riskant, der ihr Mann ist auch beim Magistrat und kennt die Fälle, und der hat auch gemeint, wenn Sie sich verbessern können, warum nicht?

Beamter: Was hat da der Magistrat damit zu tun, dafür ist doch das Arbeitsamt da? Aber Sie stehen doch in Arbeit, und einen Stellungswechsel müssen Sie bei mir anmelden, aber ich versteh noch nicht recht, wollen Sie am 1.d.M. [am ersten des Monats] in drei Arbeitsplätzen kündigen?

Dienstmädchen: Nein, das muss nicht sein, weil ich vorderhand noch bleib, ein Platz wäre mir halt bedeutend lieber, als drei Arbeitsplätze.

Beamter: Ja, wenn's nicht sein muss, was wollen Sie dann am Arbeitsamt?

Dienstmädchen: Die Frau Pfeiffer hat aber zu mir gesagt, da müssen Sie Ihnen ans Arbeitsamt wenden.

Beamter: Ja, was wollen Sie denn eigentlich wissen?

Dienstmädchen: Die Frau Pfeiffer hat gesagt, am Arbeitsamt kriegt man jederzeit Auskunft.

Beamter: Ich kann Ihnen doch nur eine Auskunft erteilen, wenn ich weiß, um was es sich handelt. Sie wissen aber, scheint's, selber nicht, was Sie eigentlich wollen.

Dienstmädchen: Jawohl!

Beamter: Was, jawohl?

Dienstmädchen: Ich weiß nur nicht, ob ich kündigen soll.

Beamter: Na, wenn Sie die Stellung im Altersheim annehmen, dann müssen Sie die anderen Plätze kündigen, ohne Kündigung können Sie nicht einfach davonlaufen.

Dienstmädchen: Ich kündige ungern. Schließlich ist das im Altersheim nicht das Richtige für mich, und wenn ich aber gekündigt habe, dann muss ich die Stellung annehmen, ob ich will oder nicht.

Beamter: Aber Sie sagten doch vorhin, Sie wollen lieber einen Platz, als drei Arbeitsstellen.

Dienstmädchen: Wenn's ein guter Platz ist, dann schon, außerdem bleibe ich lieber, wo ich bin, weil das sehr nette Leute sind, und wenn ich da kündigen tu, da verklagen die mich, und so was lass ich mir nicht bieten.

Beamter: Na, wenn das nette Leute sind, die Sie nicht weglassen wollen, dann sind doch die Leute mit Ihnen zufrieden.

Dienstmädchen: Das schon, ich will mich nur mit den Leuten nicht verfeinden.

Beamter: Na, dann bleiben Sie doch, wo Sie sind.

Dienstmädchen: Die Frau Pfeiffer hat aber gemeint, ich soll mir das reiflich überlegen, denn Arbeit gibt's überall, weil wenn mein Bräutigam, der mich vielleicht heiratet, der hat zur Frau Finkenzeller gsagt, wenn wir verheiratet sind, dann brauch ich überhaupt nimmer in Stellung gehn.

Beamter: Na also! – Dann heiraten Sie doch!

Dienstmädchen: Heiraten? Nein. Da denk ich noch gar nicht dran, schließlich passen wir gar nicht zsamm, dann muss ich doch wieder in Stellung gehn. – Da bleib ich schon lieber allein.

Beamter: Na, dann bleiben S' allein, und wenn Sie heiraten wolln, dann müssen S' aufs Standesamt und nicht aufs Arbeitsamt gehen.

Dienstmädchen: Mein Bräutigam will aber absolut heiraten!

Beamter: Na, gut! Dann heiraten Sie ihn halt »absolut«!

Dienstmädchen: Heiraten tu ich auf jeden Fall, weil ich mir sag, lieber ein eigenes Heim, als bei fremden Leuten schuften.

Beamter: Mein liebes Fräulein, nun aber zur Sache! Wir kommen da von einem Quatsch in den anderen, was wollen S' denn eigentlich?

Dienstmädchen: Im Altersheim hab ich mich schon vorgestellt, und da hat die Frau Oberin gsagt, dass es sehr viel Arbeit gibt, aber mir is keine Arbeit zu viel, und ich kann, wenn ich gekündigt habe, schon am Ersten anfangen, aber das fällt mir ja gar nicht ein, ich bin doch nicht aufs Hirn gfalln.

Beamter: Nun sagen Sie wieder, Sie wolln nicht ins Altersheim?

Dienstmädchen: Schon – aber binden lasse ich mich nicht.

Beamter: Das wird ja immer schwieriger mit Ihnen!

Dienstmädchen: Die Frau Pfeiffer hat auch gsagt, das Altersheim ist städtisch. Wer da drin is, der is drin, der kommt so schnell nimmer raus.

Beamter: Sind S' doch froh, wenn S' wo drin sind, mir ist es ja egal, ob S' drin sind oder heraußen, jetzt sagen S' mir amal endlich, was Sie wolln.

Dienstmädchen: Ich will die Bescheinigung vom Arbeitsamt.

Beamter: Ja, was wolln Sie denn für eine Bescheinigung? Eine Bestätigung meinen Sie vielleicht?

Dienstmädchen: Ja, ob ich die Stelle annehmen muss, wenn ich kündigen tu.

Beamter: Sie brauchen doch erst zu kündigen, wenn Sie sich entschlossen haben, dass Sie einen Stellungswechsel vor haben, begreifen Sie denn das nicht?

Dienstmädchen: Bis wann soll ich das vornehmen?

Beamter: Bis wann? – Das weiß doch ich nicht –, das müssen doch Sie wissen.

Dienstmädchen: So schnell will ich mich noch nicht entschließen, weil ich nicht weiß, ob's meinem Bräutigam recht ist, weil, wenn der sagt, ich soll die Stellung unbedingt annehmen im Altersheim, dann kann ich immer noch tun, was ich will.

Beamter: Jetzt wird's allmählich Zeit, dass Sie zu einem Entschluss kommen, denn ich hab ja schließlich auch noch was anderes zu tun.

Dienstmädchen: Muss ich dann der Frau Pfeiffer sagen, dass ich am Arbeitsamt war?

Beamter (*schreit sie an*): Ja, sagen Sie's ihr!

Dienstmädchen: Ich überleg mir's halt jetzt nochmal, was ich tun soll, und dann komm ich wieder zu Ihnen.

Beamter: Um Gottes willen!!! – Dann überlegn Sie's Ihnen lieber nicht.

{4/170}; Entstehung 1944

»Dass der Gesang nur Unsinn war,
das wird zum Schlusse jedem klar«

Nonsensklassiker

So amüsiert sich jeder so gut er eben kann

1
Der Pappa küsst die Köchin
Der Sohn die Gouvernant
Die Mama küsst den Hausfreund
Auch das ist sehr scharmant
Der Hausknecht macht sich heimlich
Ans Zimmermädchen ran
So amüsiert sich jeder
So gut er eben kann.

2
Beim Kirchweihfest am Lande
Wird grauft das ist so Brauch
Der Huberbauer Michl
Der rauft natürlich auch
Der Schuster haut ihm 's Ohr weg
Der Bader nähts ihm an
So amüsiert sich jeder
So gut er eben kann.

3
Ein Lebemann ein Reicher
Dem gar nichts mehr gefällt
Für ihn gibt's nichts mehr Neues
Soh fad ist ihm die Welt
Da geht er hin zum Doktor
Lässt reißen sich an Zahn
So amüsiert sich jeder
So gut er eben kann.

4
Mein Onkel ist Beamter
Er dient beim Amtsgericht
Er hat ne leichte Arbeit
Die er ganz prompt verricht
Er klebt an alle Möbel
So kleine Voggerln an
So amüsiert sich jeder
So gut er eben kann.

5
Ein Jüngling und a Jungfrau
Begegnen sich per Rad
Die Sache wird sehr kritisch
Sehr enge ist der Pfad
Und wirklich stößt der Jüngling
Mit der Jungfrau dann zusamm
So amüsiert sich jeder
So gut er eben kann.

6
Ich steh hier obn und singe
Ja weil ich eben muss
Das ewige Gedüdel
Das ist mir kein Genuss
Doch Sie, Sie sitzen unten
Und hörn den Blödsinn an
So amüsiert sich jeder
So gut er eben kann.

{2/23}; Entstehung etwa 1900

Blödsinn-Verse

Die Herrschaften verzeihen, sollt ich hier oben störn,
Sie können jetzt von mir einmal
An großen Blödsinn hörn,
Soll's Ihnen nicht gefallen,
Da liegt mir gar nichts dran,
Ich bitt schön, hören Sie mir zu,
Nun geht der Unsinn an.

Es ist doch kaum zu glauben,
Was kürzlich erst passiert,
Ein Baumeister, der hat sich da
Ganz fürchterlich blamiert,
Denn als der Bau beendet,
Er voll Entsetzen ruft:
Wir habn ja kein Parterr gebaut,
Nun hängt's Haus in der Luft.

Erst kürzlich fuhr ein Auto,
Ganz leer an mir vorbei
Und dass das übel riechen tut,
Das war mir nicht mehr neu.
Denn dieser Autoführer,
Das ist doch kein Gebarn,
Trotzdem dass niemand drinnen saß,
Ließ er doch einen fahrn.

Ein Meister sagt zum Lehrbub,
Besorg mir einen Gang,
Und schneide nur den Weg recht ab,
Dann brauchst du nicht so lang.
Der Lehrbub bleibt dumm stehen
Und schaut den Meister an

Und sagt geh gebn S' mir d' Scher mit,
Dass ich'n Weg abschneiden kann.

Es gibt noch dumme Leute,
Behaupte ich genau,
Einen Operngucker kaufte sich,
Erst kürzlich eine Frau.
Sie schaut hinein in Gucker
Und sagt, das ist gemein,
Da is ja gar kei Oper drin,
Das muss a Schwindl sein.

{2/55}; Entstehung um 1908

Chinesisches Couplet

(*Vortragender erscheint als Chinese verkleidet, gelb geschminkt mit Zopf-Perücke und chinesischem Schirm.*)

1
Mantsche Mantsche Pantsche Hon kon Tsching Tschang
Kaifu schin sie Peking gigi wai hai wai
Tschitschi tatschi makka zippi zippi zappi
Guggi dutti suppi Mongolai
Tingeles Tangeles Hundi Hundi gudschi
Tschinschinati wuschi wuschi tam tam tam
Wann i ko na kimm i, kumm i aber nimi,
Kimm i, kumm i, aber i kimm kam.
Wo wie we wie bobi hopsi tsching tschang
Asi Stasi Wasi Wisi Tschin Tschin Tschin
Taubi Taubi Piepi Piepi sei si indi ändi
Wase bobi widdi midi Lanolin.

China drinna kenna Kinda mi alsamm
Tam – Tam – Tam

Refrain: Ziggi zam ziggi zam tschin tschin wuggi gu
Wassi Wassi tscheng patschi zsching wuh-hu wu.

2
Ni widi tschen malig an demi detti
La bade schon wette wett wum wum
Goll wudi bum bim wuschi wuschi sitz wetz
Sußi sußi sußi witschi schrumm
So von om runte, giglgiglgoggi
Da legst di nieder plim plam plum
Tutti tutti großi, heiße Suppi blosi
Rahm o schlecken un on inten rum
Anni wiedi well well tam di diti tam tam
Schlucki schlucki wust wust gudi gudi gut
Bier ham mi nimi, sauf ma halt a Wassi
Magi der is lari nachher wirst kaput
Niki nischi waschi schliffi schnack
Wauh, Wauh, Wauh.

Refrain: Ziggi zam ziggi zam tschin tschin wuggi gu
Wassi Wassi tscheng patschi zsching wuh-hu wu.

3
Snekrededeng widi putzpomade Sachti
Boane wecke, tutti frutti wasch, wasch, wasch
Poppi nanni quaste Millen dunsen
Haferl goggen, Schmecki betzi G'wasch
Ka ko ki ka Kika keki Wanzi
Magi, Magi, Magi, Magi, Magi, Magi a
Humi wepsi bieni, um halb elfi gimmi
Heidi bobi tschingreding ins pet
Tsching Tschang Tsching Tschang gibidane buse

Meini lippi Xaxixaxixaxixaxixax
Tsching Tschang Tsching Tschang gisidanan fussi
Andigiggiollipappi haxi haxi hax
Glaub mich lachen s' aus, weil bin Chinese
Was ist dös?

Refrain: Ziggi zam ziggi zam tschin tschin wuggi gu
Wassi Wassi tscheng patschi zsching wuh-hu wu.

{2/106}; Entstehung um 1915

Parodie auf Still ruht der See

Ein Maler malt ein Seegemälde,
Da rutscht er mit dem Malstock aus,
Er stieß ein Loch ins Seegemälde,
Da floss auf einmal Wasser raus,
So lief der See dann wieder aus.

Die Frauen tragen auch Manschetten,
Gerade so als wie ein Mann,
Wenn man die Sach genauer nehme,
So hätt' die Frau »Frauschetten« an,
Denn eine Frau ist doch kein Mann.

Schwarz ist die Nacht, schwarz ist das Zentrum,
Im Reichstag drinnen in Berlin,
Dann wollt ich noch was Schwärzres sehn
Und fuhr dann nach dem Schwarzwald hin,
Doch welche Täuschung, der war – grün.

Ein jeder Mann trägt eine Hose,
Ob er ein Jude oder Christ,
Drum muss ich jedem Manne sagen,
Dass er ein »Hosenträger« is,
Behaupten kann ich's nicht gewiss.

An einem Haus, da hing ein Kasten,
Ich glaubt, es sei ein Automat,
Ich zog den Griff heraus, welch Schrecken,
Da kam die Feuerwehr, o fad
Und ich, ich wollt doch Schokolad'.

Das Kanapee, das steht im Zimmer,
Es sitzt darauf ein kleines Kind;
Das Kind, das spielte mit dem Kissen,
Wie harmlos ich die Sache find,
Denn »küssen« ist doch keine Sünd.

Wenn sich ein Herr ein Zimmer mietet,
Ist es ein Zimmerherr sodann,
Doch wenn ein Mann ein Zimmer mietet,
So ist das dann ein »Zimmermann«;
Das geht doch Ihnen gar nichts an!

Ich hab zu Hause ein Aquarium,
Da ist natürlich Wasser drin,
Denn wenn darin kein Wasser wäre,
Da würden ja die Fischlein hin,
Da hülf auch keine Medizin.

Wenn man die Tür aufmacht, dann zieht es,
Das ist doch schon a alte Gschicht,
Doch wenn man sie dann wieder zumacht,
Das ist doch klar, dann zieht es nicht,
Denn Morgenstund hat Gold im Mund'.

Die Medizin gehört dem Kranken,
Auch Obst ist für den Magen gsund,
Jedoch das beste gegn nen Einbruch,
Das ist ein recht wachsamer Hund;
Nach Tegernsee sind 14 Stund.

{2/61}; Entstehung etwa 1916

Neue Stumpfsinn-Verse

(*Nach alter Melodie*)

Ich bin so frei und singe jetzt
Noch einige geistreiche Strofffen;
Und dass sie die verstehen tun,
Das will ich hoffentlich hofffen.
  Stumpfsinn, Stumpfsinn du mein Vergnügen,
  Stumpfsinn du meine Lust!

Der Gsundheitskuchen der is gsund,
Drum heißt er auch Gsundheitskuchen,
Und glaubst du's nicht, dann kaufst dir ein,
Dann kannstn ja selber versuchen.
  Stumpfsinn …

Wenn du dir nen Brillantring kaufst,
Und gibst 'n um 30 Pfenning hera,
So spannt der, wo ihn kaufen will,
Aha, dös is a Bera.
  Stumpfsinn …

Wenn du einen Spazierstock hast,
So gehst du leichter, ich wette;
Doch nimmst du einen Fensterstock,
So hast du ein Gefrette.
    Stumpfsinn …

Die Katze hat an jedem Fuß
Sehr viele spitzige Krallen,
Und hätt die Katz die Krallen nicht,
Tät sie vom Dach runterfallen.
    Stumpfsinn …

Ein Wirt, der hatte 's Gasglühlicht,
Darüber tat er ihm hocken;
Weil d'Strümpf so schnell kaputt gehn tun,
Da tat er nauf seine Socken.
    Stumpfsinn …

Das Gwitter steht am Himmel drobn,
Man kann sich darüber ergötzen;
Und wenn man einen Stuhl nauf tät,
So könnt das Gewitter sich setzen.
    Stumpfsinn …

{2/81}; Entstehung etwa 1916

Lorelei

(Vortragender sitzt auf einer Leiter oder einem Stuhl, der mit einem Tuch zugedeckt ist. Melodie: »Ich weiß nicht was soll es bedeuten.«)

Liebe Hörerinnen und Hörer! Folgen Sie mir im Geiste, wenn Ihnen das möglich ist, an das Rheinufer. Wir setzen uns auf das gegenüberliegende Ufer des Loreley-Felsens. – Ich schalte um! – Hier sehen Sie jetzt beim bleichen Mondenschein oben auf dem Felsen die Loreley (ich weiß nicht, ob Sie's von hier aus sehen); sie hat eine Leier in der Hand, und während unten in einer Gondel auf den silberschimmernden Wellen des Rheins ein Schiffer vorbeifährt und zu ihr hinaufblickt, singt sie in Abend-Äther ein Lied in die dunkle Nacht.

Grüß Gott und ich hab die Ehre,
das heißt, ich bin halt so frei,
sie werden mich alle wohl kennen,
man heißt mich kurz die Lorelei,
was wurd über mich schon gesungen,
ich muss es ganz offen gestehn,
und niemand hat mich noch gesehn
und ich bin doch so fabelhaft schön.

Viel tausend Jahr hock ich hier oben
bei Sonnenschein, Regen und Schnee
auf diesem steinigen Felsblock,
mir tut schon mei Rückgebäud weh,
ich singe und zupfe die Harfe,
ich wüsst ja net, was ich sonst tat,
ich weiß nicht, was soll es bedeuten,
das Lied wird mir jetzt schon bald fad.

Ich hab keine menschliche Seele,
ich leb nur als Märchen dahin,
drum ist es auch ganz leicht erklärlich,
dass viel tausend Jahr alt ich bin.
Wär ich eine menschliche Jungfrau,
ich sage es offen heraus,
hielt ich es so viel tausend Jahre
alloa da heroben net aus.

Ein Schiffer, ein bildschöner Jüngling,
fährt oft mit dem Kahn hier vorbei,
er liebt nur ein einziges Wesen,
er liebt nur mich, die Lorelei.
Da kommt er schon wieder gefahren,
(*schaut nach dem Schiffer*)
was willst denn du närrischer Tropf,
wenn du dich net gleich aus dem Staub machst
na wirf i dir d'Harpfa am Kopf.

Nun habn d'Lorelei sie gesehen,
vergessen Sie nie diese Pracht,
nun werde ich wieder verschwinden,
es dunkelt schon heimlich die Nacht,
s' wird finster und immer finstrer
und langsam geh ich zur Ruh,
und dass Sie jetzt wissen, dass gar is,
geht langsam der Vorhang zu.

(NB. Als Kopfbedeckung ist eine goldene Perücke oder gelbe Wollperücke erforderlich, in der Hand eine Lyra.

Bei der 5. Strophe wird ein kleines Schifflein, in welchem eine Puppe (Schiffer) sitzt, mit einem schwarzen Faden über die Bühne gezogen.)

{2/99 und 289}; Entstehung 1916

Der Maskenball der Tiere

Parodie auf »Vogelhochzeit«

1 Die Tiere auf der Erde all
Die hielten einen Maskenball.
Refrain (wird nach jeder Strophe gesungen)
Vide rallalla, vide rallalla
Vide rallallallalla.

2 Die Schildkröte, die Schildkröte
Blies im Orchester Trompete.

3 's Cameleon, 's Cameleon
Das blies den dicken Bombardon.

4 Die Läuse, die Läuse
Die machten ein Gesäuse.

5 Die Hummel, die Hummel
Die schlug die große Trummel.

6 Der Pinguin, der Pinguin
Der spielte erste Violin.

7 Die Kröte, die Kröte
Blies Piccolo und Flöte.

8 Der Marabu, der Marabu
Gab zum Konzert den Takt dazu.

9 Der Aal, der Aal
Der schwänzelt durch den Saal.

10 Der Leopard, der Leopard,
Der hat auf seine Gattin gwart.

11 Der Flamingo, der Flamingo
Der sucht nen Platz sich irgendwo.

12 Der Esel, der Esel
Saß hinten im Klubsessel.

13 Der Schwan, der Schwan
Sah sich im Spiegel an.

14 Das Nilpferd, das Nilpferd
Benahm sich wirklich ganz geschert.

15 Der Elefant, der Elefant
Der war, wie immer, sehr galant.

16 Das Schwein, das Schwein
Das war auch hier ein Schwein.

17 Der Büffel, der Büffel
Scherzt mit der Gans, der Schlüffel.

18 Der Feuersalamander
Rutscht übers Stiegenglander.

19 Die Fliege, die Fliege
Stand draußen auf der Stiege.

20 Der Papagei, der Papagei
Der schrie fortwährend: 1-2-3

21 Der Panther, der Panther
Vom Lux war's ein Verwandter.

22 Die Störche, die Störche
Die warn maskiert als Lerche.

23 Die Wölfe, die Wölfe,
Die warn maskiert als Zwölfe.

24 Der Löwe, der Löwe,
Der war maskiert als Göwe.

25 Die Wanzen, die Wanzen,
Die fingen an zu tanzen.

26 Der Adler, der Adler,
Der tanzte den Schuhpladler.

27 Die Ameise, die Ameise
Die tanzte nur den Française.

28 Die Flöhe, die Flöhe
Die hupften in die Höhe.

29 Da plötzlich wurd's ganz still im Saal
Sie saßen alle jetzt beim Mahl.

30 Der Rabe, der Rabe
Fraß d'Supp'n mit der Gabe.

31 Der Jaguar, der Jaguar
Fand in der Suppe drin ein Haar.

32 Die Giraffe, die Giraffe
Die fraß a Schokoladwaffe.

33 Die Schlange, die Schlange
Aß eine Blutorange.

34 Das Eidachsel, das Eidachsel
Das fraß a abbräunts Schweinshaxel.

35 Das Gnu, das Gnu
Das hatte schon genu.

36 Der Auerochs, der Auerochs
Der aß nicht auf und frug: »Wer mog's?«

37 Das Dromedar, das Dromedar
Aß zur Verstärkung – Caviar.

38 Die Schnepfe, die Schnepfe
Die hat die größte Hepfe.

39 Das Lama, das Lama
Das fraß zuletzt alls zamma.

40 Dass der Gesang nur Unsinn war,
Das wird zum Schlusse jedem klar.

{2/292}; Entstehung um 1920

Ja, so warn s', die altn Rittersleut

Ein uralter Rittersong mit neuen Versen

(*Der Vortragende ist mit Wamps und Ritterhelm kostümiert.*
Maske: Dicke Nase und riesiger Schnauzbart.
Die drei letzten Zeilen von jeder Strofe werden eventuell vom Publikum mitgesungen.)

1
Da herunt an diesem Ort
Sicherlich – mein Ehrenwort
Da habn edle Ritter ghaust
Denen hat's vor gar nix graust.

Refrain:
Ja, so warn s', ja so warn s'
Ja so warn s' die alten Rittersleut,
Ja so warn s', ja so warn s', die alten Rittersleut.

2
Gsuffa habn s' und dös net wia
Aus die Eimer Wein und Bier
Habn s' dann als zamm gsuffa ghabt
Dann san s' unterm Tisch drunt gflackt.

Refrain: (*Wie beim ersten Vers.*)

3
Auch für Wein, Weib und Gesang
Schwärmte jeder Rittersmann
Schwärmt er für Gesang allein
Musst er schon ein Siebzger sein.

Refrain: (*Wie beim ersten Vers.*)

4
So ein früherer Rittersmann
Hatte soviel Eisen an
Die meisten Ritter, i muass sagn
Hat deshalb da Blitz daschlagn.

Refrain: (*Wie beim ersten Vers.*)

5
Jeder Ritter allbekannt
Trug a ganz a blechers Gwand
Hat er sich a Loch neigrissn
Hat's der Spengler löten müssn.

Refrain: (*Wie beim ersten Vers.*)

6
Ritt ein Ritter auf dem Ross
War das Risiko oft groß
Hat so a Ross an Hupferer do
Lag im Dreck der gute Mo.

Refrain: (*Wie beim ersten Vers.*)

7
Hat ein Ritter den Katharr
Damals warn die Mittel rar
Er hat der Erkältung trotzt
Er hat gräuschpert, gschnäuzt und grotzt.

Refrain: (*Wie beim ersten Vers.*)

8
So ein frühres Ritterwei
War dem Manne niemals drei
Dem Ritter war das einerlei
Der war auch nur halbedrei.

Refrain: (*Wie beim ersten Vers.*)

9
D'Ritter, die warn lustige Leut
In der guatn alten Zeit
's war ja no a schöners Lebn
's hat no koa Finanzamt gebn.

Refrain: (*Wie beim ersten Vers.*)

10
Meckrer gab's in alter Zeit
Damals nicht soviel wie heut
Denn das Lebn war damals schön
's hat auch nix zum Meckern gebn.

Refrain: (*Wie beim ersten Vers.*)

11
Friedlich warn die Ritter nicht
Hielten es für heilge Pflicht
Schwertgeklirr war ihr Symbol
Nur im Kampf war ihnen wohl.

Refrain: (*Wie beim ersten Vers.*)

12
D' Ritter warn auch sehr reinlich
Jeder Dreck war ihnen peinlich
Waren auf sich selbst bedacht
Selten haben s' in d'Hos'n gmacht.

Refrain: (*Wie beim ersten Vers.*)

13
Bayerns Ritter waren kühn
Ritten einmal nach Berlin
Ritten bald drauf wieder heim
Was mag da gewesen sein.

Refrain: (*Wie beim ersten Vers.*)

14
Wenn die Ritter lange ritten
Habn sie sich oft aufgeritten
Ach der Wolf tat gar so weh,
Schrien oft Herjemine.

Refrain: (*Wie beim ersten Vers.*)

15
Und der Ritter Habenichts
Der hat nämlich wirklich nichts
's einzge, was der Ritter hott
Ist ein chronischer Bankrott.

Refrain: (*Wie beim ersten Vers.*)

16
Vom Färbergrabn die Rittersleut
Lebn nicht mehr, seit langer Zeit
Nur die Geister von densölben
Spuken nachts in den Gewölben.

Refrain: (*Wie beim ersten Vers.*)

{2/148}; Entstehung um 1940

Klapphornverse

Zwei Soldaten stiegen auf einen Turm,
sie hatten keine Unifurm,
auch keine Säbel beide hatten,
das warn eigentlich keine Soldaten.

Zwei Knaben stiegen auf einen Baum,
sie wollten Äpfel runterhaun,
am Gipfel dabei wurd's ihnen klar,
dass das a Fahnenstange war.

Zwei Katzen fingen eine Maus,
da kam sie ihnen wieder aus,
da dachten sich die beiden Katzen,
das nächste Mal fang ma an Ratzen.

Zwei Knaben pflückten im Felde Blumen,
da ist ein Aufseher gekummen,
der hat ihnen die Blumen wieder genummen,
da sind ihnen Tränen runtergrunnen.

Zwei Knaben keck, der andre kecker,
die flogen in einem Doppeldecker,
den einen hat's herausgeschmissen,
der andre hat vor Angst ge … zittert.

Zwei Knaben fingen ein Eidachsel,
der wo es gfangt hat, der hieß Maxel,
der andre packte es beim Schwanzel,
und dieser Knabe der hieß … Sepp.

Ein Herr, der wollte sich umbringen
und tat in einen Bach neinspringen,
doch er, er hatte groß Malheur,
es war gerade Bachauskehr.

Zwei Herren taten mitsammen raufen,
sie mussten beide heftig schnaufen,
ich denk mir halt, die solln nicht raufen,
dann müssen s' auch nicht so fest schnaufen.

Zwei Spieler taten mitsamm tarocken,
dem einen tat er mächtig hocken,
der andre sagt: was soll das heißen,
ich glaube gar, du willst be … trügen.

Zwei Knaben stiegen auf eine Leiter,
der obere war etwas gescheiter,
der untere Knabe, der war dumm,
auf einmal fiel die Leiter um.

Zwei Knaben gingen naus aufs Land,
und hamsterten dort allerhand,
der eine kaufte Schmalz sehr teuer,
der andere hatte nur zwei Eier.

Ein Kätzlein sagte zu dem andern:
ich glaube schon ans Seelenwandern.
Die andere sprach: du hast's erraten,
morgen sind wir vielleicht Hasenbraten.

Zwei Knaben gingen in Zoologischen Garten,
besahn der Tiere verschiedne Arten,
das Nilpferd tat das Maul aufreißen,
es stammt von Hagenbeck aus Preussen.

»Dass der Gesang nur Unsinn war, das wird zum Schlusse jedem klar«

Zwei Knaben, beide jung an Jahren,
die wollten Autobus mal fahren,
sie fuhren nicht, habn sich besonnen,
sie wollten nicht ums Leben kommen.

{2/333}; Entstehung 1941, erste Fassung 1908

Expressionistischer Gesang

Überliterearischer Gesang

Wie die Maler heute malen
Wie der Dichter heute dicht
So will ich jetzt humoristeln
Ob es gut ist, oder nicht.

Kanapee glüht Meeresfreiheit
Lippen blau aus Abendrot
Stille Nacht in Marmelade
Edle Kunst, behüt dich Gott.
A – b – c – d – e – f – g – h
I – k – l – m – n – o – p
Qu – r – s – t – u – v – w – x
Ypsilon – z – f – f – f (*drei Pfiffe*)

La la la la la la la la
La la la la la la li
Li li li li li li li li
Li li li li li li la.

In der Nacht die Sterne funkeln
Und der Rundfunk funkelt auch
Funkeln tun auch die Karfunkeln
Und ein funkelnagelneuer Anzug auch.

Wer will unter die Soldaten
Der muss haben ein Gewehr
Das muss er mit Pulver laden
Und so weiter und so wei – ter.

Ein Gewitter ist im Anzug
Dieses leuchtet mir nicht ein
Ein Gewitter in der Hose
Das könnt leichter möglich sein.

Leiser Sturmwind heult in Strömen
Wenn die Katze Kikerikiet
Und der Vater melkt die Enten
Wenn der Limburger blüht.

Wenn die Blätter leise klappern
Und das Bächlein fließt bergauf
Saust das Dampfschiff durch die Wälder
D' Gmütlichkeit hört sich dann auf.

Wenn die Ringelnatter ringelt
Und die Fischlein gehn zu Fuß
Hört! Die Osterglocken pfeifen
Was sein muss, das muss sein muss.

Hundekuchen frisst die Katze
Und ein Kompass singt Tenor
Und es sinkt der Barometer
Das kommt jedem spanisch vor.

Wenn die Reblaus rebiglauselt
Und das Dünnbier ist zu dünn
Billige Heimat sei gegrüßet
Mei Vaterl war a Weanerin.

Suerkraut ist kein Getränke
Denunzieren tut ein Schuft
’s beste Flugzeug wär ein Unsinn
Gäb’s im Freien keine Luft.

Ob es heiß ist oder kälter
Ob es warm ist oder weit
Ob es kühl ist oder lustig
Ja, so ändert sich die Zeit.

In Berlin, in Prag und Hamburg
Auch in Bremen und Bayreuth
Auch in Salzburg und am Chiemsee
Und auch in Holzapfelskräut.

Und zum Schlusse muss ich schlusseln
Nehmet eure Händ in d’ Hand
Schlagt dieselben oft zusammen
Das wird dann Applaus genannt.

{2/202}; Entstehung etwa 1942

Holzapfelskräut: eigentlich Holzapfelkreuth, Bezeichnung für die Gegend in Großhadern in München. Benannt nach einer Waldrodung der Jägerfamilie Josef Holzapfel (1858).

»I sag gar nix.
Dös wird man doch noch sagen dürfen.«

Karl Valentin

Literatur

Bachmaier, Helmut/Faust, Manfred: Karl Valentin. Sämtliche Werke in acht Bänden und einem Ergänzungsband. Piper Verlag. München 1997

Baur, Dominik: Der große Wrldbrmpfd, in: Der Spiegel vom 1. Juni 2007

Bochenski, Joseph M.: Wege zum philosophischen Denken. Verlag Herder. Freiburg 1959

Brecht, Bertolt: Über den Beruf des Schauspielers. Suhrkamp Verlag. Frankfurt 1970

Brockhaus. Die Enzyklopädie in 24 Bänden. Leipzig 2001, Bd. 19

Dimpfl, Monika: Immer veränderlich. Liesl Karlstadt (1892 bis 1960). A1 Verlag, monAkzente. München 1996

Dollinger, Hans: Die Münchner Streaßennamen. Ludwig Verlag. München, 5., aktualisierte Auflage 2004

Fischer-Grubinger, Anne-Marie: Mein Leben mit Karl Valentin. Moewig Verlag. Rastatt 1982

Hausenstein, Wilhelm: Die Masken des Komikers Karl Valentin. München 1948/Freiburg 1958

Freud, Sigmund: Psychologische Schriften. Bd. IV. S. Fischer Verlag. Frankfurt 1970

Kerr, Alfred: Die Welt im Drama. Kiepenheuer und Witsch Verlag. Köln 1964

Müller, Max/Halder, Alois (Hrsg.): Herders kleines philosophisches Wörterbuch. Verlag Herder. Freiburg 1958

Pemsel, Klaus: Karl Valentin im Umfeld der Münchner Volkssängerbühnen und Varietés. Verlag Wilhelm Unverhau. München 1981

Schmeller, Johann Andreas: Bayerisches Wörterbuch. Sonderausgabe. Vier Bände. Oldenbourg Verlag. München 1985

Schulte, Michael: Karl Valentin. Rowohlts monographien. Reinbek bei Hamburg 1968

Schulte, Michael: Alles von Karl Valentin. Piper Verlag. München 1978

Schulte, Michael: Das große Karl Valentin Buch. Piper Verlag. München 1973

Schweiggert, Alfons: Karl Valentin und die Frauen. Ehrenwirt Verlag. München 1997

Schwimmer, Helmut: Karl Valentin. Eine Analyse seines Werkes mit einem Curriculum und Modellen für den Deutschunterricht. Oldenbourg Verlag. München 1977

Schulz von Thun, Friedemann: Zauberkraft zwischen zwei Menschen, in: Der Spiegel. Sonderheft »Wissen«. Versteh mich nicht falsch! Hamburg 2015

Tucholsky, Kurt: Zwischen gestern und morgen. Rowohlt Verlag. Reinbek b. Hamburg 1960

Valentin, Karl: Die Zukunft war früher auch besser. Rosenheimer Verlagshaus. Rosenheim 2016[2]

Valentin, Karl: Gar net krank is a ned g'sund. Piper Verlag. München 2017[7]

Valentin, Karl: Mein komisches Wörterbuch. Piper Verlag. München 2018[2]

Wahrig. Deutsches Wörterbuch. Gütersloh/München 2010

Weidel, Katharina: Karl Valentin und die Verhandelbarkeit des sprachlichen Ausdrucks. Dissertation. Regensburg 2015

Zehetner, Ludwig: Bairisches Deutsch. Lexikon der deutschen Sprache in Altbayern. Hugendubel. München 1998[2]

Zeigler, Arnd: Zeiglers wunderbare Welt des Fußballs. Humboldt TB. Hannover 2014

Alphabetisches Verzeichnis

Editorische Anmerkung

Am Ende eines jeden Textes findet sich in geschwungenen Klammern die Quellenangabe. Die erste Zahl bedeutet Bandnummer, die Zahl nach dem Schrägstrich die Seitenangabe, auf der der Text beginnt. Alle Texte aus: Karl Valentin: Sämtliche Werke in acht Bänden und einem Ergänzungsband. Herausgegeben von Helmut Bachmaier und Manfred Faust. Piper Verlag. München/Zürich 1997. Unterschiedliche Schreibweisen wurden vorsichtig vereinheitlicht und weitgehend an die Neue Rechtschreibung angepasst, Apostrophe innerhalb der Wörter getilgt.

Die Texte *Christbaumbrettl, Brilliantfeuerwerk, Auf der Oktoberfestwiese im Jahre 1926, Im Fotoatelier, Theaterbesuch, Theater in der Vorstadt 1-2, Semmelknödel, Der Firmling, Die zwei Elektrotechniker, Raubritter vor München* und *An Bord* hat Karl Valentin zusammen mit Liesl Karlstadt verfasst.

Quellenvermerk:
Karl Valentin: Sämtliche Werke, Band 4. Dialoge

Karl Valentin: Sämtliche Werke. Band 5: Stücke

FSC
www.fsc.org
MIX
Papier | Fördert gute Waldnutzung
FSC® C083411

Bibliografische Information der Deutschen Nationalbibliothek
Die Deutsche Nationalbibliothek verzeichnet diese Publikation in der Deutschen Nationalbibliografie; detaillierte bibliografische Daten sind im Internet über http://dnb.d-nb.de abrufbar.

4. Auflage 2023

Zuvor erschienen unter dem Titel: *Die Zukunft war früher auch besser.*
Cover: Anja Carrà, Karina Bertagnolli
Bildnachweis: Zeichnung von Lara M. Carrà,
nach einem Porträt von Karl Valentin
Umschlag, Layout & Satz: Anja Carrà
Der Titel wurde in der Minion Pro gesetzt.
Gesamtherstellung: CPI books GmbH, Leck – Germany

ISBN: 978-3-7374-1170-7

Mehr über Ideen, Autoren und Programm des Verlags finden Sie auf www.verlagshausroemerweg.de und in Ihrer Buchhandlung.